CB040935

They were
warned...
They are
doomed...
And on
Friday the 13th,
nothing will
save them.

PARAMOUNT PICTURES PRESENTS FRIDAY THE 13TH A SEAN S. CUNNINGHAM FIL

RESTRICTED 

UNDER 17 REQUIRES ACCOMPANYING
PARENT OR ADULT GUARDIAN

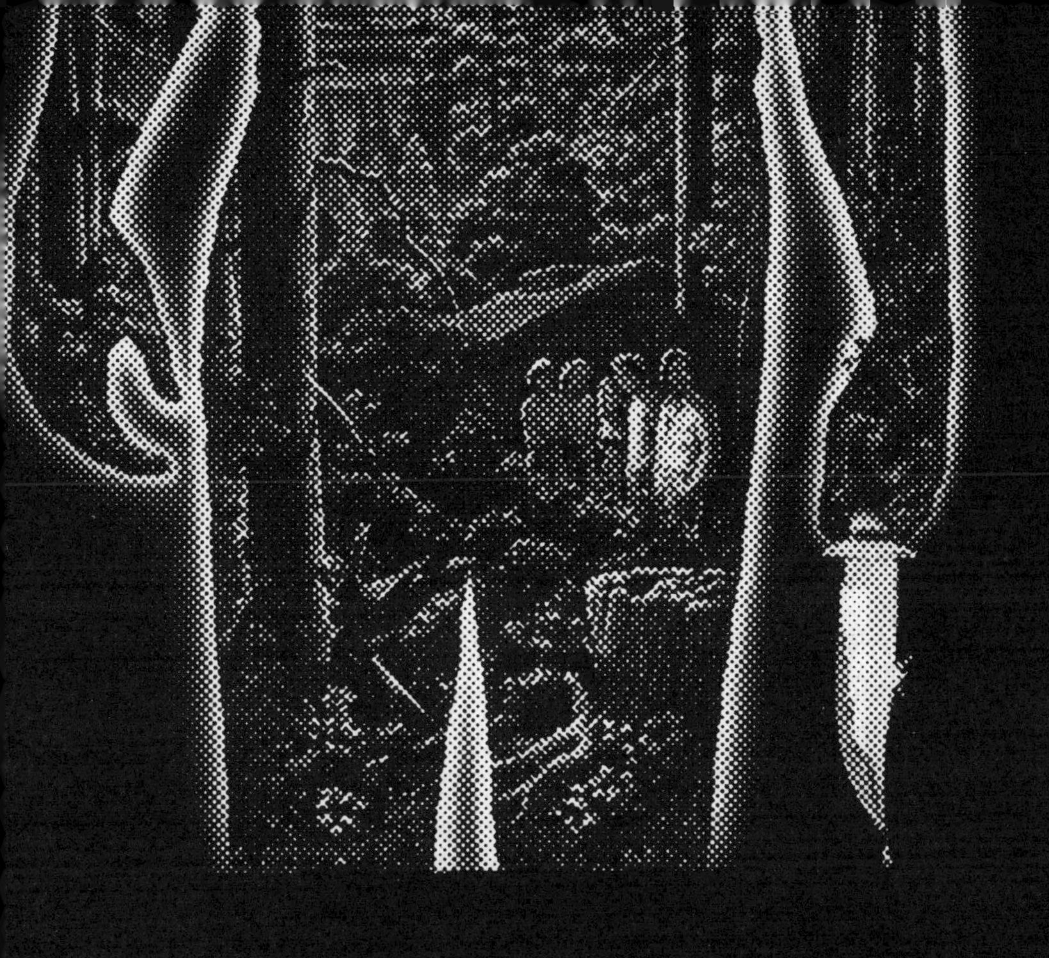

FRIDAY THE 13TH

A 24 hour nightmare of terror.

Y VICTOR MILLER PRODUCED AND DIRECTED BY SEAN S. CUNNINGHAM A GEORGETOWN PRODUCTIONS INC. PRODUCTIO

A PARAMOUNT RELEASE

Tradução para a língua portuguesa
© João Marques de Almeida, 2015

Título original: On Location in Blairstown:
The Making of Friday the 13th

Diretor Editorial
Christiano Menezes

Diretor Comercial
Chico de Assis

Diretor de Novos Negócios
Marcel Souto Maior

Diretor de MKT e Operações
Mike Ribera

Diretora de Estratégia Editorial
Raquel Moritz

Gerente Comercial
Fernando Madeira

Gerente de Marca
Arthur Moraes

Gerente Editorial
Bruno Dorigatti

Capa e Projeto Gráfico
Retina 78

Coordenador de Arte
Eldon Oliveira

Coordenador de Diagramação
Sergio Chaves

Revisão
Amanda Cadore
Evillyn Kjellin
Retina Conteúdo

Finalização
Sandro Tagliamento

Impressão e Acabamento
Gráfica Geográfica

DADOS INTERNACIONAIS DE CATALOGAÇÃO NA PUBLICAÇÃO (CIP)
Angélica Ilacqua CRB-8/7057

Grove, David
Sexta-Feira 13 : arquivos de Crystal Lake / David Grove ;
tradução de João Marques de Almeida.
— Rio de Janeiro : DarkSide Books, 2018.
320 p. : il. 16 x 23cm (Coleção Dissecando)

Título original: On Location in Blairstown:
The Making of Friday the 13th

1. Cinema 2. Filme - Sexta-Feira 13 - produção 3. Filmes de terror
I. Título II. Almeida, João Marques de

15-0253 CDD 791.43675

Índice para catálogo sistemático:
1. Filmes de terror

Rua General Roca, 935/504 — Tijuca
20521-071 — Rio de Janeiro — RJ — Brasil
www.darksidebooks.com

DARKSIDE

SEXTA-FEIRA 13
[ARQUIVOS DE CRYSTAL LAKE]

DAVID GROVE

TRADUZIDO POR
JOÃO MARQUES
DE ALMEIDA

POLICE
WELCOME TO
CAMP
CRYSTAL LAKE
EST 1935
A SEAN S. CUNNINGHAM FILM
Written by VICTOR MILLER
"FRIDAY THE 13th" Starring BETSY PALMER
Produced and Directed by SEAN S. CUNNINGHAM
ADRIENNE
A GEORGE

ON FRIDAY THE 13th.
THEY BEGAN TO DIE HORRIBLY.
ONE... BY ONE.

FRIDAY THE 13TH

X

RY CROSBY · LAURIE BARTRAM · MARK NELSON · JEANNINE TAYLOR · ROBBI MORGAN · KEVIN BACON
DUCTIONS, INC. PRESENTATION PANAVISION® FROM WARNER BROS A WARNER COMMUNICATIONS COMPANY · RELEASED BY COLUMBIA · EMI · WARNER DISTRIBUTORS

PARAMOUNT PICTURES PRESENTS FRIDAY THE 13TH A SEAN S. CUNNINGHAM FILM
R
RESTRICTED
UNDER 17 REQUIRES ACCOMPANYING PARENT OR ADULT GUARDIAN
FRIDAY THE 13TH

SUMÁRIO

–

16
400
21
ARISTA PRE
21
M 400
26
ARISTA PRE
26
400
31
ARISTA PRE
31
M 400
36
ARISTA PRE

FRIDAY THE 13TH

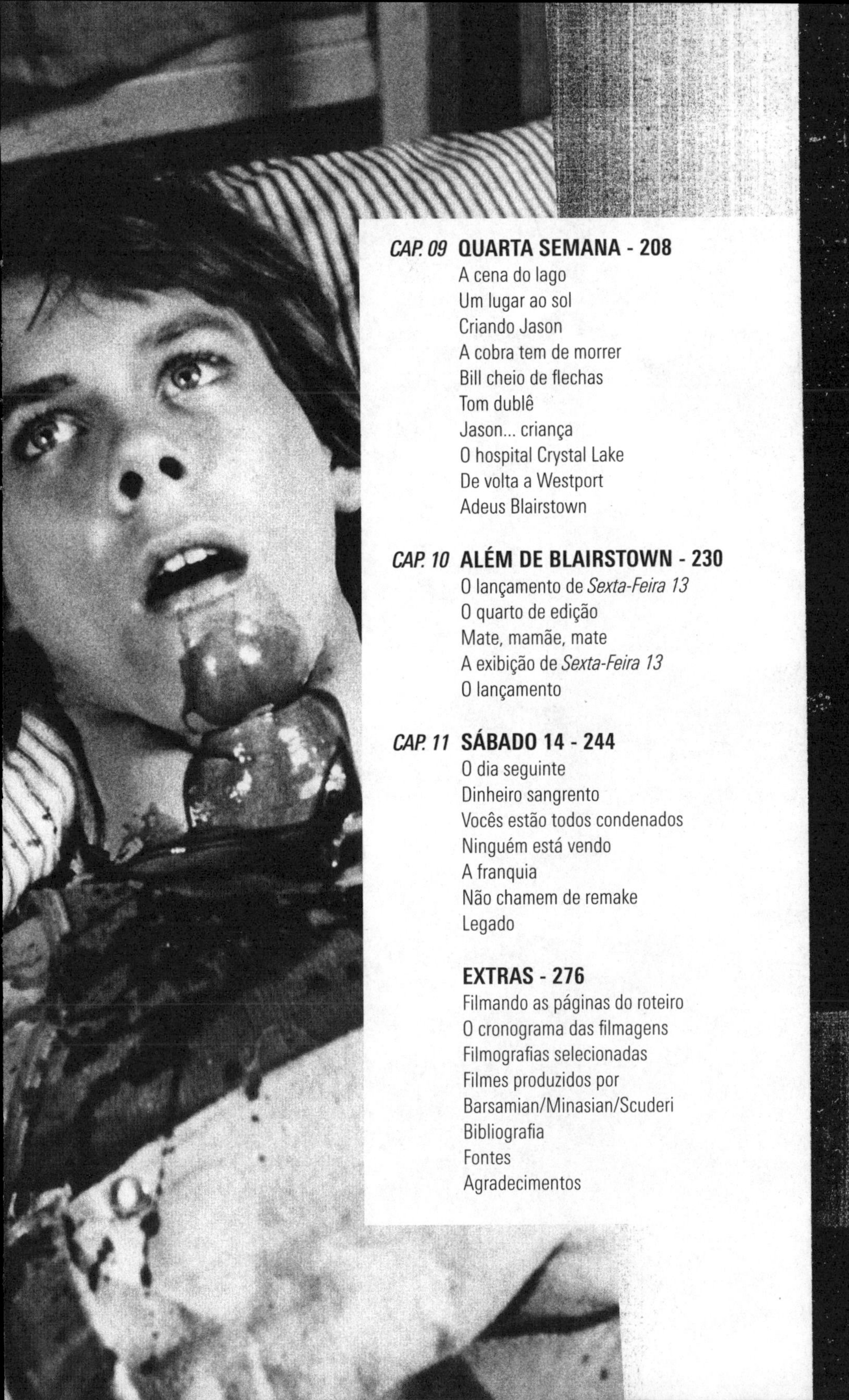

TOM SAVINI retoca a maquiagem de ARI LEHMAN para a filmagem da culminante cena do lago (Imagem cedida por Tom Savini)

A CABANA (Imagem cedida por Brett McBean/brettmcbean.com)

PREFÁCIO

POR TOM SAVINI

Muito tempo atrás, na cidade de Connecticut, eu me encontrei com Sean Cunningham para discutir como iríamos matar todos aqueles lindos adolescentes que circulavam pelo acampamento Crystal Lake.

Mas primeiro sugeri que mudássemos de alguma forma o final.

O roteiro tinha um final descuidado onde o vilão, nesse caso a vilã, estava completamente derrotada. Eu tinha acabado de ver o filme *Carrie, a Estranha* (*Carrie*, 1976) e pensava que seria uma boa ideia ter um final assustador como naquele filme. Daqueles em que você pensa que o filme acabou e até a música te leva a crer que os créditos irão surgir a qualquer instante... Até que BAM... Você atinge o público com algo completamente inesperado, como *Carrie* fez com aquela mão saindo do túmulo.

O consenso era de que o vilão estava morto, então como conseguimos chegar a tal final? Eu sugeri que se tratava de um sonho. Você pode dar um sentido a quase tudo se o que você acabou de ver tiver sido só um sonho... MAS... você pode também mostrar tudo o que quiser, e foi assim que conseguimos com que o filho monstruoso Jason, aquele que nunca é visto no filme (exceto em flashbacks), surgisse do fundo do lago e puxasse Adrienne King antes de ela acordar no hospital. O público pulou das cadeiras.

A filmagem em si foi muito divertida. Eu tinha acabado de filmar *Zombie – O Despertar dos Mortos* (*Dawn of the Dead*, 1978), e passei boa parte daquele filme dentro de um shopping durante o inverno. Agora estava de volta ao ar livre no acampamento No-Be-Bo-Sco, nas Montanhas Poconos, Pensilvânia. O elenco e a equipe ficaram num hotel próximo, mas eu e meu assistente, Taso Stavrakis, ficamos no acampamento, em uma antiga cabana de escoteiros. Tínhamos canoas e minha moto, com a qual corremos por trilhas bem estreitas na floresta, e toda a natureza lá fora para nos distrair, mas eu devo admitir que a noite fazia tudo ficar muito esquisito. Outra razão pela qual ficamos lá foi para estarmos próximos da oficina e da cozinha onde, em fornos de pizza, cozinhamos todas as cabeças falsas de látex e acessórios que fariam parte de como mataríamos aqueles adolescentes.

Então atingimos um adolescente com um machado, cortamos gargantas, espetamos Kevin Bacon com uma flecha que atravessava seu pescoço, esfaqueamos e perfuramos pessoas por toda a parte, mas acima de tudo, eu pude criar um dos maiores ícones do terror de todos os tempos ainda em circulação hoje em dia.

JASON.

Contudo, eu me opus a Jason aparecer no segundo filme quando me enviaram o roteiro, uma vez que o assassino no primeiro filme é a mãe, Betsy Palmer. Jason era apenas o seu filho com síndrome de Down, que se afogou na primeira parte. Trazê-lo de volta como o vilão me parecia muito esquisito e eu rejeitei aquele filme, indo fazer *Chamas da Morte* (*The Burning*, 1981) em seu lugar.

Eles não me ofereceram a parte 3, mas quando chegaram ao quarto filme e a franquia estava enfraquecendo, me ofereceram a quarta parte e eu pude finalmente matar Jason em um filme chamado *O Capítulo Final* (1984).

Aham, tá certo. O filme rendeu tanto dinheiro que eu tenho certeza de que haverá um *Sexta-Feira 13 parte 13*.

Falando em dinheiro, o orçamento dos efeitos especiais de maquiagem da parte 1 estava em torno de 15 mil dólares e desse montante vieram os materiais, as viagens e o pagamento de meu assistente. Foi tudo o que recebi porque tudo o que queria naquele momento da minha vida era uma TV de tela grande. Aquilo era a minha motivação para fazer o filme. Finalmente, uma TV de tela grande!

E então esse filme de baixo orçamento é lançado e fatura zilhões de dólares. O que me enfureceu foi ler as críticas onde quase todas diziam: "A grande estrela do filme são os efeitos de maquiagem de Tom Savini". Então fiquei com o que sobrou dos 15 mil dólares e só depois faturei meus zilhões, e essa é uma das muitas razões porque gosto desse livro. Ele dá o devido crédito à minha contribuição para a franquia. (Por sinal, eu fui recompensado na parte 4, o *Capítulo Final*. Pedi uma quantia absurda de dinheiro.... e recebi).

Algumas lembranças que me marcaram:

Harry Crosby tocando guitarra no banco de trás do carro que Taso e eu usávamos. Ele estava sempre conosco, esperando para aprender acrobacias e a lutar. Quando dirigíamos, nunca ligávamos o rádio porque Harry era o nosso som lá do banco de trás.

Quando matamos Harry, nós o pregamos a uma porta com um monte de flechas; uma em seu olho e o resto por todo o seu corpo. Eu criei sua morte, mas por alguma razão não estava presente quando ela foi executada. Eu me lembro de terem me chamado quando ele teve de ir ao hospital porque o sangue tinha batido em seu olho e queimado um pouco. Depois de alguns dias ele estava bem.

Em frente a um alvo de arco e flecha, Sean me perguntou como eu iria fazer uma flecha atingir o alvo próximo de Laurie Bartram para a cena. Eu disse que iria apenas disparar a flecha. Ele pareceu assustado. Peguei o meu arco e uma flecha, me afastei e pedi a ele que apontasse para o alvo que gostaria que eu acertasse. Assim que ele apontou, eu estiquei a flecha no arco e atirei a centímetros do seu dedo. Ele se apavorou, mas foi como eu fiz na hora de filmar essa cena.

Robbi Morgan era a garota na floresta que teve sua garganta cortada, e já era tarde naquele dia quando Sean perguntou quanto tempo iria levar para deixá-la pronta. A luz estava indo embora e estavam decidindo se iriam filmar ou não. Eu disse que ela estaria pronta em meia hora e eles disseram "Ok, combinado". Taso e eu preparamos os tubos e a aplicação, pintamos, e Robbi pulou na garupa da minha moto e eu e ela voamos até o local em exatamente meia hora e Sean ficou impressionado por termos conseguido chegar na hora combinada.

Robbi era uma espécie de ginasta e Taso tinha uma queda por ela, então estávamos quase sempre juntos e vez ou outra você veria nós três plantando bananeiras ou andando de cabeça pra baixo na rua ou pelo set de filmagem.

O banheiro do set era apenas isso: um cenário montado. Foi onde nós ensaiamos e filmamos a cena da garota que é atingida por um machado no rosto. Nada funcionava, pois era apenas parte do set. Em um final de semana, um grupo de escoteiros veio ao acampamento e usou aquele banheiro. Você pode imaginar a bagunça, pois as privadas eram apenas adereços, não funcionavam.

Um dia, o *Taso* achou uma cascavel e levou-a como quem não quer nada ao escritório da produção, apavorando todas as mulheres que trabalhavam ali. Era a cobra que depois foi usada na cena em que os garotos a encontram em uma das cabanas.

Mas Jason continua vivo nos filmes, e aqui neste livro, apesar de ele não exista.

Afinal, ele morreu no primeiro filme.

Ele não pode estar solto por aí, matando adolescentes nus no meio da floresta com utensílios domésticos. Eu tive essa conversa com Betsy Palmer, que passou por um longo processo de introspecção e análise do personagem antes de interpretar sua mãe, e ela me disse que na sua cabeça pensava "Ah, mas eles nunca acharam seu corpo". Ao que eu argumentei: "Você quer dizer que ele saiu do fundo do lago, sem direção, e aqui se encontra um garoto deformado, vivendo de caranguejos ou algo assim que ninguém nunca viu por 35 anos ou mais e ele ainda está lá, colecionando vítimas?".

A resposta mais simples é... sim.

TOM SAVINI
9 de julho de 2013

A silhueta do MACHADO que mata Marcie (Imagem cedida por Henri Guibaud)

INTRODUÇÃO

POR DAVID GROVE

Eu descobri o filme *Sexta-Feira 13* em 1982. Era uma noite de sexta-feira. Um canal de televisão afiliado de Seattle, KSTW, que transmite para British Columbia, Canadá, onde morei, mostrava a sequência do "gás explodindo" a cada comercial, um artifício muito eficiente. Fazia com que os comerciais fossem tensos e desconfortáveis. O filme em si me aterrorizou do começo ao fim. Uma cena particularmente traumática foi quando Alice (Adrienne King) descobre Bill (Harry Crosby) pregado com flechas na porta da cabine do gerador, apenas momentos após ele ter saído de perto dela. O que me perturbou foi todo o suspense criado até a revelação aterrorizante de Bill naquela porta.

Eu me lembro de Bill como alguém simpático e legal; ele disse a Alice que tudo ia terminar bem. Logo ele estaria de volta. Aos 9 anos de idade, eu não sabia que isso era uma sentença de morte para um personagem de filme de terror. Eu também não sabia que Bill estava em uma cabine de gerador. Da forma que lembro, Bill estava em uma garagem, consertando um carro que ele e Alice estavam planejando usar para ir embora. Ah, vai. Nós recordamos filmes influentes que assistimos na infância pelo prisma que tínhamos quando estávamos naquela idade.

A atuação de Betsy Palmer causou a impressão mais duradoura em mim. A aparição surpresa de Palmer, de fato, a inesperada revelação de uma mulher de meia-idade como a assassina foi um verdadeiro clímax com a sua intensidade perturbadora e seus olhos compenetrados. Nunca um riso pareceu tão diabólico. Nunca um sorriso foi tão desconcertante. Embora fosse inverossímil que uma mulher pudesse ter a força para pendurar o pobre Bill naquela porta, com Pamela Voorhees isso se tornava plausível. Ela era tão alucinante. Pamela Voorhees era, e ainda é hoje, uma das vilãs mais assustadoras da história do cinema, e embora a sua lembrança não me faça mais me esconder debaixo das cobertas, como fiz em 1982, ela ainda me faz tremer.

O outro elemento que fez com que *Sexta-Feira 13* se distinguisse foram os efeitos especiais. Além de serem sangrentos, eles eram chocantes, como uma caixa de surpresas pronta para disparar a qualquer momento. Não sabendo nada sobre efeitos de maquiagem em 1982, tudo parecia real. A cena do Kevin Bacon. A decapitação. Nunca antes haviam sido feitas. Nunca antes vistas. Como conseguiram fazê-las? Só anos depois ouvi falar de maquiagem e do especialista em efeitos especiais Tom Savini e descobri como ele criou os efeitos memoráveis do filme. Pensando bem, era mais divertido quando eu não sabia de nada.

Tenho 40 anos agora e envelheci junto com *Sexta-Feira 13*. Nós criamos vínculos com os filmes que nos impressionaram quando éramos crianças. Então os assistimos novamente nos anos seguintes. Crescemos com eles. Eles são uma cápsula do tempo. Uma viagem pelos trilhos da memória. *Sexta-Feira 13* é definitivamente esse tipo de filme.

Assisti *Sexta-Feira 13* inúmeras vezes nos anos 1980, principalmente na televisão e depois em vídeo. Em 1990, quando estava no segundo ano do ensino médio, assisti a uma sessão de meia-noite no meu porão. Lembro-me de pensar que o potencial de choque do filme não "se sustentou" para mim comparado aos anos anteriores.

Meu relacionamento com *Sexta-Feira 13* diminuiu exponencialmente no início da década de 1990. Entrei pra faculdade e me estabeleci na carreira de escritor. Creio que vi o filme apenas uma vez durante esse período, através de uma fita de vídeo alugada. Lembro-me de assistir ao filme mais uma vez no ano 2000, durante o calor dos debates presidenciais dos EUA entre George Bush e Al Gore, na intenção de realizar alguma retrospectiva ou algo do gênero. A essa altura o filme já havia perdido a maior parte do seu poder chocante e visceral para mim e tinha se tornado algo próximo de um amigo de infância com quem matinha algum contato ao longo dos anos.

Em 2001, eu era o primeiro jornalista a fazer uma retrospectiva séria de *Sexta-Feira 13*. Entrevistei membros do elenco e da equipe e trouxe à tona informações que nunca antes haviam sido publicadas. Em maio de 2002, publiquei um grande artigo sobre o filme na revista de filmes de terror americana *Fangoria*. Eu havia sido o primeiro e único jornalista a entrevistar pessoas como Peter Brouwer, Harry Crosby, Sean Cunningham, Victor Miller, Robbi Morgan, Mark Nelson, Betsy Palmer e Tom Savini sob o pretexto de "revisitar" *Sexta-Feira 13* e o seu impacto.

Em 2005, fui o primeiro jornalista a publicar um livro sobre o filme, *Making Friday the 13th: The Legend of Camp Blood* (*Produzindo Sexta-Feira 13: A Lenda do Acampamento Sangrento*, em tradução livre). O livro cobria toda a série de *Sexta-Feira 13*, com diversos capítulos dedicados ao "primeiro" filme. Nos anos seguintes, tanto o livro quanto o artigo da revista haviam sido referências em diversos livros, DVDs, sites e projetos de pesquisa. Parece que todos com quem eu falo, de fãs a cineastas de Hollywood, têm uma cópia do livro.

Em 2010, decidi que o filme original de *Sexta-Feira 13* necessitava de um livro só seu, totalmente dedicado à execução, à filmagem, ao legado e ao planejamento que fizeram parte da criação do filme de 1980. Queria criar um livro no estilo de outros livros maravilhosos, tais como o *Wes Craven's Last House on the Left: The Making of a Cult Classic* (2000), de David A. Szulkin, e *Alfred Hitchcock e os Bastidores de Psicose* (Intrínseca, 2013), de Stephen Rebello.

Tendo terminado *Sexta-Feira 13 [Arquivos de Crystal Lake]*, estou orgulhoso em dizer que esse livro será uma revelação chocante aos fãs mais apaixonados pelo filme de 1980, mas também para pesquisadores de cinema em geral. É repleto de histórias de produção nunca antes contadas e recordações que desfazem muitas crenças há muito tempo sustentadas sobre *Sexta-Feira 13*, respondendo a diversas perguntas sobre o filme e o período no tempo no qual ele foi concebido e veio a nascer.

Esse livro tem esse título original – *On Location in Blairstown: The Making of Friday the 13th* – não porque eu estava presente em Blairstown, Nova Jersey, durante os meses de setembro e outubro de 1979, mas porque eu queria que o título indicasse que o livro foi escrito para capturar o local e o tempo em que *Sexta-Feira 13* foi criado.

Também queria destacar as vidas do elenco e da equipe que colaboraram com *Sexta-Feira 13*, não apenas no contexto da produção do filme em si, mas também no que se refere a suas carreiras e vidas antes e depois do lançamento de *Sexta-Feira 13* em 1980.

Uma vez que entrevistei praticamente toda a produção que trabalhou em *Sexta-Feira 13*, alguns dos quais estão mortos agora, essa foi, em muitos sentidos, a parte mais interessante de escrever este livro, especialmente desde que me aproximei bastante de diversos membros do elenco e da equipe ao longo dos anos.

Uma coisa que procuro evitar nesse livro é "defender" *Sexta-Feira 13* de qualquer maneira ou colocar o filme em qualquer tipo de contexto crítico. Eu me dediquei a documentar e relatar os elementos que fizeram parte da sua criação sem qualquer comentário pessoal da minha parte.

Como o limite deste livro – e do título – ordena, eu evito discutir sobre as sequências de *Sexta-feira 13* em detalhes significativos, exceto dentro do contexto de como o resto da franquia afetou o filme de 1980. Este livro é focado no filme de 1980, o *Sexta-Feira 13* original – o único filme da série pelo qual tenho verdadeira paixão.

Eu fiquei atordoado pela quantidade de material novo que fui capaz de coletar. Se não tivesse sido esse o caso, não teria terminado. Durante a escrita deste livro, eu mal olhei para os materiais anteriormente publicados, exceto para manter a fidelidade e checar os fatos.

Espero que *Sexta-Feira 13 [Arquivos de Crystal Lake]* seja aceito como "a palavra definitiva" a respeito de *Sexta-Feira 13*.

DAVID GROVE
15 de maio de 2013

A aparição de BETSY PALMER em *Sexta-Feira 13* foi um choque para o público e para a própria atriz (Imagem cedida por Henri Guibaud)

It rests on 13 acres of earth over the very center of hell..!

LAST HOUSE ON THE LEFT

SEAN S. CUNNINGHAM FILMS LTD. Presents "THE LAST HOUSE ON THE LEFT"
Starring: DAVID HESS • LUCY GRANTHAM • SANDRA CASSEL • MARC SHEFFLER
• and introducing ADA WASHINGTON • Produced by SEAN S. CUNNINGHAM
Written and Directed by WES CRAVEN • COLOR BY MOVIELAB R RESTRICTED
Under 17 requires accompanying Parent or Adult Guardian

TO AVOID
FAINTING
KEEP REPEATING,
IT'S ONLY A MOVIE
..ONLY A MOVIE
..ONLY A MOVIE
..ONLY A MOVIE
..ONLY A MOVIE
..ONLY A MOVIE

Pôster de *ANIVERSÁRIO MACABRO*. O número "13" ficou na mente de Sean Cunningham e levou-o a criar a logo e o título de *Sexta-Feira 13* (Imagem cedida por David A. Szulkin)

UM DIA PERFEITO

PARA O TERROR

"Gosto de filmes que façam o público sair falando do cinema. Sobre o que saem falando, não me importo." – ***Philip Scuderi***

"Em pensar que... Essa é a minha contribuição para a civilização ocidental."– ***Sean Cunningham***, *diretor/produtor*

No final de agosto de 1979, uma equipe mínima de profissionais do cinema, cercados por um grupo muito maior de completos amadores, chegaram a Blairstown. Era uma cidadezinha pitoresca dentro do distrito de Warren em Nova Jersey. Os invasores estavam lá para trabalhar em um filme de terror *slasher* de baixo orçamento chamado *Sexta-Feira 13*. Liderados pelo diretor/produtor Sean Cunningham, as primeiras filmagens de *Sexta-Feira 13* começaram em 4 de setembro de 1979, um dia depois do Dia do Trabalho.[1]

Ninguém imaginava que aquele trabalho em Blairstown fosse render um filme que iria sair de Nova Jersey e viajar ao redor do mundo. *Sexta-Feira 13* revolucionou o gênero de filmes de terror e o mundo do cinema independente. Ele trouxe o *exploitation* para o grande mercado e popularizou os filmes de gênero *slasher*. Redefiniu a forma como Hollywood funcionava. Consolidou o nome *Sexta-Feira 13* na cultura pop.

Cunningham trouxe um sentido palpável de desespero e exaustão a *Sexta-Feira 13*. Esse era um projeto que representava, de várias maneiras, o fim da linha para a então carreira de cineasta-sem-sorte. Cunningham (nascido na cidade de Nova York em 31 de dezembro de 1941) tinha 36 anos quando começou a criar *Sexta-Feira 13* em 1978 — idade na qual um homem faz um balanço de sua vida e mede o quanto já conquistou. "Tudo o que estava tentando fazer era um filme ruim", disse Cunningham. "Sendo bem sincero, eu não conseguia pagar o aluguel. E aí me perguntei: 'Qual a frase mais assustadora na língua inglesa?' Tem que ser *Sexta-Feira 13*."

1 Nos EUA o Dia do Trabalho é comemorado na primeira segunda-feira de setembro.

Antes de *Sexta-Feira 13*, o grande sucesso comercial de Cunningham havia sido como produtor do filme de terror *exploitation Aniversário Macabro* (*The Last House on the Left*). O filme foi dirigido e escrito pelo amigo e mentor de Cunningham, Wes Craven.

Filmado em 1971, e lançado em 1972, *Aniversário Macabro* foi um filme amargo, impiedoso, perverso e descompromissado que se tornou um sucesso cult. Além disso, também rotulou Cunningham como parte do mercado *sleaze*. "Após produzir *Aniversário Macabro*, percebi que não queria me tornar marcado exclusivamente por esse gênero", disse Cunningham. "Então comecei a fazer outras coisas. Eu sempre soube que poderia voltar aos filmes de terror se quisesse."

Embora a experiência com o gênero que Cunningham ganhou ao produzir *Aniversário Macabro* tenha sido a base para *Sexta-Feira 13*, o sucesso do filme foi um resultado de execução, marketing e um tanto de sorte. Cunningham teve seu encontro com a sorte através do especialista em maquiagem e efeitos especiais Tom Savini. O trabalho chocante de Savini em *Sexta-Feira 13* foi o que lhe concedeu destaque no gênero do horror. Nem o público nem o elenco e equipe que trabalharam no filme estavam preparados para as criações macabras que Savini revelou no filme.

A contratação de Savini por Cunningham foi a sua mais sábia decisão e a chave do sucesso do filme. "Sean me deixou improvisar bastante no filme", relembra Savini. "Nós inventávamos coisas na hora, qualquer coisa que viesse à minha imaginação, e que nos inspirasse através de improvisação e criatividade para criar os mais fantásticos efeitos que jamais haviam sido vistos em filmes de terror."

O trabalho de Savini trouxe uma nova compreensão gráfica para uma história que antes era bastante linear. Desenvolvida em colaboração entre Cunningham e o roteirista Victor Miller, *Sexta-Feira 13* conta a história de um grupo de aspirantes a monitores de acam-

pamento de verão situados em um acampamento remoto, o acampamento Crystal Lake. Em um período de 24 horas, eles são sistematicamente perseguidos e esquartejados das maneiras mais bizarras por um psicopata vingativo.

A trama foi uma variação da premissa estabelecida pelo romance de Agatha Christie *E Não Sobrou Nenhum* (*Ten Little Indians*, 1939): um grupo de personagens, presos em um local isolado, são mortos um a um. Simples. Mas é aí que as semelhanças acabam. Agatha Christie certamente não era um tópico de conversa em Blairstown.

Embora Sean Cunningham tivesse criado essa premissa para espelhar de perto a história das babás-em-perigo do filme de terror quase-sem-sangue *Halloween* (1978), *Sexta-Feira 13* divergiu brutalmente deste e de outras inspirações. Ele se transfigurou em uma criação inigualavelmente sangrenta e chocante que nem mesmo Cunningham tinha imaginado quando planejou *Sexta-Feira 13*. "A única inspiração que *Halloween* forneceu foi a fórmula para o sucesso", diz Cunningham. "*Halloween* é um trabalho mais artístico. *Sexta-Feira 13* é mais feijão com arroz e mais sombrio. Nesse sentido, comparar os dois filmes é como comparar coisas totalmente diferentes."

As direções criativas de *Sexta-Feira 13* e de *Halloween* combinam com os respectivos históricos de seus cineastas. John Carpenter, um dos roteiristas e o diretor de *Halloween*, se formou na academia higiênica da escola de cinema da University of Southern California (USC) antes de criar *Halloween*. Cunningham brincou com os gêneros do *exploitation* e do pornô do início à metade da década de 1970 e tinha as cicatrizes para comprovar.

A sinopse da trama de *Sexta-Feira 13* revela um projeto básico, primitivo que espelha a grosseira e irregular experiência cinematográfica de Cunningham e dos colegas que ele trouxe consigo para Blairstown. *Sexta-Feira 13* foi uma data que entrou para a história.

Os criadores de *Halloween*, JOHN CARPENTER e DEBRA HILL, estabeleceram a fórmula que SEAN CUNNINGHAM procurou seguir em *Sexta-Feira 13* (Imagem cedida por Kim Gottlieb-Walker/ lenswoman.com)

À medida que a produção de *Sexta-Feira 13* avança, o projeto se afasta estilisticamente do modelo estabelecido em *HALLOWEEN* (Imagem cedida por Kim Gottlieb-Walker/ lenswoman.com)

TYLER MANE (acima) interpretando o icônico MICHAEL MYERS, em *Halloween* (Imagem promocional de divulgação do filme)

Abaixo, a última cena do filme na qual os personagens estão juntos, e ainda vivos. Da esquerda para direita: BRENDA (Laurie Bartram), MARCIE (Jeannine Taylor), STEVE CHRISTY (Peter Brouwer), BILL (Harry Crosby), JACK (Kevin Bacon) (Imagem cedida por Henri Guibaud)

A HISTÓRIA

Uma das principais diferenças entre *Sexta-Feira 13* e *Halloween* é como os dois filmes estabeleceram a lenda ou origem de cada uma de suas histórias. Essa narrativa define as regras básicas que – como visto na maioria dos filmes *slasher* após *Sexta-Feira 13* e *Halloween* – servem para apresentar os "monstros" ou vilões dos filmes, junto com seus ressentimentos ou motivações.

Um local de confinamento – ou terreno do abate – também é estabelecido em torno do qual o resto do filme pode ser construído, no sentido de introduzir um grupo de vítimas e matá-las, uma a uma. Embora *Halloween* tenha sido o precursor dessa técnica, sem deixar de fazer uma breve menção ao filme de *Noite do Terror* (*Black Christmas*, 1974), *Sexta-Feira 13* transformou essa fórmula em arte através de uma execução inteligente e de desdobramentos inesperados.

Em *Halloween*, o vilão é estabelecido de forma simples, clara e direta para que o filme pudesse rapidamente construir seu suspense. Inicia com um garoto de seis anos de idade chamado Michael Myers que, numa noite de Halloween, esfaqueia brutalmente sua irmã e é internado por quinze anos. Então ele escapa e retorna para sua cidade natal para continuar sua chacina. Claro. Direto. Simples. A partir daí, o filme está pronto para a largada, livre para fazer o que quiser no sentido de chocar e surpreender o público com uma infinidade de maneiras inteligentes e criativas.

Examinando a estrutura de *Sexta-Feira 13*, fica claro que o filme para pra considerar a abordagem de *Halloween* na introdução de sua história, mas depois desvia seu rumo e estabelece sua própria fórmula – mais popularmente conhecida como o gênero "O adolescente morto" – que inúmeros lançamentos de filmes *slasher* após *Sexta-Feira 13* no início 1980 tentaram simular. Quando o assassino de *Sexta-Feira 13* é mostrado no desfecho do filme e revela ser uma mulher de meia-idade, isso representa um contraste gritante à típica identidade masculina presente em praticamente todos os demais filmes de terror (ou terror *slasher*). Esse artifício – o aparecimento de uma mulher assassina – foi, claro, imortalizado no filme *Psicose* (*Psycho*, 1960), mas também foi copiado posteriormente por diversos outros filmes *slasher*, mais notoriamente por *Feliz Aniversário para Mim* (*Happy Birthday to Me*, 1981) e *Acampamento Sinistro* (*Sleepaway Camp*, 1983).

É no terceiro ato de *Sexta-Feira 13* que o motivo e a razão por trás das atitudes homicidas da vilã tomam corpo na forma do filho mongoloide e desfigurado da assassina, o emblemático Jason Voorhees. A apresentação do segundo vilão foi um conceito que distanciou mais ainda o filme de *Halloween* e finalmente estabeleceu *Sexta-Feira 13* como o mais influente filme de terror *slasher*, em termos tanto de execução quanto de construção de história, dessa era. Jason não havia surgido até então.

A influência de *Sexta-Feira 13* nesse sentido é mais evidente quando comparada aos filmes contemporâneos de mesmo gênero, os filmes que também buscaram capitalizar no sucesso de *Halloween*. O exemplo mais notável foi *A Morte Convida para Dançar* (*Prom Night*, 1980) que, ironicamente, foi filmado quase que simultaneamente a *Sexta-Feira*

13 em 1979. Com a intenção de ser uma cópia evidente de *Halloween*, de forma muito mais clara do que *Sexta-Feira 13*, *A Morte Convida para Dançar* tem início com uma morte acidental. Isso estabelece o motivo para o assassino cuja identidade é mantida em mistério até o final do filme, tal qual *Sexta-Feira 13*.

A locação no baile colegial de *A Morte Convida para Dançar* espelha o lado peculiar "americano", como o acampamento de verão de *Sexta-Feira 13*, mas enquanto *A Morte Convida para Dançar* é prisioneiro de seu visível débito a *Halloween*, *Sexta-Feira 13* consegue claramente escapar dessa influência e estabelecer seu próprio modelo que provou ser muito mais influente e copiado.

Nada disso tem a intenção de sugerir que *Sexta-Feira 13* não é uma construção destilada e síntese de várias influências de filmes de terror, mas sim que Sean Cunningham foi esperto e sábio o bastante para moldar essas influências em uma história que se provou emblemática por si só. Para deixar claro, Cunningham sabia como "pegar emprestado" sem deixar muitas marcas de suas impressões digitais. Tom Savini foi o mágico que tornou possível essa perfeita ilusão.

Os elementos da história de *Sexta-Feira 13* se tornaram uma marca tão presente dentro do universo dos filmes de terror que tornaram as várias influências do filme em algo irrelevante. Isso é um mérito de Cunningham e de seus colegas, principalmente Savini, que pegaram uma história que funcionava essencialmente como um rascunho de roteiro, um esqueleto, e lhe deram forma com energia visceral, carne e sangue.

> *Nota do Autor: A sinopse a seguir, incluindo a gramática e seus erros, de* Sexta-Feira 13, *foi tirada do pressbook do filme, lançado pela Paramount Pictures em 1980, em virtude do lançamento cinematográfico de* Sexta-Feira 13.

Sexta-Feira 13 começa no acampamento Crystal Lake, numa área para acampamento na Costa Leste que tinha sido fechada por mais de vinte anos, após o assassinato brutal de dois monitores em 1958, crime ainda não resolvido até então. Um jovem proprietário, Steve Christy (Peter Brouwer), tomou posse da propriedade e planeja reinaugurar o acampamento, tendo contratado sete jovens para serem monitores.

Annie (Robbi Morgan), uma bela estudante em suas férias de verão, está pegando carona para o acampamento Crystal Lake, para começar seu novo trabalho como cozinheira do local. Pedindo informações no caminho, ela encontra um atencioso caminhoneiro (Rex Everhart) que lhe dá uma carona - e um aviso ameaçador sobre "aquele lugar".

O caminhão deve seguir por uma rota diferente, Annie procura uma nova carona, e rapidamente a encontra em um jipe com alguém que também está indo em direção ao acampamento. Enquanto seguem pela estrada, Annie nota que o motorista passou a entrada do acampamento e não responde a ela o porquê. Aterrorizada de que algo terrível possa acontecer, Annie pula do veículo em movimento. Annie corre para a floresta procurando abrigo, enquanto o carro que a perseguia é bloqueado pelas árvores. O motorista pula para fora do carro e persegue Annie a pé, até enfim cortar a garganta de Annie. Ouve-se um grito aterrorizante da floresta.

Enquanto isso, seis outros monitores chegaram ao acampamento Crystal Lake e começaram a pintar, limpar e a realizar pequenos consertos no local. Ajudando a realizar essas pequenas melhorias estão Alice (Adrienne King), Bill (Harry Crosby), Brenda (Laurie Bartram), Ned (Mark Nelson), Marcie (Jeannine Taylor) e Jack (Kevin Bacon). Um religioso fanático local chamado Crazy Ralph (Walt Gorney) dá um susto em todos quando é descoberto escondido na despensa. Ralph avisa aos jovens que o acampamento carrega uma "maldição da morte". E foge para longe.

O dono do acampamento, Steve Christy, deixa a cidade para comprar mais suprimentos. A noite chega, e a lua cheia traz consigo uma violenta tempestade que atinge o acampamento. Oculta e pronta para matar, uma sombra sinistra está em busca de sangue. Devagar, metodicamente, e com uma precisão selvagem, quatro dos monitores são assassinados, um por um, cada qual encontrando seu final sangrento e macabro.

A ameaça sombria se livrou dos monitores de formas cruéis e bizarras: a garganta de Ned é cortada; Jack assiste uma flecha atravessar sua garganta; Marcie leva uma machadada no crânio; Brenda é esfaqueada até morrer; Steve Christy leva uma facada no estômago enquanto retorna ao acampamento.

O filme *slasher* *A MORTE CONVIDA PARA DANÇAR* – protagonizado pela estrela de *Halloween* JAMIE LEE CURTIS – foi filmado quase ao mesmo tempo que *Sexta-Feira 13*, em 1979, e é uma cópia muito mais evidente de *Halloween* (Imagem cedida por Peter Simpson)

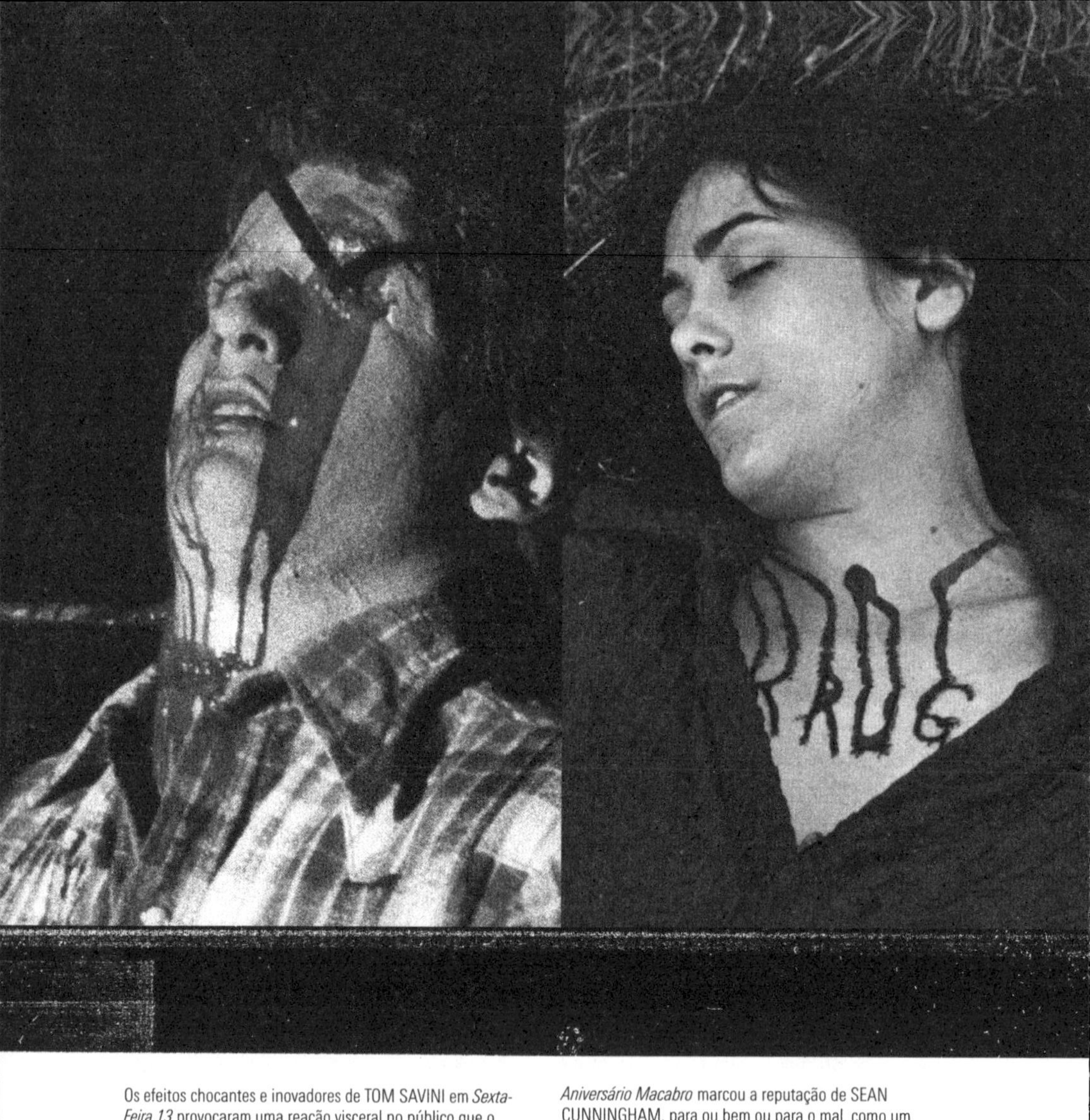

Os efeitos chocantes e inovadores de TOM SAVINI em *Sexta-Feira 13* provocaram uma reação visceral no público que o distinguiu dos outros filmes de terror – incluindo *Halloween* e seus imitadores (Imagem cedida por Tom Savini)

Aniversário Macabro marcou a reputação de SEAN CUNNINGHAM, para ou bem ou para o mal, como um cinegrafista de *exploitation* (Imagem cedida por David A. Szulkin)

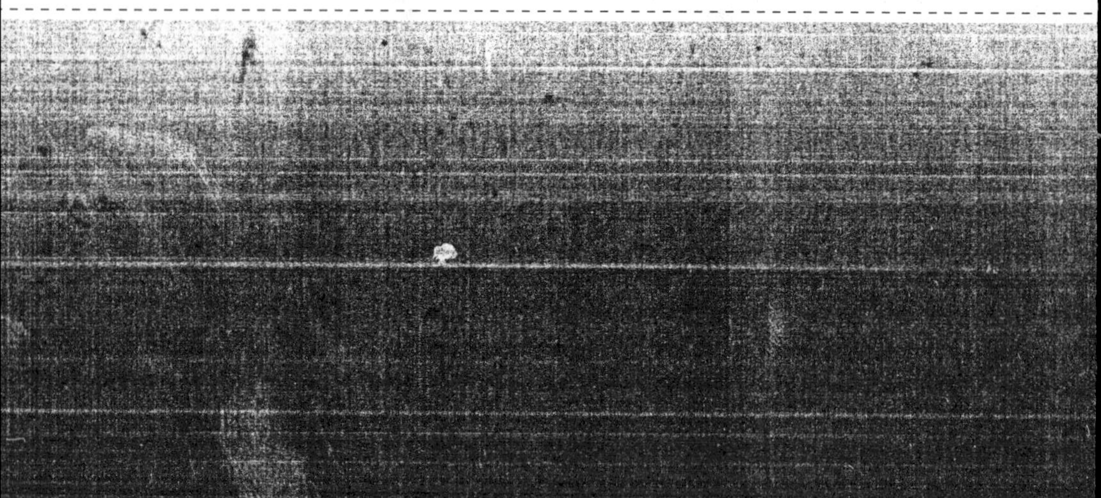

Desconhecendo o que está se passando ao redor deles, os dois monitores restantes, Alice e Bill, iniciam a procura pelos outros. Eles começam a perceber que algo maquiavélico está irrompendo no acampamento e que serão eles os próximos alvos. Quando então encontram um machado sangrento na cama de Brenda, correm para o escritório na tentativa de telefonar para a polícia. A linha foi cortada. Sua comunicação com o mundo lá fora foi bloqueada. Eles tentam fugir do acampamento dando a partida em uma caminhonete, mas ela não funciona.

Incessantemente, a chuva desaba no acampamento, levando o sangue embora. Alice retorna à cabana enquanto Bill enfrenta a chuva torrencial para reiniciar o gerador do acampamento que funcionava como única fonte de energia. Quando Bill não retorna após um longo período de tempo, Alice vai procurar por ele. Ela cambaleia em meio à chuva e à escuridão, enquanto segue para a cabana do gerador à procura de Bill. Lá, ela encontra o cadáver de Bill pregado na porta com flechas. Tomada pelo terror e com o pânico escurecendo sua razão, ela corre às cegas.

De repente, um jipe aparece do lado de fora da cabana que Alice havia bloqueado por dentro, assustada além do seu limite. Alice corre para fora e encontra uma mulher mais velha que aparece para confortá-la. É a sra. Voorhees (Betsy Palmer), uma residente local cuja propriedade é vizinha ao acampamento Crystal Lake. Ela tenta acalmar a ensandecida Alice, que já ultrapassou os limites da histeria.

A sra. Voorhees garante a Alice que vai lhe levar de carro a um lugar seguro, e então começa a divagar em suas lembranças durante as quais reconta como o acampamento tinha sido fechado muito tempo atrás por causa do seu filho, Jason, que tinha se afogado enquanto seus monitores estavam namorando ao invés de estarem em serviço. Quando a sra. Voorhees se vira para falar com o seu filho já há muito falecido, Alice congela por um momento e percebe que aquela é a assassina demente da qual deve escapar. Alice corre, seus nervos em pedaços.

Com todos mortos à sua volta, e sem ter para onde fugir, Alice acha segurança ao alcançar um barco no cais, mas o rosto contorcido da sra. Voorhees aparece como uma imagem ameaçadora nas águas escuras do lago, encurralando Alice. Um duelo até a morte faz as duas rolarem e se ferirem nas areias escuras e molhadas. Alice, furiosa e descontrolada, levada ao limite de seu instinto de sobrevivência, salta e corta a cabeça da louca mulher. Dormente e pouco consciente do mundo ao seu redor, Alice se deixa levar sem rumo em uma canoa que se move silenciosamente para o meio do lago.

O sol nasce, com seus raios acariciando gentilmente as águas agitadas do lago. Alice abre os olhos. O pesadelo teve fim. O horror. De repente um demônio do meio das águas, Jason, o mesmo que tinha se afogado, surge das profundezas e agarra Alice, lhe puxando para o seu túmulo molhado.

Alice acorda abruptamente em um quarto de hospital. Um policial (Ronn Carroll) está lá para entender os eventos bizarros daquela longa noite no acampamento Crystal Lake. Quando Alice menciona o filho, Jason, que havia lhe agarrado e puxado para as águas, ela é informada que nenhum garoto foi achado e que não havia mais ninguém no lago exceto Alice. Alice sussurra: "Então ele ainda está lá".

LAST HOUSE ON THE LEFT
R
RESTRICTED
UNDER 17 REQUIRES ACCOMPANYING PARENT OR ADULT GUARDIAN
'D. Presents "THE LAST HOUSE ON THE LEFT"
;RANTHAM • SANDRA CASSEL • MARC SHEFFLER
IGTON • Produced by SEAN S. CUNNINGHAM
:RAVEN • COLOR BY MOVIELAB

MÉTODOS DE MAYHEM

O Sean Cunningham que executou e elaborou *Sexta-Feira 13* em 1979 era um cineasta e uma pessoa muito diferente do Sean Cunningham que colaborou com Wes Craven em *Aniversário Macabro*. Filmado em outubro de 1972, *Aniversário Macabro* construiu a base para a carreira de Cunningham como um cineasta de filmes de terror, com toda a bagagem que a função carrega. Embora *Sexta-Feira 13* não fosse nem mesmo um sonho nesse momento, os dois filmes estão para sempre interligados.

Sean Cunningham tinha 20 anos quando ele e Wes Craven conceberam e filmaram *Aniversário Macabro*. Cunningham considerava a si mesmo como um cineasta amador a essa altura, muito embora já tivesse dirigido um documentário erótico *The Art of Marriage* (1970) e o pseudodocumentário pornô *Together* (1971).

Cunningham trouxe a *Aniversário Macabro* a juventude exuberante de alguém que ainda se encontrava deslumbrado pelas novidades do processo cinematográfico. "Nós dificilmente parecíamos uma equipe de filmagem", relembra Cunningham sobre as filmagens, em sua grande maioria feitas perto de sua casa em Westport, Connecticut. "Erámos, literalmente, garotos correndo por aí com uma câmera."

No verão de 1979, a energia e o entusiasmo foram substituídos por uma personalidade cínica, aborrecida e irônica, refletindo um homem que passou quase uma década enfrentando as entranhas da indústria cinematográfica. Por mais frágil que a autoestima de Cunningham estava quando ele se aproximou de *Sexta-Feira 13*, seus principais motivos ainda eram os mesmos da época em que fez *Aniversário Macabro*: grave necessidade financeira e autopreservação.

Tanto *Sexta-Feira 13* quanto *Aniversário Macabro* são representativos dos recursos e das habilidades que Cunningham possuía durante diferentes períodos nos quais esses filmes foram feitos, e as pessoas criativas com as quais Cunningham se cercava a cada filme.

Aniversário Macabro teve um orçamento de 90 mil dólares. Foi filmado com uma Super 16mm. Esses dois fatores foram muito importantes, apesar do autoproclamado status de cinegrafista amador, para estabelecer a qualidade de filme primitivo e de certa crueza que os apaixonados defensores do filme apontam como o seu diferencial em comparação a futuros filmes *slasher* como *Sexta-Feira 13*.

Em Wes Craven, Cunningham encontrou seu par, um cineasta cerebral e atencioso que trouxe um equilíbrio eficiente ao seu outrora comportamento metódico e pragmático. *Aniversário Macabro* também marcou a apresentação profissional de Cunningham a Steve (Stephen) Miner, até então um novato cineasta de 20 anos que trabalhou como assistente de produção e edição em *Aniversário Macabro* e por fim se tornou discípulo de Cunningham e parceiro na produção de *Sexta-Feira 13*.

Aniversário Macabro foi financiado pela Hallmark Releasing Corporation – uma empresa de distribuição de filmes localizada em Boston, criada em 1970 e dirigida pelos sócios Robert

Barsamian, Stephen (Steve) Minasian e Philip Scuderi. A Hallmark era uma filial da Esquire Theaters of America, rede de cinemas da Nova Inglaterra que os sócios comandavam desde a década de 1960. *Aniversário Macabro* representou um dos primeiros investimentos da Esquire/Hallmark no terreno do financiamento e produção de filmes. Os três sócios, todos advogados, financiaram depois *Sexta-Feira 13* sob a bandeira da Georgetown Productions.

Aniversário Macabro foi originalmente pensado por Craven e Cunningham como um filme *hardcore*. Quando foi filmado em 1971, Craven e Cunningham visualizaram o filme como um ataque direto à censura da violência presente nos filmes e na televisão da época, ao mesmo tempo que mencionava a Guerra do Vietnã e o obscuro submundo da geração hippie/*flower power*. Críticos argumentam que tais tópicos são irrelevantes e apenas servem como uma licença para os cineastas, Craven e Cunningham, chafurdarem em degradação e depravação.

Sexta-Feira 13 teve um orçamento de produção final de quase 550 mil dólares (muitas fontes apontam para 500 mil dólares), mais do que qualquer filme anterior com o qual Cunningham havia se envolvido. Foi filmado em Panavision, com uma equipe de produção que era, ao menos em termos de serviços técnicos de importância, formada pelos mais qualificados profissionais.

Como *Aniversário Macabro*, *Sexta-Feira 13* é um reflexo do seu tempo: a melancolia do período de recessão que tomou conta da América no final de 1970. Ambos os filmes têm um ar e aparência de semidocumentário. Em *Aniversário Macabro*, isso é reforçado pelo uso da Super 16mm, o orçamento apertado do filme e a inexperiência dos cineastas. Embora *Sexta-Feira 13* também tenha sido filmado em um formato bruto de semidocumentário, o uso da Panavision diminuiu esse impacto.

Sexta-Feira 13 e *Aniversário Macabro* se passam na natureza selvagem, em cenários em meio a florestas, e usam isso para provocar o medo do isolamento. Ambos os filmes falam sobre a perda de uma criança e expõem a figura de pais que buscam vinganças sangrentas para satisfazer seus lutos e raivas provocados por essa injustiça.

Em 1980, logo antes do lançamento, Cunningham explica que sua intenção em *Sexta-Feira 13* era "de preparar psicologicamente seu público para o terror; mostrar que a realidade é talvez o método mais eficaz de apresentar o terror, que 'isso poderia acontecer comigo' é o que realmente leva o público à loucura, e faz com que adorem essa experiência." Tirando sua declaração do contexto em que foi dita, Cunningham poderia muito bem estar se referindo a *Aniversário Macabro*, com a única exceção da parte de "e faz com que adorem essa experiência".

Sexta-Feira 13 também carrega o fantasma do Vietnã, embora isso não seja visível nos personagens e na história do filme, mas sim nos seus efeitos sangrentos. Tom Savini havia sido um fotógrafo de guerra no Vietnã (o diretor de fotografia Barry Adams também havia servido como fotógrafo na mesma guerra) e carregava essa influência brutal em sua posterior carreira no cinema, especialmente em *Sexta-Feira 13*.

LAST HOUSE ON THE LEFT

From the makers of
»FRIDAY THE 13TH«

LAST HOUSE

Se filmes como *HERE COME THE TIGERS* tivessem feito sucesso, é provável que *Sexta-Feira 13* nunca tivesse existido (Imagem cedida por Barry Abrams)

IT'S A WHOLE NEW BALL GAME!

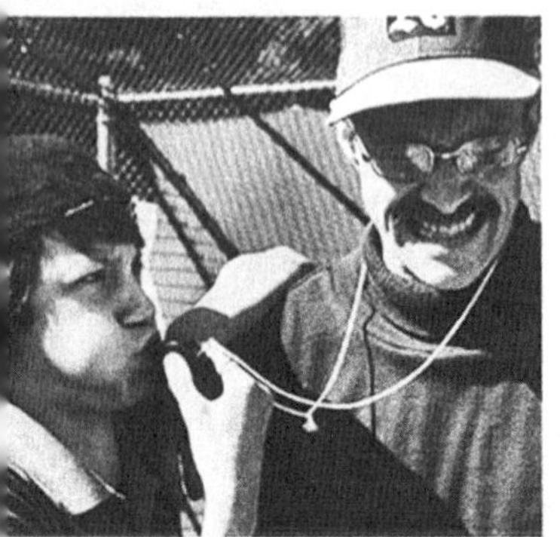

The new coach is ready for the funny farm, the umpire is unconcious and they're down by 39 runs in the last inning. . . THEY'VE NOT YET BEGUN TO FIGHT!

Enquanto alguns críticos desprezam os efeitos de *Sexta-Feira 13* como sendo ultrajantes, surreais e coisas de fantasia, eles eram, diferentemente das imagens sangrentas em *Aniversário Macabro*, uma representação ampla da realidade, ao menos segundo Savini. "Sim, penso que o Vietnã foi uma lição de anatomia para mim", disse Savini. "Sou o único artista de efeitos de maquiagem que viu a coisa real, então minha reputação para o realismo é um resultado da minha experiência no Vietnã. John Chambers era um artista de efeitos de maquiagem que viu o resultado que uma guerra provoca nas pessoas em geral e criou a aplicação de prótese para elas, mas eu realmente estive lá e vi isso de perto."

Muito embora o envolvimento de Cunningham com *Aniversário Macabro* e a duradoura reputação do filme foram essenciais para ajudar Cunningham a por *Sexta-Feira 13* em ação, Cunningham vê poucas semelhanças entre os dois filmes. "Se você examinar, *Aniversário Macabro* tem todo um ar de cinismo", diz Cunningham. "Parece dizer: 'Você quer terror? Então, aqui está o terror de verdade'. *Sexta-Feira 13*, por outro lado, é uma montanha-russa, um parque de diversões por assim dizer."

"A localização em meio às árvores e, sobretudo, aquela qualidade de filmes de baixo orçamento que *Sexta-Feira 13* carrega me lembra de *Aniversário Macabro*", diz o jornalista David A. Szulkin, um estudioso de *Aniversário Macabro* e autor do livro *Wes Craven's Last House on the Left*. "Ambos são filmes vulgares que se aproveitam de certos desejos perversos do público. *Aniversário Macabro* tinha uma sensibilidade extravagante/hippie que já não existia mais na época de *Sexta-Feira 13*. Creio que é interessante olhar para os dois filmes em termos de mudanças de época, a mudança da cultura jovem".

Apesar de alguns elementos de produção semelhantes, *Sexta-Feira 13* e *Aniversário Macabro* chegam a lugares bem diferentes com o gênero de terror *exploitation*. *Aniversário Macabro* é um exercício de brutalidade que quase desafia o espectador a continuar lhe assistindo, enquanto *Sexta-Feira 13*, apesar das imagens sangrentas, é realmente uma experiência interativa entre o filme e os espectadores, cuja meta principal é entreter, sacudir, chocar. *Sexta-Feira 13* não faz qualquer esforço de espelhar a realidade em formatos que pudessem quebrar com as convenções comerciais de filmes de terror, enquanto que *Aniversário Macabro* se atreve a, e talvez almeje, ofender todas as classes.

Sexta-Feira 13 representa escapismo enquanto *Aniversário Macabro* não oferece escapatória. "A violência em *Sexta-Feira 13* era bizarra, mas nunca real", disse Wes Craven. "Ele [*Sexta-Feira 13*] era bobo. Eu estava mais interessado em elementos psicológicos e ironia, e creio que Sean descobriu que ele tinha muito mais interesse em ser divertido do que agressivo. *Aniversário Macabro* não lhe permitia qualquer divertimento."

Na pior das hipóteses, *Aniversário Macabro* funcionou como um campo de testes para a filmagem do medo – o que funciona e o que não funciona – tanto para Cunningham quanto para Steve Miner. "Creio que ele aprendeu o que não se deve fazer", disse Szulkin. "*Aniversário Macabro* foi uma experiência de aprendizado para todos esses caras. Sean não planejou ser um cineasta de terror ou um 'mestre do bizarro'. Eu creio que, a essa altura, Sean está confortável sendo um cara do terror, mas, especialmente depois de *Aniversário Macabro*, ele e Wes realmente queriam fazer outras coisas."

No final da década de 1970, Cunningham havia se tornado um cineasta competente, eficiente e tecnicamente confiável. Um conjunto de habilidades próprias para o trabalho frio e mecânico de fazer comerciais, documentários e filmes industriais, o que manteve Cunningham financeiramente estável da metade para o fim da década de 1970.

Cunningham não desmente nada disso – nem agora e nem em 1970. Poucos cineastas são tão honestos e conscientes de suas próprias capacidades e limitações. "Eu sempre me envolvi com o cinema a partir de uma perspectiva de negócios, e não artística", disse Cunningham. "A realidade é essa: você consegue vender seu filme por mais do que gastou para fazê-lo? É esse o trabalho. Essa foi sempre a minha meta principal."

Sexta-Feira 13 foi um vislumbre solitário de Cunningham na sua carreira, seu raio de luz. Seja por desespero ou pura ganância, ou os dois, a visão de Cunningham, somada à sorte e ao momento certo, carregou *Sexta-Feira 13* da etapa do planejamento até o estrondoso sucesso comercial do filme.

Sexta-Feira 13 começou como uma jogada de marketing, o que levou Cunningham a buscar apoio. Havia um logo. Havia um título. Havia uma estratégia. Nenhum personagem. Nenhuma trama. Nenhum cenário. Embora a direção de Cunningham em *Sexta-Feira 13* provou ser bem segura e inovadora, seu planejamento sagaz e sua habilidade em vendas foram fundamentais para o sucesso do filme. "Eu havia feito dois filmes infantis [*Here Come the Tigers* (1978) e *Manny's Orphans* (1978)] e estava buscando outras coisas quando a ideia de *Sexta-Feira 13* me atingiu", disse Cunningham. "Isso foi antes de termos um roteiro, ou um conceito, embora eu soubesse que queria fazer um filme de terror que se passasse em algum tipo de local isolado. Tudo o que enxergava era o título *Sexta-Feira 13*."

Essa visão, ou crença, alimentou a busca de Cunningham por *Sexta-Feira 13* com energia e zelo, coisas não presentes em seu trabalho antes ou até então. A despeito dos motivos comerciais que inicialmente inspiraram *Sexta-Feira 13*, o filme representa, considerando as limitações das habilidades de Cunningham, um prazer de filmar e de assustar o público.

Mesmo que a realização de *Sexta-feira 13* tenha sido um processo estressante e caótico para Cunningham, dirigi-lo foi divertido. Ele provou ser hábil na arte de manipular e brincar com as sensibilidades do público. "As coisas assustadoras no roteiro surgiram ao nos sentarmos e nos perguntarmos 'O que seria divertido?'", disse Cunningham. "É você pensar em todas as situações que lhe assustaram quando criança. Há um monstro em algum lugar. Sua mãe viria no seu quarto e lhe asseguraria que não há um no armário, e então apagaria as luzes e enfim você iria dormir. Nós tentamos inverter isso. Dedicamos o filme à ideia de que há sim alguém embaixo da cama ou no armário, que há uma força hostil tentando lhe pegar. Parte do processo de crescer é aprender a ignorar que há essa força hostil lá fora tentando lhe alcançar. Nós brincamos com esse medo. O que eu queria fazer era criar uma atmosfera assustadora e divertida.

Assim como o sucesso infame e notório – se não tradicionalmente comercial – de *Aniversário Macabro* perseguiu Cunningham como um resfriado por toda a década de 1970, o sucesso de *Sexta-Feira 13* estigmatizou ainda mais sua carreira cinematográfica em um nível de transformação muito maior.

Certamente *Sexta-Feira 13* estabeleceu Cunningham como um cineasta influente no gênero do terror, algo do qual ele nunca escapou, pro bem ou pro mal. "Após *Sexta-Feira 13*, era como se eu fosse carne nova no bordel e todo mundo quisesse sentir um pouco do meu gosto", disse Cunningham. "De muitas maneiras, *Sexta-Feira 13* foi minha forma de mostrar a Hollywood o que eu era capaz de fazer. Eu estava pronto e animado para fazer outros filmes, mas estava preso à *Sexta-Feira 13*."

Dentro do gênero do terror, *Sexta-Feira 13* estabeleceu uma indústria fechada composta de intermináveis imitações, numerosas sequências, uma série de televisão, e um remake de 2009. Histórias em quadrinhos. Brinquedos. Desprezado por críticos de cinema, mais notoriamente o falecido Roger Ebert e Gene Siskel, mas amado por fãs, *Sexta-Feira 13*, o filme original, permanece um dos marcos mais influentes e visitados do cinema de terror.

O primeiro filme é normalmente o melhor, como dizem, e com quase toda certeza o mais influente. Isso se aplica à franquia de *Sexta-Feira 13* e aos incontáveis filmes de terror que o sucesso de *Sexta-Feira 13* ajudou a dar vida. Um fenômeno cult enraizado dentro da consciência do grande público, um sucesso de público independente, o precurssor de toda uma indústria cinematográfica, na vanguarda do mundo do terror cinematográfico moderno, *Sexta-Feira 13* merece que o examinemos de forma melhor do que jamais fizemos.

Apesar da sua origem nas produções teatrais, SEAN CUNNINGHAM dedicou-se completamente ao cinema na década de 1970 (Imagem cedida por Sean Cunningham)

DIRETO DE WESTPORT

SEMEANDO O SANGUE

"Você não precisa passar por uma banca examinadora para se tornar um produtor de cinema. Você só precisa montar seu escritório." – ***Sean Cunningham***

"Eu sempre olhei para Sean como sendo mais um homem de negócios do que um cineasta."
Virginia Field, *designer de produção*

A origem de *Sexta-Feira 13* está ligada à vida de seu criador, Sean Sexton Cunningham, filho de imigrantes irlandeses de primeira geração. Ele passou os seis primeiros anos de sua vida em Nova York, vivendo em um apartamento na Fifth Avenue com sua família, que depois incluiria dois irmãos mais novos. Os Cunningham se mudaram para Westport, Connecticut, em 1948 e foi nesse local que o destino de Cunningham foi traçado; especialmente a direção e o tom de sua carreira como cineasta que por fim deram vida a *Sexta-Feira 13*.

Quando adolescente, Cunningham cresceu em um mundo intelectual e parecia pronto a assumir uma vocação profissional que fosse compatível com sua criação elitista e respeitável. Quando a década de 1950 estava para terminar, Sean, que tinha chegado aos 18 anos no réveillon de 1959, se matriculou no Franklin and Marshall College em Lancaster, na Pensilvânia. Ele buscava conseguir uma carreira na medicina, porém percebeu se tratar de uma busca equivocada. Percebendo que seu coração não se sentia confortável no universo sóbrio da academia, Cunningham pulou para o programa acadêmico de teatro, e uma improvável carreira no *show business* nasceu.

"Me interessei pelo teatro lá, e passava todo o meu tempo nele", disse Cunningham. "Também percebi que queria me tornar médico por todas as razões erradas; eu queria o status, e não estava realmente preparado para lidar com a disciplina científica, e sim com uma disciplina criativa. Desfrutei de verdade meu enorme envolvimento no teatro da faculdade, e não gostei nem um pouco da disciplina científica de memorização." Além de ajudar a montar diversas produções teatrais no Franklin and Marshall, Cunningham também atuou em diversas peças produzidas na faculdade. Isso alimentou sonhos curtos de uma carreira como ator protagonista. Quando Cunningham terminou seu mestrado em Drama e Cinema em Stanford, percebeu que sua ambição era nos bastidores ou, mais precisamente, atrás da câmera.

"Eu entrei numa pós-graduação de Drama e Cinema em Stanford, e decidi que não queria mais atuar, mas sim dirigir", relembra Cunningham. "Depois, tive um daqueles momentos em que a sorte aparece no caminho. Um amigo meu envolvido no Lincoln Center me chamou e perguntou se eu queria um emprego. Eu tinha uma grande expectativa de ser cotado como protagonista, e descobri que o emprego era como figurinista. Virei amigo do diretor de palco e aprendi de verdade o serviço."

Da metade para o fim de 1960, Cunningham teve uma existência nômade, dirigindo produções de teatro que viajaram por todos os Estados Unidos. Junto com o Lincoln Center de Nova York, onde ele trabalhou como diretor de palco para uma bem recebida produção de *Merry Widow*, Cunningham ajudou a organizar produções no Oregon Shakespeare Festival e no Mineola Playhouse em Long Island, onde terminou produzindo *revivals* de *The Front Page* e *Our Town*.

Ainda assim, à medida que a década de 1960 chegava ao fim, Cunningham, embora ocupado e produtivo, havia se cansado do modelo teatral, tanto da arte quanto dos negócios em si.

No outono de 1969, Cunningham, com o apoio de sua esposa, Susan (os dois, que estavam casados há mais ou menos quatro anos a esse momento, tinham acabado de ter um filho, Noel), decidiu que era tempo de fazer uma mudança de carreira e pular do teatro para o mundo do longa-metragem no cinema.

SEAN CUNNINGHAM no início de 1980, logo antes de a Paramount Pictures e a Warner Bros. adquirirem os direitos de distribuição de *Sexta Feira 13* (Imagem cedida por Barry Abrams)

"Teatro é anacronismo – não dura", disse Cunningham. "Filme é uma afirmação duradoura. Eu arrecadei dinheiro para projetos de teatro, e não me pareceu um bom investimento financeiro. Percebi que talvez pudesse arrecadar dinheiro para filmes, e aprendi como filmá-los à medida que os fazia. Parecia divertido, então foi o que busquei fazer."

O tempo de Cunningham no teatro representou o último momento na sua carreira profissional em que ele esteve envolvido em um projeto inteiramente motivado pela criatividade, por motivos inocentes. Ainda que o universo teatral fosse, e é, competitivo e impiedoso, o mundo do teatro, em retrospecto, era como uma panaceia comparado ao abismo em que Cunningham se encontrou envolvido em 1970.

A escolha decisiva de Cunningham, no apagar das luzes de 1969, de entrar na arena cinematográfica marcou o começo de sua transformação de um garoto energético e otimista da alta sociedade da Nova Inglaterra, para a figura impertinente, cínica, sem pretensões de homem de negócios que emergiu na década de 1970.

"Eu vivi como um cigano nos anos 1970", diz Cunningham. "Tinha uma paixão por teatro, mas não me envolvi com o cinema por motivações artísticas. Olhei para a possibilidade de fazer filmes como sendo um trabalho divertido e tinha a esperança de poder filmar o suficiente para não ter que arrumar um emprego de verdade. Era essa a minha meta."

Com um orçamento de 3.500 dólares, arrecadado de doações que Cunningham conseguiu de familiares e amigos, ele oficialmente entrou na indústria do cinema no outono de 1969 quando dirigiu, produziu e escreveu um documentário sexual – um "*white coater*" como passou a ser chamado o gênero – chamado de *The Art of Marriage*.

Completo amador nos rituais de filmagens de baixo orçamento, Cunningham trouxe apenas três membros para formar uma equipe com ele e fazer *The Art of Marriage*. Seja por sorte de principiante, ou uma abençoada ignorância, *The Art of Marriage* fez um sucesso modesto no seu lançamento em uma porção de cinemas em 1970.

"Naquela época, nós tínhamos [se referindo ao filme] o que chamávamos de '*white coaters*'", disse Cunningham. "Eles permitiam que mostrássemos filmes *hardcore* pornográficos contanto que estivessem disfarçados pela liberdade de expressão. Nós os rotulávamos de filmes 'educacionais' ou 'relacionados à saúde'. No início, alguém aparece dizendo 'Nós agora iremos mostrar a vocês práticas conjugais na Dinamarca como formas pelas quais vocês podem melhorar sua satisfação conjugal'. Então, pelos próximos oitenta minutos você veria pessoas transando loucamente."

Para Cunningham, que sempre mediu o sucesso de um filme através do prisma de custo-benefício da receita, *The Art of Marriage* serviu seu propósito ao lhe dar algum grau de retorno financeiro, assim como uma experiência cinematográfica inestimável. "Eu estava navegando em águas completamente desconhecidas", disse Cunningham. "Por mais desagradável que *The Art of Marriage* fosse, eu tinha que achar salas de cinema que fizessem algum tipo de acordo comigo para exibi-lo. *The Art of Marriage* foi primeiramente lançado no Brant Theater na 42nd Street em Manhattan, e ficou em cartaz por 27 semanas! Nós provavelmente lucramos mais de 100 mil dólares, e assim eu tive o que a maioria das pessoas na indústria do cinema nunca tiveram: um filme de sucesso."

Além de ser seu primeiro filme, *The Art of Marriage* foi muito importante porque foi como Cunningham e Wes Craven – um cineasta que passava pelas mesmas dificuldades que ele e iria colaborar com Cunningham em *Aniversário Macabro* – se conheceram. Com os proventos de *The Art of Marriage* e outros 50 mil dólares de "doações" de amigos e familiares, Cunningham abriu firma em Nova York – com o nome de Sean S. Cunningham Films – ao alugar um pequeno escritório no prédio da West 45th Street. Esse é o local onde Craven e Cunningham colaboraram na segunda aventura de Cunningham como diretor, e onde Craven e Cunningham por fim criaram *Aniversário Macabro*.

NA DIREÇÃO CERTA

Na primavera de 1970 Sean Cunningham poderia ser considerado um cineasta de verdade, completo, com cartão profissional e escritório. Na verdade, Cunningham pagou as contas durante esses primeiros meses magros usando o equipamento de edição que montou no escritório da West 45th Street para filmar comerciais, curtas, qualquer coisa que o mantivesse ocupado e alimentado. "Nós estávamos tentando fazer qualquer coisa para manter a luz acesa, acima de tudo", diz Cunningham. "Tínhamos comprado um equipamento de edição Steenbeck, junto com um equipamento de som e como resultado pudemos efetivamente realizar pós-produções. Nós saíamos e filmávamos pequenos comerciais à mão, ou depoimentos, esse tipo de coisa. Era bem informal; estávamos apenas tentando descobrir o que fazer."

O próximo filme de Cunningham, seu segundo longa-metragem, foi um pseudo-documentário *softcore* intitulado *Together*. O filme estrelava a futura deusa do cinema pornô, Marilyn Chambers, que havia namorado um dos irmãos de Sean, e era mais conhecida, na época, por aparições em comerciais de sabão em pó da Ivory Snow. Cunningham começou a filmar *Together* em maio de 1970 e continuou até julho quando o dinheiro – obtido com familiares, amigos e até mesmo o médico da família de Cunningham – chegou ao fim.

A filmagem de *Together* terminou em setembro, e se arrastou até dezembro, sem nenhuma perspectiva de ter fim. É aí que entra Wes Craven, contratado por Cunningham para sincronizar os negativos diários do filme. O trabalho de Craven eventualmente lhe rendeu crédito como "assistente de produção", além da fé e confiança de Cunningham. Craven, inclusive, fez sua estreia como diretor em *Together*, quando filmou cenas adicionais em Porto Rico durante um período particularmente caótico.

O sócio de Cunningham, em *Together* e no seu escritório, era Roger Murphy – que trabalhou como diretor de fotografia e editor em *Together*. O relacionamento instável que existia entre Cunningham e Murphy ajudou a fortalecer a união entre Craven e Cunningham, que começou a confiar em Craven cada vez mais, a ajudá-lo a cortar e editar os filmes, especialmente quando Cunningham e Murphy chegaram ao ponto em que não mais se falavam.

A CONEXÃO COM BOSTON

Quando *Together* foi finalizado, Cunningham foi atrás de um acordo de distribuição e se deparou com uma rejeição total. Desesperado, levou o filme ao Esquire Theaters of America, a rede de cinemas que funcionava em Boston dos sócios Robert Barsamian, Stephen (Steve) Minasian e Philip Scuderi.

Esquire controlava uma rede de salas de cinema por toda a Nova Inglaterra e ao norte de Nova York, o que representava uma mistura de salas urbanas de cinema, salas multiplex, drive-ins e salas de exibição pornô, sendo esses últimos dois setores aqueles com os quais a empresa mais se identificava. No outono de 1970, a Esquire expandiu seus negócios incluindo distribuição de filmes, sob a fachada da Hallmark Releasing Corporation.

Together foi um dos primeiros lançamentos da Hallmark como braço de distribuição, e também tecnicamente os primeiros passos da empresa na produ-

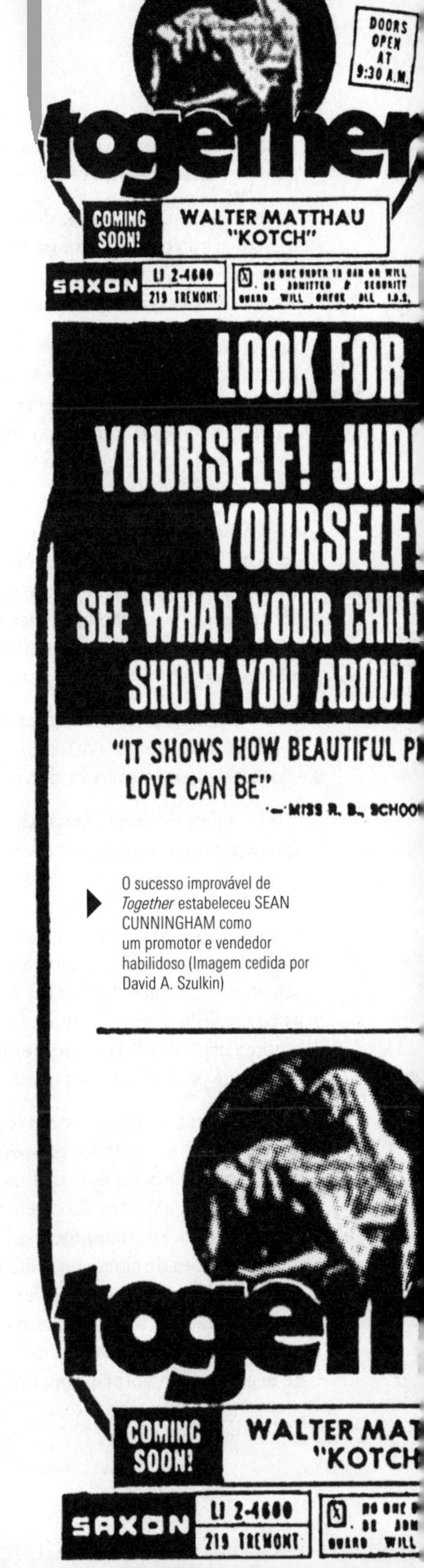

O sucesso improvável de *Together* estabeleceu SEAN CUNNINGHAM como um promotor e vendedor habilidoso (Imagem cedida por David A. Szulkin)

ção de filmes, uma vez que o sócio Stephen Minasian recebeu um simbólico crédito como produtor – como Steve Minasian – no lançamento do filme, embora ele não tenha tido qualquer envolvimento criativo com o filme em si.

A parceria com a Hallmark, depois renomeada de Georgetown Productions, em *Together* marcou o início de uma longa década de relacionamento (um relacionamento bem unilateral, tempestuoso e insalubre motivado por desespero e ganância) que iria por fim – sob o nome de Georgetown – lançar *Sexta-Feira 13*.

A sede da Hallmark estava localizada dentro de um despretensioso prédio de dois andares na Church Street, uma área conhecida como "o distrito cinematográfico de Boston" na década de 1970 por sua extensa variedade de distribuidores de filmes e cinemas. A Hallmark – que ganhou esse nome a partir de um subúrbio de Boston – tinha sido pensada para essa modesta locação, onde a empresa dos três sócios conduzia seus negócios chamando pouca atenção e alarde.

Robert Barsamian, Stephen Minasian e Philip Scuderi entraram para o mundo do cinema como advogados e suas três bem diferentes personalidades geraram uma estrutura de negócios extremamente caótica e instável. Philip Scuderi (16.11.1929–23.11.1995) era o líder. Ele era um *showman* bombástico e carismático que trouxe grande paixão, e muitas vezes um cuidado excessivo, para os filmes que distribuiu, exibiu, financiou e produziu por toda a década de 1970 e adentrando a de 1980.

Como Scuderi, Stephen Minasian (28.01.1925) foi também uma força criativa, mas sua personalidade era mais discreta e reservada. Robert Barsamian (20.09.1928) era o cunhado de Stephen Minasian e desempenhava um papel reservado nos negócios da empresa.

"Phil Scuderi era lindo, carismático, um cara explosivo", relembra George Mansour, um agente de viagens da Hallmark em 1970. "Ele era esperto, tenaz, uma pessoa fantástica, mas tinha muitos casos, e muitas amantes, incluindo uma secretária com quem trabalhei no escritório. Steve Minasian era um cara sólido, muito esperto, mas conservador, discreto e um cara verdadeiramente de família. Não havia explosões com Steve, diferentemente de Phil, que era casado, mas tinha uma amante e terminou morrendo muito jovem de um ataque cardíaco. Robert era o cunhado de Steve e adorava fazer trotes e brincar com as pessoas. Ele não era muito envolvido com a indústria do cinema. Eles não colocaram o nome deles em *Sexta-Feira 13* ou outros filmes porque não queriam ser associados aos filmes que produziam, pois queriam manter um perfil o mais discreto possível."

A empresa em si operava como uma montanha-russa durante a década de 1970, cheia de altos e baixos, e resultados inesperados. Basicamente, quando as salas de cinema estavam indo bem, o dinheiro fluía de forma eficientemente e tudo funcionava sem dificuldades. Mas quando a indústria do cinema desacelerava, tudo ficava suspenso no ar. Pagamentos eram perdidos, estúdios processados por falta de pagamento de direitos autorais, e as últimas produções de cinema nas quais a Hallmark investiu, começando com *Together*, ficariam sem dinheiro. "Algumas vezes cheques voltavam e eu ia às salas pornôs, que sempre operavam bem, e tirava dinheiro daquelas receitas", relembra Mansour. "Deixava os cheques ruins, que não tinham um bom crédito, com os chefes. Além disso, era um escritório de negócios bem normal, com um escriturário, contador, secretária e três chefes."

Propaganda de *Sex Crime of the Century*, um dos títulos alternativos com o qual *ANIVERSÁRIO MACABRO* foi lançado (Imagem cedida por David A. Szulkin)

Fosse pela reputação virulenta de Boston como uma cidade da máfia, principalmente em 1970, fosse por aspectos sombrios dos negócios cinematográficos da Hallmark, ou pelas roupas extravagantes, chamativas e pomposas que Scuderi e seus sócios frequentemente usavam em público, a empresa estava marcada por uma reputação ligada ao crime organizado. Essa reputação era alimentada pelo fato de que a Hallmark, e os nomes dos seus sócios, apareciam em várias investigações sobre o crime organizado, a maioria envolvendo o alegado contrabando de cópias de filmes, filmes pornográficos (gênero conhecido por ser muito usado para lavagem de dinheiro na década de 1970) da Europa. Embora a Esquire/Hallmark, na realidade, lançasse filmes de todos os gêneros, de dramas a filmes infantis, os laços da empresa – e a sua paixão – pelos filmes de *exploitation*, terror e pornografia sempre representariam sua identidade e legado.

Esse era o mundo maravilhoso no qual Sean Cunningham entrou quando dirigiu (houve rumores de que Cunningham pegou um ônibus até Boston) – sem condições ou intenção de pagar o custo de uma passagem de avião – de Nova York até Boston e se encontrou com Scuderi para a comercialização de *Together*, que teve um total de custos de produção de 70 mil dólares, e sua distribuição. Isso marcou o começo de uma bizarra relação que seguiria um caminho previsível nas décadas seguintes.

Cunningham, como mencionado, lutava até para pagar sua viagem inicial a Boston, e estava desesperado, não tinha para onde ir, e se encontrava preparado para fechar qualquer acordo que Scuderi lhe oferecesse. Wes Craven, que também teve muitas experiências com Scuderi e seus sócios, descreveria depois, meio que brincando, o relacionamento básico entre Cunningham e Scuderi como uma situação tipo "tiros na Broadway", uma referência irônica aos supostos laços da Hallmark com a máfia de Boston.

Cunningham e Scuderi exibiram *Together* em um cinema local em Boston, após Scuderi ter oferecido 15 mil dólares pelos direitos de distribuição. Cunningham aceitou a contragosto e a Hallmark tomou conta do filme. A estreia cinematográfica de *Together* aconteceu em 8 de agosto de 1971, no Four Seasons Multiplex em Providence, Rhode Island. "Phil [Philip Scuderi] enxergou o mesmo que eu", disse Cunningham. "Se você promover isso da forma correta, poderá exibi-lo em cinemas do subúrbio. Nós promoveríamos grandes anúncios em jornais locais que diriam 'O que seus filhos podem lhe ensinar sobre S-E-X-O? Descubra Quinta-Feira - Exibição Especial às 10h AM. De Graça!' Quem apareceria às dez horas da manhã? A agitação foi sem igual. Nós fizemos um negócio fenomenal. As pessoas estavam literalmente fazendo filas ao redor do quarteirão para assistir. Era 1971 - antes de *Garganta Profunda*. O *pornô chic* veio depois."

Se beneficiando bastante do fato de que era menos explícito do que a maioria dos seus parceiros de classificação adulta no mercado, sem mencionar os gigantes do *hardcore* como *Garganta Profunda* (*Deep Throat*, 1972) e *O Diabo na Carne de Miss Jones* (*The Devil in Miss Jones*, - 1973) que vieram logo a seguir, *Together* apelava para os casais no meio do caminho que procuravam por um filme excitante para se aconchegarem assistindo juntos, sem a culpa e a vergonha associadas ao gênero *hardcore*. "Há uma cena onde uma garota, creio que seja Marilyn Chambers, pega uma flor amarela e usa para acariciar um pênis negro grande e flácido, e à medida que ela acariciava, ele aos poucos ia ficando duro", relembra George Mansour. "Essa era a grande cena, a única coisa inesperada no filme. A lógica da Hallmark para o sucesso de *Together* era o fato de que havia um grande público que nunca havia visto um pênis negro duro."

Alcançando salas de exibição de grande público e salas multiplex, *Together* se tornou um surpreendente sucesso underground que eventualmente chamou a atenção da distribuidora nacional American Internacional Pictures (AIP), com quem Minasian e Scuderi mantinham uma relação bastante próxima e amigável. A AIP, que nunca antes havia trabalhado com um filme de conteúdo adulto, concordou em distribuir *Together* nacionalmente. Em fevereiro de 1972, *Together* arrecadou um milhão de dólares nas bilheterias norte-americanas, e até 1977, o filme havia acumulado de renda - a quantidade que retorna à central distribuidora de filmes - 4 milhões dólares. "Depois disso [o lançamento de *Together*], a Hallmark disse 'Bem, o que você quer fazer agora?'", relembra Cunningham. "Wes e eu dissemos 'Outra coisa. Se vocês nos passarem um cheque, criaremos um outro filme'."

Infelizmente, para Cunningham, sua parte nos lucros de *Together* foi relativamente minúscula, tendo vendido os direitos autorais por lamentáveis 15 mil dólares. "Phil comprou *Together* de Sean, e lançou-o, e foi um grande sucesso por causa da 'Ivory Snow' Marilyn Chambers", relembra Mansour. "Sean estava bravo por causa desse acordo e Phil, para recompensá-lo, concordou em investir no próximo filme de Sean, que veio a ser o *Aniversário Macabro*."

ANIVERSÁRIO MACABRO teve um crescente número de fãs ao longo dos anos, mas a popularidade do filme e a influência do gênero é pequena, se comparada à de *Sexta-Feira 13* (Imagem cedida por David A. Szulkin)

ÚLTIMA PARADA NO ANIVERSÁRIO

Aniversário Macabro nasceu no verão de 1971 – enquanto o sucesso de *Together* ainda ganhava forma – quando a Hallmark sugeriu a Cunningham fazer um filme assustador, violento. "Foi quase instantâneo", disse Cunningham, sobre o nascimento do projeto. "Imagino que nós arrecadamos dinheiro para fazer *Aniversário Macabro* durante o verão, apenas alguns meses antes de começarmos a filmá-lo. Foi uma daquelas situações onde, bastou começar, e nos pareceu bastante fácil e óbvio. Todo mundo havia lucrado bastante naquele pequeno filme *Together,* então a coisa natural para os distribuidores era nos perguntar 'Bem, você quer fazer alguma outra coisa?'" E Wes e eu dissemos 'Sim, claro! Nós faremos um filme normal onde as pessoas conversam!' Então a Hallmark juntou o dinheiro inicial para que fizéssemos *Aniversário Macabro.*"

Cunningham disse que a inspiração para *Aniversário Macabro* veio de uma discussão que teve com Wes Craven, sobre o papel da violência no cinema, o que Cunningham sentiu, em 1971, que existia num nível fantasioso de desenho animado. "Nós resistimos a fazer um filme convencional de terror", disse Cunningham. "Naquele tempo, significava Vincent Price passeando em seu castelo, e o jovem noivo dizendo 'Fique aqui, querida, eu vou buscar ajuda!' Mais ou menos nessa época surgiu Clint Eastwood, o que significava um bando de filmes de bangue-bangue. A Guerra do Vietnã nos oprimia. Wes e eu vínhamos de uma formação pacifista, paz e amor. Sabíamos que alguém morrendo pode ser extremamente terrível. Bangue-bangue não captava muito bem isso. Então armamos uma situação onde algumas garotas morrem, e é uma completa destruição mental! Até hoje, eu acho aquele filme [*Aniversário Macabro*] totalmente desconcertante."

Aniversário Macabro começou a ser filmado em 2 de outubro de 1971, próximo à casa de Cunningham em Westport, Connecticut, com um orçamento de 90 mil dólares. Logo após o início das filmagens, Craven e Cunningham foram procurados por Steve Miner, um nativo de Westport de 20 anos e cineasta iniciante, que via a chegada de Craven, Cunningham e sua modesta equipe de produção, como uma dádiva de Deus.

A INSPIRAÇÃO PARA *ANIVERSÁRIO MACABRO* VEIO DE UMA CONVERSA SOBRE O PAPEL DA VIOLÊNCIA NO CINEMA

A mãe de Miner era uma bibliotecária de filmes, e sua influência despertou o interesse de Miner por eles. "Minha mãe sempre trazia filmes para casa para assistirmos", relembra Miner. "Eu assistia a muitos filmes de 16mm e foi aí que eu comecei a me apaixonar de verdade por cinema e a pensar sobre uma possível carreira. Morando em Connecticut, parecia algo muito distante na época."

Miner havia recentemente perambulado pelas pistas de esqui do Colorado, em busca de uma direção, antes de retornar a Westport na esperança de achar alguma brecha no mundo do cinema, seja em comerciais, filmes industriais, ou um filme de terror *exploitation* de baixo orçamento como *Aniversário Macabro*. "Quando ouvi que Sean e Wes estavam filmando *Aniversário Macabro* em Connecticut, perto da minha casa, fui implorar a eles por um emprego", disse Miner. "Passei muito tempo fazendo café para os atores e a equipe, mas também aprendi bastante sobre cinema."

Em Miner, Cunningham achou tanto um verdadeiro aprendiz quanto um futuro colaborador que por fim provou ser seu aliado mais próximo durante todo o processo de *Sexta-Feira 13*. "Ele estava cheio de energia e entusiasmo e eu pude ver que tinha muito talento", disse Cunningham sobre Miner durante as filmagens de *Aniversário Macabro*, onde o viu trabalhar vinte horas por dia, carregando microfones boom e refletores, sendo assistente de câmera, qualquer coisa que precisasse ser feita. "Steve conseguiu aprender qualquer aspecto de filmagem durante a produção de *Aniversário Macabro* e, quando terminamos o filme, percebi que eu não podia mais viver sem ele. Olhando em retrospecto, não acho que o restante de nós estava muito à frente dele porque todo mundo que trabalhou em *Aniversário Macabro* ainda tinha muito a aprender sobre a arte de fazer um filme."

Aniversário Macabro teve seu lançamento, em dois cinemas, em 23 de agosto de 1972 em Hartford, Connecticut. Mesmo com essa pequena amostra de exibição, provocou uma reação severa, como mostrou um artigo de 3 de setembro de 1972 do jornal *Hartford Courant*, que descreveu *Aniversário Macabro* como " [...] um filme horrível e doentio".

Expandindo para o resto da Costa Leste, *o filme* encontrou uma repugnância generalizada e entusiástica dos críticos de cinema, incluindo o famoso e falecido Gene Siskel do jornal *Chicago Tribune*, que rotulou *Aniversário Macabro* como "o filme mais doentio de 1972".

Ironicamente, o crítico de cinema Roger Ebert, do jornal *Chicago Sun-Times* e futuro apresentador ao lado de Siskel do programa de crítica cinematográfica *Sneak Preview*, surgiu como o crítico mais ardente e influente a apoiar *Aniversário Macabro* quando o chamou de "um filme duro, amargo, e uma boa surpresa que é cerca de quatro vezes melhor do que o esperado..." em sua resenha de três estrelas e meia que foi publicada no *Chicago Sun-Times* em 26 de outubro de 1972.

Embora *Aniversário Macabro* representasse um distanciamento da pornografia, ele anunciava o começo do que Cunningham iria descrever como a era "vômito em baldes" de sua carreira, um título ignóbil que depois se concretizaria com a chegada de *Sexta-Feira 13*. "*Aniversário Macabro* se tornou um tipo de faca de dois gumes", disse Cunningham. "Uma vez que era tão barato e apelativo, e bem-sucedido em seu próprio nível, as pessoas pensaram em mim como 'Se você quer baldes de vômito - e quer barato - cara, eu conheço a pessoa certa pra você!' E eu simplesmente não queria fazer isso".

Em fevereiro de 1973, *Aniversário Macabro* tinha lucrado em torno de 1,5 milhão de dólares, de acordo com os dados da bilheteria nacional. Esse número não representa o rendimento total das bilheterias, que continuavam a acumular, a maioria através de exibições em drive-ins, por toda a década de 1970 e bem após o lançamento de *Sexta-Feira 13* na década de 1980. Tanto Craven quanto Cunningham tiraram uma boa quantia em dinheiro do filme, e continuaram a ver rendimento por anos a seguir. Mesmo assim, desgraças financeiras atingiram Craven e Cunningham pelo resto dos anos 1970, finalmente levando Cunningham de volta ao gênero do terror e rumo à criação de *Sexta-Feira 13*.

O FILME PROVOCOU UMA REAÇÃO SEVERA, COMO MOSTROU UM ARTIGO DO JORNAL *HARTFORD COURANT*, QUE O DESCREVEU COMO "HORRÍVEL E DOENTIO"

Para Cunningham, o homem de negócios, *Aniversário Macabro* representava um empreendimento de sucesso, principalmente se comparado ao fracasso financeiro que sofreu com *Together*. Sem se importar, Cunningham não estava tão ansioso assim para reencontrar-se com Philip Scuderi - se pudesse evitar. "Wes e eu estávamos errando em direções contrárias", disse Cunningham. "Steve Miner estava trabalhando para mim e tentava conseguir algum filme da Liga Nacional de Hóquei no Gelo (NHL). Estávamos todos apenas aprendendo. Eu tentava filmar documentários e comerciais. Também não queria mais ter que lidar com Phil e os caras de Boston. Eles eram, e continuam sendo, pessoas muito difíceis de se lidar. Num mundo perfeito, você não teria de lidar com pessoas que lhe causam problemas, então, após *Aniversário Macabro*, Wes e eu decidimos ficar longe deles. Éramos amigos e eu não queria exatamente fechar as portas, mas também não queria trabalhar com eles de novo."

SEAN CUNNINGHAM e STEVE MINER reuniram-se para filmar *The Case of the Smiling Stiffs* (ou *Sex on the Groove Tube*), mas a experiência se provou desastrosa (Imagem cedida por Matt Hankinson)

DE VOLTA AO PORNÔ

No período seguinte ao lançamento de *Aniversário Macabro* em 1972, Craven e Cunningham fizeram tentativas corajosas e calculadas de desenvolver projetos fora dos gêneros de terror e *exploitation*, ou ao menos o mais distante possível disso. "Wes e eu fizemos muito dinheiro com *Aniversário Macabro*, especialmente considerando que ele dirigia um táxi e eu trabalhava num teatro", disse Cunningham. "De toda forma, minha carreira não progredia naquele momento, mas a repercussão de *Aniversário Macabro* não me afetava. A verdade é que tudo com o que as pessoas no ramo cinematográfico se importam é se o seu filme faz dinheiro ou não. Eles não querem saber o porquê; se você consegue fazer as pessoas se sentarem nas salas do cinema, você se torna uma mercadoria desejada."

O primeiro projeto cinematográfico que Cunningham desenvolveu após o lançamento de *Aniversário Macabro* foi a de um filme de ação chamado *Frog*. A história seguia um herói de ação negro não muito diferente do personagem principal do filme *Shaft* (1971). Cunningham procurou a estrela de basquete Walt "Clyde" Frazier para fazer o papel principal, mas o projeto não seguiu adiante.

Cunningham também criou um roteiro dramático sobre o relacionamento entre um pai divorciado e seu filho. Wes Craven também tentou dar início a vários projetos ambiciosos durante esse período, mas nenhum deles fora do mundo do terror, que Craven e Cunningham desenvolveram entre 1972 e 1975, ganharam o devido impulso.

Com seus sonhos de chegar ao grande público respeitavelmente congelados, Cunningham aceitou uma oferta de um produtor e amigo, Bruce "Brud" Talbot, de viajar até Miami, Flórida, e lhe prestar auxílio com um projeto de comédia erótica que estava para começar a ser filmado. Cunningham aceitou a oferta após Talbot lhe assegurar que um financiamento seguro tinha sido estabelecido. O que não era o caso.

Recrutando então seu amigo Steve Miner – que estava na metade do caminho de conseguir um diploma em Artes e começar seu próprio negócio de edição – para ajudá-lo com o filme, Cunningham e Miner viajaram para Miami para começar o trabalho no projeto que foi filmado com o título de *Silver C*, diminutivo de *Silver Cock*. "É o tipo de filme que eu nunca havia feito, nem mesmo em *Together*, e que nunca voltaria a fazer", disse Cunningham rindo. "Foi um desastre."

O filme, que enfim foi lançado no outono de 1973 como *The Case of the Smiling Stiffs* (depois como *Case of the Full Moon Murders)*, era uma paródia erótica do show de televisão *Dragnet*. Sua história seguia dois detetives no encalço de uma vampira tarada. A estrela pornô Harry Reems fez o papel principal do filme que também contava com um futuro ator de *Sexta-Feira 13*, Ron Millkie. Cunningham deveria dividir a direção e produção do filme com Talbot. Miner era assistente de edição e filmagem de sequências adicionais a serem inseridas. Quando o dinheiro do filme evaporou durante as filmagens, Cunningham se viu forçado a tomar conta do filme por completo.

"Não era um filme que tinha muito a ver comigo, pelo menos até onde eu saiba", disse Cunningham. "Sim, havia um amigo meu, Brud Talbot, que queria fazer essa comédia erótica leve sobre uma vampira fracassada. A premissa era que ela deveria sair por aí fazendo boquete nos caras, o bastante para eles quase morrerem daquilo, mas apenas em lua cheia, e eles quase morreriam com o maior sorriso do mundo em seus rostos. Ele [Talbot] me chamou para ser uma espécie de produtor do filme. Em *Aniversário Macabro* e *Together* nós tínhamos comprado alguns equipamentos de edição, de câmera, equipamento de som e ele [Talbot] estava usando tudo aquilo e, enfim, nós íamos ao set e ele filmava. Como resultado, o filme estava uma bagunça, e ele não conseguia terminá-lo e não podia pagar nenhuma das contas. Então agora eu tinha todas essas contas e todos esse dinheiro que era minha responsabilidade, e tinha de achar um jeito de cortá-lo e recortá-lo de uma forma que pudesse ser vendido. Nós conseguimos criar uma versão do filme e creio que conseguimos vendê-lo, mas, cara, foi uma bagunça."

"Não era bem um filme pornográfico como *Garganta Profunda* ou *Behind the Green Door* (1972), mas uma comédia erótica esperta e sagaz, uma paródia de uma série antiga de TV, *Dragnet*", relembra Ron Millkie. "Com certeza não havia nenhuma cena explícita sendo mostrada e as cenas sensuais foram feitas com bom gosto! (incluindo minha fala clássica de *Dragnet*: 'Joe, eu lhe disse, ela está limpa'.) Esse trecho em particular do filme fez o nosso AD [assistente de direção], Steve Miner, entrar em uma crise de riso que pensei que teria de chamar uma ambulância. Havia outras falas que ainda me recordo, como aquela em uma festa de coquetel de uma viúva onde um cavalheiro gaba-se 'Eu adquiri a AT&T aos 60' e a viúva retruca: 'Bom, isso não é nada. Eu adquiri sífilis aos 60!'. Eu lembro da energia e leveza de espírito de Sean e seu humor. Eu não me orgulho, mas com certeza não me arrependo, de fazer *Case of the Full Moon Murders.* Sem aquela oportunidade que aproveitei nos meus primeiros anos como ator, eu nunca haveria conhecido Sean Cunningham e nunca teria feito parte na lendária *Sexta-Feira 13*. Foi um grande sucesso em Sydney, Austrália. Foi exibido por cinco anos no mesmo cinema. Também me ofereceram fazer uma sequência em Sydney e eu recusei a oferta. A estreia americana foi feita na minha cidade natal de Hartford, Connecticut, e eles usaram meu nome verdadeiro nos créditos finais. Eu não fiquei muito feliz com aquilo."

"Foi uma experiência bizarra", relembra Miner, que teve uma breve passagem pela cadeia durante as filmagens, por razões que são mais peculiares que qualquer coisa no filme em questão. "Recebi uma ligação de última hora para ir até lá e trabalhei no filme por três semanas ou o tempo que durou para filmarmos. Era uma verdadeira bagunça e acho que terminei cortando boa parte quando voltamos para a sala de edição. Era pra ser uma comédia, mas não era engraçado... apenas estúpido. Mas foi a primeira vez que dirigi qualquer coisa. Filmei um monte de cenas extras lá em Connecticut, com os dois policiais. Tivemos um lançamento limitado nos EUA, mas ouvi dizer que foi um grande sucesso na Austrália. Eles acharam aquilo hilário por lá."

A péssima experiência em Miami foi um presságio do abismo na carreira de Cunningham que durou entre 1974 e 1976. Ansioso para se distanciar do filme *Case of the Full Moon Murders,* Cunningham concordou em se juntar a Wes Craven no filme *hardcore The Fireworks Woman.* Cunningham produziu o filme escrito em parceria com Craven que o dirigiu sob o pseudônimo de Abe Snake, um dos muitos que Craven usou entre 1974 e 1975 para os vários títulos de classificação adulta nos quais trabalhou. Cunningham manteve seu nome fora do filme.

Lançado em 1975, *The Fireworks Woman* marcou o fim da carreira pornográfica de Cunningham e sua única aparição como ator (Cunningham pode ser visto usando um cortador de gramas numa cena). Independentemente de qualquer coisa, Cunningham tinha largado a pornografia.

Precisando de uma mudança de cenário, bem como reavaliar suas metas profissionais, Cunningham – que também tentou, sem sucesso, desenvolver um projeto de filme infantil de fantasia baseado no conto "João e Maria" – então se mudou para a Espanha onde montou uma empresa com isenção de impostos. Lá, ele trabalhou como um coprodutor não creditado no filme espanhol *The People Who Own the Dark* (conhecido como *Planeta Ciego)*, que foi lançado obscuramente em 1976.

O tempo na Espanha, e o que remetia àquela fase, representou o período mais tumultuado na vida de Cunningham. Seus demônios pessoais lhe dominaram durante esse tempo e tomaram forma num acesso de alcoolismo – um subproduto de uma carreira audaciosa de pressões e batalhas. "Na Espanha, eles têm a *siesta*, então eu ficava bêbado duas vezes por dia", disse Cunningham. "Além do mais, eu não tinha muitas responsabilidades, então podia ficar bêbado o quanto quisesse, e tive pais alcoólatras, então sabia bastante sobre bebida. Eu pensava que tinha decidido que não me tornaria um bêbado igual aos meus pais, e realmente não me tornei. Eu me tornei um bêbado diferente."

Voltando aos Estados Unidos após essa fase, ao seu terreno sólido da Costa Leste, Cunningham passou boa parte do tempo entre 1975 e 1976 no reino absolutamente respeitável, quieto e anônimo das filmagens técnicas/industriais, no qual provou ser um verdadeiro perito. "Quando voltei para casa, minha mulher estava cansada", relembra Cunningham. "Eu fui para o AA [Alcoólatras Anônimos] nas segundas-feiras para que ela me deixasse em paz. Acabou que eu fui um desses caras de sorte. Descobri a sobriedade. Foi aí que minha vida mudou dramaticamente. A sobriedade trouxe com ela diferentes perspectivas. Eu não tinha mais interesse no tal 'fator promíscuo'. Eu simplesmente não iria mais fazer aquilo."

Enquanto isso, Steve Miner foi a Los Angeles, seguindo o exemplo de Wes Craven que se mudou para lá, para fazer trabalhos de edição e estabelecer contatos. "Wes era um ótimo exemplo porque ele havia tomado iniciativa e tinha ido para Hollywood, conseguido um agente e fez a coisa acontecer", diz Miner. "Eu queria seguir o exemplo de Wes porque eu podia ver que ele ia em direção de coisas maiores e melhores."

Cunningham ficou a maior parte do tempo em Westport durante 1976, viajando para Nova York quando era preciso, mas manteve um contato regular com Craven e Miner. Cunningham também manteve relações com os sócios da Hallmark Releasing de Boston, principalmente Philip Scuderi.

Tendo passado a década de 1970 trabalhando unicamente com pornografia, *exploitation* e terror, frequentemente em várias dessas combinações, era totalmente imprevisível, no verão de 1976, que o próximo alvo de exploração de Cunningham fosse o gênero de filmes infantis.

Os investidores de Boston Robert Barsamian, Stephen Minasian e Philip Scuderi monitoraram as filmagens de *HERE COME THE TIGERS* e fizeram o mesmo com *Sexta-Feira 13*. Embora *Here Come the Tigers* tenha sido considerado um fracasso por Sean Cunningham e sua equipe, Scuderi e seus sócios da Hallmark na verdade tiveram um pequeno lucro com o filme (Imagem cedida por Barry Abrams)

OS FILMES INFANTIS ESTÃO TODOS BEM

No verão de 1976, Cunningham ressurgiu de seu período de filmagens sabático. Ele e Steve Miner começaram a trabalhar em *Here Come the Tigers*, um filme de comédia infantil nas proximidades da casa de Cunningham em Westport, Connecticut. Orçado em 250 mil dólares, o maior orçamento de Cunningham até então, *Here Come the Tigers* foi diretamente inspirado no sucesso de bilheteria do filme de 1976 *The Bad News Bears*, estrelado por Tatum O'Neal e Walter Matthau, que seguia as loucas aventuras de uma equipe em uma pequena liga de beisebol e seu técnico disfuncional.

Here Come the Tigers tentou, dentro dos recursos de Cunningham e Miner, copiar o modelo e fazer uma espécie de *Bad News Bears* da Costa Leste. "Pensei que seria divertido fazer um filme para crianças", disse Cunningham, sobre a inspiração, parte nascida do seu projeto abortado inspirado em "João e Maria". "Há um sentimento que lhe vem, especialmente quando você está fazendo filmes *snuff*. Eu preciso fazer isso? Não posso fazer alguma outra coisa qualquer?"

The Bad News Bears teve um sucesso consistente, arrecadando mais de 40 milhões de dólares nas bilheterias da América do Norte e renda aproximada de 25 milhões de dólares para sua distribuidora, a Paramount Pictures. Na verdade, *The Bad News Bears* foi mais um fenômeno cultural do que comercial. O filme de 1976, que depois rendeu duas sequências e um remake em 2005, seria enfim considerado mais uma sátira contundente das competições esportivas na América, mas Cunningham não estava interessando em realizar sátiras ou críticas sociais, nem seria ele a pessoa adequada para essa tarefa.

Para Cunningham, *Here Come the Tigers* era uma jogada óbvia e transparente de pôr em uso uma fórmula comercial. Cunningham daria continuidade a *Here Come the Tigers* com outra fórmula de filmes infantis, *Manny's Orphans,* filmado no verão de 1977 e que girava em torno das loucas aventuras de um time infantil de futebol. "Eram filmes de fórmulas e eu me divertia fazendo isso", disse Cunningham. "Eu sabia que eles não se tornariam obras-primas. Tínhamos uma teoria na época: a América estava precisando do bom e velho conteúdo familiar. Foi aí que erramos."

Se a teoria de Cunningham estivesse certa, é provável que *Sexta-Feira 13* nunca tivesse sido criado. *Here Come the Tigers* e *Manny's Orphans* representaram uma apunhalada na sua honra. O fracasso de Cunningham nesses filmes o levou de volta ao gênero do terror. O maior mérito de *Here Come the Tigers* e *Manny's Orphans* é que esses filmes foram feitos pela maioria da equipe que depois iria parar em Blairstown com Cunningham para fazer *Sexta-Feira 13*.

Here Come the Tigers também devolveu Cunningham às garras de Philip Scuderi. Os diretores da Esquire/Hallmark financiaram *Here Come the Tigers* e *Manny's Orphans.* Isso foi numa época em que Scuderi e seus sócios estavam focando mais e mais em produção de filmes e se distanciando dos negócios relativos às salas de cinema que mostravam sinais de estagnação.

EXPLOITIPS!

Arrange advance screening for the little league coaches in your city and have them invite a few players from each of their teams. The word of mouth generated should be excellent.

Tour the city with uniformed boys and girls in the back of a pickup which is emblazoned with "Here Come The Tigers". If possible have an announcer give playdate information while a recording of "Take Me Out To The Ballgame" is played.

Get in touch with any police sponsored youth program, such as the "Police Athletic League" and arrange to screen the picture for them. Possibly this could develop into some type of fund raising benefit program.

Em 1977, a rede de cinemas Esquire, que um dia contou com mais de cem salas de exibição por toda a Nova Inglaterra e o nordeste dos Estados Unidos, diminuiu para apenas vinte salas. Foi durante esse período que a Universal Pictures processou a Esquire pelo suposto não pagamento da renda de filmes no total de 82 mil dólares, relacionado a receitas de sucessos do início da década de 1970, como *Loucuras de Verão* (*American Graffiti*, 1973) e *Um Golpe de Mestre* (*The Sting*, 1973).

Como muitas empresas de filmes marginais/regionais, a Esquire/Hallmark foi uma vítima direta da mentalidade blockbuster que tomava conta do mercado cinematográfico, devagar mas firme, por toda a década de 1970. Chegado uma vez a faturar em torno de 20 milhões de dólares por ano quando em alta, a rede de cinemas Esquire estava, em 1977, em aperto financeiro. *Here Come the Tigers* representava o começo da mudança permanente da empresa de distribuição e lançamento, para o foco em financiar e produzir filmes de longa-metragem.

Scuderi via a produção de filmes como o futuro da empresa. Ele também sentiu que Cunningham era uma boa aposta, dado o quanto seus negócios anteriores tinham sido rentáveis. *Here Come the Tigers* era uma venda fácil para Cunningham. "Minha conversa com os produtores foi provavelmente assim: 'Vocês já assistiram *Bad News Bears*?'", relembra Cunningham. "'Sim', e então: 'Você acha que consegue fazer um filme daquele jeito?' 'Bem, é claro.' 'Mas você consegue isso agora?' 'Sim, consigo'."

Para os sócios Robert Barsamian, Stephen Minasian e Philip Scuderi, o foco crescente da companhia na produção de filmes longa-metragem pedia que os três homens supervisionassem tais investimentos pessoalmente. Cunningham e o resto do elenco e equipe de *Here Come the Tigers*, *Manny's Orphans* e especialmente *Sexta-Feira 13* aprenderam isso logo de cara.

A realização de *Here Come the Tigers* foi também conhecida por marcar a chegada de mais duas peças importantes de *Sexta-Feira 13*: o diretor de fotografia Barry Abrams e o roteirista Victor Miller. Ambos trouxeram experiências de vida interessantes e diversas à unidade de produção de Sean Cunningham, especialmente Abrams.

O relacionamento Abrams-Cunningham foi um casamento de opostos que funcionou. Assim como a formalidade de Westport presente em Cunningham combinava com seu estilo direto de filmagem, o ímpeto de Abrams era resultado de um passado de aventuras.

Nascido em Amarillo, Texas, em 1944, Abrams se formou em 1966 na Universidade de Nebraska. Sua carreira profissional começou em dezembro de 1966 quando chegou a Saigon, Vietnã, e foi designado à Rede de Comunicação das Forças Americanas no Vietnã (AFVN). Abrams serviu como operador de câmera e diretor da AFVN, que forneceu aos soldados americanos programas de rádio e televisão durante a guerra. "Eu fui um dos primeiros dois diretores da estação de rádio e televisão em Saigon, que tinha Adrian Cronauer como destaque, imortalizado depois no filme *Bom Dia, Vietnã* (*Good Morning, Vietnam*, 1987)", relembra Abrams. "Era uma época perigosa, excitante. Depois do trabalho, eu e alguns amigos íamos às coberturas dos prédios onde podíamos ouvir e ver todas as explosões, morteiros e foguetes. Andávamos de moto em lugares diferentes, vivíamos em um mesmo apartamento, fazíamos grandes refeições e discutíamos seriamente com amigos sobre a guerra. Eu nunca carreguei uma pistola ou um fuzil quando estava no Vietnã". Em 1970, após uma passagem de três anos pelo Vietnã, Abrams partiu para Tóquio onde trabalhou como operador de câmera para a rede ABC, o que o manteve por um ano. Isso

Após se formar na Universidade de Nebraska em 1966, BARRY ABRAMS foi enviado ao Vietnã, onde ficou acampado em Saigon e serviu como operador de câmera e diretor para a Rede de Comunicação das Forças Americanas no Vietnã, imortalizada mais tarde no filme *Bom Dia, Vietnã* (Imagem cedida por Nalani Clark)

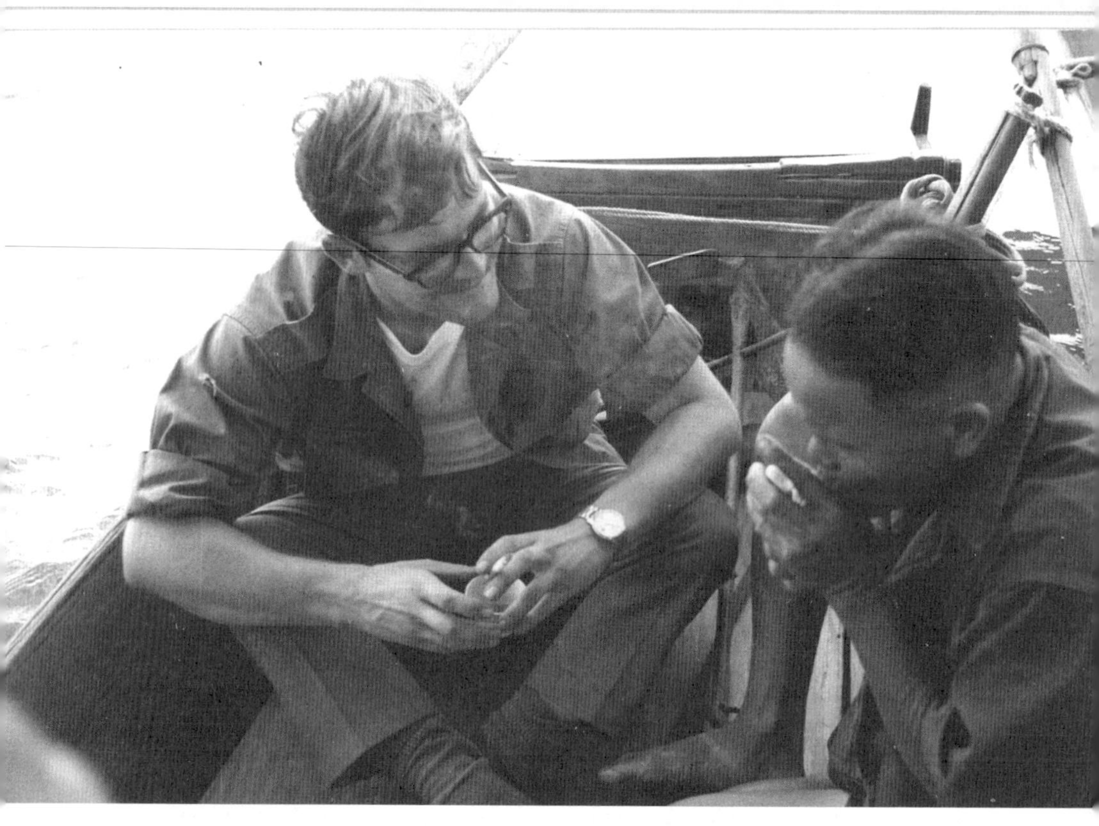

BARRY ABRAMS (acima) nunca carregou uma arma enquanto servia como operador de câmera no Vietnã (Imagem cedida por Nalani Clark)

BRADEN LUTZ finge estrangular RICHARD MURPHY (abaixo). Lutz serviu como operador de câmera em *Sexta-Feira 13*, e fez o papel do assassino em muitas cenas, enquanto Murphy foi o operador de som (Imagem cedida por Nalani Clark)

o levou a Nova York onde trabalhou como operador de câmera no filme *Olá, Mamãe!* (*Hi, Mom!*, 1970), conhecido por ser um dos primeiros filmes do cineasta Brian De Palma e por ser um dos primeiros trabalhos de Robert De Niro como protagonista. Abrams achou seu lugar na Firehouse Films, uma produtora em Nova York, em cuja cidade passou a próxima fase de sua carreira filmando comerciais e documentários. Depois continuaria a trabalhar lá no início de 1990, principalmente filmando comerciais de brinquedo, o carro-chefe das finanças de Abrams pela maior parte de sua carreira.

Na década de 1970, achou apenas trabalhos esporádicos, filmando o documentário *Hollywood on Trial* (1976) e fornecendo material fotográfico adicional para o filme dirigido por Larry Cohen, *The Private Files of J. Edgar Hoover* (1977). Apesar de seu escasso aparecimento em créditos de filmes antes de *Sexta-Feira 13*, ele era uma figura renomada na comunidade cinematográfica de Nova York.

Na metade da década de 1970, Abrams tinha se fixado no Greenwich Village, sua base de operações, junto com sua primeira esposa e o filho mais jovem. Foi lá que Abrams se cercou de uma equipe de filmagens leal e dedicada, composta de James Bekiaris, Max Kalmanowicz, Braden Lutz, Richard Murphy, Tad Page, Carl Peterson e Robert Shulman. Todas essas pessoas, com a fatídica exceção de Max Kalmanowicz, se juntaram depois a Abrams para formar o núcleo da equipe técnica e de câmera de *Sexta-Feira 13*.

Here Come the Tigers, que começou a ser filmado no outono de 1976, marcou o começo da amizade entre Abrams e Cunningham. Pessoalmente, a natureza sagaz e resoluta de Cunningham era uma boa combinação à paixão e exuberância de Abrams.

Profissionalmente, o gosto pela criatividade de Abrams serviu como contraste eficiente aos sentidos frequentemente mecânicos e estáticos de Cunningham. Assim como Cunningham, Abrams não tinha tolerância com gente estúpida, e podia exibir um temperamento à flor da pele por baixo de seu comportamento amigável. Isso normalmente vinha à tona quando Abrams estava sob a influência do álcool, algo não muito estranho para ele e o resto da equipe durante essa época. Assim como Cunningham, Abrams estava desesperado pelo reconhecimento do grande público, algo que faltava em sua carreira.

"Encontrei com Barry em 1974, quando participamos desse filme independente feito por uma mulher sobre como ela havia crescido com pais horríveis que arruinaram sua vida", relembra Max Kalmanowicz, o técnico de som de *Here Come the Tigers*. "Então fizemos *The Private Files of J. Edgar Hoover*, mas o filme não teve o impacto ou sucesso que esperávamos e não levou a outros filmes. Voltei a entrar em contato com Barry quando ele foi contratado para fazer o som de *Here Come the Tigers*, e creio ter sido aí que Barry e Sean se conheceram. Nós estávamos animados com as filmagens desse filme porque pensávamos que era um avanço em relação ao trabalho anterior, e Barry estava muito animado por filmar seu primeiro trabalho como diretor de fotografia e por fazer o que pensávamos que seria nosso primeiro filme de verdade. Barry e Sean tinham um respeito mútuo. Barry tinha uma tremenda autoconfiança, e embora tivesse estudado fotografia, esse era seu primeiro filme com muita ação e bastante trabalho ao ar livre, uma vez que a maior parte se passa num estádio de beisebol."

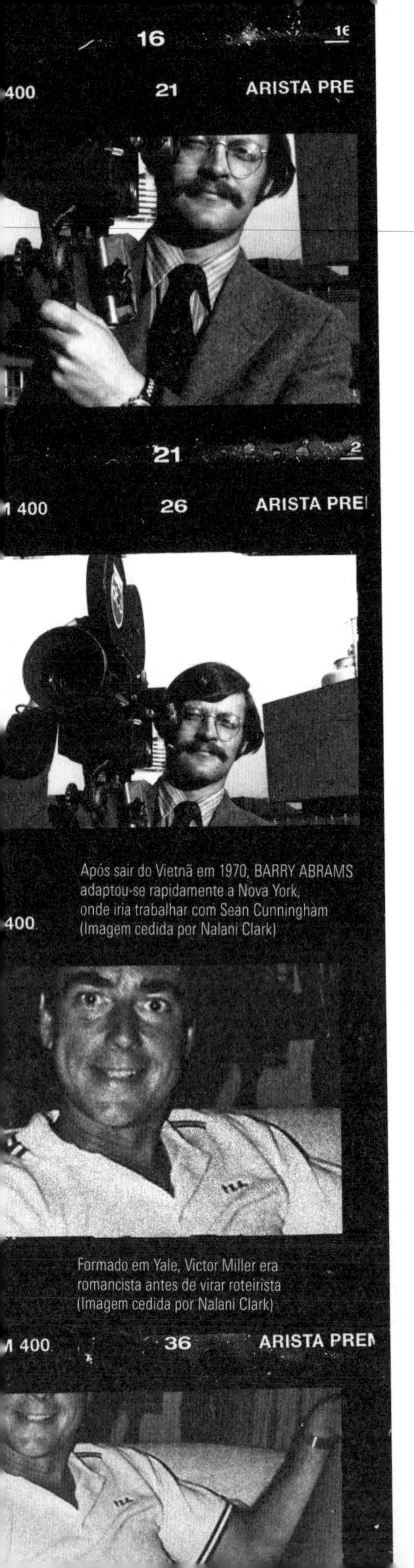

Após sair do Vietnã em 1970, BARRY ABRAMS adaptou-se rapidamente a Nova York, onde iria trabalhar com Sean Cunningham (Imagem cedida por Nalani Clark)

Formado em Yale, Victor Miller era romancista antes de virar roteirista (Imagem cedida por Nalani Clark)

"Barry e Sean pareciam ter uma boa e intuitiva relação profissional", relembra uma das estrelas de *Here Come the Tigers*, Abigail Lewis, uma amiga de Abrams. "Sean era o mais otimista e estava cheio de energia, pulando ao redor e sorrindo bastante. Ele não era bem um diretor de atores, mas era um bom diretor de ação. Barry era sempre um cara intenso, cheio de energia, e era mais alegre naqueles tempos. Nós estávamos todos hospedados no mesmo hotel e passávamos provavelmente tempo demais juntos. Um momento em particular que me recordo de Barry, sem ser no set, foi quando ele falou alguma coisa qualquer e eu lhe perguntei se ele podia escolher alguma outra palavra na língua inglesa ao invés do constante uso de "*fuck*" e ele começou um discurso ofensivo contra mim, basicamente dizendo "Vá se foder, cale a merda dessa sua boca", e ele diria qualquer merda que quisesse. Nossa!"

"Sean havia crescido em Westport, onde filmou *Here Come the Tigers*, e parecia ser um cara que estava lutando para fazer seus filmes, enquanto que Barry havia tido diversas passagens pelo Vietnã", relembra Richard Murphy, o operador de microfone em *Here Come the Tigers*. "Conheci Barry em 1967 ou 1968, e ele era um homem com muitas qualidades. Morávamos próximo ao Greenwich Village antigamente, e nos encontrávamos todos no bar e restaurante Buffalo Road, que tinha uma clientela fantástica. Barry era um cara legal, e poderia ser muito amigável, mas não tinha paciência para tolices e pessoas estúpidas, e era muito rápido no gatilho. Lembro de um filme que tinha um projecionista que não conseguia manter um foco claro e Barry simplesmente lhe destruiu em pedaços. Ele podia lhe matar se você não estivesse fazendo seu trabalho direito."

"Sean era um cara legal e eu lhe descreveria como sendo um cara muito 'ligado' durante as filmagens de *Here Come the Tigers*, com relação à sua energia e ao seu entusiasmo", diz Robert Shulman, que trabalhou como maquinista-chefe em *Here Come the Tigers* e depois em *Sexta-Feira 13*. "Com *Here Come the Tigers, Manny's Orphans,* e depois *Sexta-Feira*

13, nós éramos apenas um grupo de amigos que estávamos nos divertindo, festejando forte, e aprendendo como fazer filmes juntos."

"O relacionamento entre Barry e Sean, em termos de processo cinematográfico, era com Barry sendo a pessoa criativa e Sean o produtor", diz Kalmanowicz. "Sean dirigiu cada filme que fez, realmente os dirigiu, em cada sentido da função de um diretor. Sean controlava tudo e planejava cada detalhe. Barry ouvia Sean e depois trazia a parte criativa à vida. *Here Come the Tigers* foi bem montado, dado o orçamento, e nós estávamos animados porque pensávamos que ia ser um grande lançamento pois tínhamos um distribuidor na AIP. Sentíamos que estávamos fazendo parte de um filme que parecia que ia atingir um grande público de espectadores e fazer sucesso. *Here Come the Tigers* foi uma filmagem feliz e suave."

"Foram longos dias no campo de beisebol, mas permanecemos todos bem tranquilos e profissionais enquanto filmávamos", relembra Abigail Lewis. "Houve um dia em que estávamos filmando no interior de uma cozinha, supostamente minha e do treinador, e nessa cena eu estava fazendo ovos para o café da manhã e não sei como se iniciou, mas começamos a ter um ataque de riso. Eu nunca esqueci minha fala: 'Ovos prontos em um minuto'. Eu me controlava e tentava de novo, mas simplesmente não conseguia parar de rir, o que era obviamente contagioso. Finalmente, Barry ou Sean decidiu sabiamente que precisávamos de uma pausa, e assim fizemos, recomeçando a filmar depois. Era tudo bem divertido, sem gente nervosa ou irritada. Havia uma grande camaradagem no set. Lembro que a esposa de Sean também estava por perto. A maioria da equipe conhecia bem um ao outro e havia trabalhado antes juntos e socializado juntos também por anos. Era um bom grupo de pessoas."

O ânimo harmonioso no set de *Here Come the Tigers* foi rapidamente interrompido quando Robert Barsamian, Stephen Minasian e Philip Scuderi chegaram ao local de filmagem em Westport para ficar de olho em Cunningham e em seus investimentos. Vestidos com um típico traje preto e branco de mafiosos, o trio tinha sido apelidado comicamente de "Os Chapéus" pelo elenco e equipe, por causa da forma como se vestiam, apelido criado pelo operador de microfones Richard Murphy. "Os Chapéus, os investidores de Boston", relembra Max Kalmanowicz. "Nós os chamávamos de Rede de Cinemas Pinguim porque se vestiam de preto. Os Chapéus. Eles financiaram *Here Come the Tigers* e *Manny's Orphans*. Acharam que poderiam faturar fazendo uma cópia de *The Bad News Bears*. Tudo com o que nos importávamos era buscar o nosso sustento."

"Os três armênios, Barsamian, Minasian e Scuderi", relembra Richard Murphy, rindo. "Eles se vestiam como malandros, mafiosos, e era algo tão extravagante que se tornava engraçado." Scuderi era claramente o líder, o protagonista, e ele estava presente para ter certeza que tudo corria bem. Sean os tinha convencido que ele era um produto valioso no sentido de fazer dinheiro e fazer filmes que fizessem dinheiro. Eles falavam com Sean e Steve a portas fechadas, especialmente Phil Scuderi, e não sabíamos o que acontecia por trás das portas, mas era óbvio que algo acontecia, embora Sean sempre tivesse essa capacidade de ser positivo e passar essa ideia de que não havia nada de errado. Eu acho que Steve Miner tinha muito mais medo desses caras do que Sean."

Diferente de Barry Abrams, o roteirista Victor Miller, que escreveu *Here Come the Tigers* sob o pseudônimo de Arch McCoy, era farinha do mesmo saco de Cunningham, da elite acadêmica de Nova Inglaterra. Formado em Yale, com diploma em Língua Inglesa, Miller passou o início da década de 1970 como um escritor anônimo de vários romances policiais, mais notoriamente a adaptação da série de televisão *Kojak*. Em 1975, Miller se concentrou em escrever roteiros. Foi durante esse período que foi apresentado a Cunningham pelos amigos em comum Saul Swimmer e Bruce "Brud" Talbot.

Quis o destino que Cunningham e Miller morassem próximos um do outro em Westport e passassem muito tempo juntos, da metade ao fim dos anos 1970, um na casa do outro, trocando ideias sobre filmes. "Sean e eu estávamos em constante contato, sempre um na casa do outro, cerca de cinco anos antes de *Sexta-Feira 13*", relembra Miller. "Escrevi *Here Come the Tigers* para Sean, sobre um time fracassado de beisebol, e depois *Manny's Orphans* sobre um time fracassado de futebol. Acreditávamos que os Estados Unidos estavam querendo filmes para toda a família, e que atenderíamos a essa demanda do mercado, mas o resultado demonstrou que estávamos completamente errados."

Junto com Abrams, sua equipe de filmagem e Victor Miller, *Here Come the Tigers* também marcou a primeira parceria de Cunningham com o compositor Harry Manfredini, que terminou criando a trilha sonora emblemática de *Sexta-Feira 13*. "Conheci Sean através de um diretor chamado Gary Templeton, para quem fiz um número de curtas infantis de sucesso", relembra Manfredini - colaborador que mais tempo trabalhou com Cunningham ao longo dos anos. "Um de seus parceiros conhecia Steve Miner e ele sabia que Steve e Sean estavam trabalhando em um longa-metragem infantil, então foi assim que fui apresentado. Consegui meu primeiro longa-metragem, *Here Come the Tigers*, assim, e então outro, e, claro, *Sexta-Feira 13*. Que tal, para uma carreira de verdadeira sorte?"

Here Come the Tigers foi lançado timidamente em abril de 1978. O filme teve um retorno muito baixo, ao menos de acordo com os dados da bilheteria norte-americana, onde *Here Come the Tigers* não fez um barulho sequer. Mais do que isso, ele falhou completamente em colocar Cunningham e Miner no radar cinematográfico de Hollywood e Nova York, e de lançá-los como cineastas capazes de fazer dinheiro fora do gênero do *exploitation*. "Nós éramos um bando de perdedores fazendo filmes em uma garagem de Westport", disse Miner. "Naquele ponto, parecia que estávamos a milhas distantes de sermos cineastas de sucesso para o grande mercado."

Here Come the Tigers foi um fiasco completo para a maioria da equipe e elenco. Mas para Philip Scuderi e a Hallmark Releasing a história foi diferente. Exibindo o filme em sua rede cada vez menor de cinemas, e vendendo os direitos secundários, Scuderi e a Hallmark conseguiram um pequeno e valioso retorno por *Here Come the Tigers*, sem o conhecimento de praticamente ninguém que trabalhou no filme. Melhor ainda, para a Hallmark, aquele sucesso moderado do filme passou despercebido pelo radar nacional, exatamente o que Scuderi e seus sócios, preocupados com o sigilo, tinham previsto.

"*Here Come the Tigers* fez, sim, dinheiro", disse Max Kalmanowicz. "Os mesmos investidores chegaram a Sean e imediatamente quiseram fazer outro filme, com a mesma equipe. Nós não sabíamos que tinha feito sucesso porque não fez sucesso com o grande público, mas foi muito bom para os investidores. De outra maneira, não iriam querer investir em outro filme com a mesma equipe de produção. *Here Come the Tigers* foi feito com cerca de 300 mil dólares e a meta dos investidores era justamente lucrar um pouco com o filme e ficar abaixo do radar. Era um produto que eles podiam colocar na programação de sua rede de cinemas na Nova Inglaterra e vender os direitos secundários do filme lucrando ainda mais, o que fizeram."

No verão de 1977, Cunningham, Miner, junto com a maior parte da equipe de produção de *Here Come the Tigers*, começaram a filmar *Manny's Orphans* (também conhecido como *Kick!*) com um orçamento aumentado para 400 mil dólares. Como os múltiplos títulos informam, o filme segue um grupo despreparado de órfãos jogadores de futebol, embora ninguém envolvido no projeto tivesse qualquer ilusão de que a história fosse alguma outra coisa que não *Here Come the Tigers* de chuteiras.

"OS TRÊS ARMÊNIOS SE VESTIAM COMO MAFIOSOS, E ERA ALGO TÃO EXTRAVAGANTE QUE SE TORNAVA ENGRAÇADO"

O orçamento ampliado de *Manny's Orphans*, o maior orçamento de Cunningham até então, refletiu em uma qualidade de produção um tanto melhor que em *Here Come the Tigers*. Isso ficou mais nítido com o veterano ator Malachy McCourt escalado para o elenco, o primeiro ator de qualquer prestígio com quem Cunningham chegou a trabalhar. Mais do que isso, Abrams, Cunningham, Miner e o resto da equipe tinham criado um entrosamento. O fato de Abrams e sua equipe de Nova York serem antes já bons amigos também ajudou. Isso era um bom presságio para *Sexta-Feira 13*.

O colaborador prévio de Cunningham, Wes Craven, era um visitante frequente no set de *Manny's Orphans*, onde ele aconselhou e orientou, da mesma forma que Cunningham fez com Miner. "O filme sobre futebol foi um degrau a mais para a gente", disse Kalmanowicz. "Havia mais dinheiro e mais coisa em jogo. O filme tinha uma estrela no nome de Malachy McCourt e um bom roteiro. Era uma produção melhor em todos os sentidos. Não era tão inspirado em outro filme quanto *Here Come the Tigers*, embora financiada pelos mesmos investidores de Boston. Era um filme bonito e tinha coração."

Manny's Orphans trouxe mais duas pessoas que iriam ter destaque na realização de *Sexta-Feira 13*. O primeiro foi Ari Lehman, um menino de 13 anos de idade que tinha um papel de coadjuvante em *Manny's Orphans*. Lehman e seus pais, que não conheciam Cunningham na época, viviam em Westport, não muito longe de Cunningham que por fim usou Lehman para representar um jovem (e deformado) Jason Voorhees em *Sexta-Feira 13*.

A soma mais significante para a equipe de produção de Cunningham foi o surgimento da designer de produção Virginia Field, que iria se unir a Abrams, Cunningham e Miner para formar a liderança da unidade de produção de *Sexta-Feira 13*, sem mencionar a formação de uma próxima – senão duradoura – amizade.

Como Barry Abrams, Field tomou uma estrada sinuosa, cheia de aventuras para chegar à carreira no cinema e na companhia dos colegas de *Sexta-Feira 13*. "Passei os anos 1970 vagando pelo mundo por quatro ou cinco anos, sem nenhum destino específico em mente", relembra Field. "Eu era uma criança hippie, cigana, e viajava o mundo, plantando e colhendo uvas em lugares como França, Grécia e Itália. Finalmente, voltei pra Nova York, de onde sou, e me matriculei em aulas noturnas de desenho. Não tinha diplomas nem nada do tipo, e eu morava em East Harlem. Passei muito tempo na biblioteca Lincoln Center, em exposições de arte, mesmo embora não soubesse de nada. Então, um dia, eu consegui visitar um set de filmagem, e fui instantaneamente fisgada."

ABRAMS, CUNNINGHAM E MINER TINHAM CRIADO UM ENTROSAMENTO. ISSO ERA UM BOM PRESSÁGIO PARA *SEXTA-FEIRA 13*

Após estudar design de filme em uma escola especializada em Nova York, Field foi registrada no sindicato de designers, e então começou a procurar trabalho no cinema. Em 1977, após ouvir falar sobre *Manny's Orphans*, Field conheceu Cunningham e Miner em Westport para discutir seu trabalho no filme, e uma parceria nasceu. "Eu pude ver que Sean e Steve eram sócios", Field relembra de seu primeiro encontro com Cunningham e Miner. "Sean era o professor e mentor de Steve. Eu me sentia muito confortável com Sean, que via o filme como um produto e não uma forma de arte, o que funcionava para mim porque Sean era muito honesto e aberto sobre isso. Sean entendia o filme como um produto, o que eu acho que era uma de suas qualidades, e seu total interesse era financeiro. Sean também me impressionou como um homem de família que entendia como fazer as coisas direito, tanto como diretor quanto como pessoa, e era muito fiel à sua equipe."

"Ela [Field] era a irmãzinha esquisita da minha amiga esquisita Mel, uma garota pequena que tocava harpa", relembra Robert Shulman sobre crescer junto com Field em Nova York. "Eu talvez a tenha encontrado em um café depois que eu me formei e me mudei para Nova York. Então ela reapareceu em *Sexta-Feira 13*."

Diferente de *Here Come the Tigers*, *Manny's Orphans* fracassou em achar distribuição cinematográfica e foi enfim lançado em 1978 na forma de um punhado de exibições fantasmas, um presságio sinistro do legado do filme como sendo o filme mais obscuro e menos visto da carreira de diretor de Cunningham. Isso foi uma má notícia especialmente para Cunningham que, a despeito da participação financeira da Hallmark em *Manny's Orphans*, tinha muito do seu capital, além de sangue e suor, investido no filme. Por sorte, a United Artists afinal entrou em cena, após todos os outros estúdios que Cunningham procurou terem dito não, e ofereceu a Cunningham uma salvação na forma de uma opção de um ano – junto com um pagamento simbólico de 25 mil dólares – para o intuito de adaptar *Manny's Orphans* como um piloto para uma possível série de televisão.

Nem o piloto nem a série chegaram a ser exibidos, mas os 25 mil dólares recebidos por Cunningham da United Artists lhe permitiram permanecer financeiramente de pé durante um período adverso que representou um impasse em sua carreira. Ao contrário do que esperava, e do que friamente calculava, *Here Come the Tigers* e *Manny's Orphans* não levaram sua carreira para além da província de Westport, Connecticut.

Ainda assim, *Here Come the Tigers* e *Manny's Orphans* renderam frutos inesperados, com certeza relacionados à evolução de *Sexta-Feira 13*. Primeiro, os filmes infantis permitiram à equipe de produção, a mesma que voltaria a se juntar para filmar *Sexta-Feira 13*, a oportunidade de se unir e se entrosar. Segundo, a resposta indiferente do mercado à *Here Come the Tigers* e *Manny's Orphans* compeliu Cunningham a entender que suas ilusões de respeitabilidade eram apenas ilusões, e que seu destino como cineasta era inevitavelmente ligado aos gêneros de *exploitation* e terror, ou a ambos misturados.

"Eu fiz dois filmes para a família que não se saíram muito bem, mas que me mantiveram respirando", disse Cunningham. "Enfim, percebi que o único filme que poderia me render dinheiro era um filme assustador. Esse foi o começo de como *Sexta-Feira 13* nasceu."

VIRGINIA FIELD juntou-se a Sean Cunningham para as filmagens de *Manny's Orphans* (Imagem cedida por Tony Marshall)

VICTOR MILLER e Sean Cunningham trabalharam juntos por diversos anos antes de começarem a criar *Sexta-Feira 13* (Imagem cedida por Victor Miller)

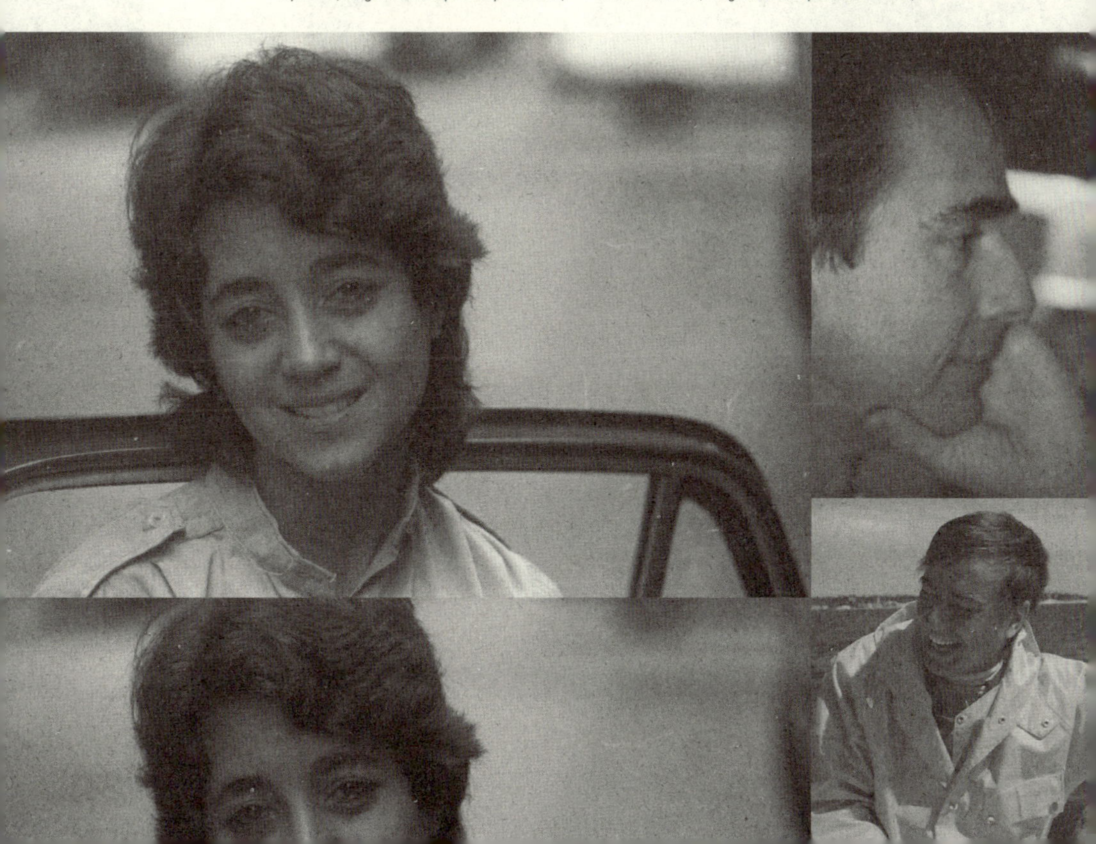

FRIDAY THE 13TH
PRODUCED AND DIRECTED BY SEAN S. CUNNINGHAM.

Primeira versão da logo original de *SEXTA-FEIRA 13*, usada no anúncio na revista *Variety*, em 4 jul. 1979 (Imagem cedida por Richard Illy/Illy Lighting)

PLANEJANDO UMA LONGA NOITE

NO ACAMPAMENTO SANGRENTO

"Eu sentado pensando sobre títulos, me vem à mente que, se tenho algo chamado *Sexta-Feira 13*, seria fácil de vender [...] e aquilo ficou grudado em minha mente." – **Sean Cunningham**

"Sequência? Sean e eu já tivemos que dar conta de dois filmes que quase não cobriram seus próprios custos. Eu não era capaz de pensar além de como minha esposa e meus dois filhos iriam passar pelo próximo mês sem precisar entrar em algum plano de assistência social." – ***Victor Miller,*** *escritor*

A criação de *Sexta-Feira 13*, do conceito à história, se deu entre o outono de 1978 e a primavera de 1979. Essa evolução foi guiada por diversos fatores relacionados à carreira de Sean Cunningham e pelo mercado em geral.

Três fatores importantes levaram Cunningham e o escritor Victor Miller, junto com o apoio posterior e inestimável de Steve Miner, a criar *Sexta-Feira 13*. O primeiro fator motivacional foi o lançamento do filme de terror independente *Halloween* em outubro de 1978. Diferente da inspiração de *The Bad News Bears*, Cunningham sabia como fazer um filme de terror.

O segundo foi a falta de perspectiva na carreira de Cunningham no outono de 1978, reforçada pela resposta comercial medíocre a seus filmes infantis *Here Come the Tigers* e *Manny's Orphans*. O terceiro e mais subestimado teve a ver com a frívola tentativa de Cunningham de garantir a distribuição cinematográfica de *Manny's Orphans*. O lançamento de *Halloween* influenciou Cunningham não tanto pelo seu sucesso comercial, que foi gradativo e ainda levaria meses para ser bem compreendido, mas sim pelo modelo que o filme estabeleceu.

Em outubro de 1978, com *Manny's Orphans* definhando no purgatório, Cunningham percebeu que seu único meio de sobreviver no cinema e nessa indústria como um todo era voltar ao estilo de cinema primitivo de *exploitation*/terror que havia lhe rendido seu único momento de verdadeiro sucesso. Ele não levava jeito para o pornô, apesar do sucesso inesperado de *Together*, e com certeza não era bom em fazer filmes infantis, mas Cunningham tinha um jeito para o *exploitation* e o terror. "É preciso entender que eu tinha investido todo o meu dinheiro nos filmes infantis", disse Cunningham, referindo-se à *Manny's Orphans*. "Eu não conseguia enxergar o que mais poderia vender. A única coisa que tinha era meu currículo: os filmes que havia feito antes, todos meio sombrios e góticos."

Enquanto os filmes infantis eram como aliens para ele, Cunningham se identificou com o sucesso de *Halloween* e o impacto do filme de John Carpenter, e, acima de tudo, com como e por que *Halloween* funcionou tão bem. "Acho que a influência de *Halloween* foi superestimada visto que os dois filmes em si são bem diferentes", disse Cunningham. "Eu fui muito influenciado pela estrutura do filme de Carpenter, e pelo motivo de ter funcionado tão bem, a fórmula, enquanto que a história e a técnica eram de pouco interesse para mim."

No outono de 1978, Cunningham procurou seus colegas e amigos com o desejo de fazer um filme de terror no modelo de *Halloween*. Algumas dessas pessoas haviam trabalhado com Cunningham em *Here Come the Tigers* e *Manny's Orphans*, e tinham a leve impressão de que Cunningham estava prestes a abandonar a carreira de cineasta de vez e assumir uma profissão menos frustrante em algum lugar no mundo dos negócios. "Depois de termos feito o último filme infantil, eu sabia que Sean não iria continuar filmando coisas que não dessem retorno", disse Virginia Field. "Sean não tinha qualquer paixão por aquilo."

A primeira pessoa que Cunningham procurou foi Wes Craven, seu verdadeiro mentor cinematográfico. Apesar de Craven ser apenas dois anos mais velho que Cunningham, ele era realmente o professor e Cunningham o aluno na relação dos dois. Cunningham havia aprendido com os conselhos e as orientações de Craven enquanto filmavam

Here Come the Tigers e *Manny's Orphans*. Sentindo que esse era um momento crucial em sua carreira, Cunningham estava particularmente aberto aos conselhos de Craven; ele sabia que essa poderia ser sua última parada.

Craven havia assistido *Halloween*, e gostado e havia compreendido a arte e a técnica presentes no filme de John Carpenter bem melhor do que Cunningham. Os dois amigos tiveram diversas discussões durante o outono de 1978. Nenhuma dessas discussões envolviam a possibilidade de Craven dirigir esse suposto filme de terror. Esse projeto, seja qual fosse, era como um filho para Cunningham. "Sean era um grande amigo de Wes Craven e eles conversaram muito sobre *Halloween* antes de estarmos todos envolvidos com *Sexta-Feira 13*", relembra Virginia Field. "Eu não tinha ideia de que tínhamos copiado *Halloween* até eu assisti-lo depois e ver as suas semelhanças com *Sexta-Feira 13*."

Depois, Cunningham foi atrás de Victor Miller, que havia se tornado seu escritor número um, na verdade o único escritor a fazer parte do seu círculo de confiança. Ele orientou Miller a assistir *Halloween*, estudá-lo, e criar a base para um roteiro de terror que eles pudessem desenvolver juntos. "Nós já havíamos tentado dar à América o que ela queria – filmes agradáveis para a família –, mas nossas duas tentativas (*Here Come the Tigers* e *Manny's Orphans*) prévias de filmes de classificação livre não foram um sucesso assustador", ri Miller. "Nós estávamos em constante contato – sempre um na casa do outro – pelos últimos cinco anos. Nossas expectativas de início estavam com certeza reprimidas pelo fato de que nossos lançamentos anteriores não tinham rendido tão bem, apesar do baixo orçamento. Isso era, ao menos, algo diferente, uma montanha-russa de verdade, à qual Sean continuamente se referia."

Antes de sua colaboração com Cunningham em *Sexta-Feira 13*, Miller era um completo novato no gênero do terror, embora tivesse escrito um livro de suspense chamado *Hide the Children* (1978), sem muito alarde. A história envolvia um ônibus lotado de crianças sequestradas, um presságio de um incidente na vida real que ocorreu seis meses após Miller ter finalizado a obra. "Os únicos filmes que debatemos de verdade foram *Aniversário Macabro* com Wes e *Psicose* e *Halloween*", diz Miller sobre suas discussões iniciais com Cunningham. "Eu cheguei a mencionar *As Diabólicas* (*Diabolique*, 1955) uma vez ou outra. Eu sei bem que havíamos estabelecido logo cedo a decisão de deixar fantasmas e o sobrenatural de fora da nossa mistura."

Apesar de não ter pedigree para filmes de terror, Miller sentiu que tinha uma boa ideia sobre o que fazia *Halloween* funcionar, e o que Cunningham estava procurando extrair daquele filme. "Eu vi *Halloween* e entendi o gênero, a estrutura do filme, bem rapidamente", disse Miller. "Era bem simples. Você começa com um mal histórico, e algum evento no passado que assombra as ações do presente. Então cria um local onde adolescentes ou jovens universitários se encontram isolados, distante da ajuda de adultos. A última parte era matar qualquer um que fizesse sexo antes do casamento. Essas foram as verdades que aprendi assistindo *Halloween*."

Durante o Natal de 1978 e o início de 1979, Cunningham e Miller fizeram visitas constantes à cozinha um do outro, dissecando *Halloween* no intuito de confeccionar seu próprio filme de terror. "Eu expus a estrutura do que aprendi com o *Halloween* de John Carpenter

A arte e a técnica que JOHN CARPENTER (acima) exibiu em *Halloween* estavam além do alcance de Cunningham como cineasta (Imagem cedida por Kim Gottlieb-Walker/lenswoman.com)

Sean Cunningham inspirou-se em Evelyn Draper, interpretada por JESSICA WALTER no suspense *Perversa Paixão* (abaixo), para a personagem de Pamela Voorhees (Imagem cedida por Jason Pepin)

e Debra Hill e comecei a tentar diferentes ideias que poderiam funcionar", relembra Miller. "Algumas das ideias eram extremamente ruins, mas as boas iam se sobressaindo. Ao longo dos anos da nossa amizade, Sean e eu desenvolvemos abreviações para falar de trama e conceitos em sua cozinha e na minha e durante intervalos de jogos de vôlei em sua casa em Westport. Eu havia escrito um par de outros roteiros para Sean que nunca viram a luz do dia - seriam para alguém como Clint Eastwood etc. -, e nós pensamos que poderiam decolar. Era bem leve, fácil e animado. Nós sempre ríamos bastante. Eu vinha com as ideias e batalhávamos com elas pra cima e pra baixo."

Uma das principais decisões com a qual Cunningham e Miller se debateram durante suas diversas conferências foi sobre a escolha do local isolado para seu filme de terror. Após ponderarem sobre espaços como um apartamento, um parque de diversões, ou uma ilha remota, Cunningham e Miller finalmente decidiram por um acampamento de verão como o local que se tornou sinônimo do gênero de filme de terror. "Eu fiz uma lista com os locais nos quais os adolescentes se isolariam e incluí 'acampamento de verão' lá pelo meio da página", relembra Miller. "Nós dois finalmente decidimos que seria isso. Demorou mais do que você imagina, mas em retrospecto parece agora algo bem óbvio."

Sobre outras influências do gênero, Miller nega qualquer discussão ou conhecimento do lendário cineasta italiano Mario Bava e seu filme de 1971 *A Mansão da Morte (Twitch of the Death Nerve*, também conhecido como *Bay of Blood, The Bay of Blood).* Embora muitos historiadores de filmes de terror citem a influência do filme de Bava em *Sexta-Feira 13*, Miller alega ignorância quanto a isso. "Sean certamente nunca mencionou ele a mim", diz Miller. "Bava não era alguém de quem eu tinha ouvido falar. O crédito da minha inspiração deve ser de Carpenter e Hill, e *Carrie, a Estranha, As Diabólicas* e *Desafio do Além* - *Carrie* por me fazer pular da cadeira no final do filme."

Depois, Cunningham e Miller discutiram os tipos de mortes bizarras que queriam que fizesse parte da história, e para esse propósito fizeram referência a medos clássicos da infância, assim como mitologias de contos de fada e iconografias religiosas. "A morte de Harry Crosby na porta do gerador veio diretamente de imagens que havia visto de santos e mártires católicos", diz Miller. "As religiões fazem mais bem ao terror do que eu podia imaginar. Já para as cenas sangrentas que tinham uma conotação comercial, Sean e eu tínhamos opinião firme de que a tensão supera sempre a imagem sangrenta. O grotesco pode ser usado quando você extravasa a tensão, mas estávamos fazendo uma montanha-russa e não um matadouro. O brutal parecia dominar naqueles dias, mas *Sexta-Feira* (o primeiro) é notavelmente escasso em longas cenas sangrentas com gritos e torturas nojentas."

Cunningham não tinha intenção, no início, de fazer um filme particularmente sangrento. "Eu era mais uma criança mal-intencionada tentando assustar meus amigos, gritando 'Bu!' por trás dos arbustos", relembra Cunningham. "Não é nem um pouco divertido enojar as pessoas. Eu estava tentando criar uma montanha-russa com subidas e descidas. A metáfora funciona, principalmente quando você assiste ao filme em grupo. Como uma montanha-russa, é uma experiência social. Se você assiste a um filme de terror em um cinema vazio, é apenas repulsivo e sombrio; não há graça.

Cunningham era amigo do roteirista Dean Riesner, que trabalhou no filme de CLINT EASTWOOD, *Perversa Paixão* (Imagem cedida por Jason Pepin)

A personagem de ALICE foi inspirada nos traços masculinos de Jamie Lee Curtis em *Halloween* (Imagem cedida por Kim Gottlieb-Walker/lenswoman.com)

Mas se você vai com quatrocentos garotos rindo e gritando, é uma experiência diferente. Há também toda aquela questão que acontece entre namorados; o cara com o braço em volta da menina, que está cobrindo o rosto."

A "cena da garganta", com Kevin Bacon, nasceu de uma combinação dos pesadelos de infância de Miller e uma perspectiva biológica distorcida, assim como em outros assassinatos na história. "Especificamente, quando criança, eu sempre olhava embaixo da cama toda noite para ter certeza de que não havia monstros ou pedófilos escondidos", diz Miller. "Eu nunca achei um de verdade até que Kevin Bacon encontrou seu fim daquela forma tão biologicamente impossível. O machado na cara [referência à cena da morte da personagem de Marcie] foi o mais longe que consegui ir com o medo de algo batendo em meu rosto. O cadáver na cama de cima atiçou minha fantasia porque eu adorava a ideia de ter dois jovens excitados fazendo amor enquanto um corpo sangrento se encontra deitado a meio metro acima. Eu havia combinado um voyeur e um mutilador mostrando o Alfa e o Ômega da biologia. Você vê essas coisas acontecendo constantemente nos procedimentos estilo CSI da TV hoje em dia. Vários deles começam com dois personagens de vinte e poucos anos excitados procurando um lugar na floresta onde transar e acabam, acidentalmente, se ajoelhando na pélvis de um cadáver que está por perto."

A ideia de ter uma mulher assassina na história veio de Miller, com o apoio de Cunningham. "A sra. Voorhees veio no mesmo momento que decidi pelo local do acampamento", diz Miller, que tirou o nome Pamela Voorhees de uma garota que conhecia do ensino médio chamada Van Voorhees. "Eu com certeza nem considerei um vilão masculino depois de ver o filme *Halloween* com Michael Myers. Já estava pegando muita coisa emprestada dos bastante talentosos Carpenter e Hill. Eu não queria que parecesse muito óbvio. Eu também já tinha um subtexto de minha autoria sobre uma mãe vingando a morte de seu filho de forma contínua."

Cunningham gostou da ideia de ter uma mulher louca como a assassina de *Sexta-Feira 13*, posteriormente inspirada no suspense de 1971 *Perversa Paixão* (*Play Misty for Me*) que contava com Jessica Walter como uma mulher insana, chamada Evelyn Draper, a qual perseguia e aterrorizava Clint Eastwood (o diretor e protagonista) por todo o filme. Cunningham era um grande amigo do roteirista Dean Riesner, um dos escritores de *Perversa Paixão*, e Cunningham sentia sobretudo que a aparição masculinizada de Walter, com o cabelo curto e as costeletas de Evelyn Draper, era um modelo eficiente para copiar ao criar a personagem assassina de *Sexta-Feira 13*.

Miller nega ter tido qualquer conhecimento da influência de *Perversa Paixão*. Ele baseou as motivações da personagem de Pamela Voorhees, e sua fúria assassina, na própria relação problemática com a mãe. "Minha mãe não era exatamente confiável", diz Miller. "Eu nunca sabia quando ela me protegeria ou quando me atacaria, então a sra. Voorhees foi uma tentativa do meu subconsciente de ter a mãe que nunca pude – embora psicótica, mas, ora, a gente não pode ter tudo o que quer. Imagine ter uma mãe que fosse capaz de matar porque não cuidaram direito de você. (Fui criado por babás e uma governanta até os 8 ou 9 anos, então o conteúdo do horror está todo lá). O fato de que a sra. Voorhees não poderia nunca ter levantado Harry Crosby naquela porta de madeira passou pela minha mente, mas não dei a mínima. Por que estragar uma grande cena com lógica, sobretudo se você passa tão rapidamente que ninguém tem a chance de perguntar 'Ei, como foi que aquela mulher conseguiu levantar algo tão grande e jogar pela janela?' Eu só gostaria que eles tivessem tido tempo e dinheiro o suficiente de fazer um dos meus quadros finais que era colocar todos os monitores mortos pendurados como *easter eggs* nas árvores lá fora."

O personagem de Jason Voorhees, com o qual o longo futuro comercial da franquia de *Sexta-Feira 13* surgiu, foi mais ou menos definido no primeiro rascunho de Miller. Com seu nome composto dos nomes dos dois filhos de Miller, Ian e Josh, a encarnação original de Jason Voorhees foi criada retratando-o como uma criança completamente humana, extremamente normal, que se afogou em um verão anterior aos eventos da história. Esse único elemento, mais do que qualquer outro, seria radicalmente aprimorado e reescrito durante a pré-produção e até mesmo se estendendo nos últimos dias da filmagem de *Sexta-Feira 13* em Blairstown, Nova Jersey. Visualizadas muito mais claramente por Miller, em relação ao filme já terminado, foram as personas da heroína de *Sexta-Feira 13*, Alice, e a voz local da desgraça, Crazy Ralph.

Em retrospecto, o personagem de Alice parece uma imitação da atriz Jamie Lee Curtis como a heroína Laurie Strode em *Halloween*, um pouco aprimorada pela própria aparência moleque de Adrienne King em *Sexta-Feira 13*. Segundo Miller, as semelhanças foram pura coincidência. "Alice se encaixava no papel de mulher branca solteira que sobrevive", diz Miller. "Poderia ter sido o Alan, mas quem quer ver uma mulher louca perseguir um cara de 19 anos pela floresta? Bebi da estrutura de *Halloween* mais do que dos elementos individuais da trama. Com Crazy Ralph, visualizamos ele como um daqueles personagens loucos que você vê em filmes como *Amargo Pesadelo* (*Deliverance*, 1972): um personagem que sabe a verdade, que lhe passa a sensação de que algo terrível vai acontecer, e parece ser louco, mas está mais próximo da realidade do que a maioria das pessoas 'normais'."

O FILME MAIS ASSUSTADOR DE TODOS OS TEMPOS!

No final de março de 1979, Victor Miller estava envolvido nos escritos de um primeiro rascunho de roteiro com o título de *Long Night at Camp Blood* (ou A *Long Night at Camp Blood*, *Uma Longa Noite no Acampamento Sangrento*, em tradução livre). Cunningham e Miller trabalharam em diversos rascunhos na primavera e no início do verão de 1979.

Cunningham deu a Miller incentivo constante e anotações cuidadosas, da mesma forma como havia feito diversos anos atrás. "Sean editava cada rascunho com frases como 'Continue implacável'", relembra Miller. "Ele veio com o título *Sexta-Feira 13* depois de eu já ter escrito um primeiro rascunho chamado, sem sucesso, de *Long Night at Camp Blood*."

Cunningham alega que foi durante a busca desesperada por um título alternativo para *Manny's Orphans* que o raio que foi *Sexta-Feira 13* - título e logo - lhe atingiu. "Estava tentando conseguir patrocínio para *Manny's Orphans*, mas acho que era tudo muito suave, doce e agradável", relembra Cunningham. "Esse era o filme que eu achava que seria minha entrada para o grande palco. Eu estava tentando pensar em uma campanha para o filme quando eles [os distribuidores] me disseram 'O título não é bom. *Manny* é muito étnico. *Orphan* soa muito triste. Nós deveríamos ter outro título!' Naquele momento, pensei em *Sexta-Feira 13*. Se eu tivesse um filme chamado *Sexta-Feira 13*, poderia vendê-lo. Eu não conseguiria vender *Manny's Orphans*."

O momento em que *Sexta-Feira 13* realmente nasceu, o momento em que ele se tornou um conceito tangível além de palavras em um papel, ocorreu logo após isso quando Cunningham estava em sua casa em Westport com um único tijolo vermelho em suas mãos. Ele pegou um pedaço de giz e rabiscou as palavras *Sexta-Feira 13* no tijolo, imaginando a logo. "Eu tenho uma ideia para uma propaganda - as letras *Sexta-Feira 13* atravessando uma vidraça", disse Cunningham. "'O filme mais assustador de todos os tempos', imaginei que dissesse. Isso sim venderia ingressos! Se ao menos eu tivesse um filme para combinar com a propaganda, eu realmente teria algo!"

A visão específica de Cunningham para o logo de *Sexta-Feira 13* era para que o tijolo fosse fotografado enquanto atravessasse uma vidraça, idealmente em um ângulo de 90 graus. Cunningham sentia que o conceito "tijolo quebrando vidraça" daria uma propaganda envolvente.

Cunningham levou seu conceito de logo de *Sexta-Feira 13* para um amigo e diretor de arte em uma agência de propagandas local, Michael Morris. Ele gostou da ideia de Cunningham, mas sugeriu que o conceito fosse melhorado fazendo com que o tijolo fosse maior com o propósito de criar letras tridimensionais que "saltassem". Cunningham enfatizou a Morris, durante essas discussões, sua crença de que o grupo de letras deveria ser fotografado quando "o bloco" formasse um ângulo de 90 graus ao quebrar o vidro. Morris concordou e então contratou um fotógrafo local chamado Richard Illy para fotografar o design do bloco que ele havia criado e trazer *Sexta-Feira 13* à vida, ou ao menos algo que Cunningham pudesse promover.

Morris orientou Illy a incorporar o conceito 3D na fotografia, para aumentar o impacto visual do logo. "Mike me disse que havia sugerido o bloco em 3D a Sean, explicando que seria um anúncio maior, mais ousado do título do filme no meio fotográfico mais pobre: o jornal", relembra Illy. "Basicamente um gráfico mais dinâmico. Quando eu peguei 'o bloco' para Mike ele disse: 'Se lembre dos 90'. 'Certo', eu respondi. Um buraco em 90 graus no vidro e 90% através do painel. Era isso que Mike e Sean queriam. Mike então me disse: 'Apenas não o destrua. Custa uma fortuna'."

Illy era um artista em início de carreira e aspirava ser um profissional perito em cinema. Ele não tinha ideia que sua fotografia se tornaria uma parte tão emblemática da história da cultura pop. Embora, como que por vontade do destino, Illy estava, na primavera de 1979, namorando Denise Pinckley. Ela, como secretária do escritório de Cunningham em Westport (localizado em seu endereço de Long Lots Road em Westport, em sua garagem), enfim terminou por dirigir o escritório de produções de *Sexta-Feira 13* em Blairstown, Nova Jersey. "Eu era um artista faminto que vivia em uma pequena casa com janelas emolduradas de madeira para me proteger do frio", relembra Illy do período em que fotografou o logo original de *Sexta-Feira 13*. "Tirei uma foto da casa. Estava dividida em dois grandes painéis de vidro. Eu furei no ângulo obrigatório de 90 graus o vidro com um cortador de vidros e quase toda a vidraça despencou para fora do enquadramento. Antes que eu destruísse o segundo painel, fui a uma loja de vidros e aprendi como cortar corretamente, aplicando pressão embaixo da vidraça. Eles também me deixaram coletar pedaços de vidro quebrado. Eu procurei os pedaços que pareciam perigosos. Um amigo meu, que era diretor de arte da *Boating Magazine*, me emprestou sua câmera Speed Graphic quatro por cinco para tirar a foto."

Conseguir a foto perfeita, trazendo a insígnia de *Sexta-Feira 13* à vida, exigiu muito mais esforço do que uma simples técnica de apontar e clicar. "Devido às lentes fixas da câmera, e meu teto rebaixado, eu não conseguia ir longe o suficiente do local para conseguir a foto que precisava!", relembra Illy. "Construí uma plataforma inclinada de madeira compensada para que pudesse recuar a câmera. O piso de madeira compensada foi coberto com feltro preto, e as janelas para frio seguras com engradados de leite, um em cada lado. O buraco no vidro funcionou bem com linhas tanto suaves quanto irregulares, com o uso do cortador de vidro e de alicates. Eu coloquei o 'bloco' no buraco com dois pedaços de madeira ao fundo como base. Depois organizei os pedaços de vidro, em cima e ao redor do 'bloco', até que eu tivesse gostado. Eu estava buscando por algo que fosse como se o tijolo tivesse realmente atravessado o vidro e eu o tivesse congelado em 90% com um estroboscópio. Iluminei a cena com luzes quentes. Minha cabeça estava focada contra o teto. Então fiz quatro fotografias para Michael. Fim."

Além da imagem que aparece no anúncio da *Variety*, o conceito fotográfico de Illy foi usado em um segundo anúncio, não publicado, utilizado para atrair o interesse de distribuidoras na primavera de 1980. O anúncio na *Variety* teria a manchete DO PRODUTOR DE *ANIVERSÁRIO MACABRO* SURGE O FILME MAIS ASSUSTADOR DE TODOS OS TEMPOS! O outro anúncio não publicado tinha a chamada O DIA PERFEITO PARA O TERROR e anunciava uma data de lançamento em fevereiro de 1980 para *Sexta-Feira 13*. Estavam sendo muito otimistas.

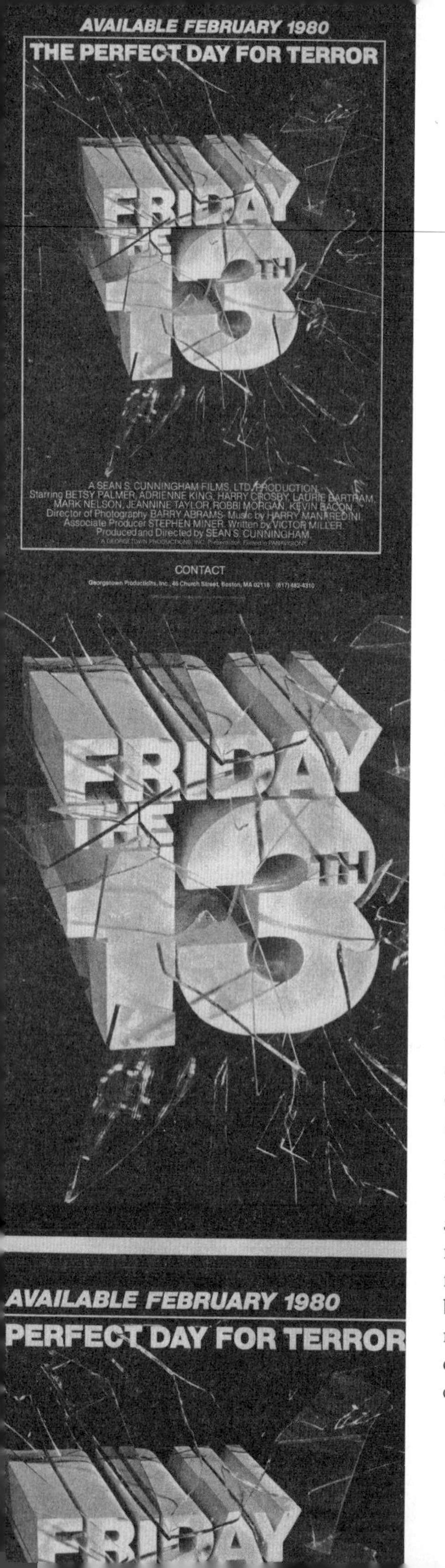

SEXTA-FEIRA 13 CHEGA À *VARIETY*

Com um conceito visual para *Sexta-Feira 13* completamente finalizado, Sean Cunningham tomou a audaciosa e corajosa decisão de colocar o anúncio acima citado na revista do mercado de entretenimento *Variety*. A propaganda circulou em 4 de julho de 1979, e também apareceu no formato da *Variety Internacional*. Ele também dizia que *Sexta-Feira 13* estava "sendo produzido" e que o filme estaria "disponível em novembro de 1979".

Nada disso, é claro, continha qualquer indício de verdade, mais especificamente a data de lançamento para novembro de 1979. Mas o objetivo principal de Cunningham era sacudir o interesse do mercado, suscitar uma reação e atrair financiamento para o projeto. "Eu circulei o anúncio no verão, perto do 4 de julho, na semanal *Variety*, um grande anúncio de página inteira, e os telefones começaram a tocar sem parar", relembra Cunningham. "Todo mundo queria esse filme. Eu disse: 'Merda, eu preciso filmar isso logo'. Então nós corremos e tentamos escrever um roteiro e conseguir o elenco para filmarmos."

As declarações de Cunningham de ter tido "uma resposta incrível de agentes do mundo todo" e de ter sido inundado com telegramas e telexes com ofertas financeiras para *Sexta-Feira 13*, depois da publicação do anúncio publicitário na *Variety*, não foram confirmadas pelas circunstâncias e eventos relacionados a esse período no tempo. A realidade é que não houve qualquer proposta financeira re-lacionada a *Sexta-Feira 13* no mês de julho de 1979.

Ele recebeu, contudo, perguntas de atores, mem-bros de equipe e técnicos questionando se havia alguma vaga de trabalho disponível – qualquer que fosse o projeto, independentemente de quando fosse começar. A maioria dessas pessoas havia trabalhado com Cunningham em seus filmes anteriores, *Here Come the Tigers* e *Manny's Orphans*, e ouviram falar sobre *Sexta-Feira 13* através da publicidade na *Variety*.

Além disso, faltava ter de lidar com Philip Scuderi. No verão de 1979, a Hallmark Releasing se transformou na Georgetown Productions – nome dado também em homenagem a um subúrbio de Boston – com o intuito único de financiar e produzir filmes. Após ter financiado *Here Come the Tigers* e *Manny's Orphans*, Scuderi patrocinou a comédia besteirol *King Frat*, uma cópia descarada de *O Clube dos Cafajestes* (*Animal House*, 1978), lançado em julho de 1979. As pessoas que trabalhavam para Scuderi também invadiram o escritório de Cunningham. "Eu me lembro de enviar meu currículo para Connecticut quando o primeiro filme de *Sexta-Feira 13* estava sendo feito, mas não tive resposta", relembra Reuben Trane, o produtor de *King Frat* que trabalhou posteriormente com Scuderi no filme de terror *slasher Olhos Assassinos* (*Eyes of a Stranger*, 1981). "Eu nunca soube lidar com Scuderi. Sempre achei que ele usava dinheiro de suas diversas salas de exibição para financiar seus empreendimentos no ramo do cinema. Parecia que tínhamos dinheiro segunda-feira após uma boa semana e dinheiro algum após um fim de semana chuvoso."

Se Cunningham pudesse achar um jeito de evitar fazer negócios com Scuderi e seus sócios mais uma vez, ele aproveitaria a oportunidade. Só que não havia nenhuma. Cunningham fez uma segunda hipoteca em sua casa de Westport com o intuito de produzir *Sexta-Feira 13* como um projeto próprio. A segunda hipoteca foi uma tentativa de conseguir algum tipo de independência, e influência sobre Scuderi, caso ele terminasse sendo a única opção.

Se o anúncio da *Variety* terminasse falhando em seu propósito principal de garantir financiamento de grande porte para *Sexta-Feira 13*, a fotografia de Richard Illy tinha ao menos servido como um excelente papel de parede no escritório residencial de Cunningham em Westport. "Eu namorava com Denise Pinckley, que naquela época trabalhava como temporária para Sean em Connecticut, e tinha começado a trabalhar para a Georgetown, e não podia acreditar quando ela me disse que o escritório estava com minha foto como papel de parede", relembra Illy. "Então conheci essa mulher que me disse que ela trabalhava como temporária nessa agência publicitária e que a agência tinha pôsteres com as imagens do logo de *Sexta-Feira 13*, o que achei bastante irônico."

Outro mantra bastante repetido por Cunningham durante anos, e que caminha lado a lado com o anúncio da *Variety*, é a noção que o projeto de *Sexta-Feira 13* não tinha dinheiro, rascunho, roteiro, só tinha basicamente o título na época do anúncio. Embora a parte do dinheiro fosse certamente verdade, o fato é que os elementos da história já tinham sido criados, ao menos em termos da aprovação de Cunningham e Miller, mesmo embora o roteiro de Miller ainda tivesse o título de *Long Night at Camp Blood* ao invés de *Sexta-Feira 13*.

A versão de Victor Miller para o roteiro de *Sexta-Feira 13* estava quase pronta na época do surgimento do anúncio na *Variety*, e foi quando Cunningham e Miller passaram mais duas semanas trabalhando nisso. Ainda que fosse verdade que Cunningham não tinha um roteiro completo na época da publicação do anúncio, a estrutura já tinha sido armada.

"Eu trabalhei no roteiro que veio a se tornar *Sexta-Feira 13* durante a primavera/verão de 1979", diz Miller, esclarecendo os fatos. "Após começar meu trabalho, ele foi buscar garantir o financiamento. O anúncio no jornal veio depois."

Contrariando a crença popular, a produtora de *THE ORPHAN*, Sondra Gilman, nega que Sean Cunningham ou a Georgetown Productions providenciaram qualquer acordo financeiro para a livre utilização do título *Sexta-Feira 13* (Imagem cedida por Sondra Gilman)

UMA OUTRA *SEXTA-FEIRA 13*

Sean Cunningham tinha um segundo motivo para lançar o anúncio na *Variety*. Ele queria tomar posse do título, pois ficou sabendo que outro produtor estava montando um projeto de filme também chamado *Sexta-Feira 13*. Cunningham até pensou por um momento em mudar o título do projeto para *Friday 13*, removendo o "*the*" do título.

Cunningham mencionou sua preocupação sobre o título de *Sexta-Feira 13* para seu amigo Michael Morris quando encomendou a logo. "Sean fez o anúncio na *Variety* porque tinha ouvido falar que outro produtor iria usar o título de *Sexta-Feira 13* para outro filme e ele queria garantir o título e tomar posse do nome antes que outro projeto começasse a ser produzido e fosse lançado", relembra Richard Illy. "Sean tinha ouvido um rumor que havia outro *Sexta-Feira 13* em algum lugar e isso o motivou a fazer seu conceito circular. Eu creio que ele esperava ver se teria alguma resposta desse outro produtor de quem tinha ouvido falar. Naquela época, não havia internet, óbvio, e era como se a notícia viajasse montada à cavalo no mundo do cinema, mas viajava bem rápido mesmo assim." Esse "outro" projeto chamava-se *Friday the 13th: The Orphan*, um filme de terror psicológico inspirado no conto "Sredni Vashtar", do escritor britânico Saki (pseudônimo de Hector Hugh Munro). A história retratava um jovem perturbado, atormentado por visões sombrias que lhe levam a cometer assassinatos brutais.

Dirigido e adaptado para o cinema por John Ballard, a história de sua caótica produção começou em 1977 – quando o projeto era conhecido originalmente como *Betrayal* (*Traição*) – e foi finalmente finalizado em 1978. O filme estreou no Festival de Cinema de Miami em 1978 e foi então lançado nas salas de cinema em novembro de 1979 chamando pouca atenção.

Foi durante esse período que o título do filme mudou, em ordem cronológica, de *Betrayal* para *Friday the 13th* (sem *The Orphan* no título), depois para *Friday the 13th: The Orphan* e finalmente para *The Orphan*.

Comparando o filme de Cunningham com *The Orphan*, não há qualquer indício, de qualquer parte envolvida, que os dois filmes tenham alguma semelhança estética. A controvérsia se deu inteiramente baseada no título e na cronologia de como os dois projetos usaram o nome *Friday the 13th*. Com relação a *The Orphan*, isso se deu diretamente entre Sondra Gilman e Louise Westergaard, as produtoras que tomaram posse do filme de Ballard, e introduziram por vontade própria o título *Friday the 13th*.

"John Ballard estava filmando um filme chamado *Betrayal* que trouxe até nós", relembra Sondra Gilman. "Nós sentimos que ele tinha muitas qualidades, mas que precisava seguir outra trajetória. Mantivemos algumas sequências e filmamos cenas adicionais. Creio que o filme novo terminou em 1978. Fomos convidadas a mostrar o filme no Festival de Cinema de Miami em 1978. O distribuidor, Louise e eu achamos que o título *Betrayal* não mais funcionava para o produto final e mudamos o nome para *Friday the 13th*. A trama era baseada num conto de Saki." Claramente, Gilman e Westergaard – e o projeto em si – tinham posse do título bem antes de Cunningham alegar que teve sua inspiração.

De sua parte, Ballard, que não estava falando com Gilman e Westergaard na época que *The Orphan* foi relançado comercialmente, nega qualquer envolvimento ou conhecimento do título *Friday the 13th*. "O título de *Friday the 13th* não foi de forma alguma ideia minha, embora estivéssemos de fato à frente da outra produção", relembra Ballard. "Elas colocaram essas letras em bloco e que se mexiam desajeitadamente no título. Eu achava que *The Orphan* estava ótimo, e então elas quiseram mudar para *Friday the 13th: The Orphan*. Elas queriam uma isca, um gancho, e simplesmente impuseram isso no filme. Colocaram essas datas, legendas, sabe, e então a última data era *Friday the 13th*."

A acusação mais explosiva sobre os dois filmes se vale da lenda amplamente difundida de que os produtores do *The Orphan* ameaçaram Sean Cunningham e a Georgetown Productions com um processo. A lenda diz que Cunningham e a Georgetown chegaram a um acordo financeiro com os produtores e distribuidores de *The Orphan* em troca da livre utilização do título *Friday the 13th*. "Não ficou claro se foram tomadas medidas jurídicas, mas me lembro de muita conversa entre a World Northal (distribuidora) e 'a outra' produção", relembra Ballard. "Eu nunca conheci Sean Cunningham ou Phil Scuderi, nunca tinha ouvido falar deles, e nem tinha conhecimento do anúncio da *Variety*."

Essa lenda urbana há muito defendida foi alimentada por George Mansour, antigo funcionário e empresário de Philip Scuderi, que deu peso a essa história muitos anos atrás com a seguinte recordação: "Havia um filme antes do nosso chamado *Sexta-Feira 13: The Orphan*. Sem muito sucesso, mas alguém ainda assim ameaçou processar. Eu não me recordo se Phil Scuderi pagou algo a eles, mas foi finalmente resolvido."

Hoje, Mansour nega ter dito isso, nega qualquer recordação de *The Orphan*, ou de qualquer acordo financeiro. A verdade é que as únicas pessoas que saberiam algo a esse respeito seriam Sondra Gilman e Louise Westergaard, além da distribuidora, World Northal. Uma vez que Westergaard faleceu e a World Northal não existe mais, e Ballard ficou de fora do processo, resta apenas Gilman. Ela nega ter tido qualquer contato no ano de 1979 – ou em qualquer outro período – com Cunningham e Scuderi, e nega que havia qualquer tipo de acordo financeiro com o intuito de transformar *Friday the 13th*: *The Orphan* em apenas *The Orphan*. "Sim, nós vimos o anúncio na *Variety* e, apesar de termos nos chateado porque nosso título havia sido usado por outra pessoa, entendemos que faz parte da vida e que ele [Cunningham] tinha sido mais rápido", diz Gilman. "Então mudamos nosso título para *Friday the 13th: The Orphan*. Não tínhamos contato com Sean Cunningham e não existiu qualquer acordo. Desistimos do título *Friday the 13th* e fomos apenas com *The Orphan* para eliminar qualquer confusão entre os dois filmes."

Em retrospecto, não parece que a controvérsia do título teve muito impacto negativo para *The Orphan*. Sob todos os aspectos, o enorme sucesso de *Sexta-Feira 13* rendeu ainda mais atenção e relevância do que o filme teria recebido caso ele e o filme de Cunningham não tivessem cruzado caminhos. "Creio que a mudança de títulos teve sim um efeito negativo no filme, mas são coisas do mercado", diz Gilman. "Nós provavelmente pensamos no nome antes deles, mas não fomos espertos o bastante para nos apropriarmos do título. Fico muito feliz por qualquer sucesso que um produtor possa alcançar e todos tentamos conseguir o melhor com nosso trabalho."

GEORGETOWN

Panorâmica de BLAIRSTOWN, Nova Jersey, hoje em dia (Imagem cedida por Robert Armin/brettmcbean.com)

Conseguir o monopólio sobre o título de *Sexta-Feira 13* foi um alívio para Cunningham, que temia uma possível ação judicial da outra produção. Mesmo que a controvérsia do título tenha se revelado um alarme falso para Cunningham, seus negócios com Philip Scuderi de julho a agosto amargavam bastante. *Sexta-Feira 13* foi a primeira produção creditada à nova marca recém-batizada de Georgetown Productions, mas a dinâmica do relacionamento Cunningham-Scuderi continuava a mesma.

A transição da Hallmark Releasing para a Georgetown Productions não representou mudanças na condução dos negócios. Era o mesmo prédio de dois andares na Church Street, o mesmo escriturário, secretária e, com toda certeza, a empresa ainda era controlada pelos mesmos três advogados de Boston que viraram magnatas de filmes *exploitation*: Robert Barsamian, Stephen Minasian e o extravagante Scuderi.

Assim como foi com as colaborações anteriores entre Cunningham e a Hallmark, Scuderi era o porta-voz da Georgetown e certamente de *Sexta-Feira 13*. "Eles eram donos de salas de cinema com um fluxo de capital significativo, então números não os intimidavam", disse Cunningham, se referindo ao período em que ele procurou a Georgetown pela primeira vez com o filme *Sexta-Feira 13*. "É o mesmo tipo de aposta que as pessoas fazem quando investem em um show na Broadway ou em prováveis poços de petróleo. É um investimento extremamente especulativo. Se dá certo, é fantástico. Você tem de ser um pouco louco para fazê-lo."

Cunningham sentiu que precisava de aproximadamente 500 mil dólares para produzir *Sexta-Feira 13* "confortavelmente", embora ele tivesse informado confidencialmente que estava preparado para trabalhar com um orçamento superbaixo e filmar *Sexta-Feira 13* entre 70 mil e 100 mil dólares – uma possibilidade de orçamento que a segunda hipoteca na casa de Cunningham em Westport poderia financiar, em conjunto com o dinheiro que Cunningham tinha guardado até então. Em outras palavras, Cunningham estava preparado para filmar *Sexta-Feira 13* no mesmo estilo de *Aniversário Macabro*, ao menos em termos de formato e alcance.

No verão de 1979, a relação entre Cunningham e Scuderi estava bem definida: os filmes de Cunningham, com exceção de *Manny's Orphans*, tinham dado lucro a Scuderi e seus sócios. Mesmo assim, Scuderi estava bem ciente de que era o último recurso de Cunningham, dando assim à Georgetown uma grande vantagem nas suas negociações com Cunningham, ou pelo menos era o que parecia até então. "Eu tinha me afastado dos investidores de Boston, mas depois que publiquei meu anúncio, eles ligaram e disseram que queriam fazer parte daquilo", relembra Cunningham. "Eu tentava argumentar em favor dos 500 mil dólares, e eles vieram com uma oferta inicial de 125 mil dólares. Era um bom começo."

O montante de 500 mil dólares representava um grande investimento da Georgetown Productions, que estava com as pernas financeiramente bambas em 1979, além de praticamente todas as outras articulações do corpo do meio ao final da década de 1970. Esse número também representava uma marca para Cunningham, cujo filme mais caro antes de *Sexta-Feira 13* tinha custado 400 mil dólares e tinha sido seu filme de menor sucesso. "Eles [Georgetown] me retornaram depois de termos feito uma amostra prévia do roteiro e disseram que tinham mudado de ideia", relembra Cunningham. "Eles queriam investir o valor total de 500 mil dólares. Eles realmente queriam estar no controle."

Nesse caso, não era ruim que Cunningham estivesse atrás da Georgetown com um filme de terror, pois seu último trabalho no gênero, *Aniversário Macabro*, ainda estava em exibição nos circuitos de drive-in em 1979 e gerando um faturamento consistente. Somado ao fabuloso anúncio na *Variety*, isso criou uma combinação bem atraente para Scuderi.

Cunningham procurou Scuderi com tudo o que tinha para oferecer a essa altura, que era o título de *Sexta-Feira 13*, seu histórico de filmes até então e um roteiro de Victor Miller. Scuderi reagiu com entusiasmo a quase tudo. Ele amou o título, amou a ideia de um filme de terror num acampamento de verão e acreditou que Cunningham era o homem certo para isso, mesmo embora Scuderi estivesse perfeitamente ciente do quanto Cunningham estava desesperado. O único item que não tinha agradado a Scuderi era o roteiro de Miller.

Da metade de julho até agosto de 1979, Cunningham e Scuderi trocavam diversas conversas, debatendo por dinheiro e pelas condições que Scuderi pensava em impor por qualquer investimento feito em *Sexta-Feira 13*.

A relação entre Cunningham e Scuderi é, sem dúvidas, a mais importante na saga de *Sexta-Feira 13*. "Tentamos negociar o acordo de uma forma que eu pensei que pudesse dar certo, mas eles não queriam ceder em alguns pontos que consideravam cruciais, como quem recebe o dinheiro e quando, e o fluxo financeiro", relembra Cunningham. "Até que uma noite eu estava tendo uma conversa por telefone com Phil Scuderi. E disse 'Não, eu simplesmente não posso' e desliguei na cara dele. Não era a coisa errada a fazer. Era a coisa certa. Por um lado, eles estavam investindo todo o dinheiro para podermos fazer o filme, mas por outro, era a mesma coisa de se voluntariar pra fazer um tratamento de canal. Era de algum jeito ir adiante, mas era ao mesmo tempo uma outra forma de andar para trás."

GEORGE MANSOUR (acima) trabalhou na Hallmark Releasing como empresário na década de 1970 (Imagem cedida por Victor Miller)

O conceito de JASON (abaixo) foi elaborado durante o processo de criação do roteiro e a pré-produção (Imagem cedida por Tom Savini)

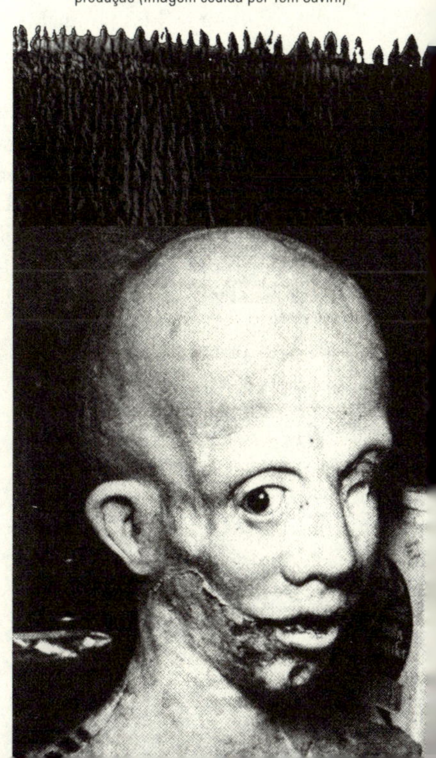

Embora a imagem que fique da relação dos dois seja provavelmente a de Cunningham rastejando atrás de Scuderi e seus sócios por dinheiro, isso apenas reflete o estado da carreira de Cunningham antes de – e durante – a criação de *Sexta-Feira 13*. "Aquela foi uma noite bem complicada", relembra Cunningham daquela mesma conversa por telefone com Philip Scuderi. "Passei a noite me revirando, e levantei cedo de manhã para caminhar. Pensei: 'Não é o acordo que você quer, mas não é o filme que você quer também'. Voltei para casa, às 6h45 da manhã, e as crianças tinham acabado de levantar. Liguei para a casa de Phil e disse, 'Pensei sobre nossa conversa ontem à noite, e mudei de ideia. Estou disposto a concordar com os termos que você sugeriu'. E ele disse: 'Fico feliz que você tenha ligado, estava quase saindo de casa'. Ele estava prestes a levar o dinheiro e investir em um shopping center'. Foi assim que conseguimos fazer *Sexta-Feira 13*."

Para todo mundo menos Craven, Miner, e sua família, Cunningham parecia a imagem da tranquilidade nesse período de estresse. Mesmo antes de Cunningham assegurar o financiamento de Scuderi, ele havia garantido aos seus funcionários mais próximos, na primavera e nos primeiros meses de verão de 1979, que *Sexta-Feira 13* seria realizado, e seria feito com 500 mil dólares. Cunningham também sabia que a palavra de Scuderi não era muito confiável e poderia mudar a qualquer momento. Ainda assim, não havia qualquer sinal aparente de pânico. "Foi logo após os dois filmes infantis que Sean me trouxe na cozinha de sua casa e disse, mais ou menos, o seguinte: 'Eu vou fazer um filme chamado *Sexta-Feira 13* e vai ser o filme mais assustador de todos os tempos, e você vai fazer a trilha sonora'", relembra Harry Manfredini. "Ele nunca me disse que seria tudo ou nada. Acho que se não tivesse dado certo, e não fosse o grande sucesso que foi, nós teríamos continuado, buscado outro projeto. Nunca houve aque-le sentimento ou pensamento de 'tudo ou nada'."

No final, Cunningham tomou conta de boa parte do controle de criação de *Sexta-Feira 13* de Scuderi e seus sócios, com uma larga vantagem, sem que eles desconfiassem. Isso aconteceu durante as filmagens em Blairstown e depois, durante a fase de pós-produção de *Sexta-Feira 13*. Mas no final de julho de 1979, Scuderi estava no controle. Cunningham estava à mercê de Scuderi, e ambos sabiam disso. As decisões que Scuderi fez du-rante esse período, nos meses de verão de 1979, especialmente relacionadas ao roteiro de Victor Miller, estabeleceram a influência criativa de Scuderi – sua impressão digital – sobre *Sexta-Feira 13*.

Panorâmica (acima) e close-up (abaixo) dos ARCOS que Annie atravessa no filme (Imagem cedida por Brett McBean/brettmcbean.com)

SEXTA-FEIRA 13 VERSÃO 2.0

Insatisfeito com o roteiro de Victor Miller, Philip Scuderi entrou em contato com Ron Kurz, um romancista e roteirista inexperiente, para fazer algumas mudanças que achava vitais a *Sexta-Feira 13*. Como Cunningham havia sido informado, essas mudanças eram também condições para o financiamento da Georgetown a *Sexta-Feira 13*.

Como Cunningham, Kurz tinha uma relação de uma década com Scuderi antes do seu envolvimento com *Sexta-Feira 13*. A relação Kurz-Scuderi nasceu na época em que Kurz era gerente de uma sala de cinema em Baltimore no início da década de 1970. Antes de *Sexta-Feira 13*, Scuderi havia contratado Kurz para trabalhar em alguns roteiros, como no filme financiado por Scuderi *King Frat*, no qual Kurz trabalhou sob o pseudônimo de Mark Jackson. Apesar dessas ligações, Kurz não tinha contato direto com Cunningham ou Miller durante todo o seu envolvimento substancial em *Sexta-Feira 13*. Da mesma forma que Miller respondia diretamente a Cunningham, Kurz apenas respondia a Scuderi.

Philip Scuderi estava encantado com Kurz como escritor e o via como o seu tipo de escritor para os seus tipos de filme. Kurz então se tornou o escritor número um da Georgetown, começando com *King Frat* e *Sexta-Feira 13* e continuando no início da década de 1980 em títulos como *Sexta-Feira 13 Parte 2* (1981), *Olhos Assassinos* (1981), e *Off the Wall*, (1983). "Phil, hoje já falecido, era uma força impactante", diz Kurz. "Tente imaginar um cruzamento entre Michael Corleone e Roger Corman. Você nunca via o seu nome nem nada do tipo, mas ele estava com as mãos na massa envolvido em muitos filmes. Ele basicamente deu início às carreiras de Wes Craven, Sean Cunningham e Steve Miner. Phil era mais do que um cara que financiava as coisas: ele era uma força criativa por si só, frequentemente criando cenas fantásticas, normalmente encenadas em restaurantes. Tudo o que eu tinha a fazer era escrevê-las no dia seguinte. Phil e eu tínhamos um ótimo relacionamento profissional."

Após Sean Cunningham lhe procurar com *Sexta-Feira 13*, Scuderi contatou imediatamente Kurz a respeito de reescrever o roteiro de Victor Miller. "Depois de ter escrito um par de filmes para Phil, eu ouvi dizer que ele havia sido procurado por um produtor em maus lençóis chamado Sean Cunningham", relembra Kurz. "Tudo o que Sean tinha era um título que soava muito bem: *Sexta-Feira 13*. Na verdade, ele tinha algo a mais: um roteiro horrível, sem graça, que havia sido escrito por Victor Miller, um escritor de novelas e sindicalizado que estava trabalhando sob o teto da companhia de produção de Sean. Phil gostou da ideia, mas detestou o roteiro. Ele exigiu mudanças antes de entrar com qualquer financiamento de peso. E me trouxe para revisar o roteiro. Ele quis que eu adicionasse humor, minha marca, e trouxesse algo de novo. Ele não sabia o que exatamente, mas algo."

Uma das grandes contribuições de Kurz ao roteiro de *Sexta-Feira 13*, e consequentemente à cultura pop, foi a nova imagem do personagem de Jason Voorhees, que existia no roteiro de Victor Miller apenas como uma criança normal – no máximo um pouco estranha – que se afoga. Kurz pensou em dar a Jason Voorhees uma personalidade muito mais macabra e colocá-lo em um final surpresa que serviria para fazer o público "pular da cadeira". "No roteiro de Victor Miller, Jason era simplesmente um garoto comum que se afoga na temporada passada", diz Kurz. "Tudo girava em torno da misteriosa sra. Voorhees e de sua vingança. Ao reescrevê-lo, eu tive a ideia de fazer um Jason 'diferente' – leia-se mongoloide – e fazê-lo saltar do fundo do lago no final, no momento em que a plateia estivesse esperando os créditos finais aparecerem."

Essa adição importante ao roteiro de *Sexta-Feira 13* animou Scuderi e, em retrospecto, foi um grande passo para garantir tanto o financiamento, quanto para determinar o destino de *Sexta-Feira 13* como uma franquia cinematográfica rentável. "Eu me lembro de estar jantando em Boston com Phil e sua secretária na noite que lhe contei da minha ideia do Jason", relembra Kurz. "Ele me ouviu por um minuto, então se levantou sem dizer uma palavra e saiu da mesa para ir ao lobby onde nós o vimos andando de um lado ao outro. Sua secretária olhou para mim e disse 'Nossa, você o acertou em cheio com essa'."

Cunningham e Scuderi mantiveram contato durante a revisão de Kurz do roteiro de *Sexta-Feira 13*, com Cunningham estando inteiramente ciente, e normalmente apoiando, as mudanças de Kurz, especialmente no conceito de Jason. Cunningham era também leal a Miller que gradualmente ficou ciente das mudanças que estavam sendo feitas ao seu roteiro original a mando de Scuderi (com quem Miller não tinha uma relação muito afetuosa). "Eu não fazia ideia, porque Sean não o mencionou [Ron Kurz] a mim, até que me disse que Phil queria uma cena no filme que eu provavelmente iria odiar – a cena do policial na moto – e que Phil tinha um escritor de que ele gostava e que havia escrito a cena", disse Miller. "Ele não me mostrou a cena no papel. Eu disse a ele [Cunningham] que isso iria inteiramente contra o conceito de que os garotos estavam fora de alcance da ajuda da polícia, da Guarda Nacional ou de adultos, mas Sean me disse que Phil estava pagando pelo filme e que ele queria que a cena fizesse parte. Phil havia feito isso antes quando ele financiou *Here Come the Tigers* e queria que nuvens de peidos rosas saíssem dos jogadores no banco de reservas. Na época de *Sexta-Feira 13*, Phil não tinha muito afeto por mim porque eu constantemente argumentava contra a maioria, se não todas, de suas ideias em *Tigers* e outro roteiro que escrevi para ele que deveria ser uma cópia de *O Clube dos Cafajestes* [referindo-se a *King Frat*]."

A MAIN STREET em Blairstown (Imagem cedida por Brett McBean/brettmcbean.com)

A CABANA principal (acima) (Imagem cedida por Brett McBean/brettmcbean.com)

Entrada do ACAMPAMENTO NO-BE-BO-SCO (abaixo), locação para o acampamento Crystal Lake (Imagem cedida por Brett McBean/brettmcbean.com)

"Aprendi depois que, à medida que eu estava escrevendo novas cenas ou revisando cenas antigas, Victor Miller estava em Connecticut com Sean colocando-as em um esboço sob o seu próprio nome", disse Kurz. "Eu realmente não o culpo. Ele estava trabalhando, legitimamente, através de Sean e do sindicato e eu estava quebrando todas as regras escritas do sindicato por causa de Phil, sem sequer usar o meu nome. No segundo rascunho de Victor Miller, 45 das 97 páginas são ou cenas novas minhas, ou cenas que eu havia revisado. Ah, a indústria do cinema! Não tem como não amá-la!"

O ACAMPAMENTO DE VERÃO PERFEITO

Em julho de 1979, enquanto Sean Cunningham batalhava com Philip Scuderi sobre a direção criativa e financeira de *Sexta-Feira 13*, Cunningham e Steve Miner contrataram a designer de produção Virginia Field (de *Manny's Orphans*) para fazer uma escolta na Costa Leste e tentar localizar um acampamento de verão que servisse para *Sexta-Feira 13*. "Sean não era apaixonado pelo aspecto visual das filmagens e então me deu liberdade de usar meu trabalho visual de design", diz Virginia Field. "Sean me deu bastante liberdade para escolher o local de acampamento de verão e criar a aparência dele."

Com apenas uma versão incompleta do roteiro de *Sexta-Feira 13* para estudar naquele momento, e nenhuma experiência em filmes de terror, Field ouviu Cunningham descrever detalhadamente a história e a aparência de *Sexta-Feira 13* para que visualizasse o tipo de acampamento de verão que seria uma boa escolha para um filme de terror de subgênero sem precedentes. Sem pressão.

Cinicamente, Cunningham, que tinha sempre um foco no dinheiro, esperava que Field achasse um acampamento de verão com um amplo espaço para cabanas que pudesse servir como alojamento barato para a equipe de *Sexta-Feira 13*. "Senti que precisávamos de um acampamento que passasse uma impressão de história impactante, e um aspecto físico bem real em termos de estrutura", diz Field. "Senti que o filme precisava de um acampamento que parecesse já existir há muitos anos, ao invés de um acampamento que parecesse que havia sido aberto apenas alguns anos atrás. Esse acampamento tinha de ser antigo. Com relação ao aspecto físico da estrutura, achei que o lago tinha de estar sempre presente na história e também que a natureza tinha de estar presente e visível o tempo todo. Eu não queria um local onde você tivesse de andar um longo caminho até chegar ao lago."

Por essa razão, Field contatou um amigo cenógrafo. "Liguei para Robert Topol, um grande amigo meu e um ótimo cenógrafo, e lhe disse que estava procurando por um acampamento de verão para esse filme que estava fazendo", relembra Field. "Robert morava em Connecticut, cerca de quarenta minutos de Blairstown, conhecia a área e era familiarizado com os acampamentos da Costa Leste. Ele achou Blairstown e o acampamento dos escoteiros onde terminamos filmando o filme."

"Eu assistia a uma aula de design em Nova York com Virginia Field, que foi fazer *The Adams Chronicles* para a televisão, enquanto eu terminei fazendo teatro", relembra Topol, que trabalhou como diretor de arte não creditado em *Sexta-Feira 13*. "Nós éramos amigos e, quando ela ligou me perguntando sobre uma localização para *Sexta-Feira 13*, pensei em Blairstown. Também pensei num acampamento nas Montanhas Poconos, que também daria certo, mas meu irmão já tinha estado em No-Be-Bo-Sco e eu conhecia a área muito bem. Quando Virginia me contou sobre o filme, pensei na história de terror clássica do acampamento de verão onde cresci, que diziam haver um monstro chamado Cropsy do outro lado do lago. Nós não tínhamos esse 'outro lado do lago' em *Sexta-Feira 13*, que tivemos quando trabalhei em *Sexta-Feira 13 Parte 2* em Connecticut, mas eu sabia que Blairstown casaria bem com o filme."

Blairstown fica em Nova Jersey, um município situado nos arredores de Warren County. O período entre 1970 e 1979 representou o maior aumento populacional - de quase 2200 pessoas em 1970 para mais de 4 mil em 1979 - da história do município (Blairstown foi oficializada como município em 1845). Por outro lado, Blairstown era, no final do verão de 1979, bem parecida com um microcosmo das condições econômicas e do mal-estar que definiu a presidência de Jimmy Carter no final dos anos 1970, um período no qual cidades pequenas como Blairstown foram duramente atingidas e se afundavam em uma melancólica depressão.

O acampamento de verão que Topol tinha em mente era o acampamento No-Be-Bo-Sco (North Bergen Boy Scouts), um acampamento de verão dos Escoteiros da América que abriu em 1927 e funcionava - e continua a funcionar hoje em dia - todo dia de verão do começo de julho à metade de agosto.

A localização do espaço tinha todas as amenidades que *Sexta-Feira 13* requeria, ou seja, um lago idílico, conhecido como Sand Pond, cabanas espalhadas pelo local, e uma vasta área de floresta que serve como ponto de partida para caminhadas pela lendária Trilha Appalachian. Em funcionamento desde 1927, o local também passava uma palpável impressão de idade e história, elementos que adicionaram considerável atmosfera e sabor a *Sexta-Feira 13*.

Para o propósito das filmagens de *Sexta-Feira 13*, e as peças do jogo que seriam necessárias para trazer a história à vida, o acampamento No-Be-Bo-Sco era perfeito. Além de tudo, Blairstown estava em um local estrategicamente perfeito. Era a uma distância tranquila de 130 quilômetros de Nova York, onde Barry Abrams e sua equipe estavam situados, uma distância de quarenta minutos de Connecticut, e a apenas alguns passos, poucos quilômetros da Pensilvânia, ligada à Blairstown pela Delaware Water Gap.

"Era uma área bastante depressiva", relembra Field na sua primeira visita à Blairstown em julho de 1979. "Era longe de Nova York, muito mais em termos de sofisticação do que de distância. Dois meses antes das filmagens, eu e minha pequena equipe de design fomos à Blairstown para olhar o acampamento."

Em julho de 1979, Field, junto com sua humilde equipe de design que se juntaria a ela para as filmagens de *Sexta-Feira 13*, chegaram a Blairstown, no acampamento No-Be-Bo-

A CABANA principal (acima) (Imagem cedida por Brett McBean/brettmcbean.com)

Abaixo, local em que a designer de produção Virginia Field e sua equipe construíram a despensa que aparece no filme (Imagem cedida por Brett McBean/brettmcbean.com)

ESCRITÓRIO principal do acampamento No-Be-Bo-Sco (acima) (Imagem cedida por Brett McBean/brettmcbean.com)

Vista do lado de fora da entrada da cabana principal, de frente ao lago (abaixo) (Imagem cedida por Brett McBean/brettmcbean.com)

Sco, para avaliar o local e fazer quaisquer alterações que fossem necessárias, dentro do minúsculo orçamento de Field, para que o acampamento ficasse pronto para as filmagens. Tornando tudo mais complicado, havia o fato de que o acampamento estava, durante o mês de julho, bem na metade da sua temporada de verão e, portanto, entupido de crianças na primeira visita de avaliação ao local. "Estava cheio de crianças quando eu fui lá na minha primeira visita e obviamente nenhuma criança quando começamos a filmar", relembra Field. "Ficamos em cabanas durante essa primeira viagem, embora os pais de Robert Topol morassem por perto."

"Blairstown era um município com muita área livre", relembra Topol. "O acampamento No-Be-Bo-Sco era um local muito isolado da cidade. Era localizado bem no meio da floresta e você tinha de seguir por uma longa estrada de barro para chegar lá. O local era realmente isolado e remoto e isso transparece no filme. Ninguém podia ouvir você gritar!"

Recebida por Robert Topol ao chegar em Blairstown, Field e ele imediatamente começaram a trabalhar e a transformar o acampamento No-Be-Bo-Sco no acampamento Crystal Lake, local que Sean Cunningham e Steve Miner tinham descrito à Field. "Nós construímos um prédio inteiro para a equipe trabalhar durante as filmagens", relembra Field. "Construímos todos os banheiros que são vistos no filme, colocando privadas, embora tivéssemos que trocá-las depois que as crianças usaram. Depois, um dos meus coitados assistentes teve de limpar os banheiros usados no filme porque não tínhamos muito dinheiro. Imagine que trabalho ingrato! Construímos a pia e o box do chuveiro usados no filme. Construímos a despensa usada no filme. Construímos um complemento à cabana principal onde Adrienne King se esconde durante o clímax do filme."

"Estávamos muito animados e nervosos nas semanas que antecederam às filmagens", relembra Steve Miner. "Havia muito que fazer. Tínhamos que achar um local adequado para o acampamento e sabíamos que muitos dos acampamentos de verão iriam surtar quando soubessem que estávamos fazendo um filme de *slasher*, e foi o que aconteceu. Não precisávamos de muita coisa do acampamento em si, mas nossas necessidades eram bem específicas. Bem, precisávamos de um campo de arco e flecha, algumas cabanas, uma certa sensação de isolamento e, claro, um lago onde o jovem Jason saltaria das profundezas."

"Uma das primeiras coisas que fizemos após chegar ao acampamento foi criar um complemento à cabana do banheiro erguendo paredes falsas e fazendo com que o piso saísse", relembra Topol. "Em uma das cabanas, nós fomos para debaixo da cama para poder filmar por ali, o que foi usado na cena com Kevin Bacon. Construímos o cais que é visto no filme, e também a entrada do acampamento que aparece no início, junto com as cercas da entrada e o arco da passagem. Também construímos alguns dos móveis usados no filme. E construímos também o campo de arco e flecha."

Field e Topol, juntos com a equipe incansável de Field, também trabalharam para dar ao acampamento No-Be-Bo-Sco um ar histórico e de personalidade, mais do que o local já possuía, e para aumentar a ilusão de que o acampamento Crystal Lake já funcionava há décadas. "Nós construímos as placas da cidade que aparecem no filme e também as imagens que refletem as tradições dos índios norte-americanos", relembra Field. "Nós trabalhamos vinte horas por dia antes das filmagens. Eu provavelmente criei o letreiro

O belíssimo CRYSTAL LAKE (Imagem cedida por Brett McBean/brettmcbean.com).

VIRGINIA FIELD e sua equipe foram os primeiros a visitar Blairstown (Imagens cedidas por Tony Marshall)

de Bem-Vindos à Crystal Lake, mas não me lembro. Mas me recordo, sim, que construímos áreas na cabana principal com marcas de tribos indígenas, para mostrar a história do lugar."

Daniel Mahon, o assistente chefe de Field e Topol em Blairstown, relembra que o letreiro de Bem-Vindos à Crystal Lake foi criado aplicando blocos de letras de madeira compensada em um sinal de uma praça existente que serviu como um modelo de esquadro para a logo infame de hoje. "Em retrospecto, creio que eu criei as letras com um esquadro em Luan (0,5 cm de madeira compensada)", relembra Mahon. "Eu fiz o melhor que pude, sem ser um criador de letreiros profissional."

"Penso que Virginia e eu criamos o letreiro [A placa de Bem-Vindos ao Acampamento Crystal Lake] baseados em todo o visual do que vimos ao redor do acampamento, que era quase todo revestido de amarelo", relembra Topol. "Usamos entalhes nativos para dar ao lugar um aspecto histórico, e também colocamos grafite infantil nas cabanas. Usamos madeira antiga em nossa construção para parecer que o acampamento tinha uma longa história."

Enquanto Field, Topol e seus funcionários estavam renovando o acampamento No-Be-Bo-Sco, Sean Cunningham estava, como já foi dito, ainda em meio aos debates, em cabo de guerra com Philip Scuderi e a Georgetown Productions pelos 500 mil dólares de financiamento.

Foi em julho de 1979, enquanto Field estava em Blairstown, que as tensas negociações entre Cunningham e Scuderi chegaram a um impasse e parecia que *Sexta-Feira 13* chegava ao fim, ao menos em termos do modelo de 500 mil dólares que Cunningham buscava. Isso provavelmente se deu porque Cunningham e Scuderi não conseguiam concordar com os termos. Talvez

Scuderi não tivesse 500 mil dólares para investir. Talvez o surgimento da controvérsia do título fez com que o advogado em Scuderi paralisasse a produção. A única certeza é que Cunningham, tendo feito uma segunda hipoteca na casa de Westport, estava basicamente falido.

Seja qual fosse o caso, Cunningham ligou para Field enquanto ela estava em Blairstown e lhe disse que *Sexta-Feira 13* estava, efetivamente, morto. "Sean me ligou e disse que tinha acabado o dinheiro e que nós tínhamos de voltar", relembra Field. "Um mês depois, nós estávamos de volta com o dinheiro, mas descobrimos que os banheiros que tínhamos construído no acampamento haviam sido usados."

"Depois que terminamos o trabalho no acampamento, esperamos que Sean Cunningham e o diretor de fotografia Barry [Abrams], um grande cara, aparecessem e dessem sua aprovação", relembra Topol. "Eles vieram antes das filmagens para dar a aprovação ao trabalho que tínhamos feito e eu estava muito nervoso, mas eles ficaram felizes com a forma com que arrumamos o acampamento."

Em agosto, Field e Topol visualizaram uma cópia praticamente completa do roteiro de *Sexta-Feira 13* - embora ainda não o roteiro final absoluto que estaria pronto em 21 de agosto de 1979 - para especificar o que precisariam para o acampamento No-Be-Bo-Sco. Ao lerem o roteiro, nenhum dos dois ficou muito entusiasmado. "Há três motivos para que eu faça um filme, e eles têm a ver com se gostei do roteiro, se o filme pode fazer muito dinheiro, e se eu adoro as pessoas com quem trabalho", disse Field. "Com *Sexta-Feira 13*, eu não gostava do roteiro, não achava que o filme iria dar qualquer tipo de retorno financeiro, mas amava as pessoas com quem iria trabalhar, e foi por isso que participei."

"Eu li o roteiro e pensei que era um verdadeiro lixo", relembra Daniel Mahon que trabalhou como assistente do diretor de arte e cenógrafo em *Sexta-Feira 13*, e foi uma peça-chave na equipe de Field. "Eu creio que todos achamos que o roteiro era muito pobre e que era muito improvável que um filme de sucesso pudesse ser feito com esse tipo de roteiro."

A batalha entre Cunningham e Scuderi pelo financiamento de *Sexta-Feira 13* continuou firme até agosto. A essa altura, Cunningham se sentia destemido e preparado a trazer *Sexta-Feira 13* à vida da forma que fosse necessária, seja pelo modelo de 500 mil dólares que tinha imaginado, seja de uma forma muito mais maltrapilha.

Sempre o vendedor tranquilo e imperturbável, Cunningham continuava a garantir a seus colegas que ele tinha os 500 mil dólares assegurados para fazer aquele filme de terror. Se havia uma parte infalível da personalidade de Cunningham, era que ele sempre mantinha a sua palavra.

Apesar de ter um frágil compromisso financeiro de Philip Scuderi e da Georgetown, Cunningham seguiu sem medo com *Sexta-Feira 13*. No final de julho de 1979, com o resultado do anúncio da *Variety*, Cunningham começou a montar, e em muitos sentidos a remontar, a equipe e o elenco que iria passar por Blairstown e fazer história no cinema.

Embora transitassem pelos mesmos círculos de atores de Nova York, KEVIN BACON e JEANNINE TAYLOR não se conheciam antes de *Sexta-Feira 13* (Imagem cedida por Harvey Fenton)

ACAMPAMENTO FELIZ

O ELENCO E A EQUIPE

"Logo antes de termos começado a filmar *Sexta-Feira 13*, Sean [Cunningham] e Steve [Miner] nos procuraram para oferecer participação nos lucros do filme ao invés de um salário. Tendo filmado cerca de dez desses filmes de baixo orçamento àquela altura, e tendo trabalhado com Sean e Steve anteriormente em filmes infantis, eu fui esperto e disse 'Sem chance. Eu tenho uma esposa e um filho para cuidar e eu preciso do pagamento'. Como resultado, *Sexta-Feira 13* terminou faturando cerca de 90 milhões de dólares e eu provavelmente teria feito cerca de 2 milhões com o filme, mas quem está se preocupando em contar?" – ***Barry Abrams,*** *diretor de fotografia*

"Nós não estávamos procurando pelos melhores atores do mundo. Eu queria garotos que fossem de alguma forma carismáticos, monitores de acampamento responsáveis, não o típico nerd dos filmes de terror. Basicamente, eles tinham de ser razoavelmente bonitos, tinham de ser capazes de ler um diálogo relativamente bem e tinham de trabalhar por pouco dinheiro." – ***Sean Cunningham***

No final de julho de 1979, Sean Cunningham viajou para Nova York para começar o processo de seleção do elenco, mesmo não tendo um financiamento estabelecido. Tudo o que tinha, naquele momento, era a logo de *Sexta-Feira 13* do anúncio na *Variety* e o rascunho mais atualizado do roteiro de Victor Miller.

Na mente de Cunningham, da mesma forma que a viagem de Virginia Field para reconhecimento da localização em Blairstown, o processo de seleção significava que *Sexta-Feira 13* era algo real e tangível, e não apenas uma logo. A viagem de Cunningham para Nova York representava uma projeção corajosa de extrema confiança da parte de Cunningham, tanto em relação à *Sexta-Feira 13*, quando a si mesmo. Também representava uma projeção de sucesso da parte de Cunningham, o que contrastava com sua própria circunstância extrema.

Como em qualquer decisão de sua carreira, havia sempre um motivo comercial. Ao iniciar o processo de seleção de *Sexta-Feira 13*, Cunningham esperava gerar mais publicidade para o projeto e talvez agilizar o processo de financiamento. E funcionou.

Cunningham viu o elenco como um elemento relativamente menor, certamente em comparação ao financiamento e à promoção. Ele acreditava que era algo completamente secundário ao sucesso do filme, e sua abordagem indiferente ao processo reflete isso. Cunningham se preocuparia com o elenco, no máximo, quando tivesse o financiamento e um roteiro completo. Mesmo assim, não seria uma prioridade máxima.

Na metade de julho de 1979, Cunningham havia dito a tantos de seus colegas e amigos que tinha 500 mil dólares certamente assegurados, que ele mesmo quase acreditava nisso. Foi com esse pensamento que Cunningham fez uma visita ao número 1515 da Broadway, um conjunto de escritórios pertencentes à Theater Now, Inc. (TNI). Essa firma de prestígio – liderada pelos diretores de elenco Julie Hughes e Barry Moss – também estava envolvida com administração de teatros e produções.

Os arredores austeros eram outro mundo a Cunningham que nunca havia trabalhado com um diretor de elenco antes. Da mesma forma, Hughes e Moss, uma dupla lendária e venerada com um histórico ilustre no mundo do teatro, estavam em processo de iniciação em seleção de elenco para filmes, tendo *Sexta-Feira 13* como um dos seus primeiros projetos para o cinema.

O envolvimento de Hughes e Moss gerou muita publicidade extra para *Sexta-Feira 13*, com relação à notícia que corria sobre o projeto em várias agências de atores com sede em Nova York.

Sexta-Feira 13 ia, como tal, ter seu processo de seleção de elenco feito segundo os regulamentos da Screen Actor's Guild (Sindicato de Atores de Cinema, SAG, na sigla em inglês), o primeiro projeto do tipo no qual Cunningham esteve envolvido. "Eu fui de sem SAG para com SAG em *Sexta-Feira 13*", relembra Cunningham. "Era um mundo completamente novo para mim, e tinha uma enorme diferença. "Foi uma grande experiência de aprendizado."

Não demorou muito para que Hughes e Moss, que depois iriam fazer a seleção de vários outros filmes de Cunningham, enxergarem as brechas na bravata de Cunningham e reconhecerem o quanto o projeto de *Sexta-Feira 13* era frágil. Na primeira semana de agosto, Hughes e Moss tinham uma cópia do roteiro e começaram a espalhar a notícia a respeito do filme para seus contatos em Nova York. "Sean veio ao nosso escritório com apenas a logo de *Sexta-Feira 13* na *Variety*, mas sem o roteiro, e disse que queria fazer um filme e desejava que fizéssemos o processo seletivo do elenco para ele", relembra Barry Moss. "Sean e eu nos demos bem logo de cara e trabalhamos juntos muitas vezes desde então. O roteiro chegou e enviamos trechos dele a nossos agentes, que nos enviariam atores e nomes de atores que tivessem em mente."

A visão de Cunningham sobre o processo seletivo de *Sexta-Feira 13*, compartilhada por Hughes e Moss, era de que não havia personagens que exigissem atores consagrados, com exceção de Pamela Voorhees.

A personagem de Alice, a heroína de *Sexta-Feira 13*, consumiu a maior parte do restante das energias do processo seletivo. Para os demais papéis no filme, essencialmente dos outros monitores de acampamento, Cunningham tinha exigências bem modestas. "Eu sabia que não havia personagens fenomenais no roteiro", disse Cunningham. "Creio que estávamos procurando apenas por garotos atraentes que você encontraria em um comercial da Pepsi. Com certeza não estávamos procurando por atores conhecidos, e nem queríamos um."

De todos os atores selecionados para *Sexta-Feira 13*, o que teve a carreira de maior sucesso após *Sexta-Feira 13* foi Kevin Bacon, selecionado para interpretar Jack.

Em 1978, Bacon pensava que sua carreira no cinema havia decolado com seu papel no filme de comédia de sucesso *O Clube dos Cafajestes*. Entretanto, o sucesso do filme não gerou um efeito duradouro. No verão de 1979, Bacon lutava para se manter como ator em Nova York, tendo recentemente aparecido em uma novela chamada *The Search for Tomorrow*, mas também passou muito do seu tempo entre 1978 e 1979 como garçom.

O papel de Bacon em *O Clube dos Cafajestes* não influenciou a sua seleção para *Sexta-Feira 13*. Na realidade, seu papel era um dos mais simples no filme. "Nós iríamos colocar Kevin Bacon no elenco de um filme chamado *Hero at Large*, que seria lançado em 1980", relembra Moss. "Kevin tinha um papel pequeno naquele filme, mas lembramos dele e pensamos que ele seria uma boa escolha para Jack, então ligamos para o seu agente que perguntou como seria o seu papel em *Sexta-Feira 13*. Nós basicamente dissemos ao agente que Kevin iria ter de fazer sexo no filme. Ele respondeu dizendo que Kevin havia aceitado o papel, pois gostava de sexo. Foi simples assim."

Um dos colegas de quarto de Bacon em Nova York, antes de ambos serem escolhidos para fazer *Sexta-Feira 13*, tinha sido Harry Crosby, o filho do lendário artista Bing Crosby, falecido em 1977. Após seu pai ter falecido, Crosby passou a fase seguinte da sua vida estudando música e teatro na London Academy of Music and Dramatic Arts (LAMDA).

Como filho do lendário Bing Crosby, HARRY CROSBY (acima, em pé) era a maior celebridade de *Sexta-Feira 13* (Imagem cedida por David Beury)

MARK NELSON (acima, à dir.) aperfeiçoou as habilidades de ator na Princeton University, onde se formou em 1977 (Imagem cedida por Mark Nelson)

A atriz vencedora do Oscar GLORIA GRAHAME (abaixo, à esq.) aceitou a oferta de mil dólares para o papel de Sandy, mas desistiu na última hora (Imagem cedida por David Beury)

LOUISE LASSER (abaixo, à dir.) foi uma das principais candidatas ao papel de Pamela Voorhees (Imagem cedida por Jason Pepin)

Crosby então recebeu um diploma de bacharel em Belas Artes da LAMDA. Ele atuou e estudou em Londres até o verão de 1979, quando fez uma pausa de dois meses e voou até Nova York. "Kevin e eu vivemos nesse apartamento caindo aos pedaços que era quase só o colchão", relembra Crosby com uma risada. "Eu deveria voltar à Inglaterra para fazer um tour europeu, tocando músicas pela Europa, quando consegui o papel em *Sexta-Feira 13* em Nova York."

As condições de vida modestas de Crosby em Nova York eram uma prova de sua determinação em alcançar uma carreira sem depender do sobrenome famoso do pai e da fortuna da família, pois ele passou pelas mesmas experiências que qualquer outro ator em dificuldade – uma busca que Crosby levou a extremos.

Consciente de ser tratado de forma diferente por causa da sua família, Crosby ficou aliviado quando conheceu Cunningham e Moss em seu processo seletivo para *Sexta-Feira 13*; e Cunningham o tratou como qualquer outro ator. "Eu conheci Sean e ele era muito simpático, me tratou como se eu fosse somente mais um ator qualquer, e não o filho de Bing Crosby", relembra. "Eu queria apenas ser tratado como todos os outros atores, e foi isso que aconteceu em *Sexta-Feira 13*. Também aprendi a confiar em Sean porque ele me contou sobre sua vida e sobre os seus altos e baixos como cineasta antes de *Sexta-Feira 13*."

O envolvimento crescente de Cunningham com a seleção do elenco para *Sexta-Feira 13* fez com que ele participasse do processo seletivo junto com Hughes e Moss regularmente. Isso se deu devido a uma harmonia instantânea que ele desenvolveu com Moss. As pessoas ao seu redor durante esse período pensavam que eles eram amigos a vida toda quando, de fato, tinham apenas se conhecido. "Não, Sean e eu não nos conhecíamos, nem tínhamos estudado na mesma escola antes de *Sexta-Feira 13*, nossas personalidades simplesmente se encaixavam", disse Moss. "Nós ríamos das mesmas piadas, tínhamos a mesma opinião sobre os atores, e nos tornamos amigos na hora."

A atriz Jeannine Taylor, escalada para o papel de Marcie em *Sexta-Feira 13*, a namorada de Jack, personagem de Bacon, marcou sua primeira e única aparição em um longa-metragem, por inúmeras razões. Formada em 1976 pela Wheaton College, uma faculdade de artes em Norton, Massachusetts, Taylor passou o início do ano de 1979 em ensaio para a peça *Home Again, Home Again*, sob a orientação do lendário diretor de palco Gene Saks. Ela esperava que fosse sua estreia na Broadway.

Enquanto ensaiava durante o dia, Taylor, natural de Connecticut, atuava à noite, e nos fins de semana, em uma produção de *The Umbrellas of Cherbourg*, no Joseph Papp's Public Theatre, assim como tinha aulas de teatro e ensaios com seus parceiros de cena nos intervalos do jantar e almoço. "Eu era casada com um colega ator (com quem eu só conseguia me encontrar raramente)", relembra Taylor. "O teste para *Sexta-Feira 13* foi realizado perto do final da primavera de 1979. *Home Again* havia terminado seu processo seletivo fora da cidade, e eu estava de volta a Nova York, indo a entrevistas e trabalhando com um professor de fala para diminuir meu sotaque regional. (Esse sotaque é muitas vezes chamado de 'a' achatado de Connecticut). O meu era muito forte."

Cunningham e Moss conheceram Taylor durante sua entrevista, com Cunningham depois a encontrando a sós. "Meus agentes me ligaram com a entrevista marcada na Hughes-Moss Casting, ou Theater Now, Inc. como a empresa deles era conhecida na época, a fim de ler para o papel de Marcie", relembra Taylor. "Eles me deram um roteiro antecipadamente, e eu fui lá e li para Barry Moss e Sean Cunningham. Me lembro que Barry havia me ligado antes da entrevista e explicado que esse seria um filme independente, de baixo orçamento (mesmo embora fosse com o SAG), e lembro que ele mencionou que conhecia Sean Cunningham da época da faculdade. De toda forma, eu li para eles uma vez e então fui chamada de volta. Ambas as entrevistas foram feitas em uma das pequenas salas no TNI. Barry e Sean estavam na primeira entrevista, e apenas Sean na entrevista seguinte. Eu me lembro que foi bem tranquila, descontraída e até divertida. Creio que Sean me ofereceu o papel na minha segunda entrevista, mas eu posso estar enganada. De toda forma, eu estava disponível, disse sim, e o resto, como dizem, é história."

Como todos os atores que aparecem em *Sexta-Feira 13*, Taylor não tinha ideia do que o filme era naquele momento, e certamente nenhuma ideia do que viria a se tornar. "Eu achava que seria algo sem visibilidade e eu ganharia alguma experiência em frente às câmeras", disse Taylor. "Ponto. Eu fiquei atordoada quando se tornou um grande sucesso e as pessoas começaram a me reconhecer nas ruas. Eu criei um estoque de respostas para 'Você não é aquela garota que...?' Eu dizia 'Não, não. Sou advogada'. E naquele momento, acredite, eu queria mesmo ser!"

A seleção dos outros papéis para *Sexta-Feira 13* foi muito mais casual e breve. Um exemplo disso foi Mark Nelson, selecionado para o papel de Ned, o palhaço de *Sexta-Feira 13* e a "vela" da relação de Bacon e Taylor no filme. "Eu nunca havia feito um filme antes de *Sexta-Feira 13*, tendo trabalhado inteiramente com teatro, e estava bastante nervoso com isso", relembra Nelson. "Meus agentes me ligaram e perguntaram se eu estava interessado em participar de uma seleção para um filme, então eu fui ao processo seletivo e me lembro que Julie [Hughes] apenas olhou para mim e disse algo como 'Você vai ser o palhaço do filme; o engraçadinho."

Nelson tinha se formado em 1977 pela Princeton e conhecia Kevin Bacon, socialmente, antes de *Sexta-Feira 13*, por terem ambos transitado pelos mesmos círculos do teatro. Nelson também havia passado um tempo no Joseph Papp's Public Theatre, como Jeannine Taylor, mas Nelson e Taylor não se conheciam antes das filmagens. "Eu nunca tinha visto Jeannine Taylor antes do filme", afirmou Nelson. "Nós dois trabalhamos no Public Theatre, mas nunca na mesma hora. Eu não era muito amigo de Kevin Bacon, mas o conhecia do mundo do teatro e sabia que nos daríamos bem no filme."

"Eu sou da Costa Leste, Nova Jersey, e estava no escritório de Julie Hughes para outra coisa quando Julie mencionou *Sexta-Feira 13* para mim", relembra Robbi Morgan, que foi selecionada para fazer Annie na metade de agosto de 1979, logo antes das filmagens começarem em Blairstown. "Ela disse: 'Estou selecionando o elenco para esse filme de acampamento de verão e acho que você daria uma ótima monitora'. Ela me perguntou se eu poderia ir ao set onde estavam filmando, então eu dirigi até lá imediatamente."

Certamente a atuação mais relutante em *Sexta-Feira 13* foi da atriz Laurie Bartram, selecionada para o papel de Brenda. Bartram era uma cristã devota que estava, na época, no meio de uma metamorfose espiritual e pessoal – em conflito entre seu amor genuíno pela arte e sua fé religiosa. Nascida e criada em St. Louis, Missouri, Bartram era uma bailarina profissional que tinha viajado o mundo como dançarina da metade ao fim da década de 1970 em produções de balé, concertos, óperas e espetáculos teatrais.

Após terminar o colégio, Bartram viajou para Los Angeles e se juntou à companhia de dança The June Taylor Dancers. Como membro da temporada de outono de 1976 do Musical Theatre Workshop do Los Angeles Civic Light Opera, Bartram atuou em uma ampla variedade de performances (com a St. Louis Municipal Opera, Bartram aparece em produções de *Take Me Along, Man of La Mancha, Bittersweet, Carousel, Camelot, Funny Guy* e muitas outras). Continuando a morar em Los Angeles no ano de 1977, Bartram fez escolhas cuidadosas na sua busca por uma carreira de atriz, e mesmo não tendo conseguido nenhum papel em filmes ou televisão durante esse período, Bartram – que também atuou com o Los Angeles Ballet e no Dance Center em Londres, Inglaterra – chegou a fazer amizade com astros do *show business* como Cher e Vincent Price.

Como uma dançarina performática, Bartram atuou em Las Vegas, mais conhecidamente como dançarina com os Hudson Brothers no Riviera Hotel. Embora a dança fosse seu primeiro amor, ela focava mais e mais na busca por uma carreira como atriz no final da década de 1970 (algumas fontes dizem, incorretamente, que Bartram atuou – com o pseudônimo de Laurie Brighton – em dois episódios da série de televisão *Emergency!* em 1973, mas Brighton era uma outra atriz completamente diferente).

Antes de ser selecionada para *Sexta-Feira 13*, o trabalho de Bartram em frente as câmeras consistia em vários shows industriais, comerciais e especiais de televisão que normalmente mostravam Bartram dançando. Seu trabalho como atriz mais substancial, antes de *Sexta-Feira 13*, foi na novela de televisão *Another World*, onde atuou entre 1978 e 1979.

Another World foi filmada em Nova York, para onde Bartram havia se mudado em 1978. Ela frequentava a Manhattan Bible Church, e foi lá que ela em contato com um grupo viajante de missionários cristãos, por meio dos quais Bartram passou a conhecer a Lynchburg Baptist College (posteriormente renomeada de Liberty University). Ela depois passou a estudar na Liberty no início da década de1980. Nessa época ela havia saído de Nova York e abandonado a sua carreira de atriz para seguir a vida cristã em Lynchburg, Virginia. Foi lá que Bartram viveu o resto de sua vida.

O conflito que ela sentiu entre sua carreira performática e a fé religiosa se deu exatamente durante as filmagens de *Sexta-Feira 13*. Além de sua fé cristã, ela havia, no verão de 1979, também pensado em seguir a carreira de apresentadora de telejornal.

A frustração de Bartram sobre o congelamento de sua carreira de atriz, de acordo com suas amigas em Nova York, teve um papel importante em sua decisão final de largar a vida de atriz, a dança performática e Nova York, cidade que tinha sem dúvida aprendido a amar na época em que foi selecionada para *Sexta-Feira 13*.

A participação de Bartram em *Sexta-Feira 13* foi algo que ela via inteiramente como um trabalho, e um trabalho que não estava muito animada a fazer. As filmagens de *Sexta-Feira 13* representaram na verdade uma passagem catártica para Bartram, que usou aquele período para entender que direção queria dar à sua vida. Ela enfim acolheu *Sexta-Feira 13* com um senso de humor e uma sagacidade aguçada que marcaram com carinho a memória afetiva do elenco e equipe de *Sexta-Feira 13*. Sabendo ou não na época, *Sexta-Feira 13* seria o último adeus da vida performática de Bartram e o começo de uma vida completamente diferente, milhões de milhas distante da claridade das luzes de Nova York e da emoção de atuar.

Além da seleção para o papel de Pamela Voorhees, que virou um processo inteiro apenas para isso, Cunningham, Hughes e Moss tiveram o maior cuidado e esforço na seleção para a personagem principal de Alice, a heroína de *Sexta-Feira 13*. Cunningham, Hughes e Moss – principalmente Cunningham e Moss – olharam para dezenas de garotas até chegarem à sua escolha final: Adrienne King. "Passamos um bom tempo em Alice", relembra Moss. "Vimos inúmeras garotas antes de Adrienne, e algumas delas eram boas, mas não exatamente o tipo certo de garota que Sean estava procurando para interpretar Alice. Adrienne foi uma das últimas garotas que vimos para Alice, e Sean gostou dela imediatamente."

Nascida e criada em Oyster Bay, Nova York, King (que tinha nascido em 1955, não 1960 como normalmente é informado) fez sua primeira aparição como atriz aos seis meses de idade em um comercial da Ivory Soap, seguida por mais comerciais de rádio e televisão pela década de 1960 e início de 1970. Sua atuação mais conhecida durante esse período foi no papel principal de uma produção da Hallmark Hall of Fame de *Inherit the Wind*, com Diane Baker e Melvyn Douglas, que foi ao ar em 1965. Depois de terminar o colégio em 1973, King, uma artista talentosa, entrou para a Fashion Institute of Technology (FIT) em Nova York com uma bolsa de Belas Artes. (Ela estudaria depois com o famoso professor de atuação William Esper em cujo estúdio Jeannine Taylor também iria treinar antes de ser selecionada para *Sexta-Feira 13*).

O histórico de King certamente se encaixava nos critérios que Cunningham estava procurando, com relação a experiências em comerciais e novelas. King havia, até o verão de 1979, atuado na novela de televisão *All My Children* e *Another World* além de, como dançarina treinada, ter atuado sem crédito nos filmes musicais *Os Embalos de Sábado à Noite* (*Saturday Night Fever*, 1978) e *Hair* (1979). "No verão de 1979, eu ouvi falar sobre esse pequeno filme independente de terror, *Sexta-Feira 13*", relembra King, sobre o momento anterior à sua primeira entrevista. "Barry Moss e Julie Hughes estavam selecionando. Seria difícil conseguir entrar para a entrevista uma vez que eu não tinha um agente no mundo do teatro para me recomendar. Minha grande amiga Pam conhecia Barry e foi assim que eu fui chamada. Então me chamaram mais uma vez e outra, até o teste com o roteiro."

Ao receber uma cópia do roteiro de *Sexta-Feira 13*, uma versão que continha as contribuições de Ron Kurz, King desprezou as falhas e focou no lado positivo, mais especificamente no fato de Alice ser a protagonista em *Sexta-Feira 13* e a única sobrevivente da história.

"O que me agradou no roteiro foi que minha personagem não era a típica garotinha de filmes de terror", disse King, cujo contrato com o *Screen Actors' Guild* para *Sexta-Feira 13* solicitou que ela recebesse 785 dólares por semana de filmagem, a maior quantia total recebida entre todos os outros membros do elenco, salvo Betsy Palmer. "Alice era forte, resistente e tinha inteligência. Também me atraía o fato de que eu iria ser a única sobrevivente no final do filme."

A atuação andrógina, masculinizada e pouco convencional de King chegou perto de ser uma cópia da persona de Jamie Lee Curtis em *Halloween*, embora todas as partes neguem que isso tenha sido um fator para a contratação de King, ou que King se baseou nela, ou que a personagem de Alice retrate a de Curtis em *Halloween*. A atuação excêntrica de King espelhava sua própria personalidade crua e fragmentada, junto ao sotaque pesado de Long Island de King, que a atriz tentou suavizar com o início das filmagens de *Sexta-Feira 13*.

Se Cunningham, King ou Moss foram influenciados ou não pela imagem de Jamie Lee Curtis durante a seleção de King, não há dúvidas de que King iria por fim criar uma persona de *rainha do grito* que iria ser bastante influente à sua própria maneira. "Eles trouxeram todas as jovens atrizes de Nova York", relembra Cunningham sobre a seleção de King. "Eu gostei de Adrienne King assim que a conheci. Aquele ar vulnerável, de garota comum. Ela não parecia uma atriz; ela parecia apenas uma garota, o que também acontecia com a maioria dos atores no filme. Eu queria a sensação de ter pessoas reais que poderiam agir e se comportar naturalmente, e Adrienne me passou essa ideia. Eu gostei do que ela tinha a oferecer. Era uma daquelas situações em que havia alguma coisa de diferente nela."

"O QUE ME AGRADOU FOI QUE ALICE NÃO ERA A TÍPICA GAROTINHA DE FILMES DE TERROR", DISSE ADRIENNE KING

Para o seu teste com as câmeras, King leu um monólogo do roteiro de *Sexta-Feira 13* que depois seria encenado pela Marcie, de Jeannine Taylor, no filme. Essa é a cena no filme onde Marcie e o personagem de Kevin Bacon, Jack, estão fora da cabana e Marcie relata uma premonição assustadora sobre sangue e chuva, que é um presságio da sua morte macabra. É um monólogo longo, um dos maiores blocos de diálogo em todo o filme e roteiro, e foi após essa leitura que Cunningham, conquistado pelo ar de coragem de King, e intrigado pela sua aparência diferente, deixou claro para Barry Moss que King era a escolha certa para interpretar Alice. Na realidade, Cunningham estava tão encantado com King que decidiu incorporar seu talento, sua paixão pelo desenho, no roteiro de *Sexta-Feira 13*. King viria a ser, sem dúvida, a confidente mais próxima de Cunningham por toda a filmagem de *Sexta-Feira 13*.

Simplificando, King não era uma garota qualquer, mas sim totalmente diferenciada das inúmeras outras "garotas bonitas" que passaram pelo escritório de seleção da Broadway durante o mês de agosto de 1979. "Originalmente, eles procuravam bastante por uma atriz conhecida para a personagem de Alice", relembra King. "Eles finalmente perceberam que, mesmo que pudessem achar alguém assim que estivesse disposta a fazer o papel, não iriam conseguir pagá-la, então, em vez disso, decidiram procurar por um novo talento."

A "atriz conhecida" a que King estava se referindo na verdade não tinha nada a ver com o papel de Alice, mas a alguns outros papéis no filme. A mais conhecida, claro, era para a personagem de Pamela Voorhees, para a qual Cunningham e Moss, principalmente Cunningham, foram atrás de não uma, mas de três diferentes atrizes vencedoras do Oscar durante o mês de agosto de 1979, até meados de setembro.

A história mais surpreendente que circulou por Nova York, antes da entrevista para o papel de Pamela Voorhees, tinha a ver com, mais do que tudo, o papel inofensivo de Sandy, a garçonete, uma personagem que apareceria em apenas uma cena no filme todo.

Para o papel de Sandy, Cunningham e Moss procuraram a lenda do cinema Gloria Grahame, que já havia recebido um Oscar por sua atuação no filme *Assim Estava Escrito* (*The Bad and the Beautiful*, 1952) e tinha sido indicada para o Oscar pelo filme *Rancor* (*Crossfire*, 1947). Como muitas das candidatas para o papel de Pamela Voorhees, a carreira antes ilustre de Grahame havia, no final da década de 1970, decaído em uma série de filmes de *exploitation*, contrastada por pequenas aparições ocasionais em filmes mais convencionais e projetos para a televisão.

Na época da seleção de elenco de *Sexta-Feira 13*, era de conhecimento geral na indústria do cinema e televisão que a Grahame de 56 anos (que havia sido diagnosticada com câncer de estômago em 1980 e morrido em 1981) estava disposta a fazer qualquer coisa menos pornografia por um contracheque. Ainda assim, foi um grande choque para o diretor de elenco Barry Moss quando ele entrou em contato com Grahame para o papel de Sandy e ela, rapidamente, disse sim. "Nós procuramos Gloria Grahame para o papel de garçonete", relembra Moss. "Eu perguntei se ela queria o papel e disse que poderíamos pagar mil dólares. Ela morava em Nova York na época e nos disse que aceitava. Depois ligou de volta, de última hora, e disse que não seria mais possível."

Sem Grahame, a atriz nova-iorquina Sally Anne Golden foi cotada para o papel de Sandy. O resto das entrevistas em Nova York consistiram em Walt Gorney para o papel de Crazy Ralph e Rex Everhart para o papel de Enos, o caminhoneiro. Willie Adams, que foi contratado para o papel de Barry, morava em Nova York na época de sua entrevista. Debra S. Hayes, selecionada para o papel de Claudette, era da cidade vizinha Nova Jersey e também fez parte das sessões de entrevista em Nova York.

As contratações pelo SAG para *Sexta-Feira 13* indicaram que, por mais que esse fosse um projeto de filme com baixo orçamento, com certeza não era um projeto de orçamento "superbaixo" em nenhum sentido. Certamente existiram muitos filmes que deram certo na Costa Leste entre 1979 e 1980 com menos recursos, e muitos outros antes e depois. Claro, a maioria desses projetos de filme locais eram dramas focados nos personagens, projetos artísticos, enquanto que *Sexta-Feira 13* era uma anomalia sangrenta que atores, agentes, e especialmente os diretores de elenco Hughes e Moss, tiveram dificuldade em categorizar.

O resto das entrevistas para *Sexta-Feira 13* foi decidido por Cunningham em pessoa, da sua base de operações em Westport.

Originalmente, Cunningham pensou em selecionar seu filho, Noel, para o papel de Jason. Tanto Noel quanto a esposa de Cunningham, Susan Cunningham, se uniram a Sean em Blairstown para as filmagens de *Sexta-Feira 13*, onde ela, uma talentosa editora de filmes, editou *Sexta-Feira 13* no local. Mas tal sugestão provocou gritos ultrajantes da sra. Cunningham.

"Ele [Noel] achou que seria divertido, mas quando sua mãe descobriu, ela disse que ele não teria parte nessa história", relembra Cunningham. "Nem pense sobre faltar aula; o lago estava quase congelando e ele teria de entrar e ficar lá embaixo d'água. Então terminamos contratando o então garoto de 14 anos Ari Lehman, que havia participado em *Manny's Orphans*."

Lehman morava em Westport e veio imediatamente à mente de Cunningham para o papel de Jason. "Mais ou menos um ano após ter feito o filme sobre futebol com Sean, eu recebi uma ligação dele sobre um novo filme no qual ele queria que eu participasse", relembra Lehman. "Quando fui ao escritório de Sean, ele não estava lá, e alguém no escritório me deu uma fala para ler, que era para o papel de Kevin Bacon. Eu comecei a ler o papel quando o personagem de Kevin some na floresta para namorar com uma garota e pensei 'legal', mas Sean chegou no escritório e disse 'Não, não é esse o papel! Você é muito jovem pra isso. Temos um outro papel pra você. Você vai interpretar o monstro no filme!' Então Sean me perguntou se eu sabia nadar, e eu disse que sim. E foi assim que consegui o papel de Jason. Eu conhecia Sean, eu tinha a idade certa, o tipo físico certo e sabia nadar."

Colaborando com Cunningham no "escritório" em cima de sua garagem estava, é claro, Steve Miner, seu parceiro e seu braço direito. Havia também Denise Pinclkey, que coordenava o escritório de produção de *Sexta-Feira 13* e namorava o fotógrafo Richard Illy, o homem que ajudou a dar vida à logo de *Sexta-Feira 13*. Outra funcionária importante de Cunningham era Cindy Veazey, que trabalhou como uma assistente de direção em *Here Come the Tigers* e realizou diversas tarefas burocráticas.

Veazey havia recentemente se casado com um ator chamado Peter Brouwer. Ele havia atuado anteriormente, de 1976 a 1978, em uma novela chamada *Love of Life*. (Embora Brouwer depois tenha se referido a Veazey como sendo sua "namorada" na época das contratações de *Sexta-Feira 13*, o fato é que Brouwer e Veazey estavam casados, ao menos no sentido legal da palavra, e permanecem juntos até hoje). "Eu fazia uma novela chamada *Love of Life* e então fui desligado do programa e precisava de emprego", relembra Brouwer. "Voltei para Connecticut para passar tempo com minha namorada, Cindy, e procurar um emprego até que pudesse voltar a Nova York para novas entrevistas."

Brouwer – selecionado para o papel de Steve Christy, o patrão e dono do acampamento Crystal Lake – estava disposto a fazer qualquer coisa para estar em *Sexta-Feira 13*, seja cortando seus longos cabelos loiros, aparando seu então peludo bigode ou usando óculos pesados, todos os elementos que combinaram para criar e definir o personagem de Steve Christy. "Minha namorada tinha conseguido um emprego como assistente de direção em *Sexta-Feira 13* e eu lhe perguntei se havia alguma vaga para mim", relembra Brouwer, que havia conseguido um emprego como cortador de grama no verão de 1979. "Eles me disseram que estavam procurando por grandes estrelas, especialmente para o meu personagem, então imaginei que não estivesse com sorte. Eu trabalhava em um jardim próximo à casa de Sean e fui lá um dia para dar uma mensagem a Cindy. Ele me viu e, algumas semanas depois, recebi a ligação perguntando se eu queria interpretar o personagem de Steve Christy."

Os atores Ronn Carroll, escalado como sargento Tierney, e Ron Millkie, como o policial Dorf, eram ambos amigos de Cunningham e tinham trabalhado com ele antes. "Eu já atuava profissionalmente por uns vinte anos antes de conhecer Sean e apareci em alguns dos comerciais e filmes técnicos de Sean antes de ser escalado para *Sexta-Feira 13*", relembra Carroll. "Sean me disse que estava produzindo um filme de terror e queria que eu fizesse um policial. Encontrei com Sean e ele me deu as páginas do roteiro em que apenas o meu personagem, sargento Tierney, aparece, então foquei somente no meu diálogo, sem pensar muito na importância do personagem para o filme como um todo. Sean me disse que eu tinha sido uma das primeiras pessoas em que ele pensou para participar do filme."

"Eu tinha trabalhado em um filme industrial para o Sean, e tinha ouvido falar de *Sexta-Feira 13* através de um anúncio na *Variety*", relembra Millkie de sua seleção que ocorreu em agosto de 1979, logo antes do início das filmagens. "Primeiro eu almocei com Sean em Nova York, e depois de algum tempo liguei para sua casa em Connecticut e perguntei se havia algum papel para mim. Sean disse que não, e que já tinha começado a trabalhar no filme, e então parou por um momento e disse 'Espera, espera' e me enviou as partes do roteiro para o papel do policial."

EM BUSCA DA SRA. VOORHEES

A seleção de Pamela Voorhees (também conhecida como sra. Voorhees) foi um dos elementos mais cruciais para o sucesso de *Sexta-Feira 13* e também o mais trabalhoso e desafiador da produção como um todo. Esse processo iria consumir todo o tempo de Sean Cunningham bem no início das filmagens de *Sexta-Feira 13*, em setembro de 1979, e sugar toda a energia da produção até que chegasse ao fim.

Não deveria ter sido tão difícil, especialmente após Adrienne King ter se encaixado tão bem no papel de Alice. Tendo garantido King, e o resto do elenco principal, os intérpretes dos aspirantes a monitores no acampamento Crystal Lake, na metade de agosto de 1979, Cunningham e Moss focaram suas atenções no papel de Pamela Voorhees. Cunningham tinha separado um orçamento entre 10 e 15 mil dólares para garantir tal atriz. Uma vez que o papel pedia por uma mulher mais velha, entre seus 40 ou 50 anos, Cunningham e Moss não imaginaram maiores problemas, pois a maioria das atrizes nessa faixa etária estavam, e estão, na lista das espécies ameaçadas de extinção do mundo do *show business*, e normalmente estão desesperadas por trabalho.

A atriz DOROTHY MALONE (acima), vencedora do Oscar e forte candidata ao papel de Pamela Voorhees no início das filmagens (Imagem cedida por Jason Pepin)

Beldade da década de 1950, BETSY PALMER (abaixo, à esq.) desaparecera dos olhos do público antes de *Sexta-Feira 13* (Imagem cedida por David Beury)

A atriz vencedora do Oscar ESTELLE PARSONS (abaixo, à dir.) foi uma das candidatas ao papel da sra. Voorhees (Imagem cedida por Jason Pepin)

Seguindo o modelo de Gloria Grahame, Cunningham fez uma lista de atrizes que pensou que caberiam no papel de Pamela Voorhees. Como Grahame, a lista consistia em atrizes que tinham um histórico valioso, como ganhadoras do Oscar, mas que estavam beirando à ausência de oportunidades de emprego e tinham se tornado muito velhas para manter o interesse de Hollywood ou Nova York.

O formato para contratar atrizes por demais conhecidas em filmes de baixo orçamento tinha sido estabelecido pela ganhadora do Oscar Joan Crawford. Ela se reinventou como uma atriz do subgênero na década de 1960, começando com o filme *O Que Aconteceu com Baby Jane?* (*Whatever Happened to Baby Jane?*, 1962) – em que uma das estrelas era Bette Davis, outra lenda de Hollywood que apareceu em diversos filmes de subgênero no final de sua carreira – e seguiu por outra grande variedade de gêneros com cada vez menos qualidade. Se Crawford não tivesse morrido em 1977, era bem provável que estivesse na lista de Sean Cunningham. Praticamente todas as outras estavam.

Basicamente, Cunningham estava procurando por estrelas cadentes com um nome de peso e que fossem possíveis de serem contratadas por um preço modesto. A lista inicial de candidatas de Cunningham incluía – em ordem decrescente do nível de interesse de

A SELEÇÃO DE PAMELA VOORHEES FOI UM DOS ELEMENTOS MAIS CRUCIAIS PARA O SUCESSO DE *SEXTA-FEIRA 13*

Cunningham – Shelley Winters, Estelle Parsons, Dorothy Malone e Louise Lasser. Betsy Palmer, a escolha final, foi o quinto nome na lista, embora Barry Moss a colocara em uma posição bem melhor cotada.

Malone, Parsons e Winters tinham um Oscar em seus currículos, dois no caso de Winters e, como Grahame, todas estavam passando por dificuldades na década de 1970 para conseguir papéis de qualidade que não fossem em filmes B. Louise Lasser era mais conhecida como uma atriz de televisão, tendo estrelado anteriormente na breve (mas famosa) série de televisão *Mary Hartman, Mary Hartman* de 1976 a 1977. Lasser era também muito conhecida por ter sido casada com o cineasta Woody Allen de 1966 a 1971.

Palmer não havia atuado em um longa-metragem desde *A Paixão de uma Vida* (*The Long Gray Line*, 1959) e era provavelmente mais conhecida do público americano pelo programa de auditório de televisão *I've Got a Secret*, no qual Palmer tinha sido apresentadora de 1959 a 1967. A carreira recente de Palmer, antes de *Sexta-Feira 13*, consistia na maior parte em atuações em teatros locais. Como a candidata menos conhecida, Cunningham e Moss entenderam que Palmer seria a mais provável de aceitar a oferta, caso suas candidatas principais negassem. E estavam certos.

Cunningham disse a seus colegas e amigos que a primeira escolha tinha sido Shelley Winters, cuja carreira recente incluía atuações em filmes de terror *exploitation* tais como *Cleopatra Jones* (1973), *Tentáculos* (*Tentacles*, 1977) e *Redneck County Rape* (1979).

Mesmo assim, Winters era um tiro no escuro na lista de Cunningham; enquanto que Parsons, Malone e Lasser iriam de alguma forma negociar de verdade com ele. "Eu nunca ouvi falar de Shelley Winters para o papel da sra. Voorhees, ou Louise Lasser, mas sei que Sean queria Estelle Parsons e ele entrou em negociação com ela para esse papel", relembra Moss. "Eles dialogaram bastante até que ela disse não. Dorothy Malone era uma forte candidata ao papel, uma verdadeira candidata-surpresa, mas que também não deu certo. Sean tinha Betsy Palmer na lista e eu pensei que seria uma jogada brilhante dar o papel a Betsy porque o público nunca acreditaria, quando ela aparecesse no filme, que ela pudesse ser qualquer coisa diferente dessa moça doce e simpática que ela é. Infelizmente, Sean decidiu vesti-la como Estelle Parsons, e fazê-la parecer bem masculina no filme, com o cabelo curto e tudo."

"Eu fiquei decepcionado porque nós não conseguimos Estelle Parsons, porque pensei que seria possível e que ela seria perfeita para o papel de sra. Voorhees", disse Cunningham. "Ela nos disse que queria fazer parte do filme, mas desistiu depois no último minuto. Teria sido legal colocar 'ganhadora do Oscar' nas propagandas!"

Louise Lasser e Dorothy Malone continuavam fortes candidatas ao papel de Pamela Voorhees logo no início das filmagens de *Sexta-Feira 13* em setembro de 1979, com Betsy Palmer ainda na reserva como segunda opção, uma solução de última hora. É fantástico considerar, em retrospecto, que a quase contratação de Gloria Grahame para o papel de Sandy e a de Malone para o papel de Pamela Voorhees poderia ter significado a aparição de duas atrizes vencedoras do Oscar em *Sexta-Feira 13*.

ADRIENNE KING foi uma das últimas atrizes a ser entrevistada para o papel de Alice (Imagem cedida por Harvey Fenton)

LLOYD KAUFMAN & MICHAEL HERZ PRESENT
A TROMA TEAM RELEASE

CARLTON J. ALBRIGHT'S

The Children

25th Anniversary Edition

A HORROR CLASSIC
FULLY LOADED
AND REMASTERED
FROM ONE OF THE ONLY
SURVIVING PRINTS!
INCLUDES INTERVIEWS, BEHIND-THE-SCENES,
ORIGINAL THEATRICAL ART AND MORE!

SCHOOL BUS

FINALLY!
DVD DEBUT
OF 1980'S
THEATRICAL
SMASH HIT!!!

TROMA
DVD
THE BEST MOVIES & THE BEST INTERACTIVITY

"Bad kids make good...wherever they glow." —Variety

Sean Cunningham monitorando de perto *The Children* com a intenção de contratar a equipe para trabalhar em *Sexta-Feira 13* (Imagem cedida por Max Kalmanowicz)

QUE SOFRAM AS CRIANÇAS

Perto do fim de julho de 1979, um mês antes do início das filmagens de *Sexta-Feira 13* em Blairstown, Nova Jersey, começavam as filmagens de outro filme de terror independente na região da Nova Inglaterra conhecida como Berkshires. Era *The Children*, dirigido por *Max Kalmanowicz*, também um dos produtores do filme, que havia trabalhado como técnico de som em *Here Come the Tigers* e *Manny's Orphans* e era o melhor amigo do diretor de fotografia de *Sexta-Feira 13*, Barry Abrams.

A relevância das filmagens de *The Children* para *Sexta-Feira 13* é interessante, uma vez que Abrams trabalhou como diretor de fotografia em *The Children* junto com sua leal equipe, a saber, Braden Lutz, Richard Murphy, Tad Page, Carl Peterson e Robert Shulman. Essa turma formava a espinha dorsal da equipe técnica de *Sexta-Feira 13*. De muitas maneiras, as filmagens de *The Children* serviram como aquecimento para as filmagens de *Sexta-Feira 13*.

O envolvimento de Abrams (e sua equipe) com *The Children* representou tanto um ato de amizade da parte deste para Kalmanowicz como um exemplo claro da forte lealdade que sua equipe sentia pelo seu estimado diretor de fotografia. Para Kalmanowicz, *The Children* representou sua primeira oportunidade de dirigir um longa-metragem.

"*The Children* foi um filme que meu melhor amigo estava dirigindo, então eu quis ajudá-lo porque sabia que era importante para ele", disse Abrams. "Também pensei que seria um bom exercício para mim e minha equipe nos manter ocupados ao trabalharmos no filme enquanto Sean ainda tentava juntar as peças de *Sexta-Feira 13*."

"Barry tinha juntado uma equipe que iria aonde ele fosse e faria o que ele quisesse", disse Kalmanowicz que recusou a oferta de Sean Cunningham de comandar a edição de som de *Sexta-Feira 13* – trabalho que foi parar nas mãos de Richard Murphy – para focar em *The Children*. "Era considerada uma grande honra fazer parte da equipe de produção de Barry. Ele era um cara extremamente legal e reverenciado. Era leve, sempre positivo, e bem pé no chão."

The Children conta a história das crianças de uma pequena cidade que são infectadas por uma nuvem de fumaça tóxica amarela que as transformam em zumbis sem sangue e com unhas pretas que "pulverizam" cada ser vivo em que conseguem tocar. Os adultos no filme, aqueles que sobrevivem, tentam pará-las.

O filme teve um orçamento de 400 mil dólares, um pouco menor que o de *Sexta-Feira 13*, e usou uma câmera panaglide, uma versão da Panavision para a steadicam, luxo que não estaria disponível em *Sexta-Feira 13*. Além do envolvimento de Abrams e sua equipe, Jessie (Jesse) Abrams, filho de Barry Abrams, teve um papel coadjuvante, além de o filme também ter apresentado David Platt à equipe de produção de *Sexta-Feira 13*.

Platt, um ator iniciante na época que tinha tido uma pequena participação em *The Children*, teve seu primeiro trabalho de produção, como um diretor de produção não creditado do filme, e iria trabalhar como operador de microfone em *Sexta-Feira 13*, mesmo embora Platt, que viria a ser um diretor e produtor de televisão de grande sucesso, admita claramente que ele "não sabia merda nenhuma sobre filmagem" na época.

"Sean [Cunningham] me chamou em maio ou junho, antes de começarem a filmar *The Children*, e me disse que ele estava prestes a produzir um filme chamado *Sexta-Feira 13* e queria muito que eu fosse o técnico de som do filme, mas eu estava me preparando para fazer *The Children* e ter minha chance como diretor", relembra Kalmanowicz do período durante a pré-produção de *The Children*, que provavelmente deve ter sido em julho, dado o tempo da publicidade na *Variety*. "Eu pensei sobre fazer as duas coisas, e realmente queria trabalhar com Sean e Barry no filme, mas meu foco estava no sonho de conseguir dirigir meu próprio filme. Tudo o que sabia sobre *Sexta-Feira 13* na época era que ia ser um filme de terror. Barry também havia mencionado isso para mim."

Apesar das relações familiares que existiam entre Kalmanowicz e sua equipe, *The Children* estava atormentado por um roteiro fraco, um planejamento ruim, e incontáveis problemas de produção que levaram à aspereza e ao conflito entre o elenco e a equipe fazendo as filmagens seguintes de *Sexta-Feira 13* parecerem um paraíso em comparação.

"*The Children* era uma situação em que Max queria dirigir o filme, e seus amigos queriam ajudá-lo a realizar esse sonho, mas o roteiro não era bom", disse Richard Murphy. "Max não tinha experiência o bastante e ele não tinha alguém como Tom Savini para fazer os efeitos especiais. Houve muitos dias de 14 horas de filmagem que normalmente levariam apenas algumas horas."

"Barry [Abrams] era um grande professor em *The Children*", relembra David Platt, do tempo em que trabalhou com o diretor de fotografia Barry Abrams durante as filmagens de *The Children*. "Ele sabia o que fazia. Barry era um iconoclasta. Um tempo depois, ele deixou a carreira do cinema e dirigiu e produziu comerciais até ir às Ilhas Virgens com sua esposa e abrir uma empresa de fretes de sucesso por lá. E terminou indo parar em Paris. Ele gostava de se reinventar." "*The Children* não era nem de perto tão divertido quanto *Here Come the Tigers*", disse Robert Shulman. "Nós todos fizemos o filme porque amávamos Max e Barry que produziram juntos alguns comerciais e curtas e eram muito amigos. Carl Albright produziu o filme com um baixo orçamento. Havia pessoas demais cheirando cocaína na produção para que aquele fosse um bom filme. Como disse, não era um filme tão divertido quanto *Here Come the Tigers* e isso levou a ressentimentos, mas não guardamos qualquer mágoa de Barry."

Uma história dessa produção que ilustra os problemas que atingiram *The Children* - e ilustra também a relativa harmonia existente em *Sexta-Feira 13* - tinha a ver com as filmagens na cena do cachorro morto. Para a cena, o cachorro era colocado para dormir, mas à medida que a filmagem se arrastava, o cachorro eventualmente acordava e tinha que ser colocado para dormir de novo. Isso aconteceu diversas vezes. "O cachorro era colocado para dormir e então acordava e era posto para dormir, uma, duas, diversas vezes", relembra Richard Murphy. "Nós abrimos o armário e o cachorro estava bêbado de ter sido colocado para dormir e ter acordado tantas vezes. Era um desastre. Sean [Cunningham] era bem diferente de Max; muito mais conhecedor dos processos de uma filmagem, especialmente tendo aprendido com Wes Craven. Era essa a grande diferença, creio. Max não tinha um mentor, enquanto Sean teve Wes Craven como seu guia."

"*The Children* era um filme de orçamento bem apertado", relembra Platt. "Eu era um ator iniciante na época, e trabalhava como assistente de produção no filme enquanto também interpretava um pequeno papel. O gerente de produção foi demitido e eu me tornei gerente de produção, e então virei o cara do microfone também. Richard Murphy era o técnico de som, em um estúdio de gravação, e mencionou que tinha essa oportunidade em *Sexta-Feira 13* que pagaria 300 dólares por semana, o que não era muito mesmo naquela época. Eu não tinha muita experiência, e não sabia nada sobre o que deveria estar fazendo ali. Richard me ensinou em algumas horas, e quando começamos a trabalhar em *Sexta-Feira 13*, eu dei o meu melhor para pelo menos não fazer besteira e ser demitido porque eu realmente não sabia o que estava fazendo naquele momento da minha carreira."

Enquanto Abrams e a futura equipe de *Sexta-Feira 13* estavam filmando *The Children*, Sean Cunningham também mantinha um olhar atento, uma vez que ainda estava terminando de juntar as peças da produção de *Sexta-Feira 13* e tinha toda a intenção de trazer Abrams e seus seguidores para seu filme. "Eu lembro que Sean estava de olho na gente enquanto estávamos filmando, e que ele ia observar os arquivos de filmagem", relembra Abrams. "Lembro que Sean estava bem satisfeito com o filme, tanto que decidiu trazer todos nós a bordo de *Sexta-Feira 13* após observar algumas cenas sem cortes de *The Children*."

AS FILMAGENS DE *THE CHILDREN* SERVIRAM COMO AQUECIMENTO PARA AS FILMAGENS DE *SEXTA-FEIRA 13*

Isso contradiz a lembrança de Kalmanowicz que lembra com detalhes de ter tido uma reação sem dúvida nenhuma indiferente de Cunningham. "Embora Sean tenha contratado muitos dos membros da minha equipe, eu podia ver nas filmagens que ele não estava satisfeito", relembra Kalmanowicz. "Após as filmagens, Sean disse 'Eu não sei, Max'. Sean estava muito desconfortável com o filme, e não tinha nenhum elogio ou aviso a fazer sobre as filmagens ou minha direção. Ele podia ter sido educado e dito algo para que eu me sentisse bem, mas isso não aconteceu. Era como se, com a reação de Sean ao filme, ele estivesse me dizendo que achava que *The Children* não estava no seu nível de filmagem. Ele podia ter mentido ao menos para que eu me sentisse bem!"

Mesmo *The Children*, lançado precisamente em 13 de junho de 1980, ter sido filmado quase um mês antes do início das filmagens de *Sexta-Feira 13*, com quase a mesma equipe (o compositor de *Sexta-Feira 13* Harry Manfredini fez também a trilha sonora de *The Children*), teve ele qualquer outra influência criativa sobre *Sexta-Feira 13*?

Esse não parece ser o caso. *The Children* (distribuído pela World Northal) não possui qualquer semelhança de estilo ou tom (além da trilha sonora de Manfredini) com *Sexta-Feira 13*, e Cunningham não teve qualquer inspiração com relação a esse filme. A maior influência que *The Children* teve em *Sexta-Feira 13* foi que manteve Abrams e sua equipe prontos e aquecidos, pura e simplesmente. "Eu não acho que *The Children* tenha tido muita influência criativa sobre *Sexta-Feira 13*", disse Kalmanowicz. "Penso em *The Children* como tendo essa relação bastarda, de primos de terceiro grau, com *Sexta-Feira 13*. A maior contribuição foi que Barry e sua equipe se mantiveram aquecidos e em forma para *Sexta-Feira 13*, então penso que o filme teve bastante sucesso nesse sentido. Barry e sua equipe se prepararam em *The Children*. Eles treinaram para a grande luta. *Sexta-Feira 13* era a grande luta."

SEXTA-FEIRA 13 EM 16MM

Sean Cunningham tinha um plano reserva para *Sexta-Feira 13*, caso o financiamento falhasse, que era basicamente filmá-lo como um filme de orçamento ultrabaixo, e em 16mm, não muito distante do formato das lentes de Super 16mm de *Aniversário Macabro*.

Essa foi a história que chegou filtrada a Nova York pelos meses de julho e agosto, a Barry Abrams e outros membros da equipe, quando o elenco de *Sexta-Feira 13* começou a criar forma de verdade. "Barry me pediu para ser o assistente de câmera em *Sexta-Feira 13*, que seria com o orçamento superbaixo e filmado em 16mm", relembra James Bekiaris, um operador de câmera profissional que trabalhou como faz-tudo em *Sexta-Feira 13*. Naquela altura, eu seria o operador de câmera do filme, mas aí mais dinheiro entrou na produção e o filme seria agora filmado em 35mm, com a Panavision, e eu não era mais o assistente de câmera, então me tornei um faz-tudo eletricista."

O roteiro de *Sexta-Feira 13*, que aos poucos vazou à equipe durante o mês de agosto de 1979, parecia, a muitos dos membros, ser uma combinação perfeita para a natureza crua

BARRY ABRAMS (atrás das câmeras) e sua leal equipe (Imagem cedida por Nalani Clark)

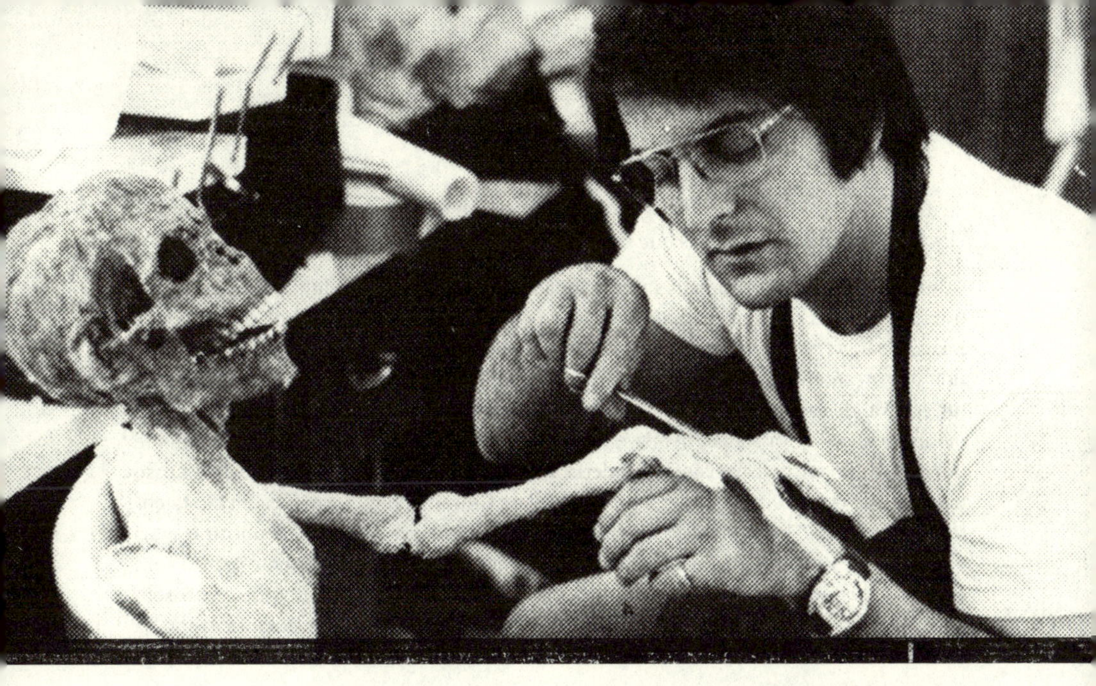

Após sua passagem pelo Vietnã, TOM SAVINI começou a carreira no cinema no início dos anos 1970, sem o seu característico bigode (Imagem cedida por Tom Savini)

e primitiva que uma 16mm sem dúvida nenhuma traria ao filme. "Quando li o roteiro, não pensei que fosse algo que pudesse chegar a ser exibido", disse Bekiaris, que conheceu Abrams pela primeira vez durante os seus dias como estudante na New York University, de 1976 a 1978, onde Abrams e Bekiaris foram colaboradores em um curta escrito pela futura potência de Hollywood Chris Columbus. "Nenhum de nós pensou nisso quando viu o roteiro. Certamente não era uma espécie de Hitchcock; não era assustador nesse sentido. Mas o que ele certamente tinha era um impacto visual."

O SURGIMENTO DE SAVINI

Uma das decisões mais importantes, e inteligentes, que Sean Cunningham e Steve Miner tiveram durante a pré-produção de *Sexta-Feira 13* foi recrutar o mago dos efeitos especiais e maquiagem, Tom Savini. Savini tinha recentemente comandado os efeitos especiais da obra-prima de filmes de zumbis de George A. Romero, *Zombie – O Despertar dos Mortos* (*Dawn of the Dead*), lançado nos Estados Unidos em abril de 1979.

Savini estava colhendo os frutos do sucesso daquele filme quando Cunningham lhe ligou em agosto. "Sean ligou e me disse que tinha visto *O Despertar dos Mortos* e tinha amado os efeitos especiais que fiz para o filme", relembra Savini. "Ele me disse que estava fazendo um filme chamado *Sexta-Feira 13* e me disse que estava interessado em me ter fazendo os efeitos especiais desse filme. Dirigi até Connecticut e me encontrei com Sean e Steve e eles me falaram sobre as ideias que tinham."

Cunningham havia ficado mais impressionado com o choque e o impacto visceral que os efeitos visuais de Savini tinham provocado em *O Despertar dos Mortos* do que com a imagem sangrenta em si, e não tinha qualquer interesse em ter Savini – que relembra ter tido um orçamento de efeitos especiais de 17 mil dólares em *Sexta-Feira 13* – liderando um festival de sangue para todos os lados. "Quando conheci Tom, a primeira coisa que me impressionou foi a sua energia e vitalidade, e pude perceber que ele era realmente um mago dos efeitos especiais que poderia fazer qualquer truque de mágica com o nosso filme que de outra forma não seria possível", disse Cunningham. "Com alguém tão talentoso quanto Tom, há a tentação de fazer mais efeitos do que é preciso, de mostrar mais e mais, mas eu não queria que Tom tivesse uma abordagem excessivamente gráfica com *Sexta-Feira 13* no sentido de imagens violentas sem fim. Eu queria que os efeitos fossem chocantes e rápidos, pare que você visse a imagem chocante e ela fosse embora, como na cena do chuveiro em *Psicose*. Lá está, é chocante, e de repente passou."

Savini, natural de Pittsburgh, dirigiu para encontrar com Cunningham e Miner em agosto de 1979. "Eu me encontrei com Sean e Steve em Connecticut e eles estavam realmente animados de me encontrar por causa de *O Despertar dos Mortos*", relembra Savini. "Nós conversamos muito sobre filmes, e não apenas a respeito de efeitos especiais, mas também em termos de como eu poderia contribuir para a história, o que realmente me surpreendeu e me impressionou. Mais especificamente com relação ao final que eles não tinham de verdade. Foi aí que inventei a ideia de Jason pulando do fundo do lago no final do filme. Eu tinha acabado de assistir *Carrie*, que foi bem assustador para mim, especialmente a cena no final onde uma mão surge de debaixo da terra. Achei que seria realmente espetacular. Era essa a minha ideia. De verdade."

TOM SAVINI construiu uma reputação espantosa no início dos anos 1970, em filmes de terror de baixo orçamento, como *Deathdream, Deranged* e *O Despertar dos Mortos* (Imagem cedida por Tom Savini)

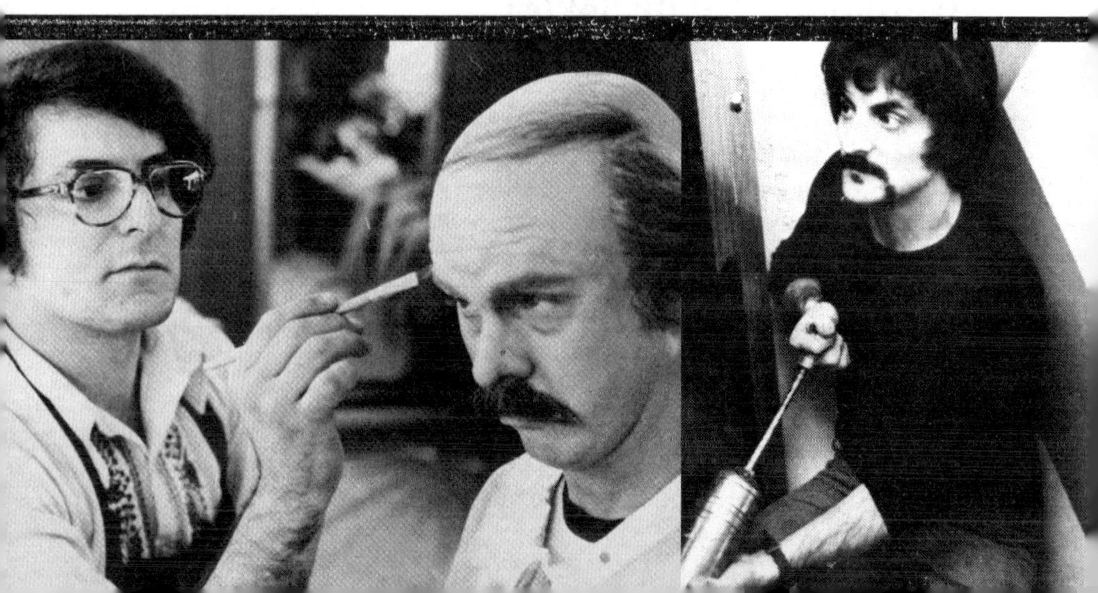

Quanto à autoria da cena culminante do lago em *Sexta-Feira 13* – com a primeira aparição chocante de Jason Voorhees –, ela é um ponto altamente contestado na história do filme. Não há dúvidas de que a visão criativa de Savini traria essa cena, como todas as outras cenas no roteiro de *Sexta-Feira 13*, à sua vida gloriosa de uma forma que Cunningham jamais poderia ter sonhado. Também não há qualquer dúvida de que a intensidade, paixão e imaginação de Savini o firmaram como uma força criativa dominante em *Sexta-Feira 13*.

O estilo único de Savini – a imagem distinta e viscosidade presentes em seus efeitos especiais –, então com 32 anos, tinha, em grande parte, nascido das experiências recentes em sua vida. A mais poderosa e devastadora delas claramente foi o período entre 1967 e 1970, quando ele serviu ao Exército dos Estados Unidos e trabalhou como fotógrafo de combate no Vietnã. Foi durante essa época no Vietnã que Savini documentou e observou os piores horrores de morte e desfiguração.

UMA DAS DECISÕES MAIS IMPORTANTES, E INTELIGENTES, DE CUNNINGHAM E MINER FOI RECRUTAR O MAGO DOS EFEITOS ESPECIAIS E MAQUIAGEM, TOM SAVINI

Essas eram imagens impossíveis de se esquecer e elas se manifestaram nos efeitos especiais de Savini por toda a década de 1970, e especialmente em *Sexta-Feira 13*. Essas imagens sangrentas, relacionadas à guerra, continham uma realidade que não era nada parecida com as imagens vistas em qualquer outro filme, a não ser naqueles em que o próprio Savini trabalhou. As cenas sangrentas de *Sexta-Feira 13* são, com certeza, algo diferente do que jamais havia sido feito nos filmes do gênero, ou visto desde então. "O Vietnã me fodeu, como a todo mundo que esteve lá, mas também ajudou meu trabalho", disse Savini.

ARI LEHMAN tinha 14 anos quando apareceu em *Sexta-Feira 13* (Imagem cedida por Tom Savini)

"Quando filmei *O Despertar dos Mortos*, minha cabeça estava cheia de imagens que eu tinha visto no Vietnã e foi mais ou menos a mesma coisa em *Sexta-Feira 13*. Esses tipos de ferimentos [se referindo ao que testemunhou no Vietnã] você não vê nos filmes de terror. Essa foi uma das razões de o público ficar tão chocado quando assistiu *Sexta-Feira 13*."

No início da década de 1970, Savini frequentou a Carnegie-Mellon University, em Pittsburgh, onde se formou em jornalismo, mas passou a maior parte do tempo estudando teatro e cinema. Foi aí que Savini conheceu Taso Stavrakis, que se tornou seu melhor amigo, assim como seu confiável assistente de efeitos especiais.

Em agosto de 1979, Stavrakis, um dublê profissional, se juntou a Savini no quintal da casa de Steve Miner, em Westport, para ajudá-lo a criar os efeitos especiais que seriam necessários para filmar *Sexta-Feira 13*. "Antes do início das filmagens de *Sexta-Feira 13*, Tom e eu criamos a maior parte dos acessórios de efeitos especiais para o filme, atrás da casa de Steve Miner em Connecticut", relembra Stavrakis, que é uma década mais jovem que Savini. "Sean e Steve eram ótimos parceiros de trabalho, porque prestavam todo o apoio necessário e nos davam muita liberdade de usarmos a imaginação e de tentarmos coisas novas. O que também ajudou bastante foi o fato de que as cenas do roteiro tinham descrições bem diretas e lineares e deixavam muito espaço para a imaginação em termos de criação de efeitos."

> "QUANDO FILMEI *O DESPERTAR DOS MORTOS*, MINHA CABEÇA ESTAVA CHEIA DE IMAGENS QUE TINHA VISTO NO VIETNÃ E FOI A MESMA COISA EM *SEXTA-FEIRA 13*

Savini e Stavrakis, o qual não estava com Savini durante seus encontros iniciais com Cunningham e Miner, trabalharam incansavelmente no quintal de Miner por quase todo o mês de agosto de 1979, preparando o máximo de efeitos necessários possíveis para *Sexta-Feira 13*, antes do início das filmagens em Blairstown. Perto do final de agosto, Savini e Stavrakis deixaram a casa de Miner e se dirigiram a Blairstown para conhecer o resto do elenco e da equipe de *Sexta-Feira 13* e continuar preparando os efeitos especiais.

Ao contrário de recordações anteriores, incluindo algumas do próprio Savini, Stavrakis e Savini estavam entre os primeiros da equipe de *Sexta-Feira 13* a chegar ao local das filmagens, sem contar com a viagem prévia de Virginia Field ao acampamento No-Be-Bo-Sco. "Nós preparamos os efeitos em um local de trabalho no quintal de Steve Miner, sim, e então partimos para o acampamento", relembra Savini. "Minha lembrança é a de que nós fomos a Blairstown antes das filmagens para continuar a preparar o material. Então começaram as filmagens por lá."

Com Tom Savini no local, Cunningham sentiu que tinha elementos de produção suficientemente estabelecidos para começar as filmagens de *Sexta-Feira 13*. Aliado ao otimismo de Cunningham estava o acordo que ele havia fechado com a Georgetown Productions, que dizia que Cunningham, como um dos criadores, diretor e produtor de *Sexta-Feira 13*, tinha o direito de receber 25% dos lucros do filme, e de qualquer produto futuro relacionado a *Sexta-Feira 13*, incluindo sequências.

Essa foi uma sacada inteligente da parte de Cunningham uma vez que, em 1979, as sequências não eram vistas como a galinha dos ovos de ouro que viriam a ser alguns anos depois, muito por causa do sucesso de *Sexta-Feira 13*. O acordo também dizia que Cunningham teria mais controle criativo do que ele jamais imaginara, dentro de alguns limites que ficariam claramente definidos durante as filmagens de *Sexta-Feira 13*.

Claro que o único elemento-chave faltando a *Sexta-Feira 13* no final de agosto de 1979 era uma atriz para interpretar o papel de Pamela Voorhees. No fim, a incapacidade de Cunningham e Miller para selecionar uma atriz para o papel provocou mudanças no cronograma das filmagens, sendo a mais óbvia, a necessidade de adiar as filmagens das cenas do diálogo da assassina para o final do cronograma, ou a qualquer momento que Cunningham pudesse achar tal atriz e trazê-la para as filmagens em Blairstown.

Na metade do cronograma das filmagens, isso se tornou um problema tal que inspirou, da parte de Cunningham e Miner, um plano de emergência para finalizar *Sexta-Feira 13* sem atriz nenhuma no papel de Pamela Voorhees. Felizmente, isso nunca se tornou realidade.

Com o final da temporada de verão do acampamento No-Be-Bo-Sco no meio de agosto, *Sexta-Feira 13* deveria começar a ser filmado em 20 de Agosto de 1979. Barry Abrams, Sean Cunningham, Virginia Field, Miner, Tom Savini – e uma porção de outros membros – estavam todos a postos no acampamento a essa altura. No final, a data de início foi transferida para 4 de setembro de 1979, por inúmeras razões, incluindo a evacuação da equipe do acampamento, o término da temporada de verão, a chegada do resto da equipe e elenco em Blairstown, a obtenção da primeira parcela do financiamento e, finalmente, o tempo para entrevistar atrizes para o papel de Pamela Voorhees. Da perspectiva de Sean Cunningham, a hora de fazer *Sexta-Feira 13* era ou agora ou nunca.

Sand Pond (também conhecido como CRYSTAL LAKE), na primeira semana de setembro de 1979 (Imagem cedida por Tony Marshall)

BEM-VINDOS A BLAIRSTOWN

FILMANDO SEXTA-FEIRA 13

"Eu estava procurando criar algo que as pessoas tivessem que assistir. Por estar nos mundo dos 'negócios' do cinema, não estava fazendo uma obra de arte nem nada parecido. Eu só tinha uma certa quantia de dinheiro, portanto tudo o que eu decidia colocar no filme tinha que valer a pena." – ***Sean Cunningham,*** *referindo-se à sua abordagem como diretor em Sexta-Feira 13*

Nota do Autor: os capítulos seguintes retratam a filmagem de *Sexta-Feira 13*, baseados em entrevistas e lembranças do elenco e equipe, pesquisa exaustiva, e várias formas de documentação, tais como o cronograma avançado das filmagens, preparado antes do início das filmagens principais que ocorreram em 4 de setembro de 1979.

As descrições das filmagens das cenas estão organizadas em ordem cronológica, baseadas na evidência disponível que confirma as datas da filmagem de cada cena específica. No caso onde não é possível confirmar a data precisa, devido a conflitos de memória e fontes, as descrições da filmagem foram organizadas na ordem cronológica de como apareceram no filme finalizado, ou como elas apareceram no cronograma de filmagem.

As cenas envolvendo a personagem de Annie, por exemplo, foram originalmente organizadas para serem filmadas durante a quarta e quinta semana da filmagem principal, em um período de dois dias; elas foram transferidas para o começo do cronograma, por razões logísticas e de planejamento. Como resultado, as descrições relatadas à filmagem dessas cenas aparecem no capítulo seguinte que é relacionado à primeira semana de filmagem.

Perto do fim de agosto de 1979, a maior parte do elenco e equipe de *Sexta-Feira 13*, aqueles que ainda não estavam no local, chegaram a Blairstown, em Nova Jersey. Todos se anteciparam ao início da filmagem principal (alguma filmagem adicional foi feita no acampamento, e ao redor de Blairstown, começando em 20 de agosto de 1979, com uma equipe parcial), que começou em 4 de setembro de 1979, um dia depois do Dia do Trabalho norte-americano.

Eles foram recebidos por Sean Cunningham e Steve Miner que – juntos com Barry Abrams, Virginia Field, Tom Savini e alguns outros membros da equipe técnica – já tinham se acomodado na localização principal de filmagem do acampamento No-Be-Bo-Sco.

Cunningham e Miner tinham feito um acordo com os proprietários do acampamento – o qual envolvia uma modesta "taxa de aluguel" – que dava a *Sexta-Feira 13* liberdade de produção no local pelos meses de setembro e outubro.

O especialista em efeitos especiais Savini, junto com seu assistente e amigo Taso Stavrakis, nomeou imediatamente uma das cabanas como a cabana de maquiagem de Savini para acomodar as suas criações de efeitos especiais por toda a filmagem, junto com a sua inestimável cadeira de cabeleireiro. A maior parte dos membros do elenco de *Sexta-Feira 13*, cujos personagens foram mortos na história, terminava sentando por horas nessa cadeira enquanto Savini fazia sua mágica.

Savini também confiscou o local da cafeteria do acampamento para seu trabalho de efeitos especiais, principalmente o fogão, que usou para cozinhar suas criações. "Eu e minha pequena equipe ficamos no acampamento e praticamente tomamos conta do lugar", relembra Savini. "Instalei uma máquina de videocassete Betamax em uma das minhas cabanas onde nós assistíamos a filmes quando não estávamos trabalhando. O elenco e a equipe ficaram em hotéis e motéis próximos, mas depois de um tempo muitos deles vinham passar o tempo nas cabanas conosco porque viram que nos divertíamos bastante."

Virginia Field montou seu espaço em outra cabana, junto com sua pequena equipe de design, para trabalhos de criação e desenho. "Do dia em que eu e minha equipe chegamos no local até o início das filmagens, nós começamos a trabalhar nas cabanas vinte horas por dia, até depois das filmagens", relembra Field. "Eu não pude assistir muito das filmagens, ou me divertir com o resto da equipe, porque eu e minha equipe estávamos sempre trabalhando. Passei a maior parte do tempo criando designs para materiais que ainda precisávamos para o filme. Cadeiras, facas, placas de sinalização, mesas, todo o tipo de coisa."

O núcleo da equipe técnica de *Sexta-Feira 13* – mais precisamente Barry Abrams e sua equipe de seguidores – tinha acabado de chegar das filmagens de *The Children*; e eles estavam cansados. Alguns deles tinham voltado a Nova York – para a cidade – e então feito a viagem de 80 milhas até Blairstown, enquanto outros viajaram diretamente de Berkshires. Outros, como Cecelia e John Verardi, um casal que vivia em Staten Island, se afastaram de suas vidas normais por completo para viajar às cegas até Blairstown. Eles queriam participar da aventura louca e imprevisível que era filmar *Sexta-Feira 13*.

Cecelia Verardi iria ter muitas funções no filme – garota de recados, cabeleireira, a ponte de ligação entre membros do elenco e da produção, assistente de efeitos de maquiagem, assistente de produção – enquanto seu marido John Verardi era um operador de câmera. "John, meu marido, estava trabalhando na Panavision em Nova York, e eu estava na faculdade para me tornar advogada e trabalhava na Estee Lauder, quando John e eu ouvimos falar de *Sexta-Feira 13*", relembra Cecelia Verardi. "Tinham oferecido a John uma vaga de gerente na Panavision quando Barry Abrams ligou. Morávamos em Staten Island, que fica a mais ou menos trinta quilômetros da vila onde Barry e sua equipe estavam situados. John me ligou um dia e perguntou se eu queria largar meu emprego, meus estudos, e ir a Nova Jersey ser assistente de produção nesse filme de baixo orçamento. Eu não sabia o que era uma assistente de produção e John me disse que basicamente eu seria uma garota de recados."

A maioria da equipe veio de Nova York, mas Cunningham e Miner também trouxeram diversos membros da equipe da sua base de operações em Westport. Eles incluíram Denise Pinckley, que comandou o escritório de produção de modesta aparência de *Sexta-Feira 13* no acampamento, e o ator de 14 anos Ari Lehman, que iria fazer o papel de Jason Voorhees. A esposa de Cunningham, Susan, também veio na viagem junto com seu filho, Noel. Uma talentosa editora de filmes, Susan E. Cunningham estabeleceu uma ilha de edição improvisada no acampamento. Ela trabalhou lá durante as filmagens, editando o filme muitas vezes ao mesmo tempo em que as cenas em si eram filmadas.

Miner era quem supostamente iria editar *Sexta-Feira 13*. Mas com Susan Cunningham comandando a edição do filme, Miner ficou livre para dedicar suas energias inteiramente ao papel de produtor, junto com Cunningham. Miner iria ter diversas funções durante toda a filmagem.

A presença constante de Susan Cunningham na produção do filme era um indicativo da atmosfera familiar que existia em *Sexta-Feira 13*. Além da presença de Noel e de sua mãe, o filho de Barry Abrams, Jesse Abrams, também estava em Blairstown. Wes Craven também apareceu em Blairstown, junto com o seu filho, Jonathan.

A equipe e o elenco de *Sexta-Feira 13* chegaram a Blairstown de carro ou de van, mas também de ônibus, através de um serviço comercial, ou por uma companhia fretada de ônibus que Cunningham contratou para a produção. Um tempo depois, durante as pausas nas filmagens, Cunningham em pessoa iria muitas vezes dar carona às pessoas – membros da equipe e elenco – de Blairstown a Connecticut ou Nova York.

A capacidade de Cunningham de viajar *de* e *para* Blairstown era uma prova da confiança que ele depositava, mais especificamente, em Abrams e Miner. Havia também o fantasma da seleção para o papel de Pamela Voorhees, um dilema que se instalou pelas duas primeiras semanas do cronograma de filmagem de *Sexta-Feira 13*, e fez com que Cunningham tivesse de deixar Blairstown de última hora para resolver a questão ele mesmo.

Se a produção de *Sexta-Feira 13* gastou por completo o pedaço de estrada de 130 quilômetros entre Nova York e Blairstown, a chegada do elenco e da equipe de *Sexta-Feira 13* na cidade representou uma miniocupação para o município de pouco menos de 4 mil pessoas. Após assegurar o acordo com o acampamento No-Be-Bo-Sco para uso do local antes das filmagens, Cunningham e Miner também se encontraram com os líderes do município para buscar cooperação e boa vontade entre a produção e Blairstown. "Sean e Steve apareceram na cidade antes do início das filmagens e se encontraram com os líderes do município para falar sobre o filme", relembra Richard Skow, que era o chefe dos Bombeiros em Blairstown na época das filmagens de *Sexta-Feira 13*, e cujo filho aparece como um dos campistas que estão dormindo na sequência antes dos créditos de abertura do filme. "Sean explicou que estava fazendo um filme de terror no acampamento e perguntou se ele poderia usar alguns caminhões de bombeiros e carros de polícia para algumas cenas do filme. Sean era muito amigável, atencioso, e nunca tivemos problemas com eles durante as filmagens."

Cunningham e Miner conseguiram garantir o uso de um caminhão dos bombeiros e diversos carros de polícia, luxos que eles nunca conseguiriam pagar se não fosse pelo charme e toque pessoal de Cunningham. O caminhão de bombeiros foi especificamente útil para criar efeitos de chuva. Além disso, Cunningham conseguiu livre uso das localidades de Blairstown para filmar nos arredores. "Sean era esperto o bastante para chegar na cidade antes das filmagens e conquistar os líderes de lá para que eles o deixassem usar os recursos da cidade no filme", disse o diretor de arte Robert Topol. "Ele fez amizade com o povo da cidade, e com o elenco e a equipe. Sean tinha essa qualidade. Ele apertava sua mão, sorria para você, e lhe fazia sentir como se você fosse uma pessoa importante. Ele sempre lembrava o seu nome, mesmo que tivessem apenas lhe apresentado uma só vez. Ele sabia sempre o nome de todo mundo."

Na época das filmagens de *Sexta-Feira 13*, o acampamento No-Be-Bo-Sco estava sob o controle de Fred Smith, um dono de loja de bicicletas, que também trabalhava como guarda local desde 1967. Smith, que morreu em 1985, era um homem idoso já na época das filmagens. Ele cuidava do terreno com a ajuda de seu filho mais novo e tinha um grande instinto protetor com relação tanto ao acampamento quanto com a sua reputação. Ele estava preocupado com a previsão de um filme sendo realizado lá.

O charme de Cunningham e sua natureza apresentável foram cruciais nesse ponto por convencer Smith – que se tornou um espectador entretido por muitas das filmagens – a ter *Sexta-Feira 13* no seu acampamento. Smith, contudo, nunca foi completamente avisado sobre que tipo de filme Cunningham, seu elenco e equipe estavam fazendo.

"Era uma área muito bonita, com um lindo cenário", relembra Harry Crosby. "Parecia que estávamos isolados do resto do mundo, o que eu acho que ajudou o filme."

"O que mais me lembro sobre a localização em Nova Jersey era a beleza do terreno", relembra Peter Brouwer. "Minha namorada e eu sempre íamos fazer a trilha Appalachian e adorávamos entrar na floresta. Não era nada assustador."

"Minha memória mais afetuosa foi provavelmente quando começamos a filmar e ainda estava quente e ensolarado e todos nós estávamos juntos pela primeira vez", disse Adrienne King. "Eu, Kevin Bacon, Harry Crosby, Mark Nelson, Jeannine Taylor e os outros. Tivemos momentos maravilhosos juntos; estávamos todos nos nossos 20 e poucos anos e todos muito animados por podermos trabalhar juntos. Mesmo sendo um filme de orçamento tão baixo e sem nem ter a certeza de que iríamos terminar o filme de fato! O sol ainda brilhava e pudemos realmente conhecer um ao outro bem e realmente foi como se estivéssemos em um acampamento de verão."

"Podíamos dirigir de Connecticut a Delaware Water Gap em Nova Jersey, e uma vez eu peguei o ônibus o caminho todo até lá", relembra Ari Lehman. "O interior era lindo por lá, e o acampamento estava situado bem dentro da floresta. Assim que chegamos, havia uma energia de convivência, comunhão, trabalho artístico. O elenco e a equipe eram de NYC, e eles ouviam Patti Smith e Ramones muito alto no som dos seus carros. Era 1979 e tudo isso era muito divertido."

"PARECIA QUE ESTÁVAMOS ISOLADOS DO MUNDO, O QUE AJUDOU O FILME", RELEMBRA HARRY CROSBY

"Era um local bonito, bem reservado e bem rural", relembra Daniel Mahon. "O acampamento estava fechado, claro, quando chegamos e nos mudamos para as barracas enquanto a equipe sindicalizada ficava em um motel. O acampamento passava uma sensação bem rústica, com cabanas de madeira e o encanamento havia sido remendado antes das filmagens. Fred Smith era o gerente do acampamento de verão e basicamente controlava as instalações onde o acampamento estava situado. Fred era um expatriado e uma grande figura. Ele falava constantemente sobre seu vizinho, Lou, até que descobrimos que o Lou de quem ele falava era Lou Reed, o famoso músico que viveu ali perto!"

"O acampamento era legal", relembra o técnico de som Richard Murphy. "Lou Reed tinha uma fazenda por perto e costumava aparecer durante as filmagens para fazer um som com a gente. Nós assistimos Lou Reed tocar de graça, bem na nossa frente, enquanto estávamos fazendo o filme! Ele vinha ao set e passávamos um tempo juntos conversando, era realmente um cara muito bacana. *Sexta-Feira 13* significava acima de tudo passar um tempo na floresta com um monte de amigos. Éramos próximos, amigos íntimos compartilhando nossos segredos mais profundos um com o outro."

"Eu me lembro que peguei um ônibus da empresa para o local das filmagens, e que Laurie Bartram e Harry Crosby estavam no ônibus comigo", relembra Mark Nelson. "Foi uma viagem legal, com uma bela paisagem, e nós três pudemos nos conhecer um pouco mais, o que ajudou durante as filmagens com relação a termos criado uma certa química".

Sean Cunningham e Steve Miner se encontraram com os líderes de BLAIRSTOWN antes do início das filmagens com o intuito de promover a boa vontade entre a produção e o município (Imagem cedida por Tony Marshall)

O músico LOU REED (abaixo) era o residente mais famoso de Blairstown e visitou o set de *Sexta-Feira 13* durante as filmagens (Imagem cedida por Jason Pepin)

"Blairstown era um pouco decadente na época", relembra Tad Page. "Havia pequenas fazendas e as pessoas portavam armas! Eu adorava o acampamento. Era muito agradável por lá. Havia animais correndo por todos os lados. Nós éramos basicamente um bando de garotos da cidade grande, nova-iorquinos, estávamos completamente fora da nossa zona de conforto, procurando o que fazer nesse lugar isolado. Nós estávamos sempre procurando por algo pra fazer depois do trabalho."

"Blairstown era um lugar muito rural, com vários montes e vales, assim como muitas casas de campo onde as pessoas da cidade iam passar o fim de semana", relembra o maquinista-chefe Robert Shulman. "Era uma viagem tranquila desde Manhattan, na grande cidade, de onde todos nós éramos. A essa altura, nós nos tornamos uma equipe viajante, liderada por Barry, para que estivéssemos dispostos a partir em questão de minutos. Éramos jovens e prontos para nos divertir bastante fazendo um filme num acampamento de verão!"

O elenco e a equipe de *Sexta-Feira 13* representavam níveis variados de competência e experiência. Isso era bem mais visível na equipe que era composta de membros e não membros do sindicato. Enquanto os atores em *Sexta-Feira 13* trabalhavam sob as condições do Screen Actor's Guild, o filme em si era uma produção não sindicalizada. A equipe trabalhava com uma tabela de remuneração que variava de 100 a 750 dólares semanais.

Abrams e sua equipe de Nova York não divulgavam aos seus sindicatos que estavam fazendo *Sexta-Feira 13*. "Eu nunca comuniquei ao meu sindicato que estava fazendo *Sexta-Feira 13* porque sabia que eles iriam me punir por fazer um filme não sindicalizado como aquele", relembra Abrams, que havia se unido ao sindicato de operadores de câmera International Alliance of Theatrical Stage Employees (IATSE) antes de *Sexta-Feira 13*, enquanto a maior parte da equipe estava com o sindicato rival National Association of Broadcast Employees and Technicians (NABET), que Abrams, sempre um passo a frente, havia recentemente largado. "Nenhum de nós disse ao sindicato que fazíamos parte de *Sexta-Feira 13* porque sabíamos que eles iriam aplicar multas, especialmente a mim, por estar no comando da equipe."

Os "privilégios" que Abrams e sua equipe de produção desfrutavam em *Sexta-Feira 13* incluíam não apenas contracheques mais gordos – com Abrams e o operador de câmera Braden Lutz, ambos supervisionando a equipe técnica, no topo alcançando 750 dólares por semana – mas também com condições de moradia sutilmente melhores.

Enquanto a maior parte dos membros juniores e não sindicalizados da equipe se uniram a Savini nas cabanas do acampamento, Abrams e seu grupo de colegas e amigos ficaram em um motel de dois andares de beira de estrada perto de Columbia, Nova Jersey, a cerca de vinte minutos de carro do acampamento. À primeira vista, o motel – chamado de Parada de Caminhão 76 – não era muito atrativo, especialmente desde que, ao se propor a ser uma parada de caminhoneiros, era ligado a um vasto pedaço de estrada que abrigava uma fila sem fim de caminhões grandes e barulhentos que vagavam estrada abaixo, indo e voltando, dia e noite.

Como vestígio da febre do Serviço Rádio Cidadão (rádio CB) que tomou conta da América da metade ao fim da década de 1970, impulsionado pelo sucesso blockbuster do filme *Agarra-me se Puderes* (*Smokey and the Bandit*, 1977), o motel (que funciona hoje com o nome de Travel Centers of America Location, completo com diversas comodidades) estava repleto de rádios CB, mas não havia nenhuma televisão para os membros da equipe. O único luxo que o motel possuía era uma lanchonete 24 horas. Blairstown em si era, como mencionado, uma comunidade deprimente e raramente oferecia ao elenco e à equipe de *Sexta-Feira 13* qualquer opção de lazer fora do horário de trabalho.

Em contraste a esse cenário sem graça, Abrams e sua equipe transformaram o motel em sua própria versão de uma festa de *spring break*, completo com todos os requisitos de álcool, drogas e sexo. O sexo em si era em quantidade bem menor (os homens eram muito mais numerosos que as mulheres na equipe) do que o álcool e as drogas que a equipe iria absorver durante as filmagens de *Sexta-Feira 13*. A atmosfera do motel era barulhenta e selvagem. Enquanto Abrams e sua equipe trabalhavam com muita dedicação e suor durante as filmagens, as festas recebiam igual atenção. Nem mesmo uma produção independente como *Sexta-Feira 13* – em um local isolado como *Blairstown* – estava imune da atmosfera alimentada por álcool e drogas que se difundia em praticamente todas as produções de cinema e televisão durante o final da década de 1970 e início de 1980. A localização remota de Blairstown, e uma completa ausência de supervisão, foi palco de uma atmosfera especialmente tóxica durante as filmagens.

A equipe de *Sexta-Feira 13* gostava de trabalhar pesado e festejar igualmente pesado; eles aguentavam. Por mais que as aventuras no motel encarnassem a cultura de 1979, também era símbolo emblemático da amizade íntima que existia entre Abrams e sua equipe de amigos.

"LOU REED TINHA UMA FAZENDA POR PERTO E COSTUMAVA APARECER PARA FAZER UM SOM COM A GENTE"

Eles eram jovens (Abrams era um dos mais velhos na equipe de *Sexta-Feira 13* com 35 anos), loucos e cheios de energia. Estavam felizes de estar vivos e fazendo um filme, especialmente juntos. "Nós tivemos muitas festas no motel durante as filmagens", relembra Abrams. "Bebíamos cerveja toda noite, e tomamos conta do lugar. Passamos muito do limite, mas trabalhávamos duro e éramos todos amigos. Naqueles dias, estávamos testando nossos diagramas de luzes para as filmagens do dia seguinte em guardanapos na parada de caminhões onde a equipe de operadores de câmeras tomava café da manhã após longas noites, embora nós tivéssemos feito um plano fundamental para as principais locações durante a pré-produção."

"O motel era logo na beira da estrada e quando você saía tinha de ter cuidado para não ser atropelado pelos caminhões que estavam sempre cortando a estrada", relembra James Bekiaris. "Nós usávamos o motel mais pela comida, bebida e festas. Para ter o que fazer por lá, tínhamos de ir perto de Strasburg, na Pensilvânia."

"A cena em que Martin Sheen aparece embriagado em *Apocalypse Now* (1979) seria uma boa descrição de como era no motel durante as filmagens", relembra Richard Murphy. "Era uma área linda onde estávamos, mas era um motel extremamente barulhento, parada para caminhões com todo o tráfego circulando ao nosso redor. Ainda estávamos festejando às seis da manhã algumas vezes. Nós sabíamos beber pesado. Eu lembro que Betsy Palmer ficou lá quando chegou mais tarde durante as filmagens e que alguns dos outros atores também ficaram por lá. Barry e eu pensamos em ir embora para as cabanas depois de algumas semanas, mas decidimos ficar. Parte da graça resultava do fato de que éramos todos muito próximos, amigos íntimos. Sean tinha um garoto e uma esposa e não ficou no motel, e nem Steve também. Os atores festejavam com a gente, com exceção de Walt Gorney, que era pelo menos trinta anos mais velho que a gente. Nós também não queríamos passar muito tempo perto dele."

"Éramos jovens e loucos e fazíamos festas insanas no motel", relembra Tad Page. "Eu não me recordo dos atores se unindo a nós nas nossas festas por lá. A maioria de nós ficava no motel dos caminhoneiros bem na beira da Rota 80, então lá não era assim tão rústico quanto o resto de Blairstown, mas [o operador de câmera] Braden [Lutz] se mudou para uma das cabanas perto do lago no acampamento No-Be-Bo-Sco."

"O motel dos caminhoneiros era insano", relembra David Platt. "Nós sentávamos e bebíamos rum com suco de laranja e festejávamos. De manhã e de noite era cerveja com ovos, caso não fôssemos filmar naquele dia ou naquela noite. Mas normalmente, não importava. Muitas vezes acordávamos às 11h ou meio-dia, começávamos a festa e então dormíamos por umas três ou quatro horas para começar a trabalhar. Minha grande preocupação era tentar aprender a operar o microfone de boom, sem parecer incompetente, porque eu realmente não sabia como fazer a merda do meu trabalho e estava basicamente aprendendo como fazer aquilo."

"BARRY TAMBÉM USAVA UM MONTE DE DROGAS, ASSIM COMO A MAIORIA DE NÓS. TODOS USÁVAMOS DROGAS"

"Toda noite nós nos juntávamos no mesmo quarto e fazíamos as maiores festas", relembra Robert Shulman. "Era cerca de trinta minutos do motel para o local do acampamento. O motel dos caminhoneiros tinha uma lanchonete 24 horas, o que era ótimo, mas o lado ruim era que havia um monte desses rádios CB por lá, o que significava que não havia TV. Braden Lutz, que lutava contra o alcoolismo e o abuso de drogas, decidiu ficar numa cabana do outro lado do lago. Ele não era o único que lutava contra aquelas coisas. Barry também usava um monte de drogas, assim como a maioria de nós. Todos usávamos drogas."

"[O operador de câmera] John [Verardi] foi na frente para Blairstown e se esqueceu de deixar avisado no motel que eu estaria chegando então quando eu cheguei por lá o gerente não queria me deixar entrar", relembra Cecelia Verardi. "Eu tive de sentar lá das 14h até às

23h antes de poder entrar no quarto. Creio que Laurie [Bartram] ficou no hotel e alguns dos outros ficaram nas cabanas. Na verdade, eu me recordo que Jeannine [Taylor] e Laurie ficaram nas cabanas no começo e depois se mudaram para um hotel. Eu me lembro que Adrienne [King] ficou em um hotel em Connecticut. O grupo principal ficou todo junto, exceto por Sean e sua família que ficaram no mesmo hotel de Adrienne. Era um grupo unido de amigos no motel. O resto dos assistentes de produção do filme, o grupo de assistentes de produção, ficaram juntos no acampamento onde você normalmente os veria todos deitados no chão das cabanas."

Cunningham - especialmente com sua família na cidade - não queria ter nada a ver com as farras da equipe que rolavam no motel. De fato, tanto Cunningham quando Miner relembram que ficaram no acampamento, com Savini e outros funcionários, embora Cunningham e Miner também tenham se mudado para a cidade próxima de Connecticut durante as filmagens. "Nós estávamos filmando em um acampamento de escoteiros", relembra Cunningham. "Não tínhamos dinheiro e dormíamos, literalmente, em cabanas; cabanas sem aquecedor e encanamento externo, e fazia frio à noite."

Braden Lutz lutava contra a dependência do álcool e das drogas e se instalou em uma das cabanas durante toda a filmagem. Ele foi um dos colaboradores mais subestimados de *Sexta-Feira 13*, supervisionando a equipe junto com Abrams. Bonito, musculoso, alto e com belíssimos cabelos loiros, Lutz - que depois morreu por beber água contaminada - definitivamente se destacava do resto do elenco e equipe. "Braden era como um albino sem os olhos vermelhos", relembra Max Kalmanowicz, que trabalhou com Lutz em *The Children* e estava em Nova York editando esse filme - com a ajuda da esposa de Barry Abrams, Nikki (Abrams conheceu sua segunda esposa, a editora de filmes Nikki Wessling, entre as filmagens de *Here Come the Tigers* e *Manny's Orphans*, e se separou de sua primeira esposa após as filmagens de *Manny's Orphans)* - na época das filmagens de *Sexta-Feira 13*. "Ele era um cara extremamente bonito, 1,90m de altura, com um cabelo loiro platinado, um corpo musculoso e pele branca. Braden era simplesmente um cara grande, forte e muito bonito."

O que quer que acontecesse fora do horário de trabalho, Abrams e Lutz tinham zero tolerância para incompetência e estupidez. Isso ficou evidente logo cedo no cronograma das filmagens quando o acampamento No-Be-Bo-Sco teve sua primeira vítima. A vítima foi o operador de câmeras Robert Brady, desligado durante as filmagens. "Robert Brady, um operador de câmeras, foi demitido por Braden Lutz, com a aprovação de Barry", relembra Tad Page. "Barry e Braden achavam que ele não estava contribuindo como os outros e não queriam mais ele por perto. Eu creio que ele foi fazer publicidade depois disso!"

Embora fosse agradável e sociável, Abrams também era capaz de demonstrar um péssimo temperamento, especialmente se achasse que alguém, especificamente um membro da equipe, não estava fazendo a sua parte. "Barry era um cara duro", relembra Richard Murphy. Barry foi um operador de câmeras no Vietnã e nunca carregou uma arma. Eu falei 'Barry, como pode você ter sido um operador de câmeras no Vietnã e nunca ter carregado uma arma?' Barry sorriu e disse 'Eu sou um judeu nascido no Texas. Não preciso de armas. Nada me assusta'."

Virginia Field escolheu o ACAMPAMENTO NO-BE-BO-SCO como local das filmagens em grande parte devido à onipresença do lago Sand Pond (Imagens cedidas por Brett McBean/ brettmcbean.com [acima] e Dean A. Orewiler/Dean A. Orewiler Portrait Art [abaixo])

Abrams e sua equipe entendiam o trabalho das câmeras, luzes, e todas as sutilezas que lhe eram próprias, para que pudessem se permitir festejar nas suas horas vagas, e funcionar sem dormir, enquanto o resto da equipe era composta em sua maioria por um bando de novatos nervosos. Claro, no contexto de uma produção de Sean Cunningham – relembrando a equipe humilde que trabalhou em *Aniversário Macabro* – a situação era perfeitamente aceitável. "Era uma equipe pequena", relembra o operador de câmeras e faz-tudo James Bekiaris. "Você não conseguiria fazer um filme hoje em dia com uma equipe tão pequena. Era basicamente eu, [o maquinista] Bob [Robert Shulman], [o eletricista chefe] Tad [Page], Barry e Braden."

"Sean Cunningham tinha feito uma segunda hipoteca na sua casa para fazer esse filme, então ele tinha muita coisa em jogo, embora Sean fosse muito bom em nunca deixar os outros perceberem seu estresse", relembra Daniel Mahon. "Nós erámos uma equipe de filmagem muito jovem e inexperiente. Eu sempre descrevo a equipe que trabalha em filmes como sendo circenses com plano de saúde. Era assim que nós éramos em *Sexta-Feira 13*, exceto que a maioria não tinha um lugar aquecido para dormir ou muito o que comer durante as filmagens, muito menos um plano de saúde."

Os atores e atrizes estavam espalhados pelo território, com alguns deles dormindo nas cabanas, enquanto outros, segundo a lembrança de cada um, ficaram em pousadas, hotéis e motéis, em Connecticut e até na Pensilvânia. Os artistas eram, com algumas exceções, distantes das festas, sobretudo por conta do horário de trabalho irregular. Com exceção da atriz principal, Adrienne King, não era necessário que o elenco ficasse no local durante o cronograma inteiro de filmagem.

"Motel 96, em algum lugar de Connecticut", relembra Adrienne King sobre os alojamentos. "Era terrível. O lugar não tinha banheiras. Ainda assim, era uma ótima experiência de trabalho. Desde o início, todo mundo, elenco e equipe, sentia que nós estávamos fazendo algo diferente e um tipo especial de química começou a se desenvolver. Todo mundo trabalhou bastante."

"Os atores se deram muito bem", relembra Tom Savini. "À medida que as filmagens foram avançando, eu pude conhecer os atores melhor, especialmente Harry Crosby, que sempre estava junto comigo e Taso durante as filmagens, assim como Laurie Bartram, por quem eu meio que tive uma queda nesse período. Eles ficavam em um motel, enquanto eu e o resto da equipe ficávamos no acampamento."

"Eu creio que ficamos em Pensilvânia por um momento", relembra Jeannine Taylor. "Downingtown, na Pensilvânia, se bem me lembro, onde ficamos nesse motel meio caseiro. Havia um prado aberto nas proximidades, com um monte de cervos. Eu me recordo de ir a um antiquário em um celeiro campestre com Kevin [Bacon] e Mark [Nelson] e diversas outras pessoas, onde passeamos e compramos algumas coisas. O lugar tinha um monte de anúncios antigos, colecionáveis – letreiros antigos, jukeboxes etc. Alguma alma empreendedora tinha feito pares de abotoadoras de antigas tampinhas de refrigerantes americanos. Eu enviei alguns a um amigo na Inglaterra e ele simplesmente surtou com aquilo."

Com a exceção de Peter Brouwer, com então 33 anos, o resto do elenco que havia chegado a Blairstown basicamente espelhava seus personagens em idade universitária. Em relação à idade, eles tinham entre 21 e 25 anos, com Adrienne King e Jeannine Taylor no último degrau dessa escada.

Em matéria de atitude, os membros do elenco eram despreocupados, jovens e no início de suas vidas, assim como de suas carreiras de atores. À medida que o início do filme se aproximava, o elenco - como seus personagens - nem parou para pensar sobre a carnificina e o caos que os esperava em filme. "Nós nos unimos naturalmente, sendo três jovens atores fazendo seu primeiro filme juntos", relembra Jeannine Taylor, se referindo ao seu relacionamento nas câmeras e fora delas com os colegas Kevin Bacon e Mark Nelson. "E o set em Blairstown em um verdadeiro acampamento de verão realmente ajudou muito. Era bem quieto e isolado, situado em um lago cristalino e intocado, com umas poucas cabanas nas florestas ao redor. Só em dirigir por aquela entrada do acampamento pela primeira vez por debaixo daquele grande letreiro de acampamento No-Be-Bo-Sco foi o máximo! Eu me lembro que todos caímos no riso e comemoramos quando vimos o letreiro. Então começaram as piadas. A maioria de Kevin e Mark. Eles eram ambos bem engraçados, e eu era o público deles, incapaz de segurar o riso. Se esse tipo de coisa parece real quando você assiste ao filme, é porque é."

"SEAN CUNNINGHAM TINHA FEITO UMA SEGUNDA HIPOTECA NA SUA CASA PARA FAZER O FILME, ENTÃO ELE TINHA MUITA COISA EM JOGO"

"Os jovens atores chegaram ao local do filme com uma ótima atitude e muita energia", relembra Sean Cunningham. "Na época das filmagens, Harry Crosby era o único nome conhecido no elenco, porque era filho do Bing Crosby, e simplesmente um dos caras mais legais e pé no chão. Ele era bem determinado e trabalhador e não queria ser tratado diferente por causa de um sobrenome. Nós fingíamos que não sabíamos que ele era filho do Bing Crosby, o que foi fácil pois ele era tão pé no chão que você acaba esquecendo que ele tem um sobrenome famoso. O resto do elenco se deu bem facilmente logo no momento em que chegou. Eles eram todos espertos, atraentes, liam o diálogo de maneira eficiente, eram exatamente o que eu estava procurando."

As circunstâncias - e o choque cultural - que a equipe e o elenco de *Sexta-Feira 13* enfrentaram ao chegarem e se instalarem em Blairstown, monótonas como eram por lá a localização e as condições de trabalho, refletiam que essa era uma produção cinematográfica no último grau do ecossistema do cinema. Para os meros iniciantes, *Sexta-Feira 13* representava uma chance de simplesmente fazer um filme, mesmo que não houvesse expectativa de que aquilo fosse fazer qualquer sucesso fora de Blairstown. Para o pequeno grupo de "profissionais" na equipe, *Sexta-Feira 13* era tanto uma aventura quanto um trabalho de baixa remuneração que carregava pouca expectativa de um olhar do grande mercado.

Para Cunningham e Miner – e sobretudo Cunningham, que investiu tudo o que tinha, emocional e financeiramente, no filme –, *Sexta-Feira 13* representava uma última chance de mostrar que eles podiam escapar do histórico de falhas e obscuridade e talvez terem sorte uma vez na vida. Eles estavam certamente com sorte em termos de camaradagem entre o elenco e a equipe, o que era ótimo logo de início e que iria continuar por todo o filme e após o final dele também. "Steve era um cara muito proficiente, e Sean era uma figura preciosa em relação à personalidade e ao jeito com que ele tratava as pessoas", relembra David Platt. "Como cineasta, Sean estava seguindo sua paixão em *Sexta-Feira 13* – sempre buscando o melhor ângulo – e havia com certeza a impressão de que esse seria o último filme que Sean iria fazer se não fizesse sucesso. Eu creio que Sean estava definitivamente preparado para fazer alguma outra coisa na vida caso *Sexta-Feira 13* não tivesse feito sucesso."

Outro sinal positivo – ao que parecia – era o clima. Normalmente fazia frio em Blairstown no final de agosto – razão pela qual a temporada no acampamento No-Be-Bo-Sco terminava na metade desse mês –, mas estava supreendentemente ameno e ensolarado na véspera do início das filmagens, uma temperatura agradável de 24 graus.

PARA OS INICIANTES, REPRESENTAVA UMA CHANCE DE SIMPLESMENTE FAZER UM FILME, MESMO QUE NÃO HOUVESSE EXPECTATIVA DE QUALQUER SUCESSO

Isso mudou dramaticamente durante a segunda metade do cronograma de filmagens de *Sexta-Feira 13* quando temperaturas congelantes de até 1 grau invadiram Blairstown e forçaram Cunningham e sua equipe a fazer diversos ajustes. Da mesma forma, o cronograma de filmagem e o roteiro necessitavam de diversos efeitos de chuva, sob a supervisão do especialista em efeitos atmosféricos Steven Kirshoff, e embora certamente chovesse bastante durante as filmagens, isso nunca acontecia quando o elenco e a equipe estavam esperando. "Nós usamos mangueiras de incêndio para a chuva, com a ajuda do caminhão de bombeiros local, e eu me recordo que usei caixas de refletores para os trovões", relembra Steven Kirshoff. "Choveu bastante durante as filmagens e começou a fazer muito frio."

No início de setembro de 1979, na véspera do início das filmagens de *Sexta-Feira 13*, nada disso importava. O aroma do acampamento de verão ainda era palpável no local e o elenco e a equipe estavam ansiosos por uma filmagem despreocupada, alegre e relativamente fácil.

"Quando começamos as filmagens, fazia 24 graus e estava bem confortável", relembra Virginia Field. "A temperatura então caiu para 1 grau na metade das filmagens até o final, e estávamos com as bundas congelando!" "No início das filmagens, estávamos todos vestindo shorts e camisetas", relembra Richard Murphy. "A chuva que foi usada no filme era bem barulhenta porque Steven Kirshoff não podia pagar por bombas d'água e terminou usando o caminhão de bombeiros. Eu me lembro que 750 galões foram derramados do caminhão para criar a chuva torrencial do filme, e isso gerou muito retorno com relação à minha gravação de som."

"O clima no início era facilmente de 24 graus e na metade – até o fim – das filmagens chegou a cair para algo entre 1 e -3 graus", relembra Tad Page. "Estava tudo verde no início das filmagens e então começaram as cores do outono ao final do processo, e estava nevando. Eu me lembro de que começamos o trabalho sem camisa no calor do verão e terminamos varrendo a neve dos telhados das cabanas para não dar erro de continuidade no filme. Havia um gerador no acampamento, aquele que aparece no filme; eu me lembro que estava sempre falhando até que e em um ponto eu intercedi e, junto com o operador de som – Richie [Richard] Murphy de *Law & Order* –, passamos um bom tempo debruçados no gerador de energia num clima terrível até que finalmente conseguimos consertar um cabo distribuidor defeituoso."

"Clima congelante", relembra Robert Shulman. "À medida que a filmagem continuava, ia ficando cada vez mais frio, nós tínhamos aqueles aquecedores salamandra (portáteis), além de uma tenda para buscarmos refúgio depois de terminarmos de filmar alguma cena. A tenda estava sempre cheia."

NA VÉSPERA DO INÍCIO DAS FILMAGENS,
O ELENCO E A EQUIPE ESTAVAM ANSIOSOS
PELO TRABALHO DESPREOCUPADO,
ALEGRE E RELATIVAMENTE FÁCIL

Sexta-Feira 13 não era o único filme de terror independente em produção nessa época. Enquanto ele estava sendo feito em Blairstown, o filme *slasher A Morte Convida para Dançar* (*Prom Night*) estava sendo rodado em Toronto, Canadá, com um orçamento de 1,2 milhão de dólares e a estrela de *Halloween*, Jamie Lee Curtis, como protagonista. Além disso, o filme de terror independente *Mensageiro da Morte* (*When a Stranger Calls*) havia sido comprado para distribuição pela Columbia Pictures, que estava preparando o filme de 1,5 milhão para ser lançado no final de outubro de 1979.

O elenco e a equipe de *Sexta-Feira 13* não sabiam nada a esse respeito, ou qualquer outra coisa que estivesse acontecendo no mundo real. Eles estavam completamente isolados. Não havia saída. Não havia regras.

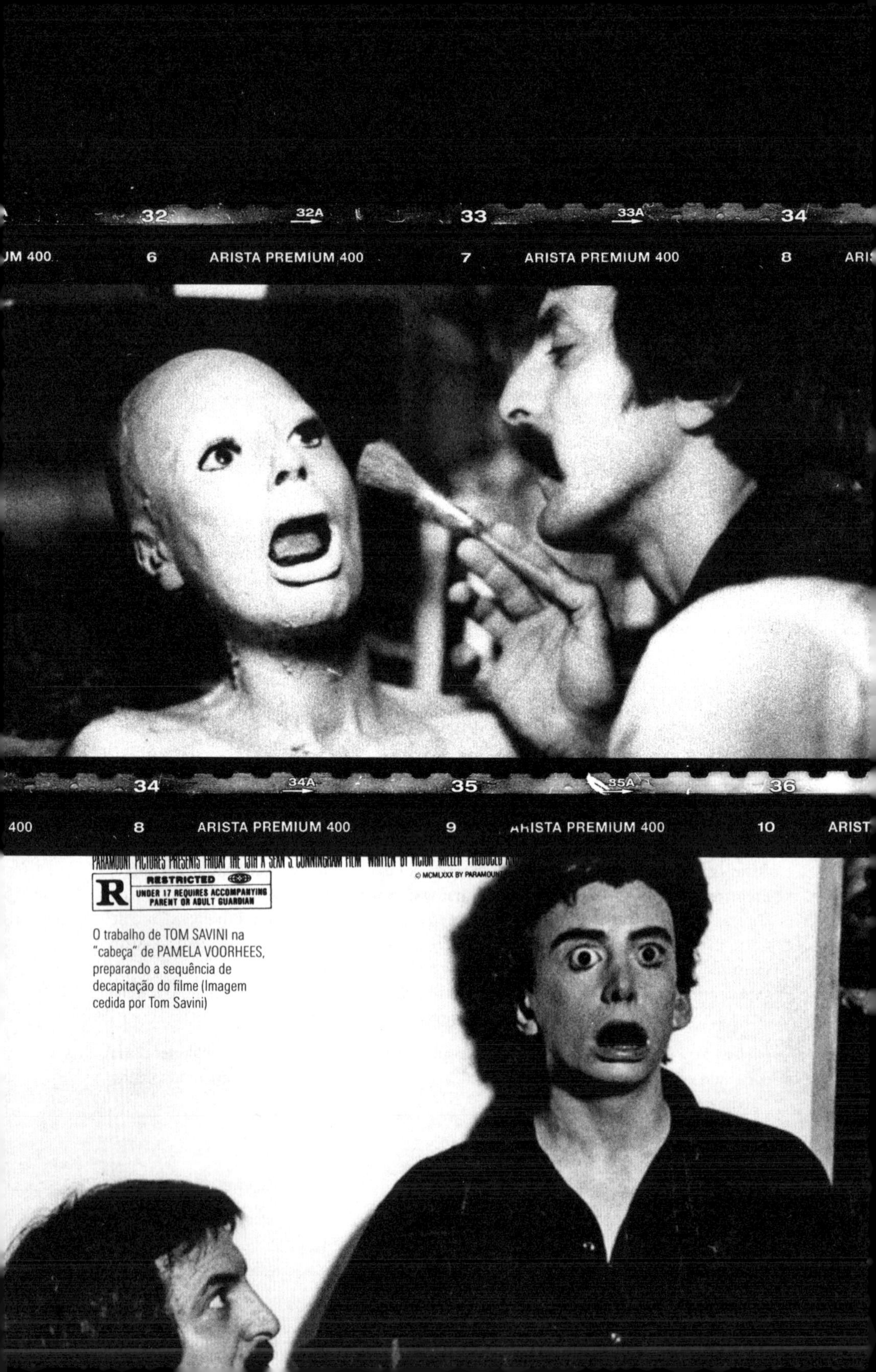

O trabalho de TOM SAVINI na "cabeça" de PAMELA VOORHEES, preparando a sequência de decapitação do filme (Imagem cedida por Tom Savini)

O EFEITO SAVINI

Embora houvesse algum debate sobre se o especialista em efeitos especiais Tom Savini - que reconhece sofrer de uma péssima memória para detalhes cronológicos - estava no acampamento No-Be-Bo-Sco antes do primeiro dia de filmagem, ou se havia chegado depois, não há argumentos contra o efeito que Savini causava no elenco e na equipe de *Sexta-Feira 13*, e no filme em si.

Calmo, inteligente, espirituoso e atencioso, quando em seu comportamento normal, a paixão de Savini por seu trabalho tendia a trazer à tona o alter ego oculto de "cientista maluco", poderosamente representado em todos os seus trabalhos de efeitos especiais que fez durante a década de 1970 e o início de 1980.

Esse com certeza foi o caso com o trabalho de Savini em *O Despertar dos Mortos*, com seus efeitos fantasmagóricos, mas com *Sexta-Feira 13* Savini alcançou um novo nível com relação a imagens inovadoramente grotescas. Ninguém no elenco e na equipe de *Sexta-Feira 13* - nem mesmo Sean Cunningham - estava preparado para a força dinâmica que era Savini. Enquanto Savini em si era calorosamente recebido pelo elenco e equipe, especialmente aqueles que passariam muitas horas em sua cadeira de barbeiro, seus métodos crus e por vezes pouco ortodoxos tinham um efeito chocante naqueles ao seu redor.

"Minha memória mais vívida de Savini é feita de látex", relembra James Bekiaris com uma risada. "Ele estava sempre trabalhando com látex, e sempre coberto de sangue. O maior desafio para a equipe, em trabalhar com Tom, era filmar seus efeitos para que pudessem rasgar ao mesmo tempo no filme, e para o sangue jorrar, da forma que Tom tinha pensado."

"Tom Savini tinha chegado e ele era no mínimo impactante", relembra o operador de câmera Richard Berger. "Tom gostava de se apresentar fingindo que tinha sofrido um acidente, ou segurando seu pescoço e fazendo sangue jorrar pra fora dele. Ele também encenou um acidente de carro com Taso [Stavrakis] que foi fora de série. Eles estavam deitados no chão na frente do carro, e parecia que tinham sido atropelados e estavam mortos, mas era tudo uma brincadeira."

"Muitos dos efeitos que estavam no roteiro tinham sido descritos de uma forma que deixava muito à imaginação para que pudéssemos fazer uma versão alternativa caso não fosse possível fazer um efeito especial que funcionasse", relembra Cunningham. "A cena da garganta do Kevin Bacon foi um exemplo primoroso. Eu não tinha ideia de como a gente ia filmar aquela cena, mas Tom disse que ele conseguiria e realmente conseguiu. E isso continuou acontecendo durante as filmagens, com Tom simplesmente fazendo mágica. Tom trouxe criatividade e imaginação à *Sexta-Feira 13* que não estavam no roteiro, e não era parecido com nada do que eu tinha imaginado. O maior problema que tive com Tom foi lutar com a tentação de exibir efeitos especiais demais no filme e por muito tempo. Tom é um gênio tão grande que você sente que deveria fazer mais uso do seu trabalho, mas não era isso o que eu queria. Eu queria que o filme fosse como um passeio de montanha-russa onde você tivesse umas sacudidas aqui e ali."

"Assim que Savini chegou, houve muito sangue", disse Virginia Field com um riso. "Com a cena do Kevin Bacon, eu me lembro que nós tivemos que construir a cama para que Kevin pudesse se levantar de uma posição horizontal, por debaixo da cama, e enfiasse sua cabeça e pescoço verticalmente atravessando a cama, deitando a cabeça no travesseiro, junto ao pescoço falso que Tom havia feito. Eu tive de trabalhar levando os efeitos especiais de Tom em consideração, e o elogiei por isso."

"Não tinha como nós termos antecipado a mágica de Tom Savini, o que estava originalmente no papel e o que foi visto na tela foram coisas incrivelmente diferentes", disse Adrienne King. "Sabe aquilo que dizem sobre uma imagem valer mais do que mil palavras? Nesse caso ela valia mais do que mil gritos!"

"Minha impressão de Tom era a de que ele tinha um grande ego e era um verdadeiro fanfarrão durante os primeiros estágios da filmagem", relembra Daniel Mahon. "Ele sempre levava consigo esse 'livro' que estava cheio de imagens de seu trabalho, e eu acho que ele fazia isso para mostrar o quanto era importante e maravilhoso. Tudo isso mudou depois quando os olhos de Harry Crosby sofreram uma queimadura, e todos nós pensamos que Harry tinha ficado cego. Tom mudou depois disso."

"Tom havia acabado de trabalhar com [George] Romero em *O Despertar dos Mortos*, onde eles explodiram um monte de cabeças e acho que Tom trouxe aquela mentalidade para *Sexta-Feira 13*", disse Richard Murphy. "Em *O Despertar dos Mortos*, Tom ficava perto da câmera com uma espingarda e explodia a cabeça de um manequim em pedaços bem na frente de George. Tom trouxe a mesma mentalidade para o nosso filme, como na cena onde a garota está em pé na frente do campo de arco e flecha e a flecha passa rente a ela, e eu creio que levou um tempo para que ele se reajustasse e diminuísse um pouco a tensão."

"Tom era uma grande figura", relembra Tad Page. "Taso e Tom fingiram um acidente de carro onde você via Tom e Taso deitados na rua, se fingindo de mortos, até eles darem um salto. Quando estávamos na fila para a comida, Tom acertava Taso com sua bandeja, que bloqueava com a mão e esquivava, como um lutador. Tudo era uma brincadeira para aqueles caras."

"Creio que a equipe teve uma espécie de reação mista a Tom no começo", disse Robert Shulman. "Ao mesmo tempo, acho que estávamos todos com um pouco de inveja do grande talento dele, da sua capacidade de trabalhar sem ser supervisionado e da sua habilidade de criar truques de mágica."

"Era uma maravilha!", relembra Jeannine Taylor sobre trabalhar com Savini. "Eu deveria ter tirado fotos enquanto Tom estava trabalhando, ou ter pedido que alguém tirasse algumas. Tão interessante, e um pouco assustador, quando os olhos, boca e nariz de alguém estão cobertos com gesso, com um canudinho saindo de cada narina para que você pudesse respirar. (Tipo, você pensa 'E se meu nariz entupir?') Definitivamente uma experiência estranha, deliciosamente arrepiante, e depois poder ver a réplica perfeita de sua própria face olhando de volta para você. Bem estranho e maravilhoso." "Eu fiquei impressionada com Tom e Taso", relembra Cecelia Verardi, que trabalhou, junto com Taso Stavrakis, como assistente de efeitos de maquiagem de Savini. "Passei muito tempo com eles quando estavam fazendo a cabeça de Betsy Palmer. Eles eram cientistas malucos. Tom tinha um olhar maluco. Ele amava criar horrores que fossem chocar e surpreender os outros. Taso era bastante artístico e criativo, suave, doce. Taso complementava Tom, que realmente era um cientista maluco."

DESENHANDO JASON

A filmagem da primeira grande cena de *Sexta-Feira 13* aconteceu na última semana de agosto, logo antes da grande parte do elenco e equipe chegarem. Era a sequência do afogamento onde o jovem Jason, interpretado por Ari Lehman, é visto se debatendo nas águas do acampamento Crystal Lake no sonho de Pamela Voorhees.

Apenas Barry Abrams, Sean Cunningham, Ari Lehman, Tom Savini, Taso Stavrakis e poucos outros estavam presentes na locação a esse momento. Lehman depois iria reaparecer em Blairstown no final do cronograma de filmagem para filmar a cena climática do lago. "Na realidade, eu estive no set em três momentos diferentes", relembra Lehman. "A primeira vez foi no verão, quando filmamos a cena da sequência do afogamento vista no flashback de Pamela. Da primeira vez que filmamos essa sequência, Sean Cunningham não gostou da forma como a maquiagem apareceu na tela; ele sentiu que estava muito assustadora. Ele então pediu que Tom Savini fizesse o jovem Jason mais patético e menos repulsivo. Da segunda vez funcionou. Apenas Tom, Taso e Sean e a equipe estavam naquela época no verão. Sean queria ter certeza de que os efeitos especiais funcionariam bem, então ele nos pediu que começássemos a trabalhar na cena do afogamento o mais cedo possível para caso fosse necessário realizar alguma mudança, o que foi preciso. Terminou sendo um bom plano, especialmente quando Sean decidiu pelo final surpresa, o que ficou muito mais fácil de fazer agora que nós tínhamos feito a outra cena primeiro. O resto é história."

Lehman relembra que foi mais ou menos nessa época, da filmagem da cena do afogamento, que Sean Cunningham, Victor Miller e Tom Savini enfim criaram a cena climática do lago em que Jason surge do fundo e ataca a personagem de Alice. Enquanto Ron Kurz, Miller e Savini já reivindicaram cada um a autoria dessa cena, em momentos diferentes, Miller e Savini também citaram a cena climática do filme de terror de 1976, *Carrie*, como uma importante inspiração. Cunningham sempre declarou que nunca havia visto o filme dirigido por Brian DePalma antes de *Sexta-Feira 13* ter sido finalizado. "Depois disso [a filmagem da sequência do afogamento], eu pensei que tinha terminado, baseando-me no roteiro", disse Lehman. "Contudo, depois que Sean Cunningham viu o final surpreendente de *Carrie*, ele adicionou um final surpresa a *Sexta-Feira 13* também. Ele, Victor Miller e Tom Savini conceberam uma sequência de um sonho onde o jovem Jason emerge do Crystal Lake. Eu voltei para o set em outubro para filmar a famosa cena final. Foi em torno daquela terceira vez no set que eu conheci Adrienne King, Harry Crosby, Kevin Bacon e os outros atores."

A OFERTA

Enquanto Cunningham e Miner controlavam a produção, em consultoria com Philip Scuderi e seus sócios da Georgetown Productions, a equipe de *Sexta-Feira 13* respondia diretamente ao diretor de fotografia Barry Abrams, principalmente, e também ao operador de câmera Braden Lutz.

Barry Abrams não era apenas bastante respeitado pela equipe, em que todos eram seus amigos, mas também por Cunningham. Eles tinham se tornado grandes amigos e Abrams representava o lado criativo, que normalmente se encontrava dormente do cérebro de Cunningham. "As filmagens continuaram bem e Barry e Sean eram duas pessoas bem diferentes que mesmo assim trabalhavam muito bem juntos e eram ótimos amigos", disse Virginia Field. "Sean era um homem de negócios, bem simples, enquanto Barry era cheio de paixão e criatividade. A filmagem correu muito bem."

O tanto de consideração e respeito que Cunningham tinha por Abrams era evidente antes mesmo do início das filmagens de *Sexta-Feira 13* quando ele, junto com Steve Miner, ofereceu a Abrams um acordo de participação nos lucros de *Sexta-Feira 13* no lugar de um salário, que terminou, como mencionado, sendo de mais ou menos 750 dólares por semana. Cunningham ofereceu tal acordo a outros membros da equipe – e faria a mesma oferta à atriz Betsy Palmer depois, durante a produção quando ele tentava lhe contratar para o papel de Pamela Voorhees –, mas Abrams foi a primeira pessoa que Cunningham abordou com tal oferta.

CUNNINGHAM OFERECEU A ABRAMS UM ACORDO DE PARTICIPAÇÃO NOS LUCROS, QUE ELE ACABOU RECUSANDO

Tendo trabalhado com Cunningham e Miner anteriormente em *Here Come the Tigers* e *Manny's Orphans* – nenhum dos quais deram muito retorno financeiro – e desgastado pelas diversas produções de baixo orçamento pela década de 1970 que pouco deram resultado, Abrams – que se sustentou, como muitos da sua equipe o fizeram, através de trabalhos em comerciais e filmes técnicos/industriais – rejeitou de vez a oferta, que o teria feito milionário ao longo das décadas seguintes. "Sean e Steve me ofereceram uma fatia do filme e eu disse 'não' a eles", relembra Abrams. "Eu gostava de Sean, e éramos amigos, mas eu não achava que *Sexta-Feira 13* fosse fazer muito mais sucesso do que seus filmes anteriores, e um contracheque era muito importante pra mim naquela época porque eu tinha uma esposa e um filho pra sustentar. Eu acho que a oferta me fez suspeitar que Sean e Steve estavam sem dinheiro. Foi até estarmos na metade da produção do filme que eu percebi que tinha algo ali – algo que poderia fazer sucesso – e eu me arrependo de não ter aceitado a proposta, mas na época foi a decisão inteligente a tomar."

"Ofereceram ao Barry ações do filme, mas ele quis um contracheque, e não as ações", relembra James Bekiaris. "A maioria de nós tirava cinco contos por hora, sete e cinquenta se fosse sortudo. Nós estávamos felizes de termos um emprego, somente."

"Sean ofereceu a Barry parte no filme e ele recusou", relembra Daniel Mahon. "Foi algo que fez Barry dar risada."

"Barry era o líder da matilha", relembra Richard Murphy. "Todos nós recebemos ofertas de ações de *Sexta-Feira 13* e todos rejeitamos, especialmente Barry, que riu de Sean e Steve quando eles lhe perguntaram se aceitava uma participação nos lucros ao invés de um contracheque. Barri disse: 'Me dê meu dinheiro'. Ele riu bem na cara deles."

"À medida que as filmagens foram se aprofundando, eu creio que todos nós percebemos que isso era algo que tinha uma chance real de fazer sucesso, especialmente Barry", disse Robert Shulman. "Uma noite, na metade do caminho das filmagens, eu fiquei bêbado com Barry e disse: 'Essa merda de filme vai faturar uns dez milhões de dólares'. E é claro, fez muito mais do que dez milhões de dólares."

O elenco de *Sexta-Feira 13*, no início das filmagens. O diretor de fotografia BARRY ABRAMS (de barba), SEAN CUNNINGHAM (de camisa branca, ao centro) e BRADEN LUTZ (de boné, atrás de Cunningham) em meio a equipe (Imagem cedida por Nalani Clark/Tad Page/Robert Shulman)

ROBBI MORGAN ensaiando com Taso Stavrakis (Imagem cedida por Henri Guibaud)

PRIMEIRA SEMANA

GATAS NA FLORESTA

"Em *Sexta-Feira 13,* estávamos brincando com medos lá da infância referentes a coisas que assustavam a todos nós quando éramos crianças. O que nos assustava mais quando éramos crianças? O isolamento." – ***Sean Cunningham***

Além da localização de filmagem principal no acampamento No-Be-Bo-Sco, muito do resto de *Sexta-Feira 13* foi filmado nos arredores de Blairstown, especialmente dentro e nas redondezas do núcleo do centro da cidade. *Sexta-Feira 13* foi também parcialmente filmado na cidade próxima de Hope, Nova Jersey, com algumas cenas feitas na vizinha Pensilvânia. O cronograma de filmagem preparado antes do início das filmagens exigiu uma produção de cronograma que permitisse as filmagens entre segunda e sábado toda semana - filmando de dia e de noite - com o domingo sendo designado o dia de folga para o elenco e a equipe.

O cronograma de trabalho de segunda à sábado era certamente flexível, como evidencia o fato de que a data de 3 de setembro de 1979 - o dia anterior ao primeiro dia das filmagens principais - caiu na segunda do Dia do Trabalho. O roteiro da produção - ou roteiro das filmagens - usado por todo o filme foi marcado como o terceiro rascunho do roteiro e era de aproximadamente 85 páginas. Esse roteiro datava de 21 de agosto de 1979, e seu crédito ia unicamente para Victor Miller, sem qualquer reconhecimento às contribuições do escritor Ron Kurz. Daí em diante, era o momento do elenco e da equipe, tendo se instalado em Blairstown, fazerem o filme, fazerem *Sexta-Feira 13* e fazerem história.

ANNIE E ENOS

As primeiras cenas filmadas para *Sexta-Feira 13*, na primeira semana de setembro, envolviam a personagem de Annie, interpretada por Robbi Morgan. Nessas cenas, Annie chega à parte central do Crystal Lake em busca de uma carona para o acampamento. Annie consegue uma carona de um caminhoneiro chamado Enos, interpretado por Rex Everhart, ator nomeado ao prêmio Tony em 1978. Ele a leva até quase a metade do caminho para o acampamento Crystal Lake. Então Annie volta a pedir carona, a um jipe, para uma Pamela Voorhees que não é vista na cena.

A cena na qual Annie chega pela primeira vez em Crystal Lake é datada no filme como se passasse em um "dia atual", uma sexta-feira 13 – 13 de junho de 1980, a única sexta-feira 13 entre 1979 e 1980.

Robbi Morgan dirigiu até o local de Blairstown após ser selecionada por Julie Hughes no escritório de entrevistas de Nova York. Uma vez que suas cenas eram completamente separadas do resto do elenco principal, Morgan – que ficou em Blairstown por menos de 48 horas – nunca conheceu Adrienne King nem nenhum dos outros membros do elenco. "Eu me recordo que eu não demorei mesmo muito por lá", relembra Morgan. "Talvez apenas um dia. Eu creio que filmamos as cenas diurnas e depois a cena noturna no acampamento [se referindo à cena onde o corpo de Annie aparece no banco de passageiros do jipe de Pamela Voorhees]. Eu não conheci os outros atores. Fui embora logo após filmar minhas cenas."

Uma vez que Betsy Palmer não havia nem ainda sido selecionada para o papel de Pamela Voorhees, Morgan nunca cruzou o caminho com a atriz durante as filmagens de *Sexta-Feira 13*, mas Morgan e Palmer chegaram a compartilhar uma ligação anterior. "Meu irmão tinha aparecido numa versão para teatro de *Peter Pan* com Sandy Duncan e Betsy Palmer", relembra Morgan, que também tinha um histórico com filmes do gênero, ou algo assim, tendo previamente atuado, como uma atriz mirim, junto de Debbie Reynolds no thriller psicológico de 1971 *Obsessão Sinistra* (*What's the Matter with Helen?*) "Sandy interpretava Wendy e Betsy Peter. Eu costumava topar bastante com Betsy durante anos – entre suas cenas e meus trabalhos como atriz –, mas nunca a vi durante o tempo em que ambas fizemos *Sexta-Feira 13*, nem durante as filmagens nem depois do filme ter sido completado."

A cena na qual Annie chega a Crystal Lake foi filmada na parte central de Blairstown. A equipe filmou ao redor dessa área, assim como em volta da cidade vizinha de Hardwick, embora muitas das cenas filmadas não tenham sido incluídas na versão final do filme.

A cena em que Jack, Marcie e Ned aparecem dirigindo o caminhão de Ned, no caminho para o acampamento, foi filmada na Millbrook Road, no município de Hardwick. A equipe também, como já foi mencionado, filmou algumas cenas diversas em alguns locais aleatórios da Pensilvânia. "Eu me lembro de estar em um posto de gasolina em Hope e filmando algumas coisas por lá", afirma Robert Shulman. "Hope é perto de Blairstown, por isso estávamos sempre por lá. Também fomos a uma cidade na Pensilvânia, que era uma cidade de antiguidades, e fizemos algumas filmagens por lá também."

"Aquela cena onde a garota está caminhando pelo centro da cidade foi filmada bem próxima de uma escola preparatória chamada de Blairstown Academy", relembra Richard Skow. "Eu me lembro que a equipe fez um bocado de filmagens ao redor do local, fora do acampamento, mas eu não creio que essas cenas foram parar no filme."

A cena onde Annie pergunta por direções para o acampamento Crystal Lake representou uma tentativa de Cunningham, uma das muitas, de adicionar uma sensação de pressentimento macabro ao filme. "A cena em que Annie chega à lanchonete e anuncia que está indo ao Crystal Lake, e as pessoas apenas lhe encaram?" disse Cunningham. "Foi apenas uma tentativa de criar um clima, para o público pensar 'Ah, tem algo fora do comum acontecendo por lá!"

Uma vez que Everhart e Morgan nunca aparecem dentro do mesmo quadro enquanto estão no caminhão de Enos, é fácil presumir que Everhart e Morgan possam ter filmado a cena do diálogo entre os dois separadamente. Há também a questão se Everhart chegou a de fato dirigir o caminhão no filme ou se a ilusão foi realizada com efeitos sonoros, como no caso de muitos filmes.

Morgan, por sua vez, não se lembra de ter estado no mesmo caminhão que Everhart. "Enos não estava lá no caminhão quando nós filmamos aquela cena", disse Morgan. "Eu realmente não tinha com quem interagir. Eu estava somente sentada no banco do passageiro e interpretando a minha fala para ninguém. Ou isso, ou eles colocaram alguém no banco do motorista para quem eu pudesse ler minhas falas, mas eu não me recordo de Enos ter estado por lá."

Alguns membros da equipe relembram que Everhart – que morreu de câncer do pulmão no ano 2000 – estava dirigindo o caminhão, em baixa velocidade, e que estava com Morgan. Um fato que não se debate é que o caminhão estava cercado por membros da equipe por toda a filmagem dessa cena. "Rex Everhart estava dirigindo durante aquela cena, inacreditavelmente, porque Braden [operador de câmera Braden Lutz] tinha de estar do lado de fora do caminhão, e tinha de filmar por cima de Robbi naquela cena", relembra Richard Murphy. "Braden Lutz estava na cabine do caminhão para aquela cena, e teve de se pendurar do lado de fora do caminhão para alcançar o ângulo. Eu estava no tanque do caminhão, no topo, para que pudesse captar o som para a cena. Nós terminamos tirando uma foto com o grupo – com Barry, Sean, toda a equipe – em Hope, Nova Jersey quando estávamos filmando a cena inicial no filme com Annie no caminhão de óleo."

NATIONA
BANK
Valley Conservancy Inc.
34
34A
35
35A
36
8
ARISTA PREMIUM 400
9
ARISTA PREMIUM 400
10

CRAZY RALPH

O personagem de Crazy Ralph – ou Ralphie, a Ratazana, como ele ficou conhecido durante a primeira fase do roteiro – foi uma construção de Sean Cunningham e Victor Miller, com o intuito de providenciar uma voz do fim dos tempos. Adicionado no último minuto ao filme por Cunningham, Crazy Ralph não estava nem no cronograma de filmagens.

"Crazy Ralph deveria ser uma espécie de personagem vidente que existe em toda cidade pequena", disse Cunningham. "Ele é o cara que bebe demais, e diz um monte de coisas loucas, mas com um fundo de verdade nelas. Todo mundo acha que ele é doido, mas ele termina estando certo no fim. Eu senti que esse tipo de personagem encaixaria bem na nossa história."

Walt Gorney, o ator que interpretou Ralph, era um veterano da Broadway como Rex Everhart. Gorney – que morreu em 2004 – era um ator sério, dedicado e profissional, mas gostava de se ver, assim como o elenco e a equipe – aqueles que passaram algum tempo significativo com ele durante as filmagens de *Sexta-Feira 13* –, como alguém excêntrico e diferente.

"Walt era na verdade um ator muito bem preparado de Nova York", disse Steve Miner. "Eu me lembro, às vezes, entre as cenas, você o via no canto, falando consigo mesmo, mas quando chegava na hora da cena em si, ele era magnífico."

"Walt era alguém que Sean conhecia", disse Virginia Field, que depois trabalhou com Gorney em *Sexta-Feira 13 Parte 2*. "Estranho."

"Walt vinha para o set somente nos dias de filmagem", relembra Richard Murphy. "Eu me recordo que ele foi vestido, levado para a cidade para a primeira cena, aquela de 'Vocês estão condenados', e então ele voltou para Nova York."

"Walt Gorney era um velho ator dramático muito excêntrico", relembra David Platt, que também trabalhou com Gorney em *Sexta-Feira 13 Parte 2*, assim como em um filme dramático de 1986, *Seize the Day*, de Nova York, no qual Gorney teve uma pequena participação. "Ele era um antigo ator da Broadway que estava sempre preso no personagem, e gostava de estar no personagem. Walt não tinha tanto sucesso como ator quanto gostaria, mas não podia, ou não queria, desistir de atuar."

"Walt Gorney era uma grande figura", relembra Cecelia Verardi, que também trabalhou com Gorney em *Sexta-Feira 13 Parte 2*, onde ela atuou como artista de maquiagem. "Ele era caloroso, excêntrico e brincalhão. Gostava de conversar com as pessoas; qualquer um que fosse falar com ele. O primeiro dia com Walt foi a cena na cidade, no centro de Blairstown, onde ele avisa a garota para ficar longe do acampamento. Foi uma cena bem intensa porque Walt tinha uma presença muito sinistra, especialmente quando estava na bicicleta. Walt tinha uma presença marcante. Walt em si não era nada como o personagem que fez no filme."

27A
28
28A
29
29A
ISTA PREMIUM 400
33
ARISTA PREMIUM 400
34
ARISTA PREMIUM 400

NÃO ENTRE NA FLORESTA

Durante sua curta estadia em Blairstown, Robbi Morgan criou laços com Tom Savini e seu assistente de longa data e amigo, Taso Stavrakis. Para Savini e Stavrakis, trabalhar com Morgan lhes deu a primeira chance de demonstrar sua arte com efeitos de maquiagem, junto com suas habilidades e versatilidades.

Savini e Stavrakis eram, além da proeza dos seus efeitos especiais, mais do que capazes dublês ou coordenadores de dublês. "Durante meu tempo lá, eu passei a maior parte do tempo com Taso e Tom que eram ambos muito divertidos", disse Morgan. "Nós nos demos muito bem."

Para a cena do jipe, o veículo foi dirigido pelo impetuoso Stavrakis, por quem Morgan teve uma atração imediata, e vice-versa. Morgan mesma provou ser uma habilidosa dublê ela mesma durante a cena onde Annie pula do jipe em movimento para escapar. Morgan fez a cena. "Era Taso que dirigia o jipe", relembra Morgan. "Eu me lembro que filmamos as cenas na floresta bem rápido para aproveitar a luz porque eles queriam me levar ao acampamento e fazer a cena do jipe à noite [a cena onde Alice descobre o corpo degolado de Annie no banco de passageiro do jipe de Pamela Voorhees]. Eu sou uma acrobata e dançarina treinada, então pular de um jipe em movimento foi fácil. O carro não estava indo tão rápido quanto parece no filme, mas ainda assim estava se movendo rápido o bastante."

"Robbi Morgan não passou muito tempo no set, mas nós nos demos bem num período curto de tempo", relembra Savini. "Ela ficou 'amiga' do meu assistente."

"Nós três passamos um tempo tão bom que compramos camisas para usar combinando", relembra Stavrakis do seu tempo com Morgan e Savini durante as filmagens de *Sexta-Feira 13*. "Eu creio que foi Robbie que as comprou e elas diziam 'Maníaca Mini' (Robbi), 'Maníaco Menor' (eu) e 'Maníaco Maior' para Tom."

Para Morgan, a cena onde Annie foge lhe exigiu correr pela floresta fechada, enquanto mancava, e então tropeçar em um galho e cair no chão. Stavrakis segurava a faca que cortou sua garganta. "Taso me matou", relembra Morgan com uma risada. "Não foi assustador correr pelos arbustos porque tinham membros da equipe ao meu redor e gritando instruções como 'Corra por aqui, manque dessa forma, vire para cá'. Quando eu parei e olhei para cima, estava olhando para Taso. Ele era um cara tão bonzinho que eu tive que fingir o máximo que pude estar assustada. Eu apenas imaginei que havia um assassino na minha frente; não necessariamente a sra. Voorhees, porque Betsy não estava lá. Era apenas o Taso."

A cena da morte de Annie exigiu que Savini, com a ajuda de Stavrakis, criasse uma aplicação que encaixasse confortavelmente em torno do pescoço e da garganta de Morgan. Também tinha de ser firme o bastante para que Stavrakis pudesse cortá-lo livremente sem atingir Morgan. A "outra" assistente de efeitos de maquiagem de Savini, Cecelia Verardi, também estava presente nessa cena. "O pescoço era uma aplicação de espuma de látex que apliquei em Robbi, em torno de uma bexiga", relembra Savini. "A aplicação estava previamente cortada e quando a faca passa por ela, Robbi levanta a cabeça, abrindo o corte, e então nós bombeamos o sangue através da bexiga."

"Isso era tudo novo para a maioria de nós, e foi chocante presenciar isso pela primeira vez", disse Robert Shulman. "O primeiro assassinato na primeira semana, com a garota na floresta, e Tom Savini criando uma ótima prótese de látex. O sangue simplesmente jorrou de sua garganta. Foi esquisito de assistir."

"Tom tinha alguns facões com bainhas de proteção que tínhamos usado em *O Despertar dos Mortos*", relembra Stavrakis. "Eu creio que foi isso que ele usou na garganta de Robbi para a cena em que ela é degolada."

"Eu me recordo que Robbi Morgan tinha uma aplicação colada em seu pescoço para a cena", relembra Cecelia Verardi. "Por trás da aplicação, tinha uma bolsa de sangue, e eles cortaram até a bolsa para criar o efeito."

Além da arte de Savini, a sequência onde Annie corre pela floresta tem um grande uso do som, especialmente os sons da floresta e da vida selvagem que ecoam por toda a cena. Isso é crédito do trabalho do técnico de som Richard Murphy, cujos efeitos de sonoplastia fornecem um grande complemento ao impacto do efeito da garganta sendo cortada. "O som era bem real na cena onde Robbi foi morta", disse Richard Murphy. "Eu creio que usei as funções *wipe dissolve*, e Braden usou a camisa xadrez para fazer o vilão na cena. A cena foi feita em algumas horas enquanto Tom trabalhava na prótese para a garota. Quando ela coloca a cabeça para trás com a prótese, e Taso a corta, o sangue simplesmente jorra e parecia que a garota teve sua garganta cortada. Era chocante ver algo tão real."

Braden é obviamente o operador de câmera Braden Lutz que faz o assassino aqui, junto com Taso Stavrakis. Embora Stavrakis aplique o golpe na garganta de Morgan, Lutz estava presente, com a faca na mão, no frame anterior. Era Lutz que usava a camisa xadrez vista de relance durante a cena, e são seus pés que são vistos perseguindo Annie pela floresta.

Como operador de câmera, e estando mais próximo do que está acontecendo em qualquer cena, o ágil e fisicamente ameaçador Lutz foi uma ótima escolha para fazer o assassino ou o "perseguidor". Mas Braden Lutz não foi o único membro da equipe que teve esse trabalho. "Todos nós nos revezamos para fazer 'Betsy Palmer' no filme antes de eles selecionarem a atriz pro papel e, se você fosse fazer o assassino, tinha de vestir uma capa de chuva amarela", relembra Richard Murphy. "Todos nós nos revezamos para vestir a capa de chuva amarela, porque havia se tornado o código ou emblema para fazer o assassino no filme. Braden chegou a ser o assassino porque, como operador de câmera, ele era a mão do assassino em todas as cenas. Cindy Veazey fez o papel também. Ela era uma grande amiga de Sean. A grande surpresa foi Peter Brouwer usando a capa de chuva e fazendo o assassino em uma das cenas."

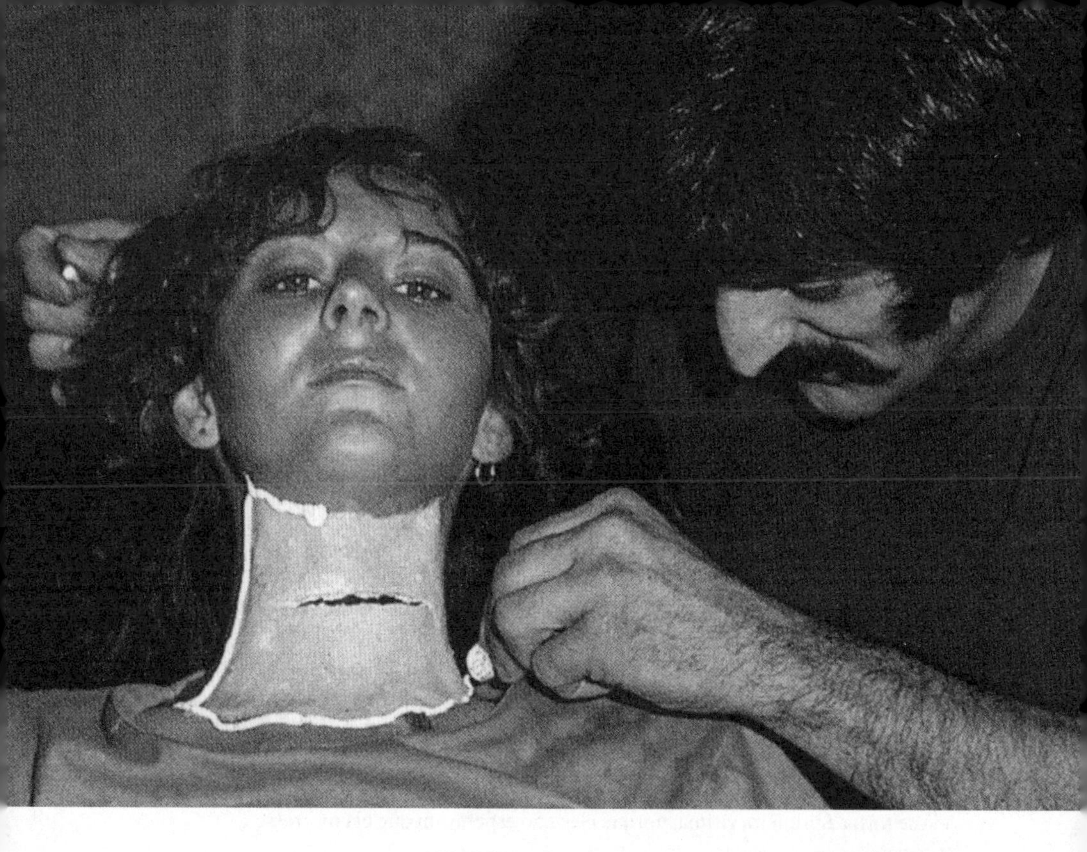

TOM SAVINI ajeita a aplicação no pescoço de ROBBI MORGAN em preparação para a filmagem da cena de morte de Morgan (Imagem cedida por Tom Savini)

O CEMITÉRIO como era em 1979 (Imagem cedida por Tony Marshall)

"Sean e Steve Miner não tinham se decidido por um vilão até muito tarde nas filmagens", relembra Robert Shulman. "Muitos de nós estávamos vestidos em capas de chuva em um momento ou outro quando um relance do assassino era necessário, então o tamanho variava um pouco, embora fosse sempre no escuro. Os meninos [Cunningham e Miner] estavam tentando fazer uma fila com atrizes que não mais estavam em seus dias de glória. Eles foram rejeitados por várias antes de acertar com Betsy Palmer. A questão era que, não ter a assassina no elenco, provavelmente alterou partes do cronograma."

"Eu me recordo que Tad Page e Braden Lutz vestiram as botas do assassino e usaram a capa de chuva amarela no filme", relembra Cecelia Verardi. "Até que escalaram alguém para fazer a assassina, eles filmaram o máximo que podiam sem ter a necessidade de ter uma atriz ali, então diferentes pessoas da equipe se revezaram no lugar do assassino, mas era quase sempre Braden e Tad."

Com Annie, e seu final macabro, Cunningham estava tentando imitar o filme *Psicose* ao introduzir uma possível heroína ou protagonista que é morta logo em seguida. Sobre esse aspecto, Annie foi a Marion Crane de *Sexta-Feira 13*, a icônica personagem interpretada pela atriz Janet Leigh em *Psicose*. "Eu estava inteiramente ciente daquele modelo de *Psicose*", disse Cunningham. "Que estabelece que a primeira garota a quem você é apresentado morre. Eu intencionalmente sugeri Annie como a protagonista, e ela não era protagonista coisa nenhuma. É por isso que penso que o público fica tão surpreso quando ela se torna a primeira vítima, porque eles não esperavam que ela morresse."

O CASO DO APÊNDICE ROMPIDO

Além do operador de câmera Robert Brady, que foi demitido durante as filmagens, o outro membro da equipe de *Sexta-Feira 13* que deixou Blairstown antes do final do filme foi Katherine (Katharine) Vickers. Ela foi contratada para ser tanto cabeleireira quando maquiadora. Diferente de Brady, Vickers não foi demitida, mas sim sofreu um rompimento do apêndice durante as filmagens que a incapacitou de continuar e a forçou a deixar o set.

Como resultado, a tarefa de cabeleireira e maquiadora ficou por conta de Cecelia Verardi que estava, no mínimo, em uma curva bem íngreme de aprendizado. "Eu era o elo entre os atores e a produção de *Sexta-Feira 13* e um dos meus trabalhos principais era ter certeza de que os atores chegariam à cabana de maquiagem, ou na área da filmagem, na hora, diariamente", relembra Verardi. "Foi assim que me tornei tão amiga de Laurie Bartram e Harry Crosby. Eu tomei conta da maquiagem quando a primeira maquiadora, Katherine Vickers, teve um rompimento do apêndice e teve de deixar o filme. Ela depois me enviou um cartão-postal ressentido, me culpando por ter ficado de fora das filmagens. Ela ficou com raiva de mim por ter pego seu trabalho."

TRÊS VÍTIMAS

Além das cenas com Annie, as imagens mais significantes feitas na primeira semana de filmagens envolveram os personagens de Jack, Marcie e Ned.

Essas cenas implicaram um longo monólogo da parte de Marcie, a cena de sexo entre Jack e Marcie, e as mortes dos três personagens. A criação do conceito e filmagem da cena de morte de Jack, em particular, provou ser o primeiro grande teste para Sean Cunningham, Steve Miner e Tom Savini. Se Savini já era uma estrela em ascensão no mundo dos efeitos por consequência de *O Despertar dos Mortos*, a execução da cena da morte de Jack – ou "o efeito flecha na garganta de Kevin Bacon" – iria elevar o perfil de Savini ao status de ícone.

Como o resto dos membros do elenco, Kevin Bacon, Mark Nelson e Jeannine Taylor não estavam nem minimamente preparados para o que teriam de enfrentar. No filme, Jack, Ned e Marcie são claramente três garotos em idade universitária que viajam ao acampamento Crystal Lake para uma aventura de verão antes do início de um mais um ano na faculdade.

Nelson e Taylor não tinham experiência com as câmeras antes de *Sexta-Feira 13* e, portanto, tiveram de se adaptar ao processo cinematográfico. O papel de Bacon em *O Clube dos Cafajestes* lhe deu algum grau de fama entre certos elementos do elenco e equipe.

"Não havia qualquer tipo de processo de ensaio", relembra Taylor. "Eu não sei como o processo de seleção funcionou porque eu fiz minha entrevista sozinha para Barry Moss e Sean Cunningham, e então apenas com o Sean mais uma vez, mas parece que eles estavam procurando por tipos contrastantes para nós três e eu acho que eles conseguiram alcançar essa mistura. Quanto a estar intimidada pelo papel de Kevin em *O Clube dos Cafajestes*, eu não tinha ideia que ele estava naquele filme, porque eu não tinha visto o filme nem sabia nada a respeito dele (assisti depois e achei hilário). Kevin era muito modesto e nunca mencionou que tinha estado em um grande filme."

"Eu gostava de Jeannine e Kevin bastante, mas não, não éramos grandes amigos e não estávamos curtindo uma aventura inconsequente", disse Mark Nelson. "Estávamos tentando fazer o melhor trabalho possível em nosso primeiro filme, em um tempo muito curto. Eu não me recordo se nós três viajamos do set até Nova York durante as filmagens, mas eu duvido porque a filmagem era muito breve. Trabalhei no filme por mais ou menos duas semanas, e acho que estávamos todos juntos naquele período."

"Eu honestamente não me recordo de ter tido qualquer problema de adaptação à terminologia cinematográfica", disse Taylor. "Sean sabia que eu não tinha experiência na área além de alguns comerciais, então creio que ele tenha propositadamente mantido tudo o mais simples possível para mim. Eu me recordo que estava movendo minha cabeça demais no começo, e ele mencionou que eu precisava mantê-la mais estável para as câmeras. Quando vi o filme muito depois, achei que parecia que eu estava me escondendo das câmeras em alguns momentos. O treinamento de atores que tive com William Esper em Nova York destacava o tipo de estilo naturalístico que era preciso para muitos trabalhos de filme e TV, então eu não estava totalmente despreparada."

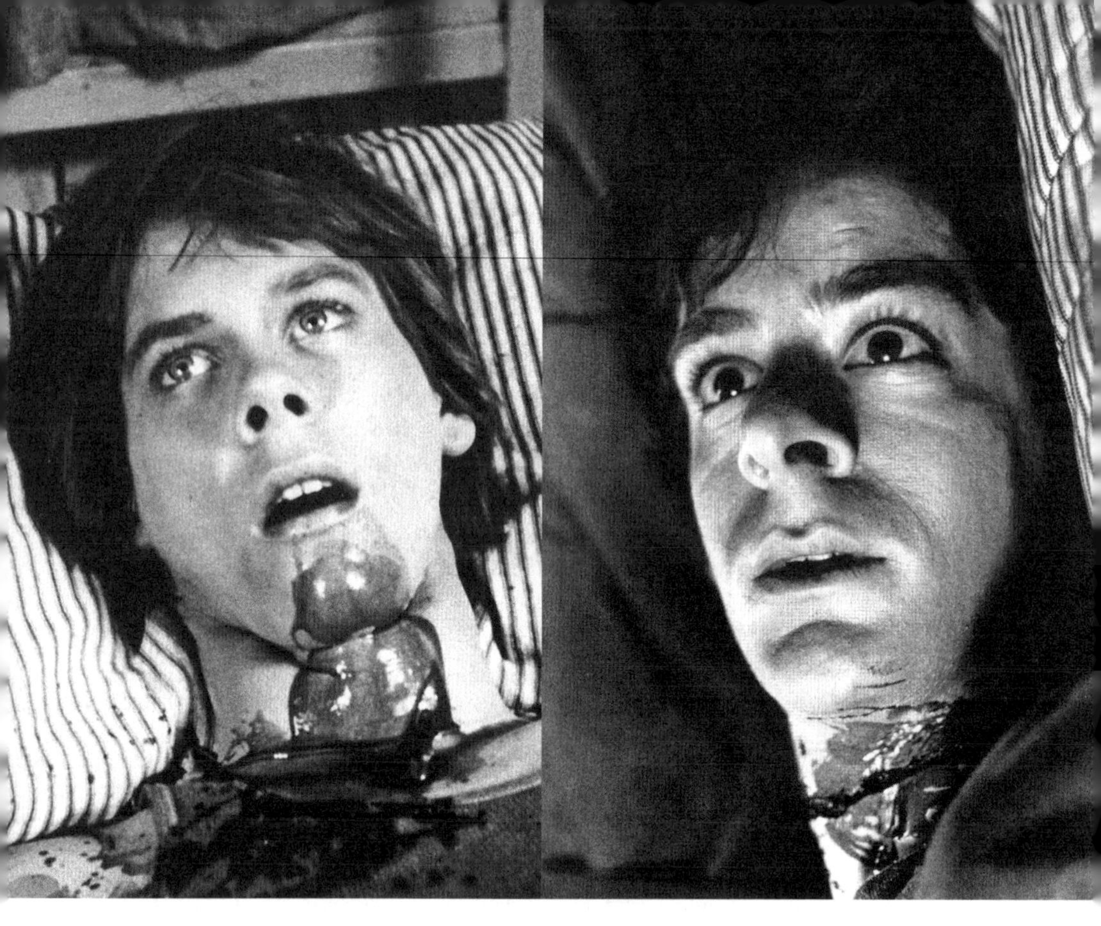

A realização com sucesso da sequência flecha-atravessando-o-pescoço necessitou da colaboração de diversas pessoas (Imagem cedida por Harvey Fenton)

Steve Miner e Tom Savini colaboraram na encenação da morte de JACK (Imagens cedidas por Harvey Fenton [pg. ao lado] e Tom Savini [acima])

Imagem do efeito da garganta cortada de Ned (Imagem cedida por Harvey Fenton)

PREMONIÇÕES

A cena onde Jack e Marcie estão do lado de fora da cabana de Marcie e ela conta a Jack sobre um pesadelo que teve representa o maior monólogo em *Sexta-Feira 13*, junto com o monólogo de Pamela Voorhees mais tarde no filme. A premonição de Marcie é posterior no filme à cena do lago, filmada depois, em que Marcie acha que vê alguma coisa ou alguém escondido por trás das árvores.

A parte final do pesadelo de Marcie acontece na cabana dos banheiros/chuveiros, logo antes da sua morte, quando ela afasta uma cortina, não vê nada e comenta "Deve ser minha imaginação" logo antes de virar e ficar face a face com seu assassino até então misterioso. "Bom, a premonição de Marcie já havia sido escrita no roteiro, a ela compartilha seu medo quando fala sobre um pesadelo recorrente, então existe essa apreensão", diz Taylor. "Eu tentei usar esse sentimento onde ele fosse necessário, e esquecê-lo por completo onde não fosse. A personagem tem um medo que lhe atormenta, mas não é uma pessoa 'medrosa', se é que isso faz sentido."

NED NA CAMA

Nas primeiras versões do roteiro de *Sexta-Feira 13*, o personagem de Ned tinha sido criado como um cara musculoso que sofria de poliomielite. "Eu me lembro de ter lido uma versão no roteiro que dizia que Ned tinha pólio, e eu acho que eles decidiram apenas por abandonar aquilo e manter o personagem simples", disse Mark Nelson. "Eu via Ned como um cara de alma gentil que usava o humor para esconder suas inseguranças."

O único elemento constante do personagem de Ned nos rascunhos dos roteiros era o seu traço brincalhão. Essa persona serviria como modelo para incontáveis filmes de terror futuros, sobretudo nas sequências de *Sexta-Feira 13*. O filme *slasher O Trem do Terror* (*Terror Train*), filmado no outono de 1979 e lançado logo após *Sexta-Feira 13*, em 1980, também tinha um personagem similar, assim como *A Morte Convida para Dançar*. Mas Ned estabeleceu o padrão do palhaço que incontáveis filmes de terror *slasher* futuros – mais notoriamente *Chamas da Morte* (1981), e *Halloween II* (1981) – imitariam: se você é um piadista, se faz situações graves parecerem leves, você morre.

Ironicamente, Steve Miner tentou depois virar a mesa nessa fórmula em *Sexta-Feira 13 Parte 2* (1981), ao introduzir um personagem brincalhão que por pura sorte consegue evitar a morte. Essa foi uma rara exceção. Muito como *Halloween* estabeleceu que sexo antes do casamento era uma sentença de morte, *Sexta-Feira 13* estabeleceu que ser engraçado, ou o clássico personagem-palhaço, também o era.

Nelson relembra que era o garoto de 14 anos Ari Lehman a figura sombria que estava em pé na entrada da cabana dele quando este se aproxima para entrar. Se for verdade, essa sequência deve ter sido filmada na última semana das filmagens quando Lehman retorna ao acampamento.

Uma vez que Lehman terminou, sim, conhecendo Nelson, Kevin Bacon, Harry Crosby e o resto dos membros do elenco durante sua visita final a Blairstown, essa pode muito bem ser uma falsa recordação, mais de trinta anos após o fato. "Eu me lembro, sim, que era Ari que estava em pé na entrada da Cabana", diz Nelson. "Não havia ninguém dentro da cabana quando eu entrei e desapareci da tela."

Para a cena onde Ned aparece na cama de cima, com os olhos abertos, garganta cortada de orelha a orelha, Nelson simplesmente tinha de manter os olhos abertos e permanecer parado. Essa foi a tarefa de efeitos especiais mais fácil de Savini, uma vez que a morte de Nelson acontece fora de cena. O roteiro do filme também manteve as exatas circunstâncias da morte de Ned um mistério.

Na adaptação para livro de *Sexta-Feira 13*, de Simon Hawke, publicada em 1987, Hawke descreve um Ned curioso entrando na cabana, quando é agarrado por trás e uma faca lhe abre a garganta. "Quando eu estava na cama de cima, procurei permanecer parado, me fingir de morto, mas não conseguia parar de piscar feito louco", relembra Nelson. "Demorou algumas tomadas para conseguir fazer a cena direito."

Betsy Palmer ainda não havia sido selecionada quando essa cena foi filmada, mas Nelson conheceu a atriz quando ela chegou na segunda metade do cronograma de produção de *Sexta-Feira 13*. "Eu cheguei a conhecer Betsy Palmer na cabana de maquiagem, e ela e Tom Savini fizeram um trote comigo", relembra Nelson. "Betsy estava apoiada com seus cotovelos em uma mesa, com uma mão de prótese na manga direita do seu casaco, que Tom havia lhe dado. Tom nos apresentou. Eu fui apertar sua mão, e a mão direita verdadeira de Betsy surgiu do meio do seu casaco e agarrou a minha. Eu quase derrubo o teto da cabana gritando. Que pena que não filmaram essa cena para o filme."

QUATRO NO CHÃO

Como já foi mencionado, o conceito do personagem de Jack com uma flecha atravessando sua garganta, por trás, foi algo que o escritor Victor Miller criou nos primeiros estágios do roteiro. Claro, nem Miller nem Cunningham tinham qualquer ideia real de como esse efeito poderia ser trazido à vida. A responsabilidade caiu inteira nos ombros de Tom Savini, que iria vencer esse desafio, mas não sem bastante ajuda e perfeita sincronia.

Embora Cunningham tivesse uma tremenda confiança nas habilidades de Savini, estava cético sobre se esse efeito podia ser perfeitamente realizado e já se preparava para filmar uma versão alternativa da cena, em que Jack simplesmente tinha sua garganta cortada, com a faca vindo por debaixo da cama.

Savini, contudo, estava extremamente confiante que podia fazer o efeito especial funcionar, especialmente desde que tinha realizado um efeito similar de "perfuração de garganta" no filme *Martin* (1978), dirigido por George A. Romero. "O efeito da flecha-atravessando-o-pescoço em *Sexta-Feira 13* foi uma variação de um efeito que eu tinha realizado em *Martin*", disse Savini. "Eu tinha feito um molde do meu amigo, John Maldonado, em *Martin* e trazido aquilo comigo para *Sexta-Feira 13*. Daí, o plano era encher uma sacola térmica com sangue e então enfiar a flecha através da sacola para que o sangue jorrasse. Era um truque de mágica."

O maior desafio provou ser a logística básica de colocar Kevin Bacon na posição adequada por debaixo da cama e fazer o sangue jorrar do molde de pescoço de maneira eficiente e suave. Virginia Field e sua equipe de design tinham cuidadosamente içado a cama para que Bacon, que usou uma roupa colante, pudesse deslizar sua cabeça verticalmente pela abertura na cama, que havia sido rasgada para que parecesse que ele estava deitado normalmente. "Nós usamos a fórmula de sangue de Dick Smith para a maior parte dos efeitos especiais de *Sexta-Feira 13*, e eu tinha começado a usá-la quando fizemos o filme", relembra Savini, mencionando a fórmula de sangue criada pela lenda dos efeitos especiais e de maquiagem Dick Smith. "Nós a usamos para todos os efeitos, mas eu não era tão competente com aquilo, e algumas vezes o sangue não espirrava da forma como eu queria."

A filmagem da cena foi excruciante para Bacon, que teve de permanecer em uma posição curvada, nunca relaxado, por toda a filmagem daquela cena. "Kevin Bacon estava em um colante de corpo inteiro para aquela cena, e o pobre rapaz teve de ficar de joelhos por horas", relembra Richard Murphy. "Nós não conseguíamos pegar um bom ângulo de Kevin deitado na cena, então o pobre coitado teve de ficar de joelhos por seis horas, enquanto Tom e o resto da equipe descobriam o que fazer. Tentamos pegar um ângulo por cima da cabeça do Kevin deitado no beliche, mas aquilo não ia funcionar também, então Kevin teve de ficar debaixo da cama o tempo todo."

Antes da filmagem, Steve Miner e Tom Savini planejaram os detalhes da encenação, que envolvia Bacon, Savini e Taso Stavrakis, todos por baixo da cama, com Savini manejando a flecha por entre o modelo do pescoço e Stavrakis bombeando o sangue por um tubo que estava ligado a uma bomba de sangue. Complicando o assunto, havia o fato de que a cena pedia que uma mão aparecesse por debaixo da cama e segurasse a testa de Bacon logo antes de a flecha atravessar sua garganta.

Entra então Richard Feury, fotógrafo still de *Sexta-Feira 13*, que se viu inesperadamente chamado para ajudar sendo a quarta pessoa embaixo da cama. Embora a contratação de um fotógrafo still possa ser vista como um excesso para o econômico Cunningham, ele já tinha usado anteriormente um fotógrafo desse tipo em *Here Come the Tigers*, e Feury, como a maioria da equipe, era entusiasmado, talentoso e barato. "Esse era o meu primeiro trabalho e ele consistia basicamente em tirar fotos publicitárias que pudessem ser usadas para promover o filme", relembra Feury. "Eu ficava de fora durante as cenas e esperava até que os atores ensaiassem a cena, então eu entrava e tirava minhas fotos. Era isso que eu estava fazendo para a cena com Kevin Bacon quando me pediram para fazer uma participação nela."

Precisando de uma "mão" para a cena, Cunningham e Miner olharam ao redor para a pequena equipe na cabana quando as mãos de Feury chamaram a atenção de Cunningham e Miner. "Nós estávamos todos ao redor do Kevin, tentando entender como resolver essa cena, e Sean e Steve perceberam que precisavam de uma mão para a cena, e uma mão de aparência suave, porque o assassino no filme era uma mulher", relembra Feury. "Eu lembro que Steve se virou e olhou para mim, para minhas mãos, e disse 'Você tem mãos bonitas. Pra debaixo da cama'. E foi isso."

Com todo o planejamento feito, finalmente era a hora de filmar a cena. De acordo com todo mundo que estava presente na cabana, a filmagem começou de maneira perfeita, totalmente em sincronia com a encenação que Miner e Savini tinham feito antes. Havia só um problema. O sangue que deveria ter jorrado da garganta de Bacon falhou em se materializar.

Para todos os propósitos, a cena tinha de ser feita em uma tomada, então qualquer problema tinha de ser corrigido durante a filmagem real, na hora. "Isso era, basicamente, uma oportunidade única, e o que aconteceu foi que a mangueira da bomba de sangue se soltou", relembra Stavrakis. "A coisa toda por pouco não foi pro espaço de vez."

Foi Taso Stavrakis que, por debaixo da cama, puxou a mangueira e soprou o mais forte que pôde até que o sangue, afinal, voasse para fora. "Eu tive de pensar rápido, então peguei a mangueira e soprei como louco, o que, felizmente, causou um fortuito jorro de sangue arterial", disse Stavrakis, que relembra Feury como tendo mãos especificamente 'delicadas'. "O sangue não tinha um gosto muito ruim também."

A finalização da cena com sucesso provocou comemorações de alegria do pequeno grupo reunido na cabana, especialmente de Cunningham, pois essa cena representava um prenúncio de boa sorte. "Eu sempre disse que Tom era, de muitas formas, a grande estrela do filme", diz Cunningham. "A cena apenas ilustra a genialidade de Tom, fazendo algo que todos nós pensávamos que fosse logisticamente impossível. Tom era um mágico, e nós perdemos isso com os filmes de hoje. *Sexta-Feira 13* foi um dos últimos filmes em que você podia realmente ver a magia sendo feita por mãos, enquanto os filmes de hoje são todos realizados por CGI."

"Quando filmamos aquela cena com Kevin, foi em um set fechado, porque tinha também a cena de amor entre ele e a garota, que havia sido filmada", relembra Barry Abrams. "Kevin e a garota se divertiram muito fazendo aquela cena juntos, e então Sean deixou Tom tomar conta da cena e fazer sua mágica. Sean tinha confiança absoluta em Tom."

"Eles construíram um pescoço e um peitoral falsos, e eu estava agachado embaixo da cama por horas com minha cabeça enfiada atravessando um buraco", relembra Kevin Bacon. "Era absolutamente terrível, mas eu tive enfim uma morte de filme de terror clássica, que é você fode a garota, fuma um baseado e morre, então está tudo certo."

"A bomba não funcionou e Taso puxou a mangueira e soprou o sangue por ela", relembra Richard Murphy. "Taso só podia fazer isso uma vez. Mesmo alguém como Taso só poderia fazer isso uma vez. Foi um dos melhores exemplos que eu já vi de como resolver problemas na hora."

"Eu cheguei a ver as filmagens da cena da flecha-atravessando-a-garganta e vi Taso ir pra debaixo da cama e soprar por um tubo de plástico quando o mecanismo falhou", relembra Mark Nelson. "Foi maravilhoso de ver."

"Para a cena do Kevin Bacon, o gerador estava realmente falhando, então eu tive de conectar na caixa de eletricidade para manter o gerador funcionando", relembra Tad Page. "Foi pura mágica. O gerador não discriminava. Ele quebrava quando queria quebrar! Quente ou frio, ele servia para ligar os refletores que eram usados em todas as cenas e em qualquer clima, incluindo quando estava chovendo. Me parece que nós 'pisamos' em alguma fiação elétrica da cabana, seja pra cena da flecha-pela-garganta do Kevin ou pra sua cena de 'beijinhos' com Marcie. Sean comentou sobre minha sutileza ao trabalhar com circuitos elétricos como 'Esse homem está pegando fogo'."

"Aquela cena em particular realmente me fez uma estrela", disse Savini. "Era uma cena feita no local com praticamente nenhum corte. Nós não trapaceamos em nada. Todo mundo amou a cena da flecha. Kevin Bacon adorou. Ele achou muito legal."

"Eu pus sangue nele [Kevin Bacon] naquela cena quando foi necessário", relembra Cecelia Verardi. "Eu lembro que Kevin estava muito cansado no momento em que a cena tinha acabado, mas também estava extremamente animado com o que Tom havia feito. Todo o mundo estava feliz. Eu acho que aquela cena fez todo o mundo acreditar que o filme podia dar em alguma coisa, afinal."

SEXO É IGUAL A MORTE

Da mesma forma que o personagem de Ned popularizou o arquétipo do brincalhão no gênero de terror, os personagens de Jack e Marcie estabeleceram outro padrão: sexo em um filme de terror é igual a morte.

A cena de sexo em *Sexta-Feira 13* foi filmada antes da cena da morte de Kevin Bacon, cuja filmagem foi testemunhada por Victor Miller, que tinha viajado para Blairstown para consultar Cunningham e Miner. Assim como a cena da morte de Bacon, a cena de sexo estava no roteiro das filmagens. Embora a filmagem da cena de sexo não necessitasse nem de perto o esforço e a imaginação que foram colocados na cena da morte de Bacon, sua influência seria igualmente importante, por diversas razões.

A cena de sexo em si não mostrava qualquer nudez direta, mas foi mesmo assim bastante gráfica e intensa. "Eu estava extremamente nervosa, porque iria fazer essa coisa tão privada e maliciosa", disse Jeannine Taylor sobre sua cena de sexo no filme com o colega Bacon. "Eu era uma pessoa modesta. Ainda sou, na verdade. Então eu a fiz bem desajeitada. Eu fui realmente muito mal na primeira tomada e sabia disso. Estava chorando por dentro. Com isso, só para mostrar que tipo de pessoa o Sean era, ele disse 'Corta', me pegou pela mão, me levou discretamente para longe do resto do grupo e disse bem devagar e calmamente no meu ouvido: 'Veja, nós podemos fazer melhor do que isso'. Ele foi muito gentil e compassivo em relação a isso, como se quisesse amansar um cavalo arisco ou algo assim. Me acalmou imediatamente. Eu fui um pouco melhor na tomada seguinte."

O aspecto mais significante da cena de sexo entre Jack e Marcie teve a ver com o inescapável fato de que ambos os personagens são assassinados após o ato sexual. Uma mensagem, deliberada ou não, é enviada para o público. Embora *Sexta-Feira 13* não fosse o primeiro filme de terror a igualar sexo com uma morte horrível, *Sexta-Feira 13* – e especialmente suas várias sequências – fez desse conceito uma forma de arte.

O precursor da fórmula sexo-igual-a-morte foi *Halloween*, em que os personagens dos adolescentes não casados Bob e Lynda foram assassinados após a relação sexual.

Os cineastas de *Halloween*, John Carpenter e Debra Hill, disseram que as mortes foram um acaso da circunstância e que não representavam qualquer tipo de julgamento moral severo que o filme, ou os cineastas, quisessem impor a seus espectadores.

"UM ORGASMO É CHAMADO DE UMA PEQUENA MORTE. O FATO É QUE MORTE E SEXO SE MISTURAM..."

De sua parte, Cunningham via a fórmula como meramente uma representação da literatura clássica em que sexo e morte são frequentemente sinônimos. "Eu não quero parecer excessivamente intelectual, mas o orgasmo e a morte são sinônimos na literatura elisabetana", disse Cunningham. "Um orgasmo é chamado de uma pequena morte. O fato é que morte e sexo se misturam bastante, assim como água e segurança são frequentemente ligados em um contexto freudiano. À medida que a pessoa morta na cena é revelada, o orgasmo acontece. Essa referência faz algum tipo de sentido emocional que eu realmente não compreendo. Apenas sei que é verdade."

A atriz Jeannine Taylor, uma das envolvidas na cena de sexo, sente que a correlação entre sexo e morte em filmes de terror é um reflexo da sociedade em si e uma reação a impulsos sombrios que dormem na imaginação dos espectadores. "O assunto encontra-se sendo atacado por feministas e estudiosos do cinema, como todos sabemos, o que acho que é uma coisa boa", diz Taylor. "Vende ingressos, mas por quê? Eu penso que nossa sociedade precisa atentar mais a essa pergunta. Mulheres e homens, ambos precisam saber por que isso vende. Eu tenho um palpite de que uma resposta completamente lúcida, honesta a esse questionamento será mais assustadora que qualquer filme de terror."

A cena de sexo com Jack e Marcie representa o segundo exemplo da fórmula sexo-igual-a-morte de *Sexta-Feira 13*. O primeiro exemplo ocorre no começo do filme, quando os personagens de Barry e Claudette são assassinados após começarem uma atividade sexual. A diferença é que Barry e Claudette ainda não tinham consumado o ato sexual antes das suas mortes, enquanto Jack e Marcie chegaram claramente ao orgasmo no filme.

JEANNINE TAYLOR faz pose junto com a versão falsa de sua cabeça (Imagem cedida por Tom Savini)

A CABEÇA FALSA de Jeannine Taylor não foi usada na filmagem da cena de morte de Taylor. Tom Savini colou o machado na cabeça de Taylor para a filmagem da cena (Imagem cedida por Tom Savini)

A versão completa da cena de morte de Jeannine Taylor (Imagem cedida por Henri Guibaud)

ENCARNANDO KATHARINE HEPBURN

A cena em que Marcie caminha até a cabana do banheiro - construída, praticamente do zero, por Virginia Field e sua equipe de design - e ensaia uma imitação de Katharine Hepburn não estava de forma alguma no roteiro de *Sexta-Feira 13*, e foi inteiramente invenção da atriz Jeannine Taylor, por incentivo de Sean Cunningham e do resto da equipe.

O improviso era uma necessidade, porque o roteiro não continha descrição de diálogo suficiente para preencher o tempo necessário em que Marcie caminha de uma área no banheiro até a cabine dos chuveiros.

A imitação feita por Taylor foi tirada do diálogo de Katherine Hepburn no filme *O Homem que Fazia Chover* (*The Rainmaker*, 1956), uma atuação pela qual Hepburn foi nomeada ao Oscar. No contexto de *Sexta-Feira 13*, a cena serve para aliviar a tensão antecipada pela morte violenta de Marcie com um machado no crânio. "Eu apenas improvisei", relembra Taylor. "Nada foi planejado antes na minha mente. 'Veio pelas ondas do ar', como se diz, e como ninguém gritou 'Corta! O que diabos você está fazendo?', eu pensei que eles pudessem manter a cena no filme. Minha personagem era boba na cena até aquele momento, então veio daí e do espelho. É a conselheira do acampamento imitando a Hepburn, uma imitação ruim, onde ela se acaba de rir. De qualquer forma, era mais divertido do que simplesmente lavar minhas mãos, que era o que eu originalmente deveria fazer."

A CENA DO CHUVEIRO

Marcie na área da cabine do chuveiro representa uma segunda homenagem, agora ao filme *Psicose*, com uma pequena surpresa. Enquanto em *Psicose* a abertura da cortina do chuveiro provoca a violência imediata, a ideia de Sean Cunningham com a cena do chuveiro em *Sexta-Feira 13* era de fazer as coisas ao inverso. Marcie abre a cortina e não acha nada. Então ela se vira e vê o rosto do seu assassino, logo antes de um machado rachar o seu crânio.

"Eu tenho de dar a Virginia Field crédito por aquele set", diz Cunningham. "Contei a ela minha ideia e ela a tornou real. Uma cabana só de banheiros é um lugar onde você está mais vulnerável. É totalmente isolada do resto do acampamento. Qualquer coisa pode acontecer ali e não há ninguém por perto para lhe ajudar. Criei aquele set intencionalmente para filmar com a câmera dolly. Minha intenção era fazer aquele percurso em que uma atriz se vira e caminha por essa longa linha e entra em outro quarto no qual há outra porta que não deve ser aberta. Então ela abre e não há nada lá. A cada momento, você está expondo outra camada, outro lugar escuro."

A chuva ameaçadora que desaba durante a cena se deu graças ao especialista em efeitos especiais Steven Kirshoff, com o auxílio de um caminhão dos bombeiros. "Bem, eu creio que tenha sido na primeira cena noturna, quando um caminhão dos bombeiros chegou ao set e uma tempestade bem realista foi criada", relembra Taylor acerca da filmagem. "Como me lembro, a maior parte da cena do chuveiro foi filmada à noite."

Jeannine Taylor não se lembra de olhar para ninguém da equipe de *Sexta-Feira 13* em particular, nem Braden Lutz nem Tom Savini. "Para o momento do grito, eu estava vendo uma imagem que tinha em minha mente, sem focar em ninguém de verdade", disse Taylor. "Eu me lembro vividamente de ter um machado grudado com cola quente diretamente na minha face. Você não lembraria? Tom Savini estava muito seguro quando fez isso, e eu nunca duvidei, nem por um segundo, que aquilo não iria me queimar, o que realmente não aconteceu, e ele usou muita cola quente para fazer a gosma sangrenta e tudo o mais. Também tirou tudo depois, sem dor alguma, sem causar uma espinha sequer!"

Savini fez um molde da cabeça de Taylor e criou uma réplica bem realista, com a intenção de enfiar o machado na cabeça falsa para a filmagem da cena. Quando o machado falhou ao ficar preso na primeira tentativa, Savini foi forçado a mudar seus planos e se contentou em encaixar o machado na própria cabeça de Taylor. "Nós tentamos, e o machado escorregava da cabeça falsa toda vez", relembra Savini. "Ele não grudava no molde da forma certa, não importava a força que eu aplicasse sobre ele."

"Eu li que o efeito especial com o machado que acertaria o modelo da minha cabeça não tinha funcionado porque o modelo não o prendia, e Tom Savini ficou frustrado com isso", diz Taylor. "O que me surpreendeu foi que ele imediatamente achou uma outra forma, e eu nem cheguei a ficar sabendo que houve um problema, porque ninguém repassou isso pra mim. Todo mundo permaneceu calmo e focado e foi tudo resolvido, e havia algo muito especial sobre trabalhar a noite toda, indo 'almoçar' às três da manhã."

Um pequeno toque de inspiração à sequência do machado-na-cabeça foi a inclusão de uma breve pausa em que o machado atinge a lamparina no teto, forçando o assassino a reajustar rapidamente o machado e baixá-lo de novo, tudo em um só movimento. Isso não foi fruto de uma invenção criativa de Cunningham ou Savini, mas sim o resultado do que aconteceu quando Savini moveu o machado e terminou batendo na luz acima em um corte na cena que foi feito quando Taylor sequer estava presente.

Como Mark Nelson, Taylor também conheceu a atriz Betsy Palmer quando ela chegou no local. "Eu tive de me afastar das filmagens, porque minha garganta estava inflamada, então voltei ao set depois para terminar alguns pequenos detalhes, e era quase outono, com um sopro gelado no ar", relembra Taylor. "Mais uma noite de filmagens e então lá estava Betsy Palmer, em pé nas margens do Crystal Lake, entrando na personagem enquanto esperava pela cena ser preparada. Ela era tão engraçada! Usando o agora famoso suéter folgado da Sra. Voorhees, e literalmente rosnando, baixando o tom da voz para um registro mais baixo e regulando seus passos junto ao lago, 'trazendo ao seu físico' a energia maníaca de sua personagem e ao mesmo tempo mantendo uma conversa perfeitamente normal comigo, apenas dizendo o que quer que fosse em um grunhido assustador, grave. Era hilário, dado a sua imagem glamorosa de 'loira Betsy Palmer', e ela estava realmente se divertindo com aquilo tudo. Era definitivamente surreal, e eu simplesmente amei conhecê-la."

22A
23
23A
24
24A
25

SEGUNDA SEMANA

ENCONTRANDO A SRA. VOORHEES

"Quando meu agente me persuadiu a fazer *Sexta-Feira 13*, eu lhe perguntei 'Você tem certeza de que Bette Davis e Joan Crawford tiveram os seus grandes retornos com esses tipos de filme?' Ele me garantiu que sim. Eu fiz coisas tão horríveis naquele filme, matando todas aquelas crianças." – ***Betsy Palmer***

A primeira semana de filmagem de *Sexta-Feira 13* correu de maneira eficiente, fazendo crescer o nível de confiança do elenco e da equipe em relação a esse projeto poder ter mais valor do que antes aparentava. A execução espetacular do efeito flecha-através-da-garganta foi uma revelação para todo mundo. Tinha convencido Sean Cunningham de que Tom Savini podia realmente pôr em prática todos os efeitos que estavam listados no roteiro da filmagem. Não que Cunningham tivesse qualquer dúvida sobre Savini, mas as cenas de morte no roteiro da filmagem nunca haviam sido feitas em um filme antes.

Embora o clima em Blairstown tivesse esfriado bastante no final da segunda semana, o tempo rigoroso e congelante – que lançou um manto sombrio por toda a produção – não chegou com força total até bem no meio da terceira semana. Então atacou o acampamento com vingança.

O maior evento que ocorreu durante a segunda semana de filmagens, e que teve o maior impacto sobre o filme e também sobre as lembranças do elenco e da equipe, foi a seleção de uma atriz para o papel de Pamela Voorhees. A essa época, o elenco e a equipe tinham filmado o máximo de cenas possível sem ter uma atriz fisicamente presente para esse papel. Com a contratação de Pamela Voorhees ainda não resolvida, o ânimo da equipe começou a cair. Sean Cunningham estava sob forte pressão para encontrar imediatamente uma atriz e levá-la ao acampamento antes de a produção atingir um impasse. Então, Cunningham deixou o set de *Sexta-Feira 13*, por um breve período, para resolver o assunto.

BARRY E CLAUDETTE (E MARIANNE)

Na maior parte, as filmagens de *Sexta-Feira 13* se aproximaram do roteiro de 85 páginas que o elenco e a equipe receberam antes do início das filmagens. Uma clara exceção foi a filmagem da sequência antes dos créditos de abertura, em que os personagens de Barry e Claudette são assassinados.

Originalmente, a sequência - que se passa em 1958 - deveria se desenvolver e culminar na área da floresta do acampamento No-Be-Bo-Sco, mas a filmagem mudou radicalmente em relação ao roteiro e foi feita no primeiro piso do celeiro do acampamento. As razões e circunstâncias envolvendo essa decisão são um profundo mistério dentro da história de produção de *Sexta-Feira 13*.

Além da mudança de locação, há algumas outras pequenas diferenças. Primeiro, o roteiro contém uma chamada que identifica a locação como "acampamento Crystal Lake", além da data, 4 de julho de 1958. No filme, a chamada diz "acampamento Crystal Lake 1958", sem mencionar a data.

No filme, os monitores de acampamento (identificados no roteiro como "monitores em treinamento") estão sentados ao redor de uma fogueira, cantando a música folk "Tom Dooley", enquanto o roteiro contém a letra ("*The river is wide, I cannot cross over...*") da música folk "The Water is Wide". Ambas as músicas haviam ganhado fama através do grupo americano de música folk e pop The Kingston Trio, que desfrutou de sucessos como "Tom Dooley" e "The Water is Wide" (gravada como "The River is Wide") em 1958 e 1961, respectivamente.

Willie Adams, que interpretou Barry, era um jovem ator de Nova York animado em estar em seu filme de estreia. Como muitos jovens atores, Adam era enérgico, entusiasmado e estava disposto a fazer qualquer coisa por uma oportunidade. A estadia de Adam estava programada para ser de um dia de filmagem, relativo à filmagem da sequência de abertura, ou dois dias no máximo.

Debra S. Hayes, de Nova Jersey, que interpreta Claudette, estava também programada para ficar apenas um ou dois dias no local. O restante dos monitores de acampamento na cena de abertura da fogueira eram figurantes escolhidos na própria região de Blairstown.

Além dos personagens de Barry (nome dado em homenagem ao diretor de fotografia Barry Abrams) e Claudette, outro papel foi selecionado para a sequência de abertura: o de Marianne. Ela é uma conselheira de acampamento que Claudette menciona no filme ("Marianne beija tão bem quanto eu?"), mas nunca é vista.

No roteiro de filmagem, Marianne aparece após Barry e Claudette serem assassinados na floresta, e sua expressão de horror é vista quando descobre a cena dessa morte macabra. Nos primeiros rascunhos do roteiro essa personagem tem o nome de "Chloe". Ela era uma provável figurante até que a reescreveram como Marianne, que termina, no roteiro, procurando por Barry e Claudette na floresta. Os rascunhos iniciais do roteiro também têm uma sequência em que uma Pamela Voorhees não revelada entra em confronto com Barry, na qual o dedo anelar dela é decepado.

O roteiro de filmagem deletou o dedo decepado, mas chegou a incluir uma sequência na qual uma voz infantil grita "Me ajude, me ajude" por cima do som, um artifício depois usado quando a personagem Brenda sai na chuva e, após ouvir a voz infantil, é morta na frente do campo de arco e flecha.

Quando Sean Cunningham e Steve Miner decidiram mudar a sequência de abertura da floresta para o celeiro, a personagem Marianne foi extirpada do filme, uma vez que eles afinal decidiram por repensar a sequência de abertura inteira.

Cunningham e Miner declararam que a mudança da sequência de abertura e da localização da floresta para o celeiro tiveram a ver com o clima inóspito. Uma vez que as condições congelantes do clima, de acordo com a memória do elenco e equipe, não se tornaram um problema de verdade até mais tarde, isso provavelmente teve mais a ver com os raios imprevisíveis de um clima chuvoso que atingiu o acampamento.

Havia também a questão do rangente e instável gerador, que deu pane durante toda a filmagem. "Originalmente, nós tínhamos planejado filmar a cena de uma forma bem diferente", disse Cunningham. "Estava escrito para acontecer perto do lago, a céu aberto. Deveria acontecer uma perseguição em uma casa de barcos e na água, além de algumas outras coisas. Na primeira noite que tínhamos planejado filmar a cena, nevou. Da segunda vez, o gerador falhou. Então, tivemos de escolher um local que tinha uma fonte própria, que veio a ser o interior do celeiro. Trabalhando em um orçamento limitado, não há muita escolha além daquela que se apresenta."

"Nós fomos forçados a escolher o celeiro por necessidade, porque era a única locação que pudemos pensar que tinha sua própria fonte de energia", disse Miner. "Nós realmente não tínhamos escolha porque o nosso orçamento era limitado. Teria sido uma grande cena. Eu gostei da cena que fizemos, mas a sequência original teria sido muito interessante."

Uma vez que o elenco e a equipe não tiveram de lidar com neve, ou geadas, até a terceira semana de filmagem, isso sugere que Cunningham está enganado ou que a sequência foi filmada no final do cronograma de filmagem, o que não é provável, levando em conta a linha cronológica dos eventos que aconteceram no acampamento.

"Eu lembro que choveu naquela noite e que esse foi o motivo de a cena ser movida pro celeiro, e não tanto pelo frio", disse Cecelia Verardi. "Eu creio que eles poderiam ter filmado aquela cena no frio, mas choveu tanto que eles sentiram que tinham que mover a cena para o celeiro para que a produção não atrasasse sua agenda."

Embora Willie Adams só devesse atuar em *Sexta-Feira 13*, ele acabou ficando no local por grande parte da filmagem como assistente de produção, uma prova da sua personalidade encantadora. Adams havia participado da seleção para alguns dos papéis principais no filme – de Bill e Jack – antes de ter conseguido o papel de Barry. "Willie Adams era muito divertido, muito jovem, sonhador, um ator ambicioso de Nova York", relembra Cecelia Verardi, que trabalhou como assistente de produção junto com Adams durante as filmagens e que também foi assistente dos efeitos de maquiagem para a cena do celeiro. "Ele tinha um papel pequeno no filme, mas estava tão apaixonado por estar no set que ofereceu seus serviços, ofereceu fazer qualquer coisa, e a equipe toda o conhecia e gostava dele, então decidiram mantê-lo como assistente de produção. Ele veio de Nova York."

Ao contrário de lembranças anteriores que diziam que Adams e Hayes eram namorados na vida real antes das filmagens, agora parece que o romance que se deu entre eles durante suas curtas passagens no local do acampamento foi muito mais o tipo de caso espontâneo de curta duração que costuma ocorrer nos sets de filmagens. "Eu me recordo que Willie e Debra ficaram juntos de verdade, de acordo com Willie", lembra Tad Page. "Willie contou vantagem ao resto de nós, que tinha tido algo com ela."

"Eu conheci a Debra e lembro que ela tinha vindo de Nova Jersey", relembra Cecelia Verardi. "Eu não acho que ela e Willie se conheciam antes, mas eles se deram bem logo de cara, e os dois ficaram no motel com o resto de nós, embora Debra não tenha ficado conosco por muito tempo."

A cena do celeiro funciona como uma homenagem à sequência de abertura de *Halloween*, de John Carpenter, que, por sua vez, foi uma homenagem à sequência de abertura no filme de Orson Welles *A Marca da Maldade* (*Touch of Evil*, 1958), assim como, em um nível menor, à *Noite do Terror*.

A sequência de abertura nesses filmes continha um roteiro de filmagem elaborado, em que a câmera funcionava como o ponto de vista do assassino. Com *Halloween*, Carpenter levou a técnica um passo à frente, ao empregar a panaglide, a versão recém-criada da steadicam da Panavision, e ao executar o que aparenta ser uma sequência contínua, embora, de fato, ela contenha diversos cortes inteligentemente escondidos.

Para *Sexta-Feira 13*, copiar a cena de abertura de *Halloween* era uma impossibilidade física. Embora fosse filmada em Panavision, *Sexta-Feira 13* não tinha acesso a uma steadicam, muito menos à sagrada panaglide que *Halloween* utilizou.

A ideia de Cunningham era adotar o tema do ponto de vista de *Halloween*, posicionando a câmera como se fosse o assassino de *Sexta-Feira 13* por boa parte do filme. Cunningham percebeu que um estilo áspero e manual de filmagem faria a técnica em *Sexta-Feira 13* ter um ar de novidade, não parecer tanto uma réplica de *Halloween*. "Eu não me recordo de usarmos uma steadicam no filme em algum momento, e certamente não uma panaglide, levando em conta o baixo orçamento que o filme tinha", disse Tad Page. "As tomadas no ponto de vista do suspeito foram quase todas filmadas manualmente por Braden Lutz."

A cena em que a câmera persegue Barry e Claudette quando eles tentam fazer sexo foi feita com uma câmera manual, com a ajuda de um uso inteligente de luz no segundo plano. Como era comum durante as filmagens, o operador de câmera Braden Lutz interpretou o assassino que fez com que Barry e Claudette se encolhessem aterrorizados pelo resto da cena. "Braden Lutz e Tad Page realmente fizeram a cena funcionar com a forma que eles conseguiram mover a câmera e ajustar a luz simultaneamente enquanto nós a filmávamos, especialmente com a cena se movendo da escuridão para a luz do celeiro", relembra Barry Abrams. "A steadicam ainda era bastante nova quando fizemos *Sexta-Feira 13*, e não tínhamos dinheiro suficiente para um grande equipamento de iluminação, geralmente usávamos refletores bem pequenos durante as filmagens. O fato de Braden Lutz ser um cara muito alto e forte, que podia se mover tão bem com a câmera, ajudou."

No filme, a sequência anterior aos créditos termina com Barry sendo esfaqueado e Claudette morrendo fora das câmeras, como indicado pela luz clara que dispara em sua face antes dos créditos rolarem, um efeito criado na pós-produção.

O plano original era para a garganta de Claudette ser cortada com um facão e o sangue jorrar, não muito diferente da cena de morte de Annie. Embora o efeito para essa versão tenha sido criado e encenado, ele se mostrou impraticável. Para essa parte, Tom Savini depois diria que não estava presente para esse efeito, mas meramente aplicou o facão na garganta de Debra S. Hayes. Agora parece que Savini estava presente, especialmente porque era a única pessoa no set qualificada para fazer os efeitos especiais de sangue para a cena. "Tom estava lá e fez os efeitos de sangue para a cena", relembra Cecelia Verardi, a assistente de maquiagem de Savini. "Era bem sangrento. O pescoço da garota estava coberto com sangue e havia sangue por todo o chão do celeiro quando Tom fez os efeitos. Eu não sei por que a cena do sangue não foi usada no filme. Talvez tenha sido porque Tom não conseguiu controlar o sangue tão bem quanto queria. Havia uma piscina de sangue."

O que se descobre agora é que os efeitos especiais de sangue de Savini simplesmente não foram filmados corretamente e havia sangue demais para que a cena fosse filmada mais uma vez. O roteiro descreve a morte de Barry e Claudette, diferentemente de algumas das outras mortes no filme, de forma muito inespecífica em termos de detalhes macabros, com Barry sendo morto com um golpe de faca e Claudette, por uma machadinha. "Minha memória é vaga, mas me parece que havia muito sangue na cena, que ficou espalhado pelo chão ou nas roupas deles, e não dava mais pra regravar", relembra Savini. "Minha lembrança mais vívida é de aplicar o facão na garganta da garota e de assisti-la gritando loucamente, o que ela fez muito bem."

ALÍVIO CÔMICO: O POLICIAL DORF

Além de *Sexta-Feira 13* ser próximo a um lago, e outros elementos de estilo, o personagem do policial Dorf, interpretado por Ron Millkie, representa a mais clara homenagem ao filme *Aniversário Macabro*, que conta com dois policiais desastrados na forma de um investigador (Martin Kove) e um xerife (Marshall Anker).

Em *Aniversário Macabro*, os dois personagens funcionam como um intervalo cômico; um contraste de leveza à violência selvagem que ocupa cada polegada do resto do filme. Em *Sexta-Feira 13*, o personagem do policial Dorf é apresentado antes de grande parte da carnificina do filme acontecer.

Os membros do elenco de *Sexta-Feira 13* raramente estavam juntos, no mesmo lugar, durante as filmagens devido aos seus horários diferentes de trabalho (Imagem cedida por Harvey Fenton)

Muitos críticos acharam que as cenas em *Aniversário Macabro* serviram para diminuir o impacto arrepiante do resto do filme, uma crença também sustentada por Wes Craven e Sean Cunningham, que hoje negam o uso do alívio cômico naquele filme.

Em *Sexta-Feira 13*, contudo, a introdução do policial Dorf – um personagem que foi criado, por insistência de Philip Scuderi, pelo escritor Ron Kurz – teve um efeito bem diferente. O personagem representa a última figura de autoridade que os aspirantes a monitores de acampamento veriam antes de serem assassinados. Dorf, atrapalhado e tolo como é, seria o último vestígio de segurança e proteção em *Sexta-Feira 13* antes de o filme ser submerso em total isolamento.

Quando Ron Millkie chegou ao local de filmagem, no acampamento No-Be-Bo-Sco, foi imediatamente apresentado a Kevin Bacon, Laurie Bartram, Harry Crosby, Mark Nelson e Jeannine Taylor, todos os membros do elenco que aparecem com Millkie em sua primeira cena. Adrienne King estava ausente, uma vez que a personagem de Alice não estava presente na cena. "Cheguei em Blairstown e li com os garotos – Harry, Jeannine, todos eles", relembra Millkie. "Ensaiei minha cena com Harry e os garotos e então filmamos. Uma vez, eu me recordo que Harry veio até mim e disse que estava 'demasiadamente impressionado' com a minha atuação e apertou minha mão."

Na cena, Dorf chega no acampamento e é confrontado por Bill, Brenda, Jack, Macie e Ned, que ficaram fascinados pela moto e pela extrema seriedade de Dorf. "Kevin mexeu na moto na cena, improvisando, e eu lhe disse que tirasse suas mãos de lá e se afastasse, algo assim, também improvisando", relembra Millkie. "Creio que Sean havia dito a Kevin que improvisasse algo na cena, o que Kevin fazia muito bem, então ele veio rondar em torno da moto e começou a mexer nela. Quando estava mexendo com a moto, eu podia sentir que ele era um grande ator por causa de sua presença impactante."

Millkie, um membro da SAG, terminou passando dois dias no filme de acordo com seu contrato. "Eu dividi um quarto com Harry no motel de beira de estrada", relembra Millkie. "Também jantei com Harry e os garotos em uma lanchonete local, embora não me lembre se Adrienne King estava com eles. Senti que havia uma certa distância entre Adrienne e o resto dos meninos, que eram todos ótimos. Eu lembro que Kevin tinha uma namorada lá com ele."

A moto que Dorf dirige na cena não era propriedade do Departamento de Polícia de Blairstown, mas sim de um homem chamado Robert Tramontin, que possuía uma revendedora de Harley Davidson na cidade próxima de Hope, Nova Jersey. "Fui contatado pelo diretor, Sean Cunningham, e pelo artista de efeitos especiais, Tom Savini, na minha revendedora de Harley Davidson em Hope, Nova Jersey", relembra Tramontin. "Eles precisavam de uma moto policial para a cena do filme que estavam fazendo naquela área. Eu tinha fornecido motos para estúdios de cinema no passado, então concordei. Após entregar a moto no set, eu acho que o diretor descobriu que o ator que fazia o policial Dorf não sabia dirigir uma moto. Como eu era, e ainda sou, membro da SAG devido a um trabalho anterior, eles pediram que eu dirigisse a moto como um dublê. Eu concordei mais uma vez. A cena era a que o policial Dorf dirige por uma estrada de terra para interrogar os campistas. Eu deveria dirigir a moto pela estrada, parar e então eles cortariam e o ator é que apareceria descendo da moto."

Foi Robert Tramontin e não Millkie quem dirigiu a moto na cena, especialmente na sequência em que Dorf se afasta desajeitadamente do acampamento e quase desaparece por completo. "Eu pesava cerca de 90 kg na época e Ron Millkie provavelmente uns 70 kg, então a continuidade ficou um pouco falha", disse Tramontin, que não aparece nos créditos do filme pelo seu trabalho. "Então, após o diálogo, ele sobe na moto e é avisado por um dos garotos para ter cuidado porque a estrada estava em péssimo estado. O policial Dorf não dá ouvidos e então eu subo na moto, dou um leve cavalo de pau nela e subo pela estrada, onde caio da moto como se tivesse sofrido um acidente, então olho de volta para os garotos, chuto a moto, como se fosse culpa dela, monto de novo nela e vou embora. A parte do acidente foi depois cortada do filme, então tudo o que você vê sou eu dirigindo após o cavalo de pau."

"Uma coisa de que me recordo é que filmamos a cena do policial Dorf de forma diferente da versão final, em que ele simplesmente vai embora após interrogar os garotos sobre maconha", disse Tad Page. "Nós a filmamos com ele caindo da moto quando ia embora, e Mark ou Kevin disse algo como: 'Grande chefe, cadeia neles'."

De acordo com Tramontin, a moto usada no filme foi uma Harley 1980 novinha em folha. "Quando o meu pai viu o filme pela primeira vez, ele me infernizou por ter usado uma Harley nova em folha para fazer uma cena com queda", relembra Tramontin. "Eu não creio que todo mundo enxergou o que ele percebeu imediatamente. Em 1980, toda moto Harley Davidson vinha com um pequeno decalque vermelho e branco no velocímetro (instruções sobre frear em velocidade). Ele percebeu! Embora a moto não tenha sofrido qualquer dano, eu ainda assim fui infernizado. No geral, foi uma grande experiência, e para um filme de terror de baixo orçamento que provavelmente não ia ter muito futuro foi um grande marco. Eu ainda vejo Ron Millkie de vez em quando. Somos bons amigos. Nós dois temos muito orgulho de ter feito parte dessa experiência no cinema."

Durante sua breve estadia, Millkie também filmou a cena em que Dorf e o sargento Tierney (interpretado por Ronn Carroll) acenam da margem para Alice enquanto ela está à deriva na canoa. "Eu passei um dia na frente do acampamento para a cena da moto, e então mais um dia filmando no lago para a cena final", relembra Millkie, o que reforça a lembrança de Carroll, que também lembra ter estado na costa olhando para o lago, fingindo ver Adrienne King, que estava, na verdade, bem longe dali quando Carroll e Millkie filmaram a cena. "Eu apenas olhei para a água e fingi que havia alguém ali. Eu me lembro de não ter visto o roteiro todo, então não tinha ideia do que ia acontecer de fato no filme. Depois de ter me despedido de Harry e dos outros garotos, apertamos as mãos e então um motorista de ônibus me levou para longe do acampamento e me deixou numa parada de ônibus em outro lugar, e foi isso."

Tom Savini estava bem próximo, no limite do enquadramento da câmera, quando disparou a flecha que passa rente a LAURIE BARTRAM no filme (Imagem cedida por Henri Guibaud)

Antes de garantir Betsy Palmer para o papel de Pamela Voorhees, Sean Cunningham deixou Blairstown para se encontrar com DOROTHY MALONE (Imagem cedida por Jason Pepin)

ALVO FÁCIL

Durante o tempo que passaram no Carnegie-Mellon, Savini e Stavrakis gostavam de vestir capas e lutar com espadas falsas quando não estavam estudando. A habilidade de Savini com arco e flecha foi bastante útil durante as filmagens de *Sexta-Feira 13*, para a cena em que a personagem de Laurie está em pé de frente a um campo de arco e flecha, ajustando um alvo no lugar quando uma flecha voa passando rente a ela.

No filme, a flecha foi atirada por Ned, mas quem disparou na realidade foi Savini. "Eu disparei a flecha que a erra por pouco na cena, e não foi difícil porque eu era muito bom com o arco", disse Savini. "Tive muito cuidado e não houve risco de Laurie [Bartram] se ferir, mas ela estava bem assustada quando a flecha passou bem ao seu lado."

Apesar de a atriz Laurie Bartram ter criado laços com Savini, a reação pasma em sua face não foi atuação. Embora possa parecer no filme que a flecha foi atirada de uma distância confortável, a realidade é que Savini estava bem próximo de Bartram e do alvo quando a flecha foi lançada. "Tom apenas andou para frente e disparou a flecha quando estava a cerca de quinze centímetros de Laurie", relembra Robert Shulman. "Ele chegou o mais próximo que podia sem aparecer na câmera."

Kevin Bacon, Harry Crosby, Adrienne King e Mark Nelson também estavam presentes nesse momento. "Os atores estavam todos lá para a cena do arco e flecha com Laurie", relembra Cecelia Verardi. "Tom simplesmente disparou a flecha, mesmo que não devesse ser feito dessa forma, ele simplesmente foi lá e fez."

A competência técnica e a precisão de Savini o fizeram ganhar o respeito e a admiração do elenco e da equipe como um todo, e mais ainda de Bartram, com quem Savini desfrutou de um relacionamento confiante e agradável durante as filmagens. "Eu tinha uma queda por Laurie e ela passou um tempo comigo na minha pequena cabana no acampamento, embora estivesse hospedada no hotel com os outros atores", disse Savini do tempo que passou com Bartram, que morreu de câncer de pâncreas em 2007 com 49 anos. "Nós assistimos filmes no meu videocassete Betamax, que eu tinha por lá, e ela falou bastante sobre ser uma cristã convertida. Eu achava ela deslumbrante."

AS MUITAS FACES DE PAMELA VOORHEES

À medida que as filmagens de *Sexta-Feira 13* chegavam na metade do cronograma de filmagem, alguns membros do elenco e da equipe tinham ouvido falar que a atriz Louise Lasser iria fazer o papel de Pamela Voorhees. Lasser havia sido uma das candidatas em Nova York. Agora ela parecia ser a favorita. Mas não por muito tempo. "Louise Lasser era a atriz que achávamos que viria fazer o papel", relembra Robert Topol. "Sean tinha três ou quatro nomes e ele simplesmente seguiu sua lista, da qual o nome foi rejeitado ou elas queriam muito dinheiro, e ele continuou seguindo sua lista e marcando todos os nomes que conseguia pensar para o papel."

Quando a contratação de Louise Lasse não se concretizou, Cunningham ainda não focou imediatamente em Betsy Palmer. Ao invés disso, Cunningham, em consultoria com Barry Moss em Nova York, mudou sua atenção para a vencedora do Oscar Dorothy Malone.

Para isso, Cunningham, perfeitamente ciente de que o estado de espírito de sua equipe estava começando a declinar, deixou Blairstown por um dia e dirigiu até Nova York para encontrar com Malone em pessoa. "O ânimo estava muito baixo antes de Betsy chegar", relembra Richard Berger. "Sean deixou o local e foi até Nova York – ou Montreal, no Canadá – para encontrar com a atriz Dorothy Malone sobre o papel de Pamela Voorhees."

Independentemente do que tenha acontecido durante o encontro, ficou óbvio para o elenco de *Sexta-Feira 13*, após o retorno de Cunningham, que ele não foi muito bom. "Quando Sean voltou, parecia desanimado", relembra Berger. "Sean disse que Dorothy Malone 'não parecia muito bem' e estava 'muito velha para o papel'. Não que Sean precisasse de uma mulher bonita para o papel, mas ele disse que não tinha como ser ela, de acordo com o que viu. E foi aí que Sean ligou para Betsy Palmer."

Betsy Palmer não estava ciente de nada disso enquanto dirigia de volta para sua casa em Connecticut. Ela tinha recentemente terminado um trabalho de dezoito meses na Broadway em uma produção de *Same Time, Next Year*. Foi durante a viagem de volta para casa que a Mercedes de Palmer quebrou, uma reviravolta do destino que serviu como um grande catalisador para o seu envolvimento com *Sexta-Feira 13*. "Eu tive aquele carro por muitos anos e nunca consegui que o consertassem perfeitamente, mas sempre me servia bem, me levava aonde eu precisava, até aquela noite", relembra Palmer. "Cheguei em casa às cinco da manhã e eu precisava desesperadamente comprar um outro carro. Se eu não precisasse de um carro novo, acho que não teria feito *Sexta-Feira 13*."

Curiosamente, Victor Miller relembra que ele e Cunningham se encontraram com Palmer em Connecticut bem próximo do início das filmagens de *Sexta-Feira 13* e que ela havia sido efetivamente selecionada e contratada por Cunningham antes da solitária visita de Miller a Blairstown (para a filmagem da cena da morte de Kevin Bacon). "A filmagem já tinha começado quando fomos visitar Betsy Palmer", relembra Miller. "Ela morava a vinte minutos de distância, então tivemos uma conversa com ela, e até onde eu tinha entendido era isso. Eu nunca ouvi o nome de Louise Lasser na época, ou Dorothy Malone, mas lembro sim, e muito bem, que Sean disse que tinha Estelle Parsons; contudo, quando a filmagem [de *Sexta-Feira 13*] atrasou, ela teve de desistir devido a outro compromisso. Foi isso que Sean me contou na época e por isso viajamos para trazer Betsy. Ela [Palmer] não estava no local quando eu o visitei. Havia sido contratada antes disso, quando Sean e eu a visitamos na sua casa em Connecticut."

Uma vez que Palmer havia sido uma candidata em Nova York e morava em Connecticut, seria inteiramente fácil para Cunningham encontrar com Palmer em qualquer momento durante a pré-produção e mesmo durante intervalos na filmagem, sem se comprometer a dar a Palmer o papel. Miller insiste que Palmer estava praticamente contratada por Cunningham bem cedo no cronograma de produção de *Sexta-Feira 13*. "Não tenho certeza, mas entendo que ela [a contratação de Palmer] aconteceu antes de seguirmos para Nova Jersey", relembra Miller. "Antes de qualquer filmagem começar em Nova Jersey."

Embora Palmer tivesse uma filmografia recente muito escassa, a então atriz de 52 anos havia tido uma carreira e uma vida ilustres, que a fizeram cruzar o caminho de estrelas de *show business* como Joan Crawford, James Dean ("Nós tivemos um romance de oito meses", diz Palmer), Henry Fonda, Jack Lemmon e muitos outros. Ela era, como Dorothy Malone e as demais candidatas, uma atriz mais velha com um pedigree, sendo os anos 1960 e 1970, como dito anteriormente, a era em que as atrizes mais velhas que já não tinham mais tantas oportunidades de emprego estavam atuando em filmes de terror e *exploitation*, mais notavelmente Joan Crawford, que fez disso uma segunda carreira. "Betsy era uma espécie de Katie Couric ou Jane Pauley do seu tempo, então era uma contratação muito pouco convencional", diz Cunningham. "Era uma aposta, especialmente sabendo que ela não tinha feito parte de um filme há muito tempo, mas tivemos sucesso e ela encaixou no papel quase imediatamente."

Palmer era uma atriz leve e nada do que ela tinha feito anteriormente tinha chegado perto de prepará-la - ou mesmo seu público - para sua estreia no gênero do terror e em *Sexta-Feira 13*. "Meu agente ligou e perguntou se eu queria fazer um filme de terror", relembra Palmer. "Um filme de terror? Eu não podia acreditar. Eu era uma atriz leve, uma senhora bondosa. Ninguém tinha escutado o termo *slasher* antes de *Sexta-Feira 13*, então eu não tinha ideia de que tipo de filme era até que meu agente enviou uma cópia do roteiro para que eu lesse. Eu li o roteiro e achei aquilo uma grande merda. Meu agente me disse que os produtores estavam oferecendo mil dólares por dia durante dez dias, então eu pensei que poderia fazer o trabalho rapidamente, entrar e sair, e então conseguir pagar pelo meu carro novo. Também imaginei que ninguém jamais iria ver aquele filme. Era um trabalho. Acabou se tornando mais do que apenas um trabalho, mas nada muito além disso."

Sempre profissional, Palmer estudou o roteiro de *Sexta-Feira 13*, que seu agente havia enviado e procurou criar o perfil da personagem de Pamela Voorhees, que se norteava pelo aniversário de Jason Voorhees e seu eventual afogamento em 1957. "Como uma atriz que usa o método Stanislavski, eu sempre busco descobrir detalhes sobre meu personagem", diz Palmer, que usou o pagamento de seu papel em *Sexta-Feira 13* para comprar um Volkswagen Scirocco. "Com Pamela, por mais inusitado que pareça, eu comecei com um anel de formatura, que recordo ter visto, no roteiro, que ela usava. Começando ali, eu desconstruí Pamela partindo dos meus dias de ensino médio, no início dos anos 1940. Estávamos em 1944, uma época bem conservadora, e Pamela tinha um namorado sério. Eles transam - o que é muito ruim, claro - e Pamela logo fica grávida de Jason. O pai desaparece, e quando Pamela conta a seus pais eles a repudiam, porque fazer sexo antes do casamento e ter bebês sem estar casada não é algo digno de boas garotas."

De um ponto de vista psicológico, e no contexto do gênero do terror, Palmer imaginou Pamela Voorhees como sendo uma mãe solteira vivendo no inferno. "Eu creio que ela pegou Jason e o criou da melhor forma que podia, mas ele terminou se tornando um garoto muito estranho", diz Palmer. "De toda forma, eu imagino que ela teve inúmeros empregos, trabalhos temporários, e um desses foi como cozinheira em um acampamento de verão. Então Jason se afoga, e o seu mundo entra em colapso. O que os monitores estavam fazendo que não estavam olhando Jason? Estavam fazendo sexo, que foi como todos os seus problemas começaram. Daquele ponto em diante, Pamela vira uma psicopata

O CAMPO DE ARCO E FLECHA onde Ned faz um trote com Brenda, e onde Brenda é depois morta no filme, ainda existe hoje (Imagem cedida por Tony Urban/tonyurbanphotography.com)

O SUÉTER FOLGADO que Betsy Palmer usa no filme foi dado a Palmer pela figurinista Caron Coplan com o único propósito de manter Palmer agasalhada (Imagem cedida por Richard Feury)

bastante puritana em suas atitudes e determinada a matar todos os imorais monitores de acampamento. Os dois monitores de acampamento que são assassinados no começo de *Sexta-Feira 13* estavam fazendo sexo."

Como Barry Abrams, e alguns dos outros membros da equipe de *Sexta-Feira 13*, Palmer recebe a oferta de participação nos lucros do filme ao invés do salário, mas ela não estava interessada naquilo, portanto o salário de 10 mil dólares que Palmer recebeu por *Sexta-Feira 13* era mais vantajoso do que um acordo de participação nos lucros.

Com o acordo assinado, Palmer, que lembra ter ficado no motel com Adrienne King e alguns dos outros membros do elenco durante suas filmagens em *Sexta-Feira 13*, encarou esse trabalho certamente desagradável com todo o entusiasmo que conseguiu reunir. "O verão já tinha acabado e estava muito frio e nevava", relembra Palmer da sua viagem ao acampamento No-Be-Bo-Sco. "Eu dirigi até o acampamento e a primeira coisa que vi foi um sinal de 'Bem-Vindos ao acampamento Crystal Lake', o que me colocou em um bom estado de espírito."

Sejam quais fossem os sentimentos de Palmer sobre o roteiro de *Sexta-Feira 13*, a atriz trouxe energia e entusiasmo ao acampamento. Ela imediatamente envolveu o elenco e a equipe, ganhando todos com sua personalidade e seu senso de humor, que contrastava com a vilã perturbada que Palmer foi recrutada para fazer.

"Betsy trouxe história, profissionalismo, um nome para o filme", diz James Bekiaris. "O resto de nós era apenas um bando de garotos. Betsy tinha se convencido de que esse papel iria ajudar sua carreira. Eu me recordo desse olhar de aço que ela conseguia projetar na sua atuação, o que contrastava imensamente com sua própria doce personalidade. Todos sabíamos que Louise Lasser tinha sido a primeira escolha, mas eu não creio que Betsy tinha ouvido falar sobre isso."

"Betsy salvou o filme com sua energia e sua performance", disse Richard Berger. "Quando ela chegou, era viva e radiante, como nas aparições do seu programa de auditório. Betsy fazia brownies para o elenco e a equipe durante as filmagens. Ela salvou a produção do colapso com seu brilho. No primeiro dia em que chegou, ela nos levou para jantar comida chinesa. Eu me lembro disso porque foi quando Steve Miner perguntou a Barry Abrams se 'Havia bons restaurantes por perto?' e Barry apenas riu, balançou a cabeça e disse 'Não há nada decente daqui até Nova York'."

"A personagem de Pamela Voorhees era, para mim, tudo sobre insanidade e loucura, e eu não tinha certeza, de início, se Betsy poderia fazer aquilo, porque ela nunca tinha feito um papel parecido na sua carreira", disse Cunningham. "Eu não tinha certeza se Betsy conseguiria, mas ela provou ser extraordinária ao revelar a loucura de sua personagem. Uma vez sabendo que tinha a atriz certa para o papel, era apenas uma questão de saber se Betsy conseguiria lidar com toda a ação pela qual ela teria que passar."

"Betsy era pé no chão, tinha senso de humor e não era exigente como outras", relembra Virginia Field. "Era fácil trabalhar com ela. Tem uma cena no filme em que Adrienne e Betsy estão lutando na cabana principal, e eu construí uma mesa para pôr na sala de estar e estava preocupada que Adrienne e Betsy pudessem quebrá-la. Eu disse pra Betsy 'Se você quebrar a mesa, vai ter de pagar', brincando, e eu provavelmente não deveria ter dito isso, mas Betsy não se importava com isso nem com nada do tipo. Ela era uma verdadeira profissional e conseguia rir de tudo."

"Antes de Betsy Palmer aparecer, nós estávamos passando a capa de chuva amarela de mão em mão, com pessoas diferentes fazendo o papel do assassino no filme, então foi um alívio finalmente ter uma atriz para fazer aquele papel", disse Richard Murphy. "Betsy era uma pessoa legal, e Sean e Steve foram espertos com a sua contratação e com todos os elementos do filme também, mas principalmente com Betsy."

"Nós não sabíamos quem Betsy era", disse Tad Page. "Eu creio que nós a conhecíamos de um programa de auditório que ela fazia, mas era isso. Ela era muito divertida e doce."

"A única pessoa com quem atuei junto no filme foi Adrienne King, e não me lembro de encontrar com nenhum dos outros atores", diz Palmer. "Eu fiquei no motel onde os atores estavam e era vizinha de porta de Adrienne King. Não havia cabeleireiro, nada do tipo. Encontrei com Tom Savini, que era um cara ótimo, e então Tom me mostrou uma foto de Jason, que tinha síndrome de Down. Eu não podia acreditar. Eu perguntei a Tom quem era, e Tom sorriu e me disse 'Esse é seu filho, Jason. Ele tem síndrome de Down'. Era algo muito assustador. Também passei muito tempo com Taso [Stavrakis], outro ótimo cara, e eu sabia que Taso havia feito o vilão em muitas das cenas anteriores."

"*Sexta-Feira 13* foi meu primeiro filme, e Betsy Palmer era como uma figura materna pra mim naquele filme", disse Denise Pinckley. "Ela era muito doce, uma mulher engraçada, muito gentil e prestativa comigo enquanto eu tentava fazer meu trabalho."

"Betsy Palmer era o único nome que todos reconheciam", disse David Platt. "Ela tinha um acordo com os produtores em que eles teriam ela por uma semana, por um certo período de tempo. Ela tinha uma história, experiência e um conjunto de obras. Ela era muito gentil."

"Eles estavam procurando por Betsy por um longo tempo", relembra Robert Shulman. "Naquele momento, já tínhamos filmado todas as cenas com pessoas diferentes fazendo o assassino desconhecido, vilões de tamanhos diferentes. Eles procuraram dez atrizes parecidas antes de contratarem Betsy. Essa era a época de Joan Crawford e Bette Davis em termos de atrizes mais velhas com um nome valoroso fazendo filmes lado B e de terror."

"Betsy vinha sempre em nossa oficina no acampamento, passava muito tempo con-versando, e contando histórias de sua famosa carreira", relembra Taso Stavrakis. "Betsy, eu e Tom passamos muito tempo juntos, e creio que Betsy não estava preparada para todo o trabalho de maquiagem pelo qual teria de passar, mas ela se divertiu e nunca reclamou."

"Houve um sutil estardalhaço no set quando Betsy chegou", relembra Cecelia Verardi. "Algumas das pessoas mais jovens realmente não sabiam quem ela era. Nós a recebemos e ela nos recebeu, era uma pessoa muito agradável. Ela também fez o próprio cabelo no filme. Eu não fiz o cabelo dela."

"Eles não me deram nada; nenhum cabelo, vestuário, apenas aquele suéter folgado", diz Palmer. "Era um trabalho fraco de atuação, mas eu também sempre amei o palco e odiei o filme. Filme é algo muito corrido. Se apresse, faça isso, vá ali. Eu odeio isso. A única coisa que fez com que *Sexta-Feira 13* fosse uma experiência feliz foi a forma com que todo mundo me tratava bem. Eu também achei Sean um ótimo diretor. Uma das primeiras coisas que Sean me disse foi que ele não queria que houvesse excesso de atuação no filme. Eu creio que *O Iluminado* (*The Shining*) foi lançado no ano seguinte, com Jack Nicholson, que teve realmente uma performance fora de série, e sei que Sean não permitiria nada daquilo. Ele queria loucura e intensidade."

"Jack Nicholson nasceu fora de série, mas é muito arriscado para atores desconhecidos, e Betsy não era tão bem conhecida como atriz de cinema, para atuar naquele nível", disse Cunningham. "Eu achei que a atuação dela seria ótima se Betsy atuasse apenas como ela mesma, boa e doce, e que a loucura viria através do diálogo."

A chegada de Betsy Palmer em Blairstown significava que Braden Lutz e outros membros do elenco não mais teriam de fazer o papel do assassino no filme, embora uma vez que *Sexta-Feira 13* mostrava o ponto de vista do assassino em muitas cenas, Lutz continuou a personificar a identidade do assassino nessa função. Ter Palmer no local fez com que o resto das filmagens acontecesse bem mais facilmente. O assassino finalmente tinha um rosto.

A voz de Palmer foi particularmente útil para filmar a cena da morte de Brenda. Na cena, Brenda é atraída para fora de sua cabana por uma voz infantil que grita "Me ajude", vindo da chuva. Brenda então segue a voz ao campo de arco e flecha onde é morta fora do enquadramento das câmeras.

Cunningham pensou em usar seu filho, Noel, para fazer a voz infantil na cena, ou o filho de Barry Abrams, Jesse, que também estava no local. Foi uma surpresa quando Palmer se voluntariou para ser a voz e começou a imitar um choro infantil bem na frente de Cunningham e da equipe, como uma seleção ali direta para o que seria a primeira cena de Palmer no filme, embora ela nunca apareça nessa sequência. "Eu tinha feito *Peter Pan* no teatro e era muito boa em fazer vozes diferentes, especialmente de crianças", disse Palmer. "Aquela era minha voz."

A voz de Palmer foi gravada "ao vivo" e não foi editada na pós-produção. Palmer também interagiu com Laurie Bartram, que foi encharcada por uma mangueira dos bombeiros por toda a filmagem dessa cena. "Eu trabalhei com aquela garota, Laurie, naquela cena, e a vi andando atrás de mim, porque eles queriam minha voz para a cena", relembra Palmer. "Ela era uma menina muito bonita, muito boa."

Só é possível especular como Louise Lasser, Dorothy Malone ou as outras candidatas iriam reagir às circunstâncias árduas e incomuns que Palmer encontrou durante seu tempo em Blairstown, ou como o direcionamento do filme seria para sempre alterado.

Isso era história. O que poderia ter acontecido. A verdadeira sra. Voorhees tinha chegado.

A cena da morte de CLAUDETTE foi filmada, mas omitida do filme final principalmente devido à grande quantidade de sangue presente durante a filmagem da cena, que fez com que Cunningham sentisse que não dava para exibi-la. (Imagem cedida por Richard Feury)

A Hallmark Releasing distribuiu *A Mansão da Morte* (*Twich of the Death*, também conhecido como *A Bay of Blood*) em 1972 com o título de *CARNAGE* (Imagem cedida por David A. Szulkin)

O supervisor de roteiro Martin Kitrosser, um fã de Mario Bava, sentiu que partes de *Sexta-Feira 13* eram derivadas do filme de Bava *A MANSÃO DA MORTE (Twich of the Death Nerve)* (Imagem cedida por Troy Howarth)

Sean Cunningham declara que nunca tinha visto o filme italiano de terror de 1971 de Bava, *A Mansão da Morte* (*Twitch of the Death Nerve*, também conhecido como *A BAY OF BLOOD*) antes de filmar *Sexta-Feira 13* (Imagem cedida por Troy Howarth)

O FANTASMA DE MARIO BAVA

Como é frequentemente mencionado, *Sexta-Feira 13* nasceu de um modelo de sucesso que *Halloween* estabeleceu, na medida em que Sean Cunningham e Steve Miner também adotaram o meio ambiente da beira do lago, assim como as técnicas chocantes de filmagem, tiradas de suas experiências na filmagem de *Aniversário Macabro.* Desde o lançamento comercial de *Sexta-Feira 13*, em 1980, muitos críticos e fãs também sugeriram que *Sexta-Feira 13* pega muitos elementos emprestados de um outro filme, o filme italiano de terror, de 1971, *A Mansão da Morte (Twitch of the Death Nerve*, também conhecido como *A Bay of Blood*, ou *Carnage*).

Dirigido por Mario Bava, que morreu em 25 de abril de 1980, apenas semanas antes do lançamento nas salas de cinema de *Sexta-Feira 13, A Mansão da Morte* acontece em uma baía como local principal. A história segue diversos personagens dúbios, gananciosos, que fazem de tudo, inclusive cometem assassinatos brutais, para pôr as mãos na preciosa casa na baía, que foi deixada por uma condessa assassinada.

Embora o espectro bizarro, de assassinatos sangrentos - do qual *A Mansão da Morte*, um pioneiro dos filmes *slasher,* está cheio - que acontece em uma baía sugira alguma inspiração por parte dos produtores de *Sexta-Feira 13*, há controvérsias.

A maioria dos especialistas em Bava crê que as comparações entre os filmes são exageradas e que há poucas similaridades estilísticas entre eles. Na realidade, os especialistas de Bava mencionam *Sexta-Feira 13 Parte 2* como sendo muito mais uma cópia direta de *A Mansão da Morte*, citando especificamente duas cenas de morte em *Sexta-Feira 13 Parte 2* - a dupla empalação de um casal fazendo amor e um personagem de cadeira de rodas tendo um machado acertando seu crânio - como sendo cópias diretas de cenas do filme de Bava.

"Honestamente, eu creio que as similaridades sejam exageradas", diz Troy Howarth, autor do livro *The Haunted World of Mario Bava.* "Sim, há similaridades, mas sugerir que *Sexta-Feira 13* é uma cópia em papel carbono do filme de Bava é ridículo. O filme de Bava é uma comédia sombria. *Sexta-Feira 13* é sem sombra de dúvidas um filme *slasher.* A esse respeito, eu creio que *Sexta-Feira 13* pega mais emprestado, em termos de inspiração, do *Halloween* de Carpenter, que realmente deu ao filme *slasher* um novo formato. Também, de nada vale que Sean Cunningham tenha negado assistir ao filme antes de fazer *Sexta-Feira 13,* e embora ele possa estar desviando da verdade nesse ponto eu simplesmente não vejo similaridades concretas o suficiente para sugerir que ele estava tentando imitar o filme de Bava."

"Os assassinatos em *Sexta-Feira 13* não seguem o padrão daqueles em *A Mansão da Morte*, mas foram criado por [Tom] Savini com o método de truques de palco junto aos efeitos especiais em que ele era mestre", diz Tim Luscas, um estudioso de Bava e autor do livro *Mario Bava: All the Colors of the Dark.* "O que os dois filmes têm especificamente em comum é contrastar suas cenas de assassinato horripilante com a beleza da vista de um lago. Em *A Mansão da Morte,* os personagens do elenco matam uns aos outros no intuito de limpar o caminho para a propriedade. A ganância humana era um dos temas principais de Bava. *Sexta-Feira 13* troca isso por uma história de revanche muito mais comum, misturada a alegorias de mitos e invenções, o que eu creio que seja a verdadeira razão por trás do seu sucesso."

"O local na beira de um lago e o suéter que Betsy Palmer veste [que é similar ao vestuário que Claudio Volone usa em *A Mansão da Morte*] são similares, e a organização básica de um assassino dando fim a um grupo de adolescentes no cio... mas, novamente, o filme de Carpenter foi um modelo muito mais direto", diz Troy Howarth. "Também *Noite do Terror*, de Bob Clark, em um certo nível. Nesse sentido, eu vejo um plágio muito mais óbvio em *Sexta-Feira 13 Parte 2*, com a empalação dos dois adolescentes fazendo amor."

"Eu não vejo *Sexta-Feira 13* como um fracasso em reproduzir os efeitos estilísticos de Bava, mas como um fracasso em fazer qualquer coisa original", diz Tim Lucas. "Quando olho para trás na minha própria vida como crítico, vejo *Tubarão* (*Jaws*, 1975) como o filme de terror que mudou Hollywood, e *Sexta-Feira 13* como o filme que mudou o horror - ambos para pior. *Sexta-Feira 13* teve a boa sorte de ter acontecido no tempo certo; foi lançado justamente quando uma nova geração de jovens começou a explorar o horror. Vejo *Sexta-Feira 13* como algo bem comum, com uma história fraca que consiste em todos os clichês já escritos, mas esses clichês eram novos para as pessoas e elas os engoliram como pipoca. Eu não vejo qualquer estilo em *Sexta-Feira 13*."

"Na minha mente, Cunningham é um cineasta raso e funcional", diz Troy Howarth. "Eu não vejo muito teor estilístico em *Sexta-Feira 13*, para ser sincero, e realmente prefiro algumas de suas sequências. O filme de Bava é sombriamente engraçado e filtrado pela sua sensibilidade irônica. Bava também não é alguém que eu descreveria como um moralista contador de histórias. Seu ponto de vista era mais torto e individualista. É mais fácil ver *Sexta-Feira 13* como uma obra conservadora do que seria ver o filme de Bava sob essa ótica, embora, honestamente, creio que foi Carpenter que involuntariamente deu corda a esse jogo com *Halloween*, e não creio que ele e Debra Hill quisessem que *Halloween* fosse visto dessa forma."

"O primeiro *Sexta-Feira 13* não copia diretamente outros filmes, mas certamente parte de uma sequência envolvente de sucessos do terror", explica Stephen Thrower, autor do livro *Nightmare USA: The Untold Story of the Exploitation Independents* (2007). "O mistério do aspecto do assassino/diversas vítimas já havia sido estabelecido graças a *Halloween*, embora *The Toolbox Murders (1978)* e *Noite do Terror* também merecem atenção como precursores. É possível dizer que tudo o que *Sexta-Feira 13* fez foi pegar uma ideia de uma sequência de assassinatos rurais de *O Massacre da Serra Elétrica* (*The Texas Chainsaw Massacre*, 1974), realocar aquilo para os arborizados estados do norte e trocar os hippies briguentos de Tobe Hooper pelos maconheiros universitários de *Halloween*!"

Será que os membros da equipe de produção de *Sexta-Feira 13* estavam cientes do trabalho de Bava quando começaram a fazer *Sexta-Feira 13*? Estavam, ao menos subconscientemente, influenciados pelo filme de Bava? A ligação mais direta era com a Hallmark

Releasing, que distribuiu *A Mansão da Morte* em 1972 com o título de *Carnage*. Além disso, Stephen Minasian diz que conheceu Mario Bava "em algum momento no final dos anos 1960 e início dos anos 1970", durante as várias viagens de Minasian à Europa naquele período.

"Lembrando que esses caras [Robert Barsamian, Stephen Minasian, Philip Scuderi] eram donos de salas de cinema e distribuidores de filmes, e tinham a experiência de lidar com alguns filmes europeus que tinham um forte conteúdo de violência lá nos anos 1970", diz o escritor e estudioso de cinema David A. Szulkin. "Daí o empréstimo de *A Mansão da Morte*. Não é que Sean Cunningham tenha sido 'influenciado' por Mario Bava. Eu duvido que Sean sequer soubesse quem ele era na época que fez aqueles filmes. Ninguém ligava para filmes europeus naquela época, de verdade, e Sean simplesmente não é o tipo de cara que fica sentado alisando o queixo e admirando a *mise-en-scène* de Mario Bava. Os caras lá de Boston provavelmente sugeriram certas cenas porque se lembravam dessas situações em filmes que eles mesmos lançaram. Eu creio que Phil Scuderi estava à frente do seu tempo em explorar filmes que giravam em torno de violência visual. Ele viu aquele mercado antes dos estúdios. Foi preciso o sucesso de *Halloween* e de *Sexta-Feira 13* para fazer aquele tipo de coisa rentável em Hollywood."

Sean Cunningham diz que descobriu o trabalho de Mario Bava quando estava em um festival de cinema na metade dos anos 1980 e depois se tornou um grande fã. Steve Miner declara ignorância, assim como o escritor Victor Miller e Ron Kurz, que sequer recorda ter tido qualquer discussão sobre o filme de Bava ou seu trabalho, e muito menos sabia quem ele era em 1979. Tom Savini diz que não viu *A Mansão da Morte* antes de ter trabalhado em *Sexta-Feira 13*, embora tenha, como Cunningham, se tornado um grande fã dos filmes de Bava nos anos que se seguiram à filmagem de *Sexta-Feira 13*.

A essa altura, o assunto teria terminado se não fosse por Martin Kitrosser, um funcionário de longa data de Philip Scuderi, que era o supervisor de roteiro em *Sexta-Feira 13*. Kitrosser já era um grande fã do trabalho de Bava e tinha sido ele – que depois se tornou um cineasta do gênero, mais conhecido por ter sido por muito tempo supervisor de roteiro de Quentin Tarantino – quem percebeu semelhanças notáveis entre *Sexta-Feira 13* e *A Mansão da Morte* durante as filmagens em Blairstown. Ele sentiu que *Sexta-Feira 13* estava diretamente inspirado – e diretamente imitando – na cena jovens-na-floresta de *A Mansão da Morte*.

Kitrosser estava tão certo de que *Sexta-Feira 13* era uma cópia de *A Mansão da Morte* que sugeriu a Sean Cunningham e Philip Scuderi que dedicassem *Sexta-Feira 13* a Bava. Seu pedido, obviamente, foi rejeitado por Scuderi, que sentiu que a dedicação iria salientar o débito de *Sexta-Feira 13* ao filme de Bava. A profundidade do amor de Kitrosser por Bava se torna evidente pelo fato de que Kitrosser – que depois foi um dos roteiristas de *Sexta-Feira 13 Parte 2* – nomeou de seu próprio filho de Mario Bava Kitrosser.

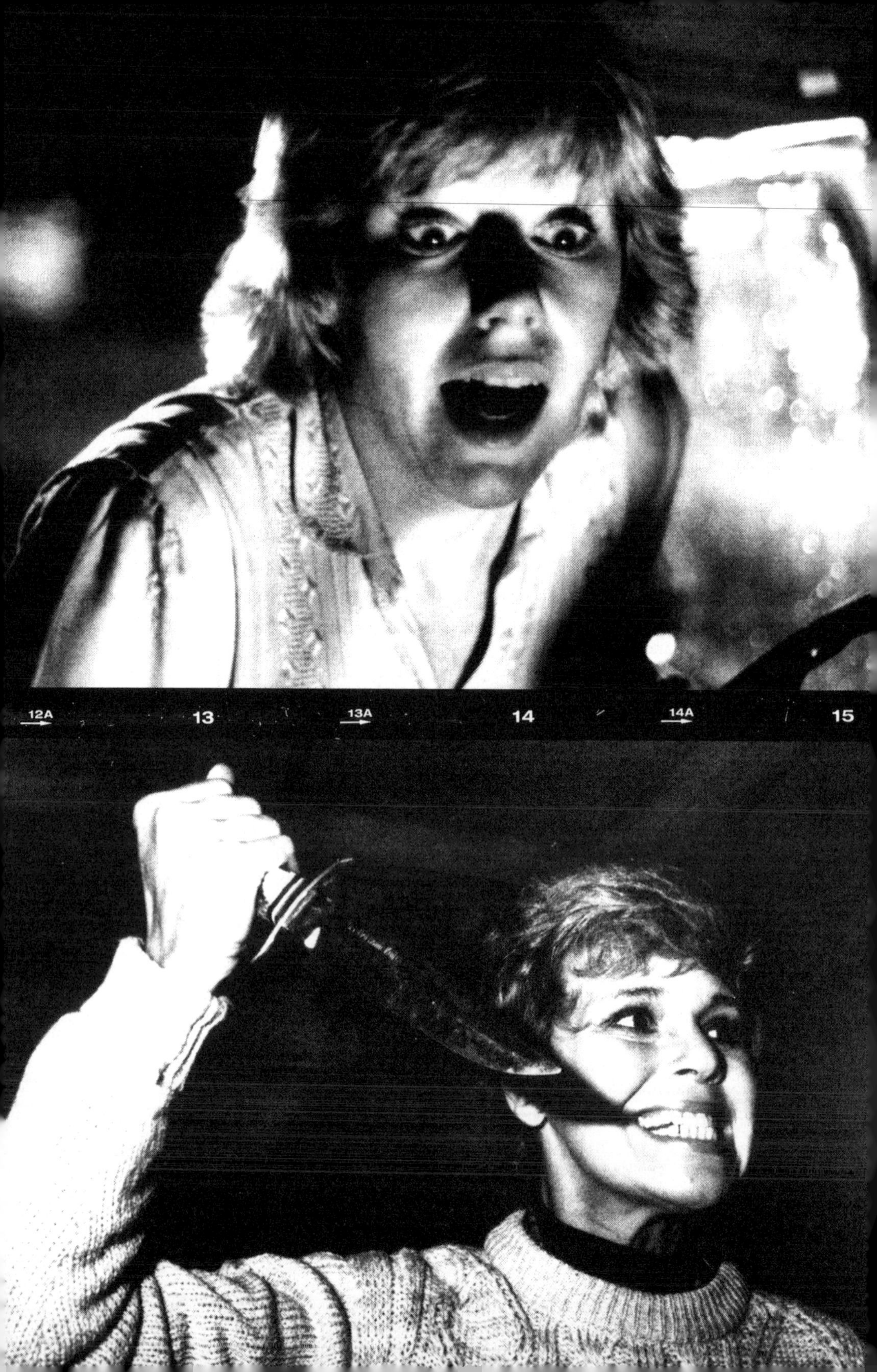
12A
13
13A
14
14A
15

ALICE descobre o cadáver de Annie no jipe de Pamela Voorhees. (Imagem cedida por Richard Feury)

A chegada de BETSY PALMER em Blairstown revitalizou a produção (Imagem cedida por Harvey Fenton)

TERCEIRA SEMANA

CRÔNICAS DO ACAMPAMENTO SANGRENTO

"Havia castores antissemitas no acampamento Crystal Lake." – ***Barry Abrams***

A terceira semana de filmagens de *Sexta-Feira 13* foi marcada pelas condições congelantes que tomaram conta do acampamento. Perto do final da terceira semana, as temperaturas rangiam entre 2 e -4 graus, uma mudança gritante dos confortáveis dos 21-24 graus que faziam no início das filmagens.

Como já foi mencionado, a chegada de Betsy Palmer no acampamento revitalizou o elenco e a equipe de *Sexta-Feira 13* e impulsionou a confiança de todos no projeto.

Em contraste a isso, houve a chegada de Robert Barsamian, Stephen Minasian e Philip Scuderi, os três sócios da Georgetown Productions que vieram monitorar o filme e seu investimento. Isso foi recebido com bem menos entusiasmo.

Até o momento, Alvin Geiler (29.11.1917–25.11.1996), funcionário de longa data de Scuderi e seus sócios, estava mantendo o controle sobre Sean Cunningham e o progresso das filmagens. Geiler controlava o suporte financeiro, mantinha o olho em Cunningham e assinava os cheques distribuídos ao elenco e à equipe.

Quando os seus sócios deixaram o acampamento, Scuderi permaneceu até o final das filmagens principais. Particularmente, ele queria testemunhar a filmagem da culminante do lago, que ele achava ser o elemento central para o sucesso de *Sexta-Feira 13*.

OS HOMENS DE PRETO

A chegada de Philip Scuderi em Blairstown junto com os seus sócios da Georgetown Productions Robert Barsamian e Stephen Minasian foi inesperada e desconfortável para o elenco e a equipe, principalmente para Sean Cunningham e Steve Miner, cujo relacionamento com o trio de Boston sempre fora desgastante.

"Eles eram os homens de preto de Boston", relembra Betsy Palmer com uma risada. "Lá estavam três deles e eles usavam chapéus pretos e pareciam como matadores da máfia. Eles simplesmente ficavam lá em pé olhando tudo, e nós não sabíamos quem eles eram e nos avisaram para não falar com eles. Finalmente, descobrimos que eles eram os homens do dinheiro que financiaram o filme."

"Eram os chapéus de Boston", relembra Robert Topol. "Nós os vimos por lá se certificando de que o dinheiro deles estava sendo bem gasto. Todos sabiam que era pra manter distância e tentar não falar com eles."

O acordo de Cunningham com a Georgetown Productions lhe permitia receber 25% dos lucros de *Sexta-Feira 13*, junto com possíveis produtos relativos. Obviamente isso veio a significar diversas sequências, um remake, livros, jogos, até uma série de televisão sindicalizada *Sexta-Feira 13: A Série*, que foi ao ar de 1987 a 1990.

Steve Miner também tem uma participação acionária no filme, algo que os escritores Ron Kurz e Victor Miller - ambos, tecnicamente, também criadores de *Sexta-Feira 13* - não têm.

Cunningham e Miner tiveram surpreendente controle e influência sobre *Sexta-Feira 13*, incluindo os assuntos financeiros. Na verdade, Scuderi e seus sócios estavam mais preocupados com o acordo de participação nos lucros de *Sexta-Feira 13* que Cunningham e Miner, pois estes achavam que não podiam confiar nos investidores de Boston. Criativamente, Cunningham e Miner triunfaram, na maior parte, com a cena do lago sendo um dos poucos elementos em que Cunningham se sujeitaria às sugestões de Philip Scuderi.

O faro para negócios que Cunningham e Miner demonstraram ter em *Sexta-Feira 13* ultrapassara e muito qualquer conquista que eles teriam em um nível cinematográfico. Miner, em particular, estava tão acostumado com o frio, com o aspecto mecânico do negócio, e tinha tanta calma, uma personalidade tranquila, que ninguém na equipe, nem mesmo Cunningham, imaginava que ele estivesse destinado a uma carreira de diretor de sucesso, tanto em filmes de longa-metragem quanto em episódios de televisão. "Steve Miner era alguém menor", diz Virginia Field com uma risada. "Ele era um homem de negócios e não se envolvia com a produção do filme em si. Eu não tinha ideia alguma de que ele era um diretor oculto, e um diretor muito bom, como ficou provado. Eu não cheguei a conhecer Steve muito bem nos filmes em que trabalhamos juntos."

Embora Scuderi e seus sócios tenham providenciado a maior parte da quantia de dinheiro usada para fazer *Sexta-Feira 13*, o acordo de Cunningham lhe dava a palavra final em todas as decisões criativas e administrativas, incluindo como e para quem o filme acabaria sendo vendido. Dessa forma, Scuderi e seus sócios tiveram de levar Cunningham em consideração em todos os níveis do processo; eles podiam isolar Cunningham no sentido de segurar o dinheiro, mas não podiam ignorá-lo.

"Eu fui bem pago pelo meu trabalho em *Sexta-Feira 13*, e quando escrevi *Sexta-Feira 13 Parte 2* cheguei a ter um contrato de percentual de lucro com a Georgetown, que estava estimando no valor de 3 milhões de dólares!", relembra Ron Kurz. "Eu nunca recebi um centavo por isso (embora tenha sido bem pago enquanto trabalhava). A Georgetown dizia que a Paramount deveria pagar. A Paramount dizia que era responsabilidade da Georgetown. Meus advogados não chegaram a lugar algum. Ah, a indústria do cinema."

"Eles [os investidores de Boston] só estavam preocupados com os assuntos financeiros e andavam sempre por perto no set durante as filmagens de *Here Come the Tigers* e *Sexta-Feira 13*", relembra Richard Murphy. "Sean tinha total controle criativo do filme e não tinha como os caras de Boston dizerem algo contra Sean e o jeito que ele conduzia o filme. Sean tinha toda a vantagem. Ele era o produtor e diretor e tinha seu próprio dinheiro no filme, e realmente não precisava deles. Ele tinha inúmeras vantagens sobre os caras de Boston. A história que ouvimos foi de que os caras estavam muito nervosos temendo que Sean vendesse o filme a outra pessoa, como o que George A. Romero havia feito com *A Noite dos Mortos-Vivos* (*Night of the Living Dead*, 1968), e eles queriam o maior pedaço do filme que pudessem ter porque sentiam que isso era algo que iria fazer sucesso. Eles eram bem respeitosos com Sean no set, mas estavam sempre por lá."

"Creio que eles [os investidores de Boston] tinham uma grande influência criativa", diz David A. Szulkin. "Eles botavam o dinheiro, então tinham voz nos filmes que Sean fazia. Na minha opinião eles sugeriram muitos dos recursos (as cenas sangrentas) nos filmes de *Sexta-Feira 13*. Eu tinha a impressão, ao falar com várias pessoas envolvidas nos filmes, que Phil [Scuderi] era a força criativa. Steve [Stephen Minasian] também contribuía criativamente com os filmes que produzia, mas minha impressão era de que Phil era o cara principal, um cara extrovertido, um cara que era tipo uma lenda viva. Steve preferia 'permanecer nos bastidores' (suas palavras)."

Quando eles funcionavam com o nome de Hallmark Releasing, a Georgetown Productions era conhecida por cheques sem fundo e pagamentos atrasados, resultado da natureza efêmera de sua rede enfraquecida de salas de cinema. Uma história que ganhou força ao longo dos anos, a respeito das filmagens de *Sexta-Feira 13*, é que a Georgetown era inadimplente com seus pagamentos a Cunningham durante a produção. Supostamente, Cunningham ficou sem dinheiro em algum momento; o elenco e a equipe ficaram sem pagamento durante o roteiro de produção e ameaçaram desistir do filme em consequência.

Também houve a insinuação de que o acordo de participação nos lucros que Cunningham e Miner propuseram a Barry Abrams, Betsy Palmer e alguns dos demais membros da equipe, no lugar do salário, era um resultado direto do fluxo de caixa oscilante e instável que Cunningham recebia de Boston.

O fato é que não houve pagamentos atrasados durante as filmagens. O elenco e a equipe foram pagos semanalmente e nenhum dos membros da equipe, salvo o fotógrafo de still Richard Feury, recorda qualquer problema no processo de pagamento. Houve, contudo, uma grande parte de nervosismo entre o elenco e a equipe sobre se os cheques e contracheques que recebiam seriam válidos quando saíssem da zona selvagem do acampamento No-Be-Bo-Sco. "Eu estava em um carro com Barry Abrams e Richard Murphy depois de acabarmos de ser pagos", relembra David Platt. "Olhamos todos uns para os outros nervosos e entendemos que era melhor correr para o banco e descontar os cheques devido à produção apertada e barata que era aquela."

Como mencionado, Cunningham era, e é, muito apresentável e inabalável, e tinha uma tremenda habilidade de não deixar a pressão o afetar ou amargar as pessoas ao seu redor. "Soa como uma reputação tão baixa, mas não era como se eles [Philip Scuderi e seus sócios] passassem um cheque e o dinheiro já estivesse no banco", diz Cunningham. "Eles diziam que passariam um cheque e depois não o faziam, e então o cheque não chegava, e você não podia realizar os pagamentos e você está tentando pagar os laboratórios e coisas do tipo. Eles eram donos de salas de cinema, e o dinheiro vinha nos fins de semana, e eles tinham um número limitado de lugares onde podiam gastar o dinheiro. Era aquele negócio de dar atenção ao problema mais urgente. Havia muita coisa acontecendo. Toda semana era uma batalha. Você tinha de lutar duro para pagar as contas, uma luta completamente diferente do quanto é difícil fazer um filme, mesmo quando você tem dinheiro."

Steve Miner era muito parecido com Cunningham em termos de ter uma atitude aparentemente positiva e manter a habilidade de compartimentalizar os sintomas de circunstâncias difíceis. Nos seus negócios com Philip Scuderi e seus sócios, Cunningham e Miner faziam suas discussões em quatro paredes, distantes do elenco e da equipe. "Havia muitas discussões ocorrendo em portas fechadas, quando os caras de Boston apareceram, e era assim que Sean e Steve lidavam com os problemas que apareciam", diz David Platt. "Sean e Steve tinham uma relação muito próxima e solidária. Quando algo ruim ou sério precisava ser discutido, eles conversavam entre quatro paredes."

"Sempre que o ânimo estava baixo, como quando estávamos esperando por Betsy Palmer aparecer, Sean notava e aparecia com um humor otimista", relembra Richard Berger. "Um dia no almoço, Sean olhou para mim e disse que eu lembrava Warren Beatty, porque Warren usava óculos naquela época e creio que Sean achava que eu parecia com ele. Eu não sei o quanto eu parecia com Warren Beatty, mas escutar isso de Sean me deu muita confiança."

"Era uma produção muito barata e deficiente em todos os sentidos, mas Sean e Steve tinham muito amor pelo filme e acho que isso os fez continuar", disse Caron Coplan. "Steve Miner era um vizinho meu em Connecticut e eu me lembro de que, antes de *Sexta-Feira 13* começar, ele estava bastante animado em fazer esse filme. Ele apontava para um pedaço de madeira lá fora e dizia 'Vamos pintar madeira. Vamos construir um set'. No fim, eles venderam os direitos para a Paramount e ficaram milionários com o filme. O resto de nós não tirava nada."

"Havia um escritório de produção no acampamento e Sean e Steve tinham um amigo de Connecticut que lidava com os pagamentos", relembra Richard Murphy. "Não era uma grande quantia de dinheiro. Eu acho que fiz 600 contos por semana, e tenho certeza de que o resto dos caras da equipe fazia o mesmo, exceto por Barry e Braden."

"Sean e Steve eram como parceiros de crime no sentido de como dirigiam tudo e trabalhavam em sintonia", diz Tad Page. "Quando Sean não nos dava sanduíches de almôndega, era provavelmente um sinal de que o filme estava em apuros, mas nunca soubemos sob quanta pressão Sean estava, porque ele nunca demonstrava que havia problemas. Eu recebia 700 dólares por semana e nunca fiquei sem receber, embora eu gostaria de, no lugar desse dinheiro, ter aceitado uma participação nos lucros do filme."

"Eram elenco e equipe muito trabalhadores e sensatos", relembra Jeannine Taylor. "Não havia querelas, brigas por poder ou egos ridículos. Não que eu tenha visto. Apenas bastante entusiasmo genuíno e um tipo de espírito instintivo e otimista que emanava de Sean a Barry e Steve e a todos no set. Todos realmente se divertiam nessas filmagens. Todo mundo fez o seu papel, ninguém se levava demasiadamente a sério e havia muitas risadas."

"Nós recebíamos cheques semanais", diz Robert Topol. "Não muito dinheiro. Eu me lembro de uma semana comum de salário que oscilava, na equipe, entre 150 a 750 dólares por semana. Sean sempre mantinha uma atitude positiva. Barry, Sean, Steve e Virginia formavam um grupo bem fechado e eles tinham um tipo de relação em que podiam dizer qualquer coisa um para o outro. A coisa mais surpreendente sobre Sean, dado os tipos de filme que ele fez em sua carreira, era o quanto ele falava sobre personagens e história, o que ele fazia sempre, constantemente."

"Nós éramos pagos toda semana", diz Cecelia Verardi. "Eu não me recordo de qualquer problema ou ameaça ou paralisações de trabalho."

O nível em que Sean Cunningham estava preocupado com pressões financeiras no set de *Sexta-Feira 13*, ou que considerou o colapso completo da produção devido à falta de investimento, era algo que somente compartilhava com aqueles próximos dele, especificamente sua esposa, Susan, Steve Miner e Adrienne King.

"Talentoso, obstinado, cativante e muito protetor dos seus atores", diz King sobre Cunningham. "Nós trabalhamos muito bem juntos e ele dirigiu com amor e criatividade, sem medo e desprezo como alguns outros. Ele mantinha um set calmo, mesmo que o mundo estivesse desabando ao seu redor... que o dinheiro estivesse acabando! Os atores não sabiam, e ele manteve as coisas dessa forma. Ele queria todo mundo focado em seus papéis e personagens e Sean era capaz de falar as palavras certas nos melhores momentos."

HARRY CROSBY e ADRIENNE KING trabalharam muito mais entre eles durante o período em Blairstown (Imagem cedida por Harvey Fenton)

A CABANA VAN DUSEN serviu como cabana principal em *Sexta-Feira 13* e como casa para a cena de *strip monopoly* (Imagem cedida por Tony Urban/tonyurbanphotography.com)

FAÇA-SE A LUZ

Embora *Sexta-Feira 13* tenha sido filmado inteiramente em Panavision, o acampamento apresentava muitos desafios fotográficos e de iluminação para o diretor de fotografia Barry Abrams e sua equipe, que usava um equipamento de iluminação bem modesto para o filme.

Uma vez que a maior parte do filme ocorre durante a noite, com um gerador que costumava falhar, a iluminação das cenas se tornou extremamente difícil no decorrer das filmagens e exigiu bastante criatividade. "Sean e eu passamos um bom tempo, talvez três dias, apenas falando sobre a cinematografia e a imagem geral do filme antes de começarmos a filmar", relembra Abrams. "Uma das primeiras coisas que decidimos foi que não íamos usar iluminação florescente. Não tendo um orçamento para uma grande unidade de iluminação, queríamos estabelecer um alcance estreito de contraste para não deixar passar qualquer contraste na iluminação. Queríamos que o filme tivesse uma imagem escura, granulada, e que a câmera visse o que os personagens viam no filme."

Abrams e sua equipe usaram basicamente apenas o que era necessário, e o que seu minúsculo orçamento permitia. "Usar a Panavision era a única forma de fazer um filme como aquele, em termos do alcance e da extensão que ela lhe dava, e as câmeras Panaflex tinham evoluído bastante na época que fizemos *Sexta-Feira 13*", diz Abrams. "Em termos de iluminação, usamos o que era preciso. A Hydrargyrum medium-arc iodide (HMI) tinha acabado de ser lançada, então usamos refletores de tungstênio para o filme e particularmente fizemos um bom uso dos pequenos refletores Mole-Richardson. Eu creio que a maioria dos refletores que usamos no filme era entre 650 e 2 mil watts. O maior refletor que chegamos a usar no filme foi de 5 mil watts."

"Nós tínhamos uma pequena quantidade de equipamentos", relembra James Bekiaris. "Não havia HMI, toda a iluminação era de tungstênio. Unidades pesadas. Um pequeno gerador no acampamento. Nós estávamos sempre carregando cabos por todo o acampamento. Não havia armação para os refletores, nada do tipo, e não havia iluminação prévia, então tínhamos que deixar tudo pronto. Nós escondíamos refletores por trás de colunas, em vigas expostas, e os refletores que usamos nas cabanas eram todos pequenas unidades. Uma coisa que tentamos fazer no filme foi criar um nível de 'retorno' azulado para a ambientação de certas cenas. Barry e Sean realmente deram seu melhor nesse filme. Não havia indecisão. Eles tinham visão."

"A percepção criativa de Barry era essencial para o sucesso do filme, especialmente desde que ele não tinha muito com o que trabalhar", diz Sean Cunningham. "Barry tinha muita habilidade criativa e ele usava isso para resolver seus problemas. Eu lembro que ele improvisava com frequência nas sequências de iluminação do filme, muitas vezes usando técnicas bem simples e básicas."

"Nosso equipamento era basicamente feito de refletores Mole-Richardson", relembra Tad Page. "Nós não tínhamos qualquer refletor HMI conosco. Eles já existiam na época, mas estavam fora dos nossos limites orçamentários. Nosso maior refletor era MR (de novo,

Mole-Richardson) 'dez eres' ou 'dez Ks', que eram gírias para refletores Fresnel de 10 mil watts (com lâmpadas de tungstênio) e 'sêniors', também conhecidos como 'cinco Ks' (5 mil watts). Para as condições durante o dia, eu me lembro de usar refletores 'mighties' MR com gelatina azul total e rebatendo em placas de isopor de quatro por oito. Também carregamos rebatedores de prata quatro por quatro conhecidos como 'placas brilhantes'. A chuva (efeito) era uma complicação em *Sexta-Feira 13*, pois havia muito plástico derretendo e condições elétricas de perigo. Não me recordo de qualquer cena sendo muito difícil de iluminar, mas manter todo mundo a salvo de ser eletrocutado foi o mais complicado. Falo das filmagens noturnas, principalmente."

A iluminação e a fotografia em *Sexta-Feira 13* são tão sabiamente ocultadas que não aparentam haver qualquer técnica envolvida. O exemplo mais impressionante disso está nas cenas que acontecem na cabana principal, especialmente nas cenas noturnas em que o gerador está "morto" e a cabana é iluminada apenas por uma lanterna ou pelo fogo da lareira. "Quando filmamos a cena do *Strip Monopoly*, eu estava lá, assistindo do outro quarto, e nós iluminamos aquilo com minúsculas unidades", relembra Abrams. "Nós fizemos um plano bem aberto para aquela cena, então o que fizemos foi colocar refletores por toda a parte inferior das paredes, o que permitiu que os atores se movessem pela cabana e passassem rente a eles. O principal desafio com a filmagem de cada cena era garantir que as câmeras estivessem bem focadas. Quando a lente está muito aberta para a cena, a profundidade da área é reduzida, então o foco tem de ser benfeito. Quando vi o filme pela primeira vez, a primeira coisa que procurei foi ver se estava em foco e fiquei muito aliviado pelo filme estar 99% bem focado como um todo."

"Nosso trabalho exterior era bem simples, relativamente falando", relembra Tad Page. "Quando a iluminação secundária era necessária, nós usávamos refletores de tungstênio cobertos de gelatina azul para balancear a luz do dia e refletores de nove lâmpadas dicroicas de 650 watts. Claro, tecidos de 'seda', em 'tela' e 'pretos' doze por doze e placas quatro

A cena da luta entre ADRIENNE KING e BETSY PALMER foi coreografada por Tom Savini (Imagem cedida por Harvey Fenton)

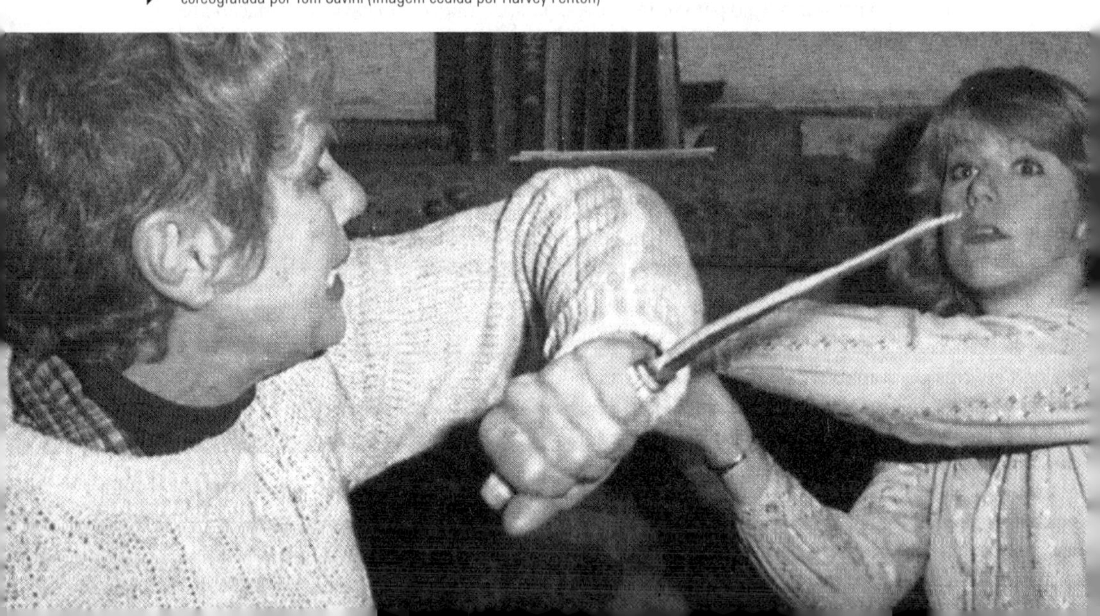

por quatro brilhantes para manipular a luz diariamente. Placas de isopor branco quatro por oito (como rebatedores) eram também comuns. Barry Abrams não era muito fã de luzes duras para interiores quando filmando perto das pessoas. Luzes duras eram usadas para causar efeitos (sol, luzes da rua, lua) através da janela ou por uma passagem interior para sugerir que as luzes estavam vindo de um outro cômodo. Iluminação de rostos e áreas em primeiro plano eram normalmente feitas com luzes suaves de refletores com um difusor estilo 'caixa de ovo', luzes suaves com refletores pequenos de 1K e arranjos de luzes suaves rebatidas com um rebatedor branco de 24 por 36 ou um isopor de espuma branca quatro por quatro e com um refletor aberto Mickey ou Mighty. Penduramos muitos refletores nesse trabalho. As cabanas no acampamento foram bem úteis para isso, com vigas expostas e uma construção rústica que permitia o uso livre de pregos, fitas e grampos. Usamos refletores no canto inferior das paredes e atrás do sofá, o que salvou no custo de usar armações para refletores."

"Provavelmente, o truque mais inovador de câmera que usamos em *Sexta-Feira 13* foi na cena em que Steve Christy está na lanchonete", diz Abrams. "Nós cobrimos as janelas com uma gelatina verde para a cena e é a única no filme em que você vê o uso de luz fluorescente." "O trabalho de Barry em *Sexta-Feira 13*, seu estilo, era áspero e assustador", diz Max Kalmanowicz. "Não era bonito. Não há nada bonito no filme, nem mesmo a grama ou as árvores. A fotografia de Barry gera um sentimento de mal-estar no filme, que era muito eficiente e combinava bem com o produto."

"Isso (a iluminação na lanchonete) servia para dar um balanço de cores entre o refletor de tungstênio que colocamos por fora das janelas da lanchonete e as luzes florescentes por dentro", diz Tad Page. "Barry era o diretor de fotografia, então ele projetou a iluminação para cada cena do filme. Ele era um grande fã de iluminação bem suave e sem sombras, o que estava na moda naquela época. Muita luz rebatida e um baixo contraste de 1 ou 2 nas lentes era a fórmula. Além disso, os locais ditavam a estética."

A filmagem da cena da morte de Steve Christy foi um desafio único pois a cena exigia uma hábil mistura de fotografia manual e iluminação. Como mencionado, uma das assinaturas visuais de *Sexta-Feira 13* era o uso no filme de tomadas feitas pelo "perseguidor", e esse modelo era especialmente necessário nessa cena, uma vez que o roteiro de filmagem pedia que Steve Christy fosse assassinado fora das câmeras.

Na cena, Steve Christy se aproxima da câmera enquanto simultaneamente é cegado pela luz que ilumina seus olhos. O assassino fora das câmeras nessa cena é interpretado por – quem mais? – Braden Lutz. Abrams, Cunningham e Lutz decidiram que a morte fora das câmeras seria um contraponto eficiente para o resto das sequências sangrentas do filme. Portanto, a cena foi filmada com Peter Brouwer se aproximando de Lutz e então se afastando da câmera com um grito enquanto simulava ter sido esfaqueado.

Um dos truques mais criativos de câmera no filme envolvia a revelação posterior do corpo de Steve Christy de cabeça para baixo, pendurado em uma árvore. Essa tomada foi feita por Brouwer em pessoa enquanto se pendurava na varanda de um bar. "Eu realmente estava pendurado na varanda de um bar", relembra Brouwer. "Eu usei uma câmera manual e me pendurei para entrar no enquadramento."

ALICE grita quando vê o cadáver de STEVE CHRISTY. Essa sequência em particular foi filmada dentro e ao redor de um terraço com o ator Peter Brouwer pendurado de cabeça pra baixo no enquadramento da câmera (Imagem cedida por Richard Feury)

O SOM DA VIOLÊNCIA

O ambiente de vida totalmente selvagem abundante no acampamento No-Be-Bo-Sco fornecia diversas oportunidades interessantes para gravação de som – como ressalta a cena de morte de Annie, que foi feita com uma orquestra de sons de pássaros e galhos pisoteados. Também foi o contexto de algumas desventuras.

Steve Miner criou um ritual noturno em que ele ia até o lago e pescava. Miner estava particularmente obcecado por fisgar um robalo que constantemente lhe fugia. "Ele ia toda noite", relembra Daniel Mahon. "Uma noite, eu fui lá e o vi tentando pegar esse peixe, um robalo, que nadava próximo ao cais, e ele simplesmente não conseguia, e aquilo o estava deixando louco. Então peguei a vara, joguei no lado e consegui na minha primeira tentativa. Steve ficou louco. No fim, jogamos o robalo de volta."

Barry Abrams teve uma experiência traumática quando foi até o lago fazer xixi. Abrams foi atacado por um castor agressivo que tentou agarrar seus órgãos genitais. "Eu estava me aliviando quando um castor apareceu e pulou para agarrar minhas partes íntimas", relembra Abrams. "Eu tentei me livrar dele, mas ele continuava tentando me atacar. Eu corri e fui contar para o pessoal no acampamento sobre o castor antissemita."

O resto do elenco e da equipe preferiu ficar entre quatro paredes durante as horas vagas, especialmente quando a noite era cada vez mais fria e chuvosa. Uma outra exceção era o técnico de som Richard Murphy, que frequentemente ia lá fora na floresta à noite procurar por barulhos diferentes que pudessem ser usados no filme.

Assim como na fotografia e na iluminação, o som de *Sexta-Feira 13* era feito com um equipamento de som bem barato e modesto. "Nós não tínhamos conhecimento nem equipamento suficiente quando fizemos o filme", relembra Murphy. "Usávamos principalmente um espingarda [microfones 'espingarda', que eram acoplados às câmeras] para o som do filme e também usamos microfones KM-81 e creio que também microfones Tram Lavalier. Usámos fitas Nagra [fitas de áudio] para o som, de quatro polegadas, e esse era nosso equipamento básico. Tínhamos três microfones para a filmagem completa e não havia microfones de rádio. Basicamente, eu passei a maior parte do filme usando o microfone espingarda e apontando pras pessoas durante a filmagem."

Como o resto da equipe situada em Nova York, Murphy foi criado nas ruas, desconfortável na natureza. "Eu fui para a floresta no escuro, com um microfone e um toca-fitas, para gravar alguns animais", relembra Murphy. "Estava na floresta, fumando um baseado, um rato da cidade de Brooklyn que não sabia nada sobre a floresta. Eu tinha uma cadeira e sentei lá por cinco, seis minutos e estava tudo muito calmo, e você conseguia ouvir cada pequeno barulho, cada galho, cada movimento, e por estarmos fazendo esse filme *slasher* sobre garotos sendo mortos, eu realmente comecei a surtar e me assustar com o fone de ouvido que estava usando. Eu comecei a ouvir os galhos falando. Steve Miner ria de quão deslocado eu estava e queria tirar uma foto minha na floresta – o que ele fez."

Como mencionado, a esposa de Sean Cunningham, Susan, estava presente durante as filmagens. Ela tinha uma oficina de edição no acampamento, onde editava o filme. Murphy trabalhou em conjunto com ela para sincronizar os efeitos de som. "Susan estava lá para editar o filme enquanto Steve Miner, que deveria ser o editor, estava produzindo o filme", relembra Murphy. "Susan me dizia o que precisavam em termos de efeitos sonoros para qualquer cena em particular, e eu fazia o meu melhor para conseguir o que ela queria."

SEGURA A MORTADELA

Sean Cunningham começou as filmagens de *Sexta-Feira 13* com o peso da vida e das pressões financeiras. Embora externamente estivesse calmo e relaxado para o elenco e a equipe, as pressões que ele enfrentava se manifestavam de diversas formas, mais notoriamente na forma barata, simples e frugal em que a produção de *Sexta-Feira 13* operava.

Um ótimo exemplo disso era como o elenco e a equipe eram, ou algumas vezes não eram, alimentados no local. Jean Zipser, uma residente próxima, hoje já falecida, foi contratada na época para fornecer serviços no acampamento, mas rapidamente se frustrou e se constrangeu com a falta de recursos que recebia. "Sean era muito pão-duro", relembra Tad Page. "Ele era um terror no set, nesse sentido, e nós tínhamos de brigar para conseguir um jantar e brigar até para conseguir sanduíches de mortadela. Sean tinha um cronograma e ele desceu o chicote para conseguir terminar tudo a tempo. Claro, nós não sabíamos, na época, quanta pressão Sean estava sofrendo."

"Estávamos comendo filé mignon ou bebendo champanhe? Claro que não", diz Richard Murphy. "Naquela época, nós estávamos todos felizes em aprender como se faz um filme."

"Sean era muito econômico no set", relembra Robert Shulman. "Jean Zipser comandava uma mesa de serviços e Sean dava a ela dez centavos por dia para comida, e ela não conseguia fazer nada com aquilo. Chegou ao ponto de ela não querer mais nos encarar por um tempo, prestes a chorar, de tão constrangida que estava por não poder nos alimentar."

"Nós sempre comíamos enlatados", relembra Robert Topol com uma risada. "O elenco e a equipe comiam juntos, e as condições difíceis nos tornaram ainda mais unidos."

BETSY PALMER batendo em ADRIENNE KING; a filmagem da cena causou animosidade entre as atrizes (Imagem cedida por Harvey Fenton)

ADRIENNE E BETSY

A primeira semana de Betsy Palmer no acampamento foi com Sean Cunningham e Adrienne King, filmando as cenas de sua personagem com Alice. Mas ela também passou um bom tempo na cadeira de maquiagem de Tom Savini para preparar-se para a sequência da decapitação do filme, em que Alice corta a cabeça de Pamela Voorhees com um facão.

O vestuário de Palmer era formado por um suéter dado a ela pela figurinista Caron Coplan. "Eles me deram um suéter folgado para usar no filme e me fazer parecer mais forte e mais fisicamente imponente, mesmo embora eu tivesse apenas 1,70m", disse Palmer. "Eu também vesti roupas íntimas longas para a cena parecer mais forte, mas eu sempre pensava 'Quem diabos eu vou conseguir assustar?' Quando começamos a filmar minhas cenas, eu ainda estava superando o choque de participar em um filme de terror."

De acordo com Caron Coplan, o agora infame suéter folgado não era um toque estilístico, mas sim uma questão de necessidade devido às condições gélidas que Palmer enfrentou na sua chegada ao acampamento. "Eu forneci as roupas para todos os atores no filme, inclusive Betsy, e eu peguei todo o vestuário do *Canal Jeans* na Broadway e de *Cheap Jack's*, ou do meu próprio armário", diz Coplan. "Eu trouxe uma blusa de camponesa mexicana que uma das garotas usou no filme como um moletom. O suéter folgado veio de um desses lugares e eu o dei para Betsy porque estava muito frio. Não havia nenhum outro motivo. Não tinha nada a ver com o fato de Betsy ser uma mulher pequena, ou parecer muito magra, porque eu lembro que ela era alta o suficiente e parecia forte. Naquele ponto das filmagens, havia muitas cenas noturnas, fazia muito frio, e as noites chuvosas eram brutais e imprevisíveis para a filmagem. A estação estava mudando."

A relação de Palmer com King durante as filmagens continha uma certa dureza desde o primeiro encontro e era agravada pelas cenas de embate físico, de ferimentos, que elas fizeram juntas. Exceto pela cena em que Pamela Voorhees conta a Alice sobre Jason e a história do acampamento, todas as cenas entre King e Palmer se passam com as duas mulheres em combate corpo a corpo, com King quase sempre se defendendo.

Uma das primeiras cenas filmadas foi a que sra. Voorhees descobre Alice se escondendo na despensa, onde depois Alice atinge Pamela na cabeça com uma panela. Quando a cena foi filmada, a panela de borracha voou para longe. Isso não era um bom sinal.

A cena em que Pamela esbofeteia Alice em uma cabana que servia de armazém (também conhecida como "a cabana do campo de tiro", ou como o escritório de Steve Christy, em versões anteriores do roteiro) foi particularmente controversa por Palmer ter batido em King um pouco forte demais para o gosto de King. "Eu creio que foi na cabana, quando ela tinha uma espingarda apontada para mim e então eu comecei a estapeá-la", relembra Palmer. "Bem, nos palcos, você é ensinado a realmente bater, exceto se você realinha os golpes para atingir um alvo imaginário. Eu disse a Adrienne 'Vamos lá, Adrienne, vamos nessa. Vamos fazer isso com tudo.' Então eu realmente comecei a bater nela e a acertei com muita força, e ela caiu no chão. Aí ela gritou 'Sean, Sean!', e Sean teve de correr para consolá-la. Depois disso, nós fizemos da forma falsa. Sean me disse que ele iria adicionar os efeitos sonoros quando eu a atingia, mas eu não acho que ele fez isso realmente. Eu acho que ele apenas me disse isso para que eu parasse de bater nela de verdade."

Savini, com ajuda de Taso Stavrakis, planejou e ensaiou a cena na orla onde Alice e Pamela se agarram e Pamela enfia a cabeça de Alice na areia. Mais uma vez, King achou que Palmer foi muito dura nesse sentido e fez questão de expressar seus sentimentos a Cunningham. "Eu pensei 'Ok, agora é pra valer'", relembra King. "Era uma verdadeira batalha física. Terminei destruída e machucada, mas senti que um outro nível de atuação foi alcançado."

"Você não bate em filmes", diz Cunningham com uma risada. "Essa era a preocupação. Betsy não filmava há muito tempo, e eu estava preocupado se ela podia ou não realmente atuar com eficiência para as câmeras. Ela foi ótima, mas não se deve bater nos atores."

A sequência de decapitação estava no roteiro das filmagens, mas descrita de uma forma que deu a Cunningham a opção de filmá-la usando um efeito de edição no caso de Tom Savini não ser capaz de fazer uma cena realista. Savini, estava determinado a construir uma cena de decapitação memorável.

Savini e Stavrakis criaram um molde da cabeça de Betsy Palmer, suas características faciais congelavam um grito aterrorizante. O modelo de Palmer, como todos os outros modelos criados por Savini para o filme, foi cozinhado no fogão da lanchonete até ficar no ponto.

Uma vez que Savini tinha o modelo de Palmer, era hora de gravar. "Quando estávamos filmando na orla, estava tão frio que eu pus gelo em minha boca para que o sopro de ar frio não aparecesse nas câmeras", relembra Palmer. "Eu teria morrido de pneumonia se não fosse pelo suéter que estava vestindo. Nós estávamos lá na areia e então Taso e Tom disseram 'Ei, Betsy, você quer se ver sendo decapitada?'. Eu fiquei em choque."

Diferente da tensa, porém curta, relação com King, Palmer desenvolveu uma grande afeição tanto por Savini quanto por Stavrakis, e vice-versa. Palmer representava a velha guarda do *show business* e Savini, a inovação extrema do cinema de terror de baixo orçamento. "Eu me sinto muito lisonjeada quando as pessoas me dizem o quanto amaram a minha atuação no filme e quando se referem a mim como a estrela de *Sexta-Feira 13*, mas eu acho que a verdadeira estrela do filme foi Tom Savini", diz Palmer. "Tom era tão doce e divertido e muito talentoso. Ele sempre falava sobre como Dick Smith era seu artista de maquiagem favorito e como ele queria ser como ele. Uma vez, Tom teve de deixar o set para ir a um encontro com Dick Smith. Quando voltou, ele estava muito feliz, porque Dick Smith tinha gostado do seu trabalho. Tom estava radiante."

"Tom é tão genial que minha tentação era de abusar dos seus efeitos sangrentos", diz Cunningham. "Nós podíamos muito bem ter tido muito mais efeitos no filme, mas eu achei que seria exagero, porque, uma vez que você choca o público demais, ele fica dormente. Eu fui capaz de balancear isso durante o processo de edição quando pude ser mais objetivo. Também sabia que o filme não podia terminar com a decapitação. Tinha de ter um grande choque, aquele que te faz pular da cadeira, como uma montanha-russa."

"Nós realmente fomos além com a cena da decapitação", diz King. "A forma como foi feita em câmera lenta foi quase como um balé. Eu sei que é bizarro olhar para uma cena de decapitação dessa forma, mas eu acho que todo mundo envolvido naquele primeiro *Sexta-Feira 13* provavelmente relembra essa cena de uma forma um pouco diferente. Não tinham sido feitos muitos filmes de *slasher* até então, por isso havia um sentido real de inocência envolvido em fazer aquele filme."

"A cena [da decapitação] estava no roteiro, mas, de novo, Tom nos espantou com sua imaginação", diz Miner. "A decapitação aparece na tela da forma poderosa e visceral."

A filmagem dessa sequência foi alguma coisa perto de um evento social no set de *Sexta-Feira 13*. Todo mundo se reuniu perto da orla do lago para assistir, incluindo o diretor de elenco Barry Moss, que tinha acabado de chegar em Blairstown. Como a cena da morte de Kevin Bacon, a execução exigia muita destreza e sincronia da parte de Savini e Stavrakis.

Para a filmagem do efeito, o molde da cabeça de Palmer estava acoplado a um molde de corpo. As mãos de Palmer – as mãos que agem em reflexo após a cabeça cair do seu corpo – pertencem a Stavrakis. A lâmina que desliza na imagem foi manuseada pro Savini. "Após ela ser decapitada, ela levanta as mãos pro ar, como um reflexo da morte, e você pode ver o nó dos dedos peludos", diz Savini. "Isso é porque Taso estava vestindo a cabeça e os ombros de Betsy Palmer, que nós acoplamos nas suas costas. A cabeça já tinha sido separada e estava segura apenas por palitos. Tudo o que restava era que eu desferisse o golpe com a lâmina forte o bastante para separar a cabeça de onde ela estava posicionada. Nós tivemos

A cena do *STRIP MONOPOLY* foi adicionada durante a produção (Imagem cedida por Henri Guibaud)

que reforçar o suporte da câmera para que tudo pudesse funcionar em câmera lenta. Nós tivemos sorte que a cabeça terminou girando pelo ar daquele jeito."

STRIP MONOPOLY

Embora os membros do elenco Laurie Bartram, Harry Crosby e Adrienne King tenham improvisado muito na cena de *Strip Monopoly*, ela foi criada por Victor Miller, que continuava a fazer contribuições ao roteiro depois do início das filmagens. "Eu estava trabalhando no roteiro depois do início das filmagens, e você pode acreditar que eu escrevi aquela cena", diz Miller. "Sean sentia que faltava uma cena de humor como aquela para quebrar a tensão das cenas de morte e foi aí que eu inventei aquilo."

"As páginas do *Strip Monopoly* foram adicionadas e dadas a Laurie, Harry e a mim um dia antes da noite em que tivemos de fazê-lo", relembra King. "Muito daquilo nós improvi-

"Todo mundo sabia o que estava acontecendo entre ADRIENNE (acima, à dir.) e Sean. Houve um momento em que estávamos fazendo a cena, esperando enquanto eles conversavam por uns dez minutos sobre como ela deveria ser filmada."

samos e se acontecesse, e funcionasse, seria mantido. A cena em que o corpo de Brenda [que na verdade era Tom Savini] entrou voando pela janela da cozinha e eu reagi... quando minha capa de chuva fica presa no fogão... bem... nada foi exatamente planejado. Sean disse 'Se é real, e funciona... então se aproveita!'."

ADRIENNE E SEAN

À medida que o cronograma das filmagens principais de *Sexta-Feira 13* se aproximava da reta final, ficou óbvio para o elenco e a equipe que Sean Cunningham e Adrienne King tinham criado laços que iam além da dinâmica básica de diretor e atriz principal. Isso ficou mais evidente aos membros da equipe, que viam que King se portava de alguma forma indiferente durante as filmagens.

Antes da filmagem das cenas de King, Cunningham e ela tinham longas discussões sobre a forma que uma cena específica deveria ser filmada, com King, que era uma artista e fotógrafa, mas não tinha experiência cinematográfica, dando a Cunningham sugestões de como ela pensava que uma cena qualquer deveria ser filmada e encenada.

No decorrer das filmagens, Cunningham adotava mais e mais as sugestões de King, muito a desgosto da equipe, que muitas vezes ficava esperando por dez minutos enquanto Cunningham e King tinham essas discussões. "Havia ressentimento contra Adrienne, que era muito mimada no filme", diz Robert Shulman. "O que acontecia era que Sean estava coreografando uma cena conosco e eles dois começavam a discutir uma cena, e isso se prolongava, e Adrienne sempre conseguia que as coisas fossem do seu jeito."

A essa altura, era óbvio para o resto do elenco e da equipe que a relação entre Cunningham e King tinha ultrapassado as fronteiras profissionais. "Nós descobrimos que Adrienne e Sean estavam dormindo juntos", relembra Robert Shulman. "Era óbvio. Todo mundo sabia o que estava acontecendo entre os dois. Houve um momento em que estávamos fazendo a cena e estávamos todos esperando enquanto Adrienne e Sean conversavam por uns dez minutos sobre como a cena deveria ser filmada. Adrienne ia explicar a forma que ela pensava que a cena deveria ser feita e sempre conseguia o que queria. Certa vez, eu me virei para Barry [Abrams] e disse 'Você acha que ele está comendo ela nesse momento?', e Barry apenas riu, balançou a cabeça e disse 'Ah, Sean nunca faria algo do tipo, porque é casado'."

A relação entre Cunningham e King era especialmente picante, pois a família de Cunningham estava por perto. No final, não houve danos, e a relação entre Cunningham e King terminou como mais um dos inúmeros relacionamentos de curta duração que acontecem nos sets de filmagem e são normalmente extinguidos imediatamente após o fim da filmagem, se não antes.

Certamente o relacionamento que existiu entre Cunningham e King durante a filmagem de *Sexta-Feira 13* não foi mais chocante do que as loucas brincadeiras que aconteceram entre a equipe no motel de beira de estrada durante as filmagens. Com a exceção do filme em si, o que aconteceu em Blairstown certamente ficou em Blairstown.

A 24 hour nightmare of terror.
PARAMOUNT PICTURES PRESENTS FRIDAY THE 13TH A SEAN S. CU
RESTRICTED

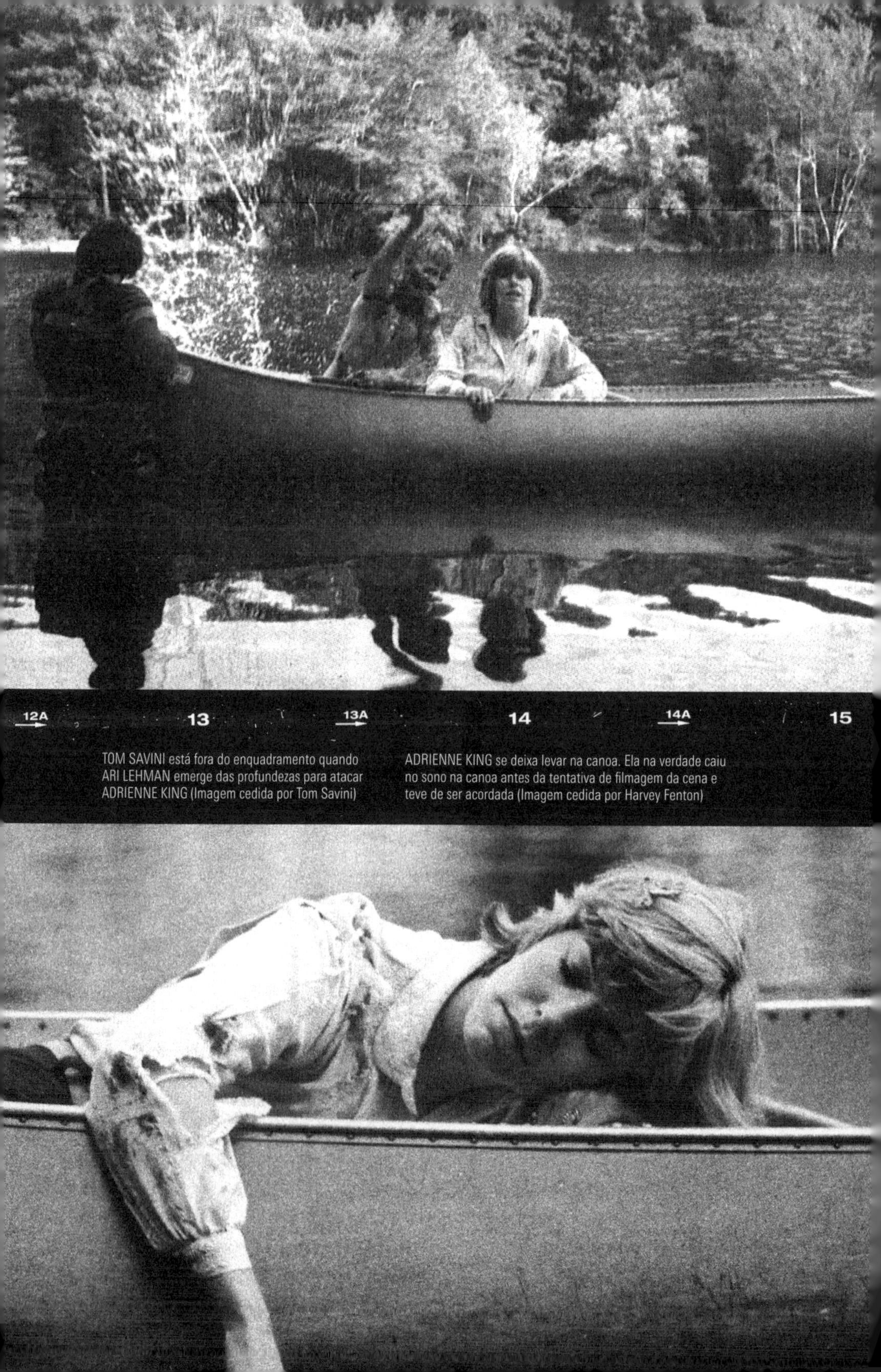

TOM SAVINI está fora do enquadramento quando ARI LEHMAN emerge das profundezas para atacar ADRIENNE KING (Imagem cedida por Tom Savini)

ADRIENNE KING se deixa levar na canoa. Ela na verdade caiu no sono na canoa antes da tentativa de filmagem da cena e teve de ser acordada (Imagem cedida por Harvey Fenton)

QUARTA SEMANA

A CENA DO LAGO

"A cena do lago foi a última que fizemos no filme e pensávamos que seria bem fácil e direta. Iríamos até o lago, para colocar a garota na canoa e o garoto na água, esperar a luz do sol correta e simplesmente filmar. Cara, como estávamos errados!" – ***Barry Abrams***

A quarta e final semana da filmagem principal de *Sexta-Feira 13* foi uma semana bem conturbada, dominada pelo planejamento e pela tentativa de filmar a culminante cena do lago. Esperada como uma cena simples e direta do filme, ela provou ser irrealizável durante o cronograma de filmagem principal de *Sexta-Feira 13*, ao menos para o gosto de Sean Cunningham. Seriam necessárias várias tentativas a mais, durante o curso de mais um mês, antes de a cena ser completada com sucesso.

A última semana de filmagem no roteiro de produção não era o final da filmagem de *Sexta-Feira 13*. Cunningham, junto com a equipe principal, iria filmar mais cenas a serem inseridas depois, próximo de sua casa em Westport, Connecticut, que iriam aparecer, em frações e pedaços, no filme terminado.

O fim da filmagem de *Sexta-Feira 13* em Blairstown foi recebido pela chegada de outubro de 1979. Representava o final de uma jornada caótica, feliz e selvagem para o elenco e a equipe, que passaram o resto das suas vidas relembrando o tempo que estiveram em Blairstown e o filme, com uma mistura de perplexidade, nostalgia e enfado.

UM LUGAR AO SOL

A cena em que os monitores de acampamento nadam e se bronzeiam no lago foi filmada em um momento em que o acampamento havia ficado cruelmente gelado. Os membros da equipe tiveram de varrer o gelo do cais construído por Virginia Field e sua equipe de design para o filme. Além disso, a cena representa a última passagem no filme em que os monitores de acampamento estão felizes e juntos na luz do dia antes de o filme virar crescentemente sombrio e sangrento.

A essa altura das filmagens de *Sexta-Feira 13*, os membros do elenco tinham formado uma espécie de grupinho, e grupinhos entre eles, mesmo embora o cronograma de filmagem quase sempre tivesse os membros do elenco trabalhando separados e em horários diferentes. Como seus personagens de idade universitária, os membros do elenco representavam um grupo despreocupado de atores jovens que estavam felizes por estarem vivos, fazendo um filme, e eram cheios de otimismo com relação ao futuro. A única ação que acontece nessa cena que de outra forma seria apenas diversão é quando o personagem de Ned finge um afogamento, é puxado da água e então recebe uma ressuscitação boca a boca de Brenda.

Laurie Bartram tinha usado a filmagem em *Sexta-Feira 13* para fazer decisões a respeito do seu futuro. Embora Bartram tenha gostado do seu tempo com o elenco e a equipe no acampamento, ela era mais próxima de Harry Crosby, e a amizade dos dois iria continuar depois do fim das filmagens, em Nova York. "Nós ficamos amigos durante as filmagens", diz Crosby. "Não era nenhum tipo de romance, e não estávamos namorando nem nada do tipo. Ela era muito agradável, uma atriz talentosa e uma pessoa maravilhosa. Bartram era cristã, e quando voltamos a Nova York ela me levou para uma igreja no Harlem, o que foi uma experiência muito interessante. Eu perdi contato com ela depois, mas gostava muito dela."

"Eu me lembro de ter escutado, ou de alguém ter me falado, que Laurie era uma atleta universitária", relembra Richard Murphy. "Eu acho que isso teve a ver com a cena em que ela pula na água e salva o garoto que estava se afogando. Quando ela sai para nadar, e você vê que o assassino a está observando nas árvores, tivemos de filmar aquilo de um ângulo cada vez mais alto, porque havia cada vez menos folhas à medida que a filmagem prosseguia. Tivemos de tirar a neve e o gelo do cais para cena."

"Eu lembro que Laurie era uma pessoa generosa, amável e esperta", diz Mark Nelson. "Para a cena da natação, eu quase desmaiei, porque tive de nadar cachorrinho, me debater na água mais e mais até que eles terminassem de filmar. Quando saí da água, me senti muito mal. A parte boa foi que pude beijar Laurie."

"Ela tinha um tremendo senso de humor, uma mente irônica, como dizem, e eu sinto muito que nossos caminhos nunca se cruzaram de novo e que perdemos o contato", diz Tom Savini. "Ela era certamente uma das mulheres mais bonitas que já tinha visto em um set de filmagem."

"Eu não sabia que Laurie era religiosa até o dia em que a vi rezar antes de comer, o que era realmente incomum em nosso grupo", diz Robert Shulman. "Além disso, parecia que ela tinha se divertido bastante fazendo o filme."

"Ela [Laurie Bartram] estava lutando com o compromisso com sua fé cristã e com o modo como poderia encaixar isso na sua vida como atriz", relembra Jeannine Taylor. "Ao final da filmagem, eu tinha certeza de que ela tinha decidido deixar a carreira de atriz e se dedicar a viver baseando-se na sua fé, longe da indústria do entretenimento. Era possível ver que ela trabalhava para remodelar sua vida em algo mais espiritual. Por exemplo, ela pensava que o maiô que ela usava na cena do lago não lhe caía bem (engraçado, eu achava que ficava ótimo nela). Mas, ao invés de perguntar à figurinista para procurar algo melhor pra ela, ela me disse 'Não precisa. Assim eu aprendo como ser humilde'. Ela disse isso com sua ironia de costume, mas ela também acreditava naquilo de verdade. Eu sabia que tinha algo de extraordinário a seu respeito e também sabia que ela escolheria desistir de atuar. Naquele momento, nós estávamos em um set de um filme de terror que seria 'selecionado' para um lançamento mais amplo, e seria condenado pela Igreja Católica e praticamente por todo mundo que fosse autoridade nessa época, ou pelo menos assim parecia. Eu muitas vezes me perguntei durante os anos o que Laurie deveria pensar a respeito disso tudo. Eu fiquei profundamente entristecido ao saber que ela tinha falecido. O mundo perdeu um espírito verdadeiramente bonito."

"Um dos meus vários trabalhos no filme era ficar com os atores e garantir que eles fossem do ponto A ao ponto B, e eu passei muito do meu tempo com Harry e Laurie, por isso nos tornamos bons amigos", disse Cecelia Verardi. "Eu ficava mais com eles durante o dia, especificamente, e me assegurei de que estivessem onde deveriam estar. Nós estávamos trabalhando dia e noite, então não havia muito tempo livre. Laurie não estava entusiasmada de estar no filme, mas ela era muito divertida. Ver o seu corpo sangrento depois fez com que ela olhasse pra tudo aquilo com senso de humor, e Laurie tinha um grande senso de humor. Harry era maravilhoso. Ele era carismático, espiritual, tranquilo, mas também fazia você rir. Harry se interessou por Laurie, gostava muito dela, mas de uma forma muito sutil."

Obviamente, Harry Crosby – que relembra ter recebido 750 dólares, no total, por seu trabalho em *Sexta-Feira 13* – tinha o maior privilégio entre os membros do elenco devido ao seu famoso sobrenome, enquanto Kevin Bacon tinha algum grau de notoriedade pelo seu importante papel no filme *O Clube dos Cafajestes.* Restavam Mark Nelson e Jeannine Taylor, que eram completamente desconhecidos, junto com a estrela Adrienne King.

"Harry Crosby recebia mais atenção devido à sua linhagem", relembra James Bekiaris. "Ele tinha um nome importante e recebia tratamento especial no set. Adrienne estava disposta a fazer tudo o que podia. Ela era atraente e tinha esse charme de garota comum que fazia você se interessar por ela. Kevin Bacon era apenas um jovem ator."

"Adrienne King era uma péssima atriz", diz Richard Berger. "Harry era um cara realmente legal. Anos depois, eu conheci a mãe de Harry, Kathryn, na filmagem do filme *High Society*, e eu lhe disse que tinha trabalhado com seu filho em *Sexta-Feira 13*."

"Eles eram um bando de garotos felizes por fazer um filme", relembra Virginia Field. "Kevin era bom. Talvez Harry fosse um pouco mimado, mais do que os outros atores que estavam felizes só por estarem vivos. Harry era muito legal. Os meninos eram muito amistosos. Adrienne era legal, mas não muito interessante."

"Kevin Bacon e Harry Crosby costumavam levantar peso e fazer flexões antes de suas cenas sem camisa e nadando", relembra Adrienne King. "Minha memória mais afetuosa é provavelmente de quando começamos a filmar e ainda estava quente e ensolarado e todos nós estávamos juntos pela primeira vez. Tivemos momentos maravilhosos juntos; estávamos todos nos nossos 20 e poucos anos e todos muito animados por podermos trabalhar juntos."

"Kevin Bacon tinha alguma fama por conta de *O Clube dos Cafajestes* e era alguém muito divertido de se ter por perto", diz Tad Page. "Adrienne era mais reservada, um tipo bem conservadora. Harry Crosby era um bom rapaz. Laurie Bartram era bem correta."

"Kevin era um garoto tímido, doce, que pensei que tinha 17 ou 18 anos quando fizemos o filme, porque ele parecia muito jovem", diz David Platt. "Adrienne era uma garota legal, doce, que eu acho que teve uma atuação muito exagerada e não era particularmente interessante ou talentosa. Harry era muito legal, bem despretensioso, muito trabalhador."

"Adrienne King estava normalmente ocupada em outras partes do set, e uma vez que não tivemos muitas cenas juntas eu infelizmente não tive muita oportunidade de conhecê-la melhor, o que foi uma pena", diz Jeannine Taylor. "Eu me lembro dela como uma verdadeira profissional, com uma concentração fantástica. Eu passei um certo tempo conversando com Harry Crosby, que tinha perdido seu pai famoso fazia pouco tempo. Ele algumas vezes compartilhava anedotas sobre como cresceu sendo o filho de Bing Crosby, o que era um grande prazer escutar. Eu também gostava de ouvir Harry tocar violão, o que ele fazia muito bem. Eu estava curioso sobre tudo e todos naquele momento, e ouvia muito mais do que falava."

"Kevin era um cara realmente bonito e era mais confiante do que os outros atores", relembra Robert Topol. "Eu achei que Kevin foi muito eficiente no filme. Harry Crosby tinha um nome de família de prestígio. Na sua maioria, eu creio que os atores estavam apenas felizes de estar trabalhando em um filme."

"Uma noite, eu convidei Tom Savini e Harry Crosby para provar um pouco do milho doce de Nova Jersey, já que estava na temporada certa", relembra Robert Tramontin. "Nós nos fartamos com tanto milho doce. Ele virou o nosso jantar."

"Adrienne era uma pessoa desconfortável de se ter por perto e um pouco irritante", diz Cecelia Verardi. "Você não ficava muito íntimo dela, e ela não se aproximava muito dos outros também. Ela mostrou ser um tipo da alta sociedade de Connecticut, meio que mimada. Kevin Bacon era de alguma forma indiferente e vivia realmente entre os meninos. Não que ele fosse gay, nada do tipo, mas preferia passar tempo com os garotos a passar com as garotas. Jeannine era um tipo de grã-fina de Connecticut, garota da alta sociedade."

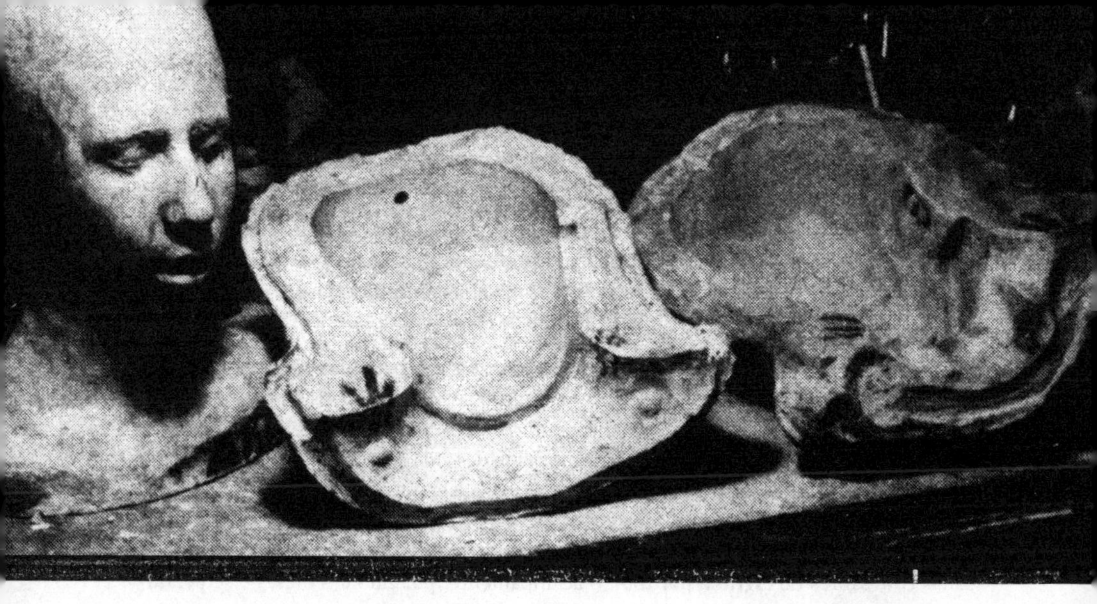

O modelo do jovem JASON para a cena do lago (Imagem cedida por Tom Savini)

CRIANDO JASON

Embora Ari Lehman apenas se lembre de passar quatro dias no set, perto do final do cronograma de filmagem ele conseguiu conhecer a maior parte dos membros do elenco e teve um trabalho muito mais árduo do que a maioria deles, com a possível exceção de Adrienne King.

Isso foi o resultado do cansativo trabalho de efeitos especiais que transformaram Lehman no monstruoso Jason, que surge do fundo do lago. Lehman tinha começado a trabalhar com Tom Savini e Taso Stavrakis em agosto de 1979, na casa de Steve Miner em Westport, e continuou no mês de setembro e até o início de outubro. "Sim, tudo isso [a filmagem da cena do lago e Lehman assistindo à filmagem das outras cenas] aconteceu nos poucos dias em que eu estive no set da última vez, no outono, para filmar a última cena com Adrienne", relembra Lehman. "Na verdade, Adrienne também confirmou que lembrou ter ouvido no rádio anunciarem na estação de Blairstown que fazia -10 graus lá fora naquela manhã [na primeira tentativa de filmagem da cena do lago]! Eu estava no set por alguns dias naquela época, quando eles filmaram diversas das cenas de morte, inclusive a de Kevin e a de Harry. Eu creio que a cena de Kevin foi filmada primeiro."

A lembrança de Lehman de ter visto a cena da morte de Kevin contradiz a lembrança de diversos outros membros da equipe, que lembram de a cena ter sido filmada muito antes. Isso sugere que ou Lehman está errado a esse respeito, levando em conta todos os anos que se passaram, ou que certos elementos dessa cena foram filmados novamente perto do fim do cronograma de filmagem, uma época em que Kevin Bacon definitivamente ainda estava presente no acampamento.

Em agosto, Savini e Stavrakis tinham criado um modelo da cabeça de Lehman na cabana de oficina de efeitos especiais no quintal de Miner. Com Lehman no acampamento, era o momento de terminar o trabalho. "Eu trabalhei com Tom Savini e seu assistente, Taso

Stavrakis, constantemente por quatro semanas para criar o modelo original da minha face", relembra Lehman. "Depois disso, adições no roteiro pediam que o personagem parecesse debilitado pela água. Eu retornei ao estúdio por uns dias antes de tentarmos no set. Cada vez, levava quatro horas para colocar a maquiagem, então se havia uma chamada de 7h30 para o elenco e a equipe, nós tínhamos de começar a aplicar a máscara às 3h30."

Lehman ficou no acampamento com Savini, Stavrakis e o resto dos membros juniores da equipe e, como mencionado, muito tempo junto com os membros do elenco de 20 e poucos anos. Lehman, Savini e Stavrakis eram como os Três Mosqueteiros no acampamento, na medida em que trabalhavam juntos para dar vida a Jason. "Trabalhar com Tom Savini e seu assistente, Taso Stavrakis, era o máximo", relembra Lehman. "Vivíamos todos no acampamento, o que dava um ar festivo para a produção, especialmente depois que terminávamos as filmagens do dia. Tom e Taso também gostavam de praticar lutas simuladas com sabres de esgrima por todo o acampamento, pulando em mesas e se pendurando em cordas. Eu tive de aprender a me defender dos ataques surpresas. Nós também dávamos grandes mergulhos no lago. Uma vez estávamos lá fora, à noite, retirando lama do fundo do lago para a maquiagem de Jason, quando ouvimos um forte barulho vindo da floresta na costa. 'É Jason', brincamos. Ficamos aliviados em ver que era apenas um grande urso vindo beber a água do lago."

Os últimos momentos de Lehman no acampamento foram depois da filmagem da sequência de recordação de Pamela Voorhees, quando ela enxerga Jason se afogando. "Nós trabalhamos por semanas na primeira máscara, montando os dentes, olhos, a cabeça em si", relembra Lehman. "Uma vez, quando minha cabeça inteira estava totalmente coberta por plástico, Tom colocou para tocar 'Strange Days', de Jim Morrison e The Doors. Foi a primeira vez que ouvi uma música como aquela, e fiquei impressionado... Dias estranhos, realmente! Depois que fizemos a primeira prótese e filmamos a cena do afogamento, uma segunda prótese foi necessária para a cena final, então eu voltei ao estúdio para aquela nova máscara, que foi criada para ser ainda mais assustadora. Eles queriam que Jason fosse repulsivo e lamentável ao mesmo tempo, então Tom criou uma nova versão, que usei na cena final. Claro, também cobrimos a máscara e a mim mesmo com lama e vegetação, que Tom nos pediu para coletar do fundo do lago Sand Pond na noite anterior. Tom também aplicou látex adicional, que deixou secar. Quando descascou, parecia como pele em decomposição. No momento em que todos já estavam felizes com a aparência, Tom fez alguns dentes deformados, colocou um olho de vidro grotesco sobre o meu olho direito, e Jason finalmente nasceu!"

Enquanto Tom Savini merece toda honra e glória por dar vida ao visual de Jason, o contentamento de Savini por ter criado o "monstruoso Jason" é diminuído pelo roteiro de filmagem, que descreve o personagem – o Jason que surge do fundo do lago – como uma "forma grotesca", com um rosto que é "horrivelmente inchado, roxo, agonizante." A descrição claramente denota a contribuição do escritor Ron Kurz em relação à criação do conceito do personagem de Jason e dá força ao argumento de Kurz de que ele escreveu Jason como um monstro, trabalhando em cima da versão de Jason de Victor Miller, que apenas o descreve como um garoto simples, anormal, perturbado – mas inteiramente humano.

Claro que em nenhum lugar no roteiro de *Sexta-Feira 13* há a referência de Jason com síndrome de Down, e este é um conceito inteiramente de Savini. Ainda assim, a imagem de Jason mudou e evoluiu durante o próprio cronograma de filmagem. "Fazer a maquiagem em si era muito problemático, à medida que Jason apenas se tornou alguém com síndrome de Down depois de a aparência original não ter funcionado tão bem", disse Savini. "Em nosso design original, Jason tinha bastante cabelo e então nós mudamos o visual para fazê-lo ter um formato estranho de cabeça e de queixo. Tinha sido uma ideia minha. Não havia roteiro com esse tipo de descrição, e como poderia haver com o cronograma apertado que tínhamos?"

A COBRA TEM DE MORRER

A cena em que Alice acha uma cobra na sua cabana não estava no roteiro das filmagens, foi sugerida por Tom Savini. "Eu achei a cobra na minha cabana e falei com Sean Cunningham, então nós decidimos criar a cena em que um dos personagens acha uma cobra", relembra Savini. "O roteiro, da forma que era, deixou bastante espaço para interpretação, tanto em termos de efeitos especiais quanto para adicionar pequenos detalhes como aquele."

Savini mencionou o incidente para Cunningham que, consciente de como era magro o roteiro de 85 páginas, decidiu criar a cena envolvendo a tal cobra, com o intuito de adicionar tanto um presságio quanto uma leveza à história. O humor diminuiu quando a cobra de Savini foi morta no acampamento, sob circunstâncias que ninguém parece lembrar.

A morte real da cobra (a cobra no filme é cortada em pedaços com um facão pelo personagem de Harry Crosby, embora Crosby negue ter sido ele quem realmente a matou) provocou uma rara manifestação de emoção de Cunningham. "O único momento inquietante no set foi quando matamos a cobra de verdade", disse Cunningham. "Todo o resto era de mentira, exceto pela cobra, que foi cortada em pedaços por um facão. É um elemento importante no filme, dá tom à história, mas foi muito inquietante para todos, incluindo para mim mesmo, que de fato tenhamos matado a cobra. A realidade da coisa foi perturbadora."

A emoção que Cunningham demonstrou pela morte da cobra foi uma anomalia, em contraste com toda uma produção em que ele marchava com um profissionalismo clínico, frio e sério, que tinha definido a sua carreira antes de *Sexta-Feira 13*. "O filme não tinha qualquer impacto emocional para mim", diz Cunningham. Era como um trabalho de encanador. Os personagens eram, no máximo, rasos. De fato, muito tempo depois, quando fiz um filme chamado *Abismo do Terror* (*Deepstar Six*, 1989) com um grande elenco... após três ou quatro semanas chegou o momento em que há uma explosão e alguns dos personagens morrem, e eu fiquei deprimido porque havia mais conteúdo neles."

A 24 hour nightmare of terror.

PARAMOUNT PICTURES PRESENTS FRIDAY THE 13TH A SEAN S. CUN

R RESTRICTED

A versão finalizada do efeito BILL-CHEIO-DE-FLECHAS (Imagem cedida por Tom Savini)

A fórmula do sangue que é aplicada ao rosto de HARRY CROSBY prejudicou seus olhos e quase suspendeu as filmagens (Imagem cedida por Tom Savini)

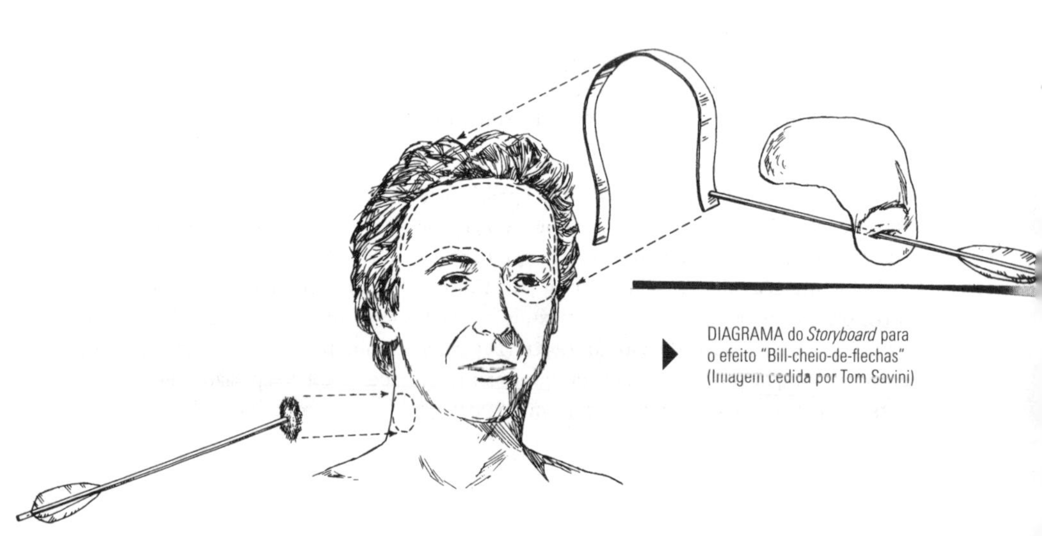

DIAGRAMA do *Storyboard* para o efeito "Bill-cheio-de-flechas" (Imagem cedida por Tom Savini)

BILL CHEIO DE FLECHAS

A maior calamidade que ocorreu durante a filmagem de *Sexta-Feira 13* foi na cena em que o personagem de Bill é pregado na porta da cabana do gerador com flechas. Durante a filmagem, os olhos de Harry Crosby queimaram e ele foi, então, hospitalizado por um curto período de tempo. A dor que Crosby sentiu é visível na versão final do filme. Bill pode ser visto piscando quando Alice faz sua descoberta sangrenta.

Essa foi uma das poucas cenas no roteiro que tinha detalhes gráficos. "O roteiro dizia que o cara era morto na tradição do martírio de São Sebastião, repleto de flechas", diz Savini. "Foi assim que fizemos com Harry, embora a cena também tenha se tornado uma paródia na rotina de Steve Martin flecha-na-cabeça para o *Saturdary Night Live*."

Além da atriz Laurie Bartram, de quem Crosby ficou bem íntimo durante as filmagens, ele passou a maior parte do seu tempo com Tom Savini, Taso Stavrakis, Cecelia Verardi e o marido dela, John. A cena no filme em que Harry toca violão ("A música que toquei no filme era de Edvard Grieg, um compositor norueguês", relembra Crosby) foi inspirada na própria habilidade de Crosby com o violão. "Harry passou inúmeras noites maravilhosas sentado na antiga cadeira de barbearia de Tom, tocando violão clássico enquanto pintávamos adereços", relembra Stavrakis. "Ele provavelmente passou mais tempo conosco do que com os outros atores no filme. Nós três éramos inseparáveis durante as filmagens."

Crosby – que diz nunca ter conhecido Betsy Palmer durante a filmagem de *Sexta-Feira 13* – estava pasmo com a mágica dos efeitos especiais que Savini e Stavrakis eram capazes de apresentar, e mais do que disposto a confiar neles para sua própria cena de morte. "Harry ficou em pé em um batente e seu cinto foi pregado na porta", relembra Savini. "Nós pegamos as flechas e as pressionamos no jeans de Harry e criamos uma aplicação para a flecha que ficou presa no olho de Harry, para dar a impressão de que realmente estava lá. Depois disso, aplicamos o sangue em seu rosto."

Savini estava experimentando a fórmula de sangue de Dick Smith em *Sexta-Feira 13* e a usou para a cena da morte de Crosby. Ele misturou a fórmula do sangue, que incluía um agente umidificador chamado Photoflo. Infelizmente, essa fórmula criou uma sensação de ardor tremenda nos olhos de Crosby, tanta que ele ficou temporariamente cego e em grande agonia. "A fórmula do sangue era como uma máscara sobre meu rosto, e o sangue escorreu para os meus olhos", relembra Crosby. "Quando a máscara estilo *Missão Impossível* foi retirada, o ar bateu nos meus olhos e em meu rosto e causou a sensação de ardor."

Embora Savini se lembre de misturar tal fórmula de sangue, ele nega estar presente durante o incidente, o que teria deixado Taso Stavrakis e Cecelia Verardi para supervisionar o efeito. Independentemente disso, o acidente foi uma grande vergonha para Savini, no que vinha sendo uma filmagem triunfante até aquele momento. "Eu misturei a fórmula e não estava no local quando o efeito aconteceu", relembra Savini. "Problemas femininos em casa. Há algumas fórmulas seguras de sangue para usar na boca e nos olhos... Descobri isso depois. PhotoFlo não é um dos ingredientes usados em sangue seguro. É um agente umidificador usado na criação de negativos de filmes e ajuda a saturar o sangue nas roupas ao invés de se tornar poroso. Então o sangue perigoso entrou nos olhos de Harry embaixo da aplicação usada para manter a flecha como se estivesse em seu olho, e esse contato queimou o pobre Harry. Não foi um momento feliz."

Crosby se contorcia em agonia após o acidente e foi então levado para um hospital local para ser tratado. No fim, ficou tudo bem com Crosby e ele continuou a trabalhar sem interrupções, mas o revés causou um pânico de curta duração no set. Cunningham e Miner, em particular, estavam apavorados com a ideia de que Crosby pudesse desistir do filme ou processar a produção, ou ambas as coisas.

Esse nervosismo aumentou quando Crosby, após ser examinado no hospital, desapareceu por um tempo, tendo sumido do seu motel, para ser finalmente encontrado depois sendo "curado" no quarto de uma funcionária da equipe. No final, a pessoa mais afetada pelo acidente foi Savini, que se sentiu humilhado e abalado por todo o ocorrido.

"O sangue falso, o PhotoFlo, o cegou e ele foi levado para o hospital e então desapareceu e ninguém conseguia achá-lo", relembra Daniel Mahon. "Ele não estava no motel com os outros atores. Nós descobrimos que uma das funcionárias da equipe havia levado ele para sua cabana e estava cuidando dele. Tom tinha ficado realmente assustado e toda sua conduta havia mudado após aquilo e creio que 'a produção' estava um pouco assustada com Tom após esse incidente. Durante as filmagens, Tom me procurava atrás de lâminas, facas, e eu lhe mostrava o que eu tinha. Depois do acidente, me foi dito para não afiar as facas demais, porque os produtores tinham medo de que Tom pudesse de fato matar alguém! Tom também estava um pouco assustado. Uma vez eu perguntei a Tom se ele queria que eu afiasse uma faca para ele usar, e ele disse 'Não', porque creio que estivesse com medo de que algo ruim pudesse acontecer."

"Eu estava no set durante a filmagem da cena da morte de Harry na porta", relembra Ari Lehman. "Harry mencionou que seu olho estava ardendo, o fazendo piscar, então Sean imediatamente chamou alguém para levá-lo ao hospital. Harry disse que preferia terminar a cena e depois ir. Sean concordou com relutância. Os espasmos do olho de Harry na cena são por conta da maquiagem que escorria. Ponto para Harry Crosby, um verdadeiro ator!"

"Eu lembro que havia dois tipos de sangue para aquela cena, um com base de Karo e o que tinha PhotoFlo, que foi usado porque tinha a viscosidade certa e escorria melhor", relembra Richard Murphy. "Alguém pôs aquele PhotoFlo no rosto de Harry e então ele começou a se contorcer no chão. Eles usaram o líquido no rosto de Harry para a tomada, além de um *stop-motion* para a cena, porque Harry começou a se contorcer de agonia assim que o ar atingiu o PhotoFlo."

"Harry Crosby ficou cego, e todos pensamos 'Ótimo. Esse filme vai entrar pra história como aquele em que o filho de Bing Crosby ficou cego'", diz David Platt. "Ficamos todos aterrorizados até Harry voltar. Foi tudo muito ruim. Bem amador."

"Harry Crosby era um cara legal, mas havia um grande problema com o efeito de maquiagem do olho, e o fato é que ele acabou indo parar no hospital", relembra Robert Shulman. "Foi mais do que uma pequena irritação."

"Harry teve um machucado no seu olho, mas não quis fazer confusão", relembra Cecelia Verardi. "Tom estava muito nervoso por ter ferido o olho de Harry, porque podia ter sido processado. Tom realmente baixou o 'tom' após o incidente do olho."

TOM DUBLÊ

O último grande ato de filmagem antes da culminante cena do lago foi a sequência em que o cadáver de Brenda é jogado pela janela da cabana principal. Com os efeitos anteriores, a necessidade tinha sido a mãe das invenções para Tom Savini, mas essa sequência em particular nasceu de pura exaustão e falta de tempo. "Toda a equipe estava de saída do acampamento quando tivemos de filmar aquela cena", relembra Savini. "Todo mundo estava muito cansado e querendo que aquilo terminasse logo, então planejamos a cena bem rapidamente."

A sequência não foi alcançada através de algum efeito da parte de Savini, mas sim da proeza do trabalho de um dublê. Laurie Bartram estava presente na cabana para a filmagem da revelação do cadáver de Brenda. "Eu pus uma peruca que meio que combinava com a cor do cabelo de Laurie, e então eu disse a Sean e à equipe que eu mesmo iria pular atravessando a janela, ao invés de usar um manequim", relembra Savini. "Mesmo embora eu houvesse trabalhado como dublê anteriormente, não sou louco e não estava animado com aquilo, mas era algo que precisava ser feito, porque estávamos realmente sob pressão para terminar tudo logo."

LAURIE BARTRAM e TOM SAVINI curtem um momento de diversão na cabana principal (Imagem cedida por Tom Savini)

Tom Savini vestiu uma peruca como dublê de BRENDA para a filmagem da cena em que seu cadáver é jogado pela janela (Imagem cedida por Tom Savini)

SEAN CUNNINGHAM e STEVE MINER posam com ARI LEHMAN (acima) no lago Sand Pond (Imagem cedida por Barry Abrams)

TOM SAVINI retoca a maquiagem de ARI LEHMAN (abaixo) para a filmagem da cena do lago. (Imagem cedida por Tom Savini)

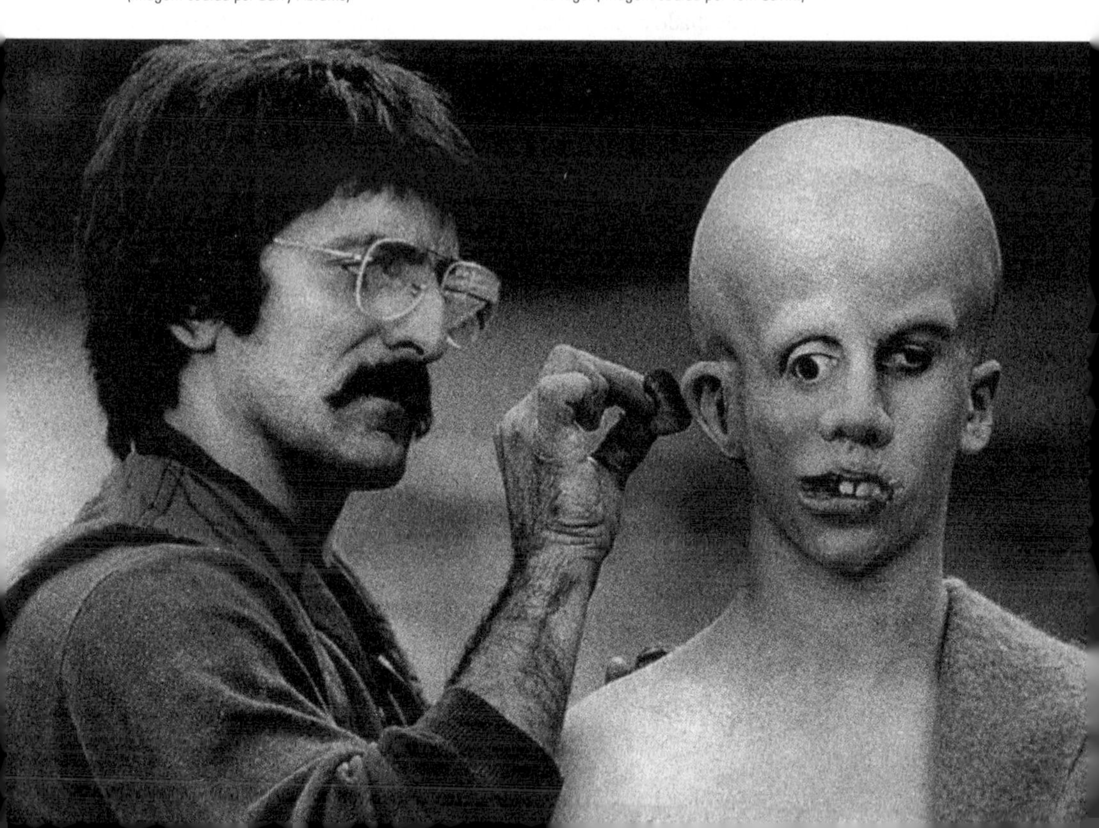

JASON... CRIANÇA

Tom Savini, Taso Stavrakis e o jovem Ari Lehman tiveram semanas de intenso planejamento e trabalho para organizar corretamente os elementos técnicos da culminante cena do lago. Mas para Sean Cunningham e a equipe de filmagem a cena do lago representava apenas um último acorde, algo que eles não imaginavam que iria ser mais difícil ou que levaria mais tempo do que as cenas anteriores. Houve uma chocante falta de planejamento.

A história da filmagem da cena do lago começa na noite anterior, com foco em Cecelia Verardi, o coringa no baralho de *Sexta-Feira 13*. Seu trabalho era olhar o céu e esperar pelo momento no qual o sol estivesse na posição perfeita para a filmagem. Ela não estava só. O resto da equipe, que tinha trabalhado severamente dia e noite, se reuniu na beira do lago, onde todos caíram no sono. A ideia era ter todos na margem para que estivessem prontos para começar no momento exato em que o sol aparecesse, no amanhecer. Então eles filmariam a cena.

Deveria ter sido simples assim. O elenco e a equipe iriam aparecer no lago, ao amanhecer, filmariam a cena e então fariam planos para deixar Blairstown. "Eu estava acordado por 25 horas, dia e noite inteiros, desde o dia anterior, e da mesma forma Adrienne [King]", relembra Cecelia Verardi. "Meu trabalho era olhar para o céu até que o sol chegasse no amanhecer, para garantir que o sol estaria no lugar certo para a filmagem, e então acordaria a todos e faríamos a cena. O plano era que colocaríamos o garoto no lago, a equipe na água, checaríamos o sol, faríamos Ari pular de lá de dentro e então Adrienne gritaria e seria puxada para baixo. Aí terminaríamos o filme. Bem simples e tranquilo. Esse era o último dia de filmagem e era também a última cena que teríamos de fazer."

A cena do lago foi filmada, no que veio a ser a primeira de várias verdadeiras tentativas, ao amanhecer, mais ou menos às seis da manhã. King, exausta da maratona de filmagens da noite anterior, foi realmente para o lago cerca de uma a duas horas antes do amanhecer e seguiu para a canoa marcada, se deixou levar pela água e caiu no sono. "Os outros atores, Harry e Laurie, não estavam por perto quando fizemos essa cena e já haviam deixado o local", relembra Cecelia Verardi. "Adrienne estava na água, na canoa, o que era a ideia, e então ela dormiu no barco por uma hora antes de estarmos prontos para filmar. Ela esperava pela cena e caiu no sono."

No final das contas, King, Ari Lehman e Tom Savini foram as únicas pessoas que chegaram realmente a entrar na água. Quando a cena foi filmada, a canoa em si estava apenas cerca de um a três metros de distância da margem onde Cunningham e a equipe de produção principal – especificamente Barry Abrams e sua unidade de Nova York – trabalhavam. "Sim, creio que fui o único a entrar na água com Adrienne e Ari quando fizemos a cena, porque eu tinha de ajustar constantemente a maquiagem de Ari", diz Savini. "Sean e o resto da equipe estavam no solo."

"O resto da equipe não estava em canoas quando a cena foi filmada, mas sim na margem", relembra Cecelia Verardi. "A água era rasa o bastante para Tom e os outros caminharem através dela e poderem conversar com Adrienne e Ari, além de trabalhar na maquiagem de Ari. Era uma equipe muito pequena que estava lá para a cena."

Philip Scuderi também estava presente para a filmagem da cena do lago, pois acreditava que essa cena – e o conceito de Jason emergindo do fundo do lago – era crucial para o sucesso de *Sexta-Feira 13*. "A cena com Jason pulando de dentro do lago se tornou a obsessão de Phil", relembra o roteirista não creditado Ron Kurz, que passou diversos dias no set de *Sexta-Feira 13*. "Eu não estava lá quando eles filmaram a cena, mas sabia que Phil estava pressionando Sean para fazer tudo de maneira perfeita."

Kurz declara enfaticamente ser o criador da cena do lago, o momento que nos faz pular da cadeira quando Jason emerge das profundezas, algo que Victor Miller e Tom Savini, que também afirmam ter inventado a cena eles mesmos, contestam. "Eu criei a ideia do Jason como um monstro", diz Kurz. "No roteiro de Victor Miller, Jason era simplesmente um garoto comum que havia se afogado no ano anterior, nada mais. À medida que fui reescrevendo, tive a ideia de fazer um Jason 'diferente'. Eu o criei então como alguém com síndrome de Down e tive a ideia de Jason pulando para fora do lago no final do filme. Eu sabia que, uma vez que o público estivesse iludido a pensar que os créditos finais estivessem prestes a aparecer, seria o momento perfeito para Jason pular de dentro da água."

Por mais desastrosa que a primeira – e única – tentativa de filmar a cena do lago tenha sido para todos, a pessoa que mais sofreu foi Ari Lehman, que teve de sobreviver às águas congelantes do lago Sand Pond, coberto em maquiagem e uma terrível lama. "Eu estava pelado naquela água, exceto por uma cueca que usava", relembra Lehman. "Pense em uma humilhação. Para a filmagem da cena do lago, eu tinha de descer até a terra e esfregar lama por todo o meu corpo para que eu parecesse bem pegajoso."

Lehman nega, como confirmado por outras fontes, que ele tenha recebido qualquer tipo de tubo de respiração para a filmagem da cena do lago. Ele recorda que ele e Cunningham usaram um sinal bem primitivo, uma "deixa" para a cena, que mais parecia uma contagem silenciosa que o *quarterback* usa em jogos de futebol americano para se concentrar em um ambiente hostil, barulhento. "Não houve de maneira alguma tubos usados nessa sequência", diz Lehman. "Sean simplesmente disse 'Você está dirigindo essa cena, Ari! Quando você afundar na água, significa 'Ação'. Então olhe para a superfície e espere para que as bolhas de ar se dispersem. Quando as bolhas tiverem terminado, pule da água!'"

Sean Cunningham admite que a filmagem e o planejamento da cena do lago eram – tirando a contribuição de Savini – mal concebidas, para dizer o mínimo. "A parte mais difícil do filme foi a cena com Jason no lago", diz Cunningham. "Primeiro, estava um frio de congelar. Segundo, tínhamos esse garoto de 14 anos que estava debaixo daquela água congelante e tínhamos de fazê-lo pular de lá na hora certa, com toda a maquiagem intacta. A cena simplesmente criou vida própria e se tornou muito mais difícil do que poderíamos ter imaginado. Era um pesadelo."

No roteiro de filmagem, Jason agarra a mão de Alice por debaixo da água e a canoa vira. Então Jason pula do fundo da superfície da água e grita "Mamãe!", para depois arrastar

Alice aos gritos para debaixo da água. Esse pequeno diálogo foi rapidamente extirpado da cena. "Meu maior desafio com a cena de Jason era tentar entender a visão de Sean e Steve Miner", relembra Barry Abrams. "Eles entendiam completamente o quanto essa cena era importante para o filme e, na minha opinião, é provavelmente a única cena que conta para o grande sucesso do filme. Minha lembrança é que nós a filmamos mais de duas vezes, porque eles sabiam que tinha de estar perfeita e também sabiam exatamente o que 'perfeito' significava."

"Eu na verdade achava que tinha funcionado bem", diz Tad Page. "Eu acho que se a sincronia estivesse precisa, teria dado tudo certo."

"Era uma cena de tudo ou nada", disse Robert Shulman. "A cena do lago tinha a ver com acertar o momento exato pela manhã e ter tudo preparado para aquela única cena que tínhamos de fazer. A iluminação tinha de ser precisa de manhã, então tínhamos um período de tempo curto para acertar aquela cena."

Uma vez que King e Lehman estavam finalmente na água e a luz era ideal, a cena foi filmada. Em uma sacada adicional, Cunningham decidiu que King não seria avisada quando a cena seria filmada, especialmente sobre quando Lehman iria pular do fundo do lago. O propósito era criar choque e espontaneidade para a cena, e para King. "Depois que todos tinham acordado, o plano era colocar o garoto na água e não dizer a Adrienne quando iriamos filmar a cena, ou quando o garoto iria pular do fundo do lago", relembra Cecelia Verardi. "Adrienne veio do seu motel pela manhã, após longos dia e noite de filmagem para todos, e estávamos todos mortos de cansados. Então Adrienne dormiu na canoa e tinha de ser acordada para a cena, e isso realmente a pegou de surpresa. Era para ter sido uma cena fácil, apenas comparecer e filmar."

"Toda a nossa inexperiência e todos os problemas inesperados tomaram forma nessa cena", diz Richard Murphy. "Tinham colocado ar no ornamento da cabeça do garoto e o que aconteceu foi que ele não conseguia manter sua cabeça embaixo d'água e o ornamento intacto ao mesmo tempo. Nós terminamos tentando aquela cena três ou quatro vezes e foi um grande desastre e muito frustrante para Sean. Era outubro quando terminamos."

Em retrospecto, manter King no escuro sobre a execução da cena pode ter sido uma má ideia, especialmente devido à péssima sincronia entre King e Lehman. Quando a cena foi finalmente filmada, Lehman pula do fundo da água antes de King estar pronta, terminando por estragar a cena, e não apenas para aquele momento, mas para o cronograma de filmagem como um todo. "Sean fodeu com tudo", relembra Robert Shulman. "Ele errou a deixa para o garoto na água. Ele disse 'Ação' muito cedo e o garoto pulou de lá muito cedo e isso estragou a cena. Sean estragou tudo, e depois disso ele apenas disse 'Tirem Ari de lá'."

"O garoto pulou da água antes que Adrienne estivesse pronta e ela simplesmente surtou e gritou 'Agora não, seu imbecil de merda!' para o garoto", relembra Cecelia Verardi. "O cabelo e o vestuário de Adrienne tiveram de ser refeitos, o sol tinha ido embora, o garoto estava congelando de frio e o efeito de maquiagem teve de ser refeito. A cena estava perdida. Eu não estava lá para a refilmagem que fizeram."

A filmagem da CENA DO LAGO foi completada com sucesso em outubro de 1979, após diversas tentativas frustradas (Imagem cedida por Barry Abrams)

TOM SAVINI era o único membro da equipe na água com ADRIENNE KING e ARI LEHMAN na tentativa da filmagem da cena do lago. A canoa em si não estava a mais do que três metros da orla durante a filmagem da cena do lago (Imagem cedida por Tom Savini)

"A primeira vez que tentamos estava tudo indo certo, exceto por um pequeno detalhe: eu fiquei fora do alcance da câmera", relembra Adrienne King. "Eu creio que era o mais difícil pra mim, como uma atriz, ser capaz de deitar lá [na] canoa para uma segunda tentativa e não antecipar a ação. Foram precisos três dias diferentes de filmagem, mas provavelmente umas dez vezes a mais no período desses três dias."

"Como me recordo, na primeira tentativa da culminante cena do lago tínhamos filmado a noite toda (como de costume) e foram obrigados a ficar acordados por algumas horas (ao que parece) depois de o sol nascer até conseguirmos a iluminação correta, até a coreografia estar pronta, ou algo do tipo", relembra Robert Shulman. "Mesmo com nossa taxa magra de hora extra, estava ficando caro. Adrienne estava meio que sonâmbula no barco, se deixando levar pela água, e tinha uma contagem regressiva de algum tipo, e Sean deu a deixa para Ari muito cedo, ou deu a deixa errada. Ari atacou o barco pelo lado e Adrienne resistiu, porque ela sabia que a deixa estava errada e já não servia de nada. Eu acho que iria demorar muito pra montar tudo aquilo de novo; o sol teria mudado bastante de posição, ou algo assim, então já não havia o que fazer naquele dia. Eu creio que na segunda tentativa também não funcionou."

A filmagem da cena do lago estava finalmente completa no final de outubro, uma jornada árdua que incluiu diversas outras tentativas que falharam. Houve inclusive uma sugestão depois de alguns anos de que a cena foi na verdade finalizada no Turkey Swamp Park em Freehold, Nova Jersey, mas não há qualquer evidência a esse respeito.

Na época em que a cena foi filmada à altura da satisfação de Cunningham, o maior desafio foi ocultar a crescente presença do inverno que tinha tomado conta das redondezas. "Eu estava ministrando uma aula de cinematografia em L'Ecole Nationale Superieur Louis Lumiere e era divertido perguntar a eles se notaram alguma coisa em segundo plano na cena", disse Abrams. "Resposta: Na época que conseguimos fazer tudo certo, era já há muito outono e a folhagem no plano de fundo tinha começado a mudar de cor. Na verdade, eu creio que nevou no dia em que finalmente gravamos a cena. (O pobre Ari – e que garoto focado – submerso em uma água congelante em prol da arte!). Por sinal, cada um daqueles jovens operadores e operadoras de câmera, a maioria ainda não nascida quando *Sexta-Feira 13* foi filmado, pulou ou gritou quando viu a cena pela primeira vez. Funciona!"

Sem querer contar com a sorte, e sabendo da importância da cena, Cunningham empregou múltiplas câmeras, montadas na orla, para tentar cobrir cada possível deslize. "Sean não tinha conseguido a tomada exata que tinha em mente, então nessa terceira e última tentativa ele tinha múltiplas câmeras, incluindo uma câmera em *slow-motion,* para captar a cena", relembra Adrienne King. "Não se esqueça, era um orçamento baixo. Nós só tínhamos mais duas tentativas. Eles só podiam pagar por uma mudança de roupas para mim. As folhas estavam mudando de cor e caindo, a água estava congelando e nem Ari nem eu tínhamos roupa de banho para aquela situação."

O fato de que Adrienne King era, além de Ari Lehman, o único membro do elenco ainda no acampamento, um fato que espelhava o status de "única sobrevivente" de Alice, deu às filmagens da cena do lago uma certa aspereza em meio às péssimas condições da filmagem. "Demorou três meses para filmar aquela cena", relembra King. "Nas primeiras duas vezes algo deu errado. Mesmo embora já devesse ser primavera, fazia -2 graus lá fora. A neve caía na época que estávamos prontos para filmar pela terceira vez."

A experiência também aumentou a ligação entre Cunningham e King, que estavam reunidos, no final daquela provação, por um quadro muito pequeno, basicamente Barry Abrams e seu bando de seguidores. "Sean Cunningham era muito apologético com relação aos seus erros", diz King. "Ele prometeu: 'Essa é a última vez que vou te pedir para fazer isso'. Nós finalmente conseguimos a cena, mas a água estava tão gelada e eu estava vestindo tão pouca roupa que acabei ficando fortemente gripada e fora de combate por duas semanas."

O HOSPITAL CRYSTAL LAKE

Embora a culminante cena do lago sempre fora planejada como a "cena mais valiosa", Sean Cunningham nunca pensou em terminar de filmar com Jason puxando Alice para debaixo d'água. "Não podíamos terminar o filme com aquela cena, por mais que funcionasse, porque aquela era uma sequência de um sonho e tínhamos de descobrir o que tinha acontecido com Alice", diz Cunningham. "O filme inteiro teve seu alicerce na realidade, então na minha mente Jason estava morto. Eu nunca tive a intenção de trazer Jason de volta à vida, muito menos de fazer qualquer sequência. Quando filmamos o final, Jason era apenas um sonho."

A cena do lago era o clímax inquestionável do filme, mas a cena do hospital era a última cena no roteiro das filmagens. Essa cena deveria ter sido filmada durante a segunda semana de filmagens, mas foi adiada para o final do roteiro de filmagem. Ao contrário da crença popular de que a cena do hospital foi criada espontaneamente, ela tinha sido, de fato, filmada praticamente idêntica ao roteiro, com quase nenhuma mudança perceptível.

Nela, o sargento Tierney explica a Alice que seus colegas monitores de acampamento estão mortos, enquanto Alice fala sem parar de como Jason a tinha atacado no lago.

Embora Cunningham diga que nunca teve a intenção de que o final de *Sexta-Feira 13* deixasse uma porta aberta para uma sequência, o ator Ronn Carroll, um amigo de Cunningham, sentia que uma sequência era inevitável. "Quando filmamos a cena do quarto de hospital, eu me recordo de pensar que eles estavam definitivamente deixando uma porta aberta para mais filmes", diz Carroll. "Foi quando Adrienne disse: 'Então ele ainda está por lá'. Aquilo realmente me fez ter certeza de que Sean tinha um plano de continuar a série."

A filmagem da cena do hospital aconteceu em um hospital em Connecticut. O quarto em si foi levemente modificado por Virginia Field, que afastou a parede em que Adrienne King encontra-se encostada na cama de hospital. Contudo, nem Sean Cunningham nem o diretor de fotografia Barry Abrams estavam presentes para a filmagem da cena, embora ambos tenham sido consultados sobre como ela seria planejada e realizada.

A cena do hospital foi dirigida por Steve Miner e filmada pelo diretor de fotografia Peter Stein, que estava em Blairstown para fazer captação sonora e trabalhar como segundo fotógrafo, tendo antes trabalhado em *Here Come the Tigers*. "Creio que Barry e Sean estavam ausentes fazendo outras coisas, algumas outras tomadas de inserção, e que Steve Miner foi o diretor que trabalhou comigo na cena", relembra Stein. "Acho que eu estive lá por apenas dois dias, mas também pode ter sido por apenas um dia. Fiz a cena do hospital, mas também fiz algumas cenas na rua com eles como segundo fotógrafo. Acho que foi com carros passando. Eu não sabia que ela [a cena do hospital] era o fim do cronograma de produção. Eu não creio que cheguei a estar no acampamento, e acho que nunca me encontrei com nenhum dos outros atores, embora, alguns anos antes, eu tivesse estado em um comercial com Betsy Palmer e me lembro dela como uma moça muito simpática."

Ainda que Cunningham diga que nunca havia pensado em uma sequência para *Sexta-Feira 13*, declaração reforçada por Victor Miller, o planejamento e a filmagem das cenas finais certamente, talvez até subconscientemente, levaram o filme a essa direção, especialmente ao transformar Jason em um ícone da cultura pop. "Talvez, dado o sucesso do filme, a ideia de que Jason ainda poderia estar lá fora deu força ao assunto", diz Cunningham. "Se Pamela está morta, quem sobrou para continuar matando? Apenas Jason. Talvez fosse inevitável."

DE VOLTA A WESTPORT

Em outubro, Sean Cunningham filmou algumas sequências de inserção para serem incluídas na edição em Bridgeport, Westport, Connecticut e arredores. Essas tomadas estrelam Adrienne King e Betsy Palmer e têm foco principalmente nos *close-ups* relacionados às cenas em que Alice e Pamela estão na praia ou na floresta.

Embora seja incerto se qualquer outro membro do elenco estava envolvido nessas filmagens adicionais em Connecticut, Laurie Bartram e Harry Crosby chegaram a estar por lá para uma festa improvisada do elenco e da equipe que Cunningham organizou em sua casa de Westport. "Nós fomos a uma festa na casa de Sean em Westport quando fizemos algumas tomadas de inserção", relembra Cecelia Verardi. "Betsy, Harry e Laurie estavam lá com o resto de nós. Jeannine [Taylor] não estava lá e eu não creio que outros membros do elenco estivessem por lá também."

Das sequências de inserção filmadas em Connecticut a mais notável foi a que Palmer, com uma voz infantil, sussurra a sua fala de "Mate ela, mamãe". "Sean me ligou e disse que precisava que eu fosse a sua casa em Connecticut e fizesse a voz do Jason", relembra Palmer, que, como mencionado, morava em Connecticut. "Eu lembro que filmamos próximo a uma universidade local e havia muitos *close-ups,* mas estava tão frio que havia fumaça saindo da minha boca, então tive de botar cubos de gelo na boca, como fiz quando filmei na beira do lago, lá no acampamento."

ARI LEHMAN no lago Sand Pond (Imagem cedida por Tom Savini)

TOM SAVINI a postos para a filmagem da cena do lago. Além dos efeitos de maquiagem de Savini, muito pouco planejamento e preparação foram postos em prática para a filmagem da cena do lago (Imagem cedida por Tom Savini)

A cena do *flashback* mostrando o jovem JASON se afogando foi filmada em agosto de 1979, antes do início da filmagem principal (Imagem cedida por Tom Savini)

ADEUS BLAIRSTOWN

No início de novembro, Sean Cunningham e Steve Miner tinham completado toda a filmagem de *Sexta-Feira 13* e preparavam-se para ir à sala de edição para dar forma e sentido ao filme.

O resto do elenco e da equipe, a maioria que morava em Nova York, voltou para casa para se recuperar da dura odisseia de um longo mês de *Sexta-Feira 13*, especialmente o grupo que teve de ficar no motel de beira de estrada. "Eu estava na sala de edição, cortando *The Children* com a esposa do Barry, Nikki, quando os rapazes voltaram de Nova York", relembra Max Kalmanowicz. "Eles estavam realmente exaustos. Eu lhes perguntei sobre o filme e eles falaram sobre mosquitos, o clima frio e em como foi tudo muito fodido, mas não de uma forma ruim."

Barry Abrams e seu time já eram bons amigos antes de *Sexta-Feira 13* e continuariam assim por muitos anos, mas todos os outros seguiram seus próprios caminhos. Ninguém do elenco e da equipe iria voltar a ver Blairstown, com a exceção de suas próprias memórias e ao verem a versão final do filme.

"Assim que terminamos com o acampamento, todo o set foi destruído", relembra Tad Page. "Gelatinas, refletores, tudo. Cada um de nós pegou o máximo que pôde. Eu peguei o machado sangrento do filme."

No retorno a Nova York, o elenco e a equipe foram convidados, por Sean Cunningham, para fazer uma festa em comemoração ao final do filme, que foi realizada em um bar country–western em Nova York. Muito do que foi feito no acampamento tinha sido bastante modesto. "A festa de comemoração foi no típico estilo de Sean Cunningham", brinca Tad Page. "Fomos para o City Limits, um bar country-western, e nos deixaram entrar de graça, chopes de graça, além de um pequeno buffet."

Todos os envolvidos com a filmagem de *Sexta-Feira 13* estavam repletos de curiosidade mórbida em saber se *Sexta-Feira 13* iria conseguir ter uma vida mais longa do que sua aventura em Blairstown e desfrutar de algum sucesso comercial. Muitos achavam que o filme nunca iria ver a luz do dia, enquanto outros estavam preocupados que o produto final pareceria com algo pornográfico e sujo.

Para a maioria deles, *Sexta-Feira 13* tinha sido um emprego, nada mais, nada menos. "Um dos motivos que tive para fazer o filme foi porque achava que ninguém nunca ia ficar sabendo", disse Betsy Palmer. "Eu não creio que alguém, exceto por Sean, pensava que o filme seria sequer lançado."

ALÉM DE BLAIRSTOWN

O LANÇAMENTO DE SEXTA-FEIRA 13

"Ele [*Sexta-Feira 13*] era uma maldição para a minha carreira de diretor, porque, obviamente, eu tenho interesses e gostos próprios e tenho tido dificuldade de ir além de *Sexta-Feira 13*." – ***Sean Cunningham***

"Meus filhos ficaram orgulhosos; meus vizinhos, horrorizados; meus pais, chocados; meus amigos, perplexos; e meu agente, eufórico." – ***Victor Miller,*** *em 1980, após o lançamento de Sexta-Feira 13 nas salas de exibição.*

Em 1979, *Sexta-Feira 13* se transformou de um título para uma logo, então evoluiu para um conceito e, finalmente, se tornou uma história real, com personagens de carne e sangue. No Natal de 1979, Sean Cunningham e Steve Miner estavam investidos no processo de transformar *Sexta-Feira 13* em um produto final.

O resto é história.

Na primavera de 1980, Cunningham, armado com uma versão completa de *Sexta-Feira 13*, exibiu o filme para distribuidores em potencial. Uma guerra de ofertas foi travada, terminando com a Paramount Pictures pagando o valor colossal de 1,5 milhão de dólares pelos direitos de distribuição na América do Norte.

Lançado em maio de 1980, *Sexta-Feira 13* foi o sucesso mais surpreendente das bilheterias do ano. Cunningham passou a ser o arquiteto de um dos filmes independentes de maior sucesso comercial da história. "Foi *A Bruxa de Blair* (*The Blair Witch Project*) antes de existir um *A Bruxa de Blair*", diz Cunningham, comparando o impacto comercial de *Sexta-Feira 13* ao filme de terror de produção independente de 1999. "A reação foi similar."

Cunningham também se encontrou no centro de uma controvérsia. *Sexta-Feira 13* se tornou o bode expiatório para críticos de cinema assim como igrejas e ativistas políticos que o condenavam como sendo misógino e pornográfico. Nos centros de cinema de Hollywood e Nova York, ninguém se importava. Após uma década de derrotas, Sean Cunningham se viu, quase da noite para o dia, como um homem rico e alguém de grande valor – este último tendo uma curta duração.

Para o resto do elenco e da equipe, o sucesso do filme desencadeou uma série de repercussões – pequenas e de curta duração. Embora muitos dos membros da equipe tenham sido capazes de continuar anonimamente a fazer filmes e trabalhar na televisão, os atores sentiram dificuldade em se desvencilhar do estigma associado a *Sexta-Feira 13*. Suas perspectivas de carreira se espelharam no destino cruel de seus personagens.

Sexta-Feira 13 causou um terremoto tanto na indústria do cinema quanto nas várias camadas da sociedade, cujos tremores ainda são sentidos hoje em dia. "Eu creio que, em última instância, *Sexta-Feira 13* teve um efeito ruim no mercado independente do terror, embora não possamos culpar o filme, ou os seus criadores, especificamente", diz o historiador e jornalista Stephen Thrower. "Tinha sido apenas mais uma produção independente até que foi comprada como uma 'compra de negativo' pela Paramount. Infelizmente, creio que você possa datar o *backslash* dos anos 1980 em contraste com os filmes de terror para aquele momento."

Em outubro de 1980, menos de um ano após a finalização da filmagem de *Sexta-Feira 13*, e apenas alguns meses após seu lançamento nos cinemas, uma sequência havia começado a ser produzida: *Sexta-Feira 13 Parte 2*, lançada em maio de 1981. No prazo de um ano, *Sexta-Feira 13* se transformou de uma produção de cinema de baixo orçamento, filmada em total isolamento, para uma marca rentável.

Sexta-Feira 13 Parte 2 foi apenas o começo em uma série aparentemente sem fim de sequências – de *Sexta-Feira 13 Parte 3* (1982) a *Jason X* (2002) – que faturaram centenas de milhões de dólares em renda. Começando com *Sexta-Feira 13 Parte 2*, essas sequências se moveram gradualmente para cada vez mais longe do filme de 1980, principalmente com o crescimento proeminente do personagem de Jason, ao ponto de *Sexta-Feira 13* parecer agora como uma entidade completamente separada do resto da franquia.

O QUARTO DE EDIÇÃO

A eficiência implacável com a qual *Sexta-Feira 13* foi planejado e filmado foi bastante útil a Sean Cunningham quando ele se comprometeu com o serviço de editar *Sexta-Feira 13* durante a temporada do Natal de 1979.

Não havia, como foi especulado, qualquer adição ou cenas não usadas filmadas fora do roteiro de filmagem, e como resultado Cunningham não tinha muitas escolhas criativas a fazer. A edição de *Sexta-Feira 13* foi uma questão de selecionar a melhor versão das cenas que estavam no filme, aparando, lixando e suavizando um pouco aqui e ali. A edição de Susan Cunningham no acampamento tinha adiantado o processo mais ainda. "Tínhamos tão pouco dinheiro e tão pouco tempo que teria sido estúpido fazer qualquer tipo de filmagem extra", diz Cunningham. "Cada cena que filmamos foi mantida na edição final."

Uma cena que Cunningham e Victor Miller planejaram e escreveram, mas nunca filmaram, relacionava-se a quando Alice faz a descoberta sangrenta dos corpos 'desaparecidos': os de Jack, Ned e Marcie, cujos restos mortais nunca foram encontrados no filme. "Nós sempre achamos que quando o sol nascesse tudo seria revelado, com relação ao que aconteceu", diz Cunningham. "Nós não filmamos qualquer cena extra desse tipo."

Para editar o filme, Cunningham se uniu a Bill Freda, um editor com sede em Nova York que tinha feito trabalhos de edição em *Here Come the Tigers*. Cunningham e Freda se juntaram também a Jay Keuper, enquanto Susan Cunningham e Steve Miner, os editores originais, a princípio, também continuaram no processo. "Não havia mágica para editar *Sexta-Feira 13*", diz Cunningham. "O filme tinha começo, meio e fim. A edição não era nada mais complicada do que isso."

Os maiores cortes impostos a *Sexta-Feira 13* foram nas cenas de morte. Uma vez que Cunningham e Freda terminaram os primeiros cortes mais brutos, Cunningham ficou chocado ao descobrir que os "cadáveres" piscavam e se movimentavam, principalmente na cena em que o ator Harry Crosby se machucou. "Eu fiquei chocado quando vi isso na tela grande", diz Cunningham. "Pode ser bem difícil para os atores nessas situações. Eu passei bastante tempo na mesa de montagem reorganizando as tomadas, porque aparentemente todos os meus cadáveres se mexiam! É difícil de perceber em um console de edição."

O efeito de "luz branca" que envolve algumas das vítimas no filme foi adicionado na pós-produção, junto com a sequência do bloco de letras "quebrando o vidro", que Cunningham havia usado para o anúncio na *Variety*. Após finalizado o processo de pós-produção, a conta total de *Sexta-Feira 13*, que tinha um orçamento (ou custo de filmagem) de quase 550 mil dólares, terminou na marca de 700 mil dólares, de acordo com Barry Abrams.

Cunningham não aparou muito as cenas violentas do filme durante o processo de edição, nem teria muitas dificuldades com a Motion Pictures Association of America (MPAA). Eles deram a *Sexta-Feira 13* uma classificação "R" (não recomendado para menores de 16 anos) sem muita briga. "Eu sabia, quando vi o filme, que funcionou exatamente da forma que esperávamos", disse Cunningham. "Foi o passeio na montanha-russa que eu queria fazer. Um ano depois, quando tive de cortar o filme para a estreia na televisão, retirei apenas vinte segundos dele, porque as cenas sangrentas estavam de fato todas concentradas em partes específicas. Eu creio que o maior corte que tivemos de fazer foi na cena do Kevin Bacon, que foi ao ar com alguns segundos a mais na versão não editada, mas que eu creio que é mais eficiente e chocante na versão menor. Além disso, eu não tive grandes problemas com a classificação indicativa."

Filmes futuros da série *Sexta-Feira 13*, especialmente *Sexta-Feira 13 Parte 2*, sofreriam bastante pelo fato de a MPAA ter deixado *Sexta-Feira 13* passar facilmente com uma classificação "R". Surpreendentemente, devido ao seu histórico cinematográfico, Cunningham tem uma visão muito positiva da MPAA e do seu propósito. "Nós temos na MPAA um dos

grandes presentes políticos aos artistas do mundo", diz Cunningham. "Por causa da MPAA, qualquer pessoa pode fazer um filme sobre o que quer que seja. Pode fazer da forma que quiser. A MPAA se mantém sensível às mudanças de humor do país para poder ajustar suas classificações. Eu creio que é maravilhoso o fato de vivermos em uma cultura em que você pode fazer qualquer coisa em um filme, seja ela qual for. Ninguém lhe diz que você não pode fazer algo, exceto o próprio mercado."

MATE, MAMÃE, MATE

Um dos elementos principais adicionados à pós-produção foi a composição da trilha sonora de Harry Manfredini.

Não foi até uma das primeiras exibições em janeiro de 1980 que Manfredini teve uma ideia clara do que *Sexta-Feira 13* iria ser. "O filme estava completo quando eu o vi pela primeira vez", relembra Manfredini. "Foi uma exibição com apenas algumas pessoas e eu fiquei completamente chocado. Eu nunca tinha visto algo assim. Um dos produtores chegou até mim e perguntou 'Você acha que pode transformar isso em algo assustador?' Eu lhe respondi 'Hmmm. Me parece já bastante assustador, mas acho que posso'."

Manfredini também conheceu Harry Crosby na exibição. "Eu pude sim conhecer Harry depois do show e pude lhe dizer que era um garoto muito inteligente e talentoso", diz

Manfredini. "Conversamos sobre música e trocamos ideias. Eu não sabia que a composição que ele tinha tocado era [Edvard] Grieg. Achava que era algo que ele havia escrito."

Quando planejava a trilha para *Sexta-Feira 13*, Manfredini pegou algumas dicas com Sean Cunningham e não com os "produtores" de Boston. "E quase não tive contato com qualquer investidor, ou Phil Scuderi, embora talvez tenha sido ele que veio até mim e perguntou se eu podia transformar o filme em algo assustador", diz Manfredini. "Eu não sabia seu nome. Com relação a qualquer influência e criatividade, eu me baseei em Sean diretamente e em mim mesmo. A trilha é o resultado da conversa entre nós dois. Se houve qualquer outra pessoa participando, eu não fiquei sabendo. Nós nos falávamos mais pelo telefone, e ele [Cunningham] estava muito feliz com minhas sugestões e ideias, então trabalhamos muito bem juntos."

Embora tivesse uma ligação com a sensibilidade de Cunningham, tendo trabalhado com ele em *Here Come the Tigers* e *Manny's Orphans*, Manfredini era basicamente um recém-nascido no gênero do terror, apesar da trilha feita em *The Children*. "Com relação às impressões que tive, eu era muito imaturo na época, apenas disse 'Ótimo. Vamos lá'", relembra Manfredini. "Na verdade, eu não sou um grande fã de filmes de terror. Na época, eu não tinha visto *Halloween* e nunca tinha ouvido falar de Mario Bava, embora eu soubesse quem eram Brian de Palma e Dario Argento. Com relação às suas influências [Cunningham], ele nunca havia mencionado *Halloween* e nem mesmo Mario Bava para mim."

O que costura a trilha sonora é o som pungente que pontua os eventos assustadores do filme, especialmente o riff "ki-ki-ki, ma-ma-ma" que anuncia a presença da assassina, uma marca emblemática na história dos filmes de terror. "*Sexta-Feira 13* é como *Tubarão* no sentido de que a assassina, a sra. Voorhees, não aparece realmente até o final do filme, então o desafio era criar uma música que fornecesse uma identidade à assassina, que não era vista na maior parte do filme", diz Manfredini. "Sean perguntou se podíamos ter um coral, mas ia ser muito caro para a gente. Eu amo música clássica, e um dia estava ouvindo uma composição do polonês Krzysztof Penderecki e ela tinha um grande coral, com pronúncias marcantes. Todos os sons de consoantes eram extremamente penetrantes, como uma espécie de 'ki, ki, ki'. Sem poder contar com cem pessoas, eu tinha de achar uma forma de espelhar aquele som."

O riff do "ki-ki-ki, ma-ma-ma" se relaciona com a cena no filme em que Betsy Palmer, imitando a voz de Jason, faz a sua sequência do "Mate ela, mamãe" ("*Kill her, mommy*)". "A ideia era tirar o 'ki' de '*kill*' e o 'ma' de '*mommy*' e colocá-los em um microfone, mas com um tom bastante seco e rítmico", diz Manfredini. "Nós demos às palavras um eco dos anos 1970 ao colocarmos as palavras em uma máquina chamada Echoplex. Daquele ponto em diante, toda vez que a sombra da assassina aparecia no filme, eu colocava aquela trilha."

Certamente, o riff "ki-ki-ki, ma-ma-ma" é uma das assinaturas de *Sexta-Feira 13*, e também um registro do gênero de terror em si no início dos anos 1980, mas talvez o aspecto mais curioso da trilha de *Sexta-Feira 13* tenha a ver com a inclusão de uma música country chamada "Sail Away, Tiny Sparrow".

A música aparece nas duas cenas da lanchonete do filme: a primeira cena com Annie e a última com Steve Christy. "Quando peguei o filme pela primeira vez, a trilha temporária tinha uma música de Dolly Parton chamada "My Blue Tears", que tocava nas cenas da lanchonete", relembra Manfredini. "Naquela música tem um verso '*Fly away, little bluebird*' ('Voe para longe, pequeno pássaro azul'). Eu precisava escrever uma música *country* que fosse mais ou menos assim, então pensei 'Hmmm... *Sail away, tiny sparrow*' ('Navegue para longe, pequeno pardal'). Era uma música sobre uma garota que casou com seu namoradinho do colégio e que agora descobre que a vida não é bem como imaginava; as coisas das quais falam as músicas country."

A aparição de "Sail Away, Tiny Sparrow" tem um efeito desconcertante, completamente incongruente com o resto do filme. Isso é especialmente verdade quando a música toca durante a cena climática em que Alice está vagando junto com a canoa, logo antes de Jason surgir do fundo das águas. A música também toca nos créditos finais. "Eu a escrevi apenas para as duas cenas da lanchonete, mas aí quando chegou no final do filme... o objetivo dramático era convencer o público de que o filme tinha acabado", diz Manfredini. "Enquanto Adrienne King está na canoa no lago, a cena simplesmente se prolonga... uma edição e um corte excelentes para estendê-la o máximo possível e convencer o público de que chegamos ao fim e que a qualquer momento os créditos iriam rolar pela tela. Então eu quis criar algo que passasse essa sensação musicalmente. Aí pensei e pensei e me veio à mente que 'Ei, ela está em um barco.' Ela está navegando para longe, então pronto, lá estava, peguei a melodia da música country e a tornei mais longa e trabalhei para que soasse como uma cena final, e funcionou."

Muitos espectadores creem que a trilha sonora como um todo de *Sexta-Feira 13* deve muito ao *The Children*. Tal visão é compartilhada por Carlton J. Albright, o produtor e escritor de *The Children*, que acredita que a trilha de Manfredini para *Sexta-Feira 13* foi uma imitação barata. "Se você assistir aos dois filmes, e ouvir com cuidado, é praticamente a mesma música", diz Albright. "Eu fui para uma exibição de *Sexta-Feira 13* e acho que *The Children* tinha ou acabado de ser lançado ou estava prestes a ser lançado. Depois da exibição, Harry veio em minha direção e me perguntou o que eu achei do filme e da música, e eu apenas sorri e disse 'Harry, você é um ótimo ladrão'. Harry era um ótimo cara, um grande músico, mas ele tinha trabalhado em *The Children* antes de fazer *Sexta-Feira 13*. Nós viemos primeiro!"

Como na trilha sonora de *Halloween* de John Carpenter, que deu aos sustos do filme uma vida gloriosa, a trilha sonora em *Sexta-Feira 13* tem um papel primordial em estabelecer o impacto visceral do filme. "Quando eu o vi pela primeira vez completo, sentei com Sean na primeira fila e pudemos nos virar para olhar para a plateia de teste reagindo a ele", relembra Manfredini. "Eles voavam da cadeira, a pipoca saía voando, então sabíamos que tínhamos alcançado nosso objetivo. Contudo, eu não creio que sabíamos que aquilo era como ter capturado um raio e o guardado em uma garrafa."

A EXIBIÇÃO DE *SEXTA-FEIRA 13*

Durante o mês de fevereiro de 1980, Sean Cunningham organizou várias exibições de *Sexta-Feira 13* com os membros do elenco e da equipe como público, e especialmente com potenciais distribuidores de cinema, os quais Cunningham estava ansioso por agradar.

A exibição mais importante de todas aconteceu no monumental e lendário Paramount Theatre, localizado em Midtown, Nova York, em fevereiro de 1980. A exibição no Paramount foi especialmente notável porque representou o momento em que Cunningham tinha começado a incluir a poderosa trilha sonora de Harry Manfredini, montada em duas semanas, no filme editado. "Eu fui para a exibição e todos os atores estavam lá, a maioria dos quais eu nunca tinha conhecido, exceto Adrienne, e foi estranho porque ninguém falava nada comigo", relembra Betsy Palmer. "Sean Cunningham estava meia hora atrasado para a exibição, e todos nós nos perguntávamos onde ele estava e quando o filme iria começar. Acontece que Sean estava ocupado colocando a música do 'ki-ki-ki, ma-ma-ma' no filme, o que foi uma sacada de gênio da sua parte."

"A exibição para o elenco e a equipe de *Sexta-Feira 13* foi feita em um grande cinema, não em uma salinha de exibição", relembra Virginia Field. "O Paramount era um enorme cinema em Midtown e era muito empolgante ver o filme no qual tínhamos trabalhado, um filme que nós não achávamos que ia ser lançado, sendo exibido num grande cinema como aquele. Foi a primeira e única vez que assisti *Sexta-Feira 13*, até alguns anos depois quando o assisti mais uma vez."

Ron Millkie relembra estar em uma das primeiras exibições para o elenco, que foi realizada no prédio Huntington-Hartford em Nova York. "Pode ser que tenham existido duas exibições, mas a exibição para a qual eu fui foi realizada em um cinema dentro do prédio Huntington-Hartford", relembra Millkie. "Eu estava na exibição com os garotos, o resto dos atores do filme, e isso foi antes de a distribuidora ter comprado os direitos. Eu me recordo de ter ficado chocado, porque ninguém riu de mim durante a minha cena. Depois de o filme ter acabado, Betsy veio até mim e me perguntou o que eu achei da atuação dela no filme, como eu achei que ela estava, e eu lhe disse que ela tinha sido ótima. Eu creio que todo ator na exibição estava lá apenas para ver seu próprio trabalho no filme."

"Eu fui para a primeira exibição em Midtown, Manhattan, na qual todo o elenco tinha sido convidado", relembra Jeannine Taylor. "Eu me lembro de encontrar com Sean Cunningham e sua esposa e de dar 'oi' para eles. Quando as luzes se apagaram, por alguma razão, eu me mandei e não olhei pra trás, então eu não sei o que eu teria pensado, porque eu não fiquei para assistir! Eu não sei por quê, mas eu não conseguia ficar e assistir com todo mundo junto. Pode-se dizer que foi um ataque de timidez. Eu tinha alguns assim naquela época."

As exibições que Cunningham realizou para distribuidores em potencial foram promovidas com a publicidade não usada de *Sexta-Feira 13* - aquela com o anúncio "UM DIA PERFEITO PARA O TERROR" e a data de lançamento de fevereiro de 1980 -, que Richard Illy tinha fotografado em conjunto com a fotografia para o anúncio da *Variety*. "Eu estive na primeira apresentação do filme com alguns dos investidores e possíveis distribuidores, e havia muita gente por lá", relembra Illy. "Uma moça da Paramount Pictures estava sentada atrás de mim e disse 'Eu acho que vou passar mal', e então falou 'Acho que isso vai ser um grande sucesso', porque a violência do filme era muito chocante para a época."

As exibições do mês de fevereiro de *Sexta-Feira 13* rapidamente geraram barulho e impacto na indústria do cinema, por todos os lados. Após uma década de dificuldades, Cunningham sentiu nesse momento que, pela primeira vez, seus instintos tinham lhe servido bem e que *Sexta-Feira 13* estava destinado para o sucesso comercial. "Estou em choque", disse Cunningham em 1980, após diversas exibições para distribuidores. "Isso nunca aconteceu comigo. De repente, estou recebendo ofertas. Com sorte, vou ter muito trabalho."

Dos distribuidores em potencial, Paramount, Warner Bros. e United Artists (UA) se destacaram do resto do grupo por expressarem um real interesse em comprar *Sexta-Feira 13*. A Metro-Goldwyn-Mayer (MGM), que se fundiu com a UA para formar a MGM/UA em 1981, também mostrou interesse, mas desistiu cedo no processo do leilão. "Eu levei para a Warner Bros., que quase comprou *Kick* [ou *Manny's Orphans*] oito semanas antes de rejeitá-lo", relembra Cunningham. "Eles queriam. Também a Paramount e a United Artists. Foi ótimo vê-los apostando uns contra os outros."

No final, a Paramount Pictures garantiu os direitos de distribuição na América do Norte de *Sexta-Feira 13* por 1,5 milhão de dólares. A Warner Bros. garantiu os direitos de distribuição internacional.

A aquisição da Paramount de *Sexta-Feira 13* foi liderada pelo chefe de distribuição Frank Mancuso Sr., que estava em uma cruzada para adquirir projetos financiados e feitos fora do rígido sistema de estúdios e que fossem atrair o mercado adolescente, que Mancuso via como a chave para o crescimento contínuo da Paramount nos anos 1980. O sucesso comercial de *Sexta-Feira 13* foi um dos fatores – embora não o único – a alçar Mancuso à presidência da Paramount Pictures, função que assumiu em 1984.

A aquisição de *Sexta-Feira 13* pela Paramount também significava lidar com Philip Scuderi e seus sócios, Robert Barsamian e Stephen Minasian, da Georgetown Productions. Enquanto Cunningham e Mancuso formaram um companheirismo instantâneo, lidar com Scuderi exigia uma maior sutileza, principalmente da parte de Mancuso, que já havia sido representante da Paramount e tinha tido muitos negócios com Scuderi durante anos, quando a rede de cinema Esquire Theaters era um dos principais "clientes" da Paramount na Costa Leste durante os anos 1970.

A aquisição de *Sexta-Feira 13* para a distribuição norte-americana também deu à Paramount o direito de distribuição de qualquer sequência futura de *Sexta-Feira 13*. Esse foi um acordo refinado entre Mancuso e Scuderi após o sucesso de bilheteria de *Sexta-Feira 13*.

Isso significava que a Paramount controlava a distribuição enquanto a Georgetown Productions controlava os direitos autorais. Cunningham controlava os direitos a *Sexta-Feira 13*, o que lhe dava um voto em cada decisão que tivesse de ser tomada, de 1980 em diante, com relação à franquia de *Sexta-Feira 13*.

Sexta-Feira 13 foi adquirida como uma "compra de negativo" pela Paramount Pictures, um termo que se refere ao contrato feito entre um produtor independente e um estúdio de cinema em que o estúdio concorda em comprar o filme do produtor em uma determinada data e por um valor específico.

Embora a compra de negativo não seja exclusiva a filmes independentes de baixo orçamento como *Sexta-Feira 13*, com títulos como *Super-Homem* (*Superman*, 1978) e *O Império Contra-Ataca* (*The Empire Strikes Back*, 1980) sendo apenas dois exemplos de filmes blockbuster de grande orçamento que foram também compras de negativo, o acordo era certamente simbólico para um filme como *Sexta-Feira 13*, e especialmente às numerosas sequências.

Esse acordo permitiu que Philip Scuderi e seus sócios produzissem *Sexta-Feira 13 Parte 2*, como um exemplo, como uma produção não sindicalizada, não tendo qualquer relação direta com a Paramount. A Paramount nunca poderia, não fosse assim, estar envolvida em um filme não sindicalizado.

Isso era, claro, pura semântica, mas o acordo da compra de negativo também deu à Paramount outra coisa: um certo nível de escusabilidade. Uma vez que a Paramount não financiou ou produziu *Sexta-Feira 13*, o estúdio sóbrio e venerável podia se distanciar do cheiro podre que o lançamento cinematográfico de *Sexta-Feira 13* enfim gerou.

A 24 hour nightmare of terror.

PARAMOUNT PICTURES PRESENTS FRIDAY THE 13TH A SEAN S. CU

RESTRICTED

ON FRIDAY THE 13th,
THEY BEGAN TO DIE HORRIBLY.
ONE...BY ONE.

FRIDAY
THE
13TH

X

O LANÇAMENTO

Enquanto os membros do elenco de *Sexta-Feira 13* estavam quase completamente ignorantes às ligações da Paramount com o filme e das implicações de tal negócio, os membros mais experientes da equipe imediatamente reconheceram o envolvimento da Paramount como um sinal claro de que *Sexta-Feira 13* estava prestes a receber alguma grandiosa exposição nacional.

Isso se tornou especialmente verdade quando Frank Mancuso decidiu dar a *Sexta-Feira 13* um lançamento entre quinhentas e seiscentas salas de exibição, uma escala quase improvável para uma produção de tão baixo orçamento. O real lançamento nos cinemas de *Sexta-Feira 13*, em maio de 1980, estreou em mais de 1100 telas.

A decisão de Mancuso de abrir *Sexta-Feira 13* em tão larga escala foi uma aposta ousada. A estratégia foi contra o pensamento convencional que ditava que filmes de baixo orçamento deveriam ter um lançamento modesto, em certos cinemas regionais, assim permitindo que o filme construísse uma audiência pela rede de drive-ins e casas vizinhas, o que ainda era bem vigente em 1980.

Essa estratégia de crescimento lento, regional, tinha certamente funcionado para blockbusters de baixo orçamento como *Billy Jack (1971)* e *American Graffiti (1973)*. *Halloween* usou a estratégia do lançamento regional e se beneficiou disso grandiosamente. Não havia dúvidas de que Mancuso acreditava em *Sexta-Feira 13*.

The Children seguiu tal estratégia regional, sendo lançado em junho de 1980 em no máximo cem telas, para marcar presença. "Sean era um dos favoritos de Frank, e Frank tinha uma paixão real e visão por *Sexta-Feira 13* e decidiu colocar o filme em seiscentos cinemas de uma vez", relembra Max Kalmanowicz, o diretor de *The Children*. "Isso era quase inédito, na época, para um filme como *Sexta-Feira 13*. Era um sério investimento, e isso falou a todos - Sean, Barry, toda a equipe - que *Sexta-Feira 13* faria realmente grande sucesso. Frank acredita bastante nisso. Eu creio que *The Children* passou em mais ou menos 130 telas. Ainda assim, o filme [*The Children*] foi além das minhas expectativas, tanto em termos de qualidade quanto de sucesso. *The Children* e *Sexta-Feira 13* saíram ambos no verão de 1980 e, pelo jeito que vejo as coisas, *Sexta-Feira 13* abocanhou o topo das bilheterias enquanto ficamos com o fundo, embora *The Children* tenha dado um retorno razoável."

Sexta-Feira 13 foi uma anomalia que desafiava toda regra convencional do cinema. Isso foi verdade nos estágios de planejamento, na filmagem e especialmente verdade em termos do lançamento do filme e no sucesso comercial. Embora a Paramount fosse terminar gastando mais de 4 milhões de dólares promovendo *Sexta-Feira 13* durante os meses de verão de 1980, Mancuso sabia que o filme em si seria sua melhor ferramenta de venda.

Cunningham pensava que *Sexta-Feira 13* deveria ser anunciado na mesma linha da publicidade na *Variety*, especialmente a logo em bloco. Ele discordava de Mancuso e da Paramount, que tinham outras ideias. "Eu recebi uma carta da Paramount Pictures me pedindo para enviar os negativos da foto que tirei para o anúncio da *Variety* a eles, mas não havia nenhuma menção sobre alugar a foto ou me dar qualquer tipo de crédito", relembra Richard Illy. "Tudo o que eu queria era o crédito, mas eles não me ofereceram nada. Por cem dólares, eles podiam ter tido essas ótimas fotos da logo, o que teria sido muito melhor do que o pôster que usaram, mas eles eram muito econômicos, e eu tinha me irritado muito com aquilo tudo. Nunca escrevi de volta a eles e também nunca ouvi mais nada deles em retorno. Eles terminaram usando um pôster próprio."

A Paramount pagou a designer Spiros Angelikas para criar o pôster cinematográfico de *Sexta-Feira 13* enquanto o ilustrador de fantasia Alex Ebel lidava com as tarefas de pintura. O design continha letras irregulares para o título de *Sexta-Feira 13*, estilo que se tornou o emblema para todos os filmes de *Sexta-Feira 13* lançados pela Paramount Pictures durante os anos 1980.

O novo esquema de letras foi acompanhado de um chamado, no topo do pôster, que dizia "ELES FORAM AVISADOS.... ESTÃO CONDENADOS.... E NA *SEXTA-FEIRA 13* NADA IRÁ SALVÁ-LOS." O slogan no canto do pôster, embaixo do título, anunciava *Sexta-Feira 13* como "UM PESADELO DE 24 HORAS DE TERROR".

Combinando com o enorme lançamento da Paramount para o lançamento cinematográfico de *Sexta-Feira 13*, o estúdio começou a exibir propagandas na televisão em abril de 1980, cujas aparições chocaram muitos entre elenco e equipe. "Eu estava em meu apartamento quando vi o primeiro comercial na televisão para *Sexta-Feira 13* e não pude acreditar", diz Mark Nelson. "Eu quase havia me esquecido de ter estado no filme, e então ele estava prestes a ser lançado por toda a América. Eu enlouqueci. Mais tarde, o filme estava passando no Loews Astor Plaza na 44th Street e eu dei uma grande festa no meu apartamento, celebrando meu primeiro papel em um grande filme."

Houve diversas exibições de estreia para *Sexta-Feira 13* em conjunto com o lançamento cinematográfico nacional do filme em 9 de maio de 1980, primeiramente em Nova York e nos arredores da Costa Leste, o mercado onde a Paramount investiu o grosso dos seus recursos promocionais para *Sexta-Feira 13* antecedendo o lançamento nacional do filme. "Em uma sala de cinema, havia uma ambulância estacionada porque as pessoas estavam realmente se assustando e começando a surtar", relembra Mark Nelson. "Eu vi Barry Moss no elevador e ele me disse que algumas pessoas desmaiaram."

Como Sean Cunningham e Tom Savini tinham planejado, muito da reação visceral do público provocada por *Sexta-Feira 13* durante as primeiras semanas do lançamento cinematográfico do filme foi devido aos choques sangrentos do filme, nenhum mais poderoso do que a sequência da garganta de Kevin Bacon e a cena do lago, em que Jason emerge das águas. A cena do lago evocou uma poderosa reação, em especial do público, assim como do elenco e da equipe quando eles viram o filme com o público.

"Eu sabia que o filme seria um grande sucesso quando o vi no cinema e percebi a reação que a última cena, em que Jason pula do fundo do lago, provocava", diz Peter Brouwer. "Antes disso, a vilã tinha sido morta, e você podia sentir todo mundo no cinema relaxar. Quando o monstro emerge das águas, todos eles gritaram. Foi algo muito interessante de se ver. Eu estava com minha namorada [a esposa de Brouwer, assistente de direção Cindy Veazey] e ela agarrou meu braço."

"Meu irmão me ligou e disse que o filme estava passando em todo lugar e que era um grande sucesso", relembra Robbi Morgan. "Eu fiquei em choque."

"Eu fui sim assisti-lo no Loews Astor Plaza, na Broadway com a 44th Street, depois do seu lançamento (sozinha)", relembra Jeannine Taylor. "O lugar estava lotado, e eu me lembro perfeitamente de apreciar a reação da plateia. Eles estavam completamente tensos e gritaram muito. Eu achei que tinha sido um filme bastante assustador – chocantemente sangrento e muito divertido. E lembro, logo antes da minha cena do chuveiro, de uma jovem mulher sentada atrás de mim gritando 'Não vá pra esse chuveiro, garota!' Eu não pude parar de rir por vários minutos depois, então não prestei muita atenção na sequência. Eu finalmente assisti ao filme completo na TV cinco ou seis anos depois e achei que, apesar da falta de orçamento e da relativa inexperiência do elenco jovem (total inexperiência no meu caso), foi bem satisfatório, de pular da cadeira e coisas do tipo. Se esse é o seu tipo de coisa, você vai amar."

"Após *Sexta-Feira 13*, eu trabalhei no filme *Fama* (*Fame*) em Nova York, e então fui para Tuscaloosa, Alabama, para fazer outro filme, onde *Fama* passou em um cinema local e terminou em duas semanas", diz Robert Topol. "*Sexta-Feira 13* ficou em cartaz lá por seis meses. Foi assim que soube do tamanho do seu sucesso."

Lançado em 9 de maio de 1980, em 1127 salas de exibição por toda a América do Norte, *Sexta-Feira 13* foi um grande sucesso imediato, arrecadando 5,8 milhões de dólares em seu primeiro fim de semana.

Diferentemente de suas sequências, que arrecadaram a maior parte da sua renda nos seus primeiros dez dias de lançamento cinematográfico, *Sexta-Feira 13* teve "léguas" de bilheteria. Ao final do verão, *Sexta-Feira 13* tinha arrecadado cerca de 39,7 milhões de dólares na bilheteria norte-americana, com um retorno de 17 milhões de dólares de renda (a parcela que o estúdio recebe do faturamento cinematográfico) para a Paramount.

No ano de 1980, *Sexta-Feira 13* ficou em 18º no ranking anual de maiores bilheterias, ficando atrás da comédia besteirol da Warner Bros. *Clube dos Pilantras (Caddyshack* – 39,8 milhões de dólares) e do drama penitenciário de Robert Redford *Brubaker* (37,1 milhões de dólares). No mundo todo, *Sexta-Feira 13* arrecadou um total de 70 milhões de dólares no seu primeiro ano de lançamento.

Qualquer que seja o contexto, como um filme independente de baixo orçamento ou em competição com os vários filmes de estúdio de grande orçamento lançados em 1980, *Sexta-Feira 13* era um sucesso certificado.

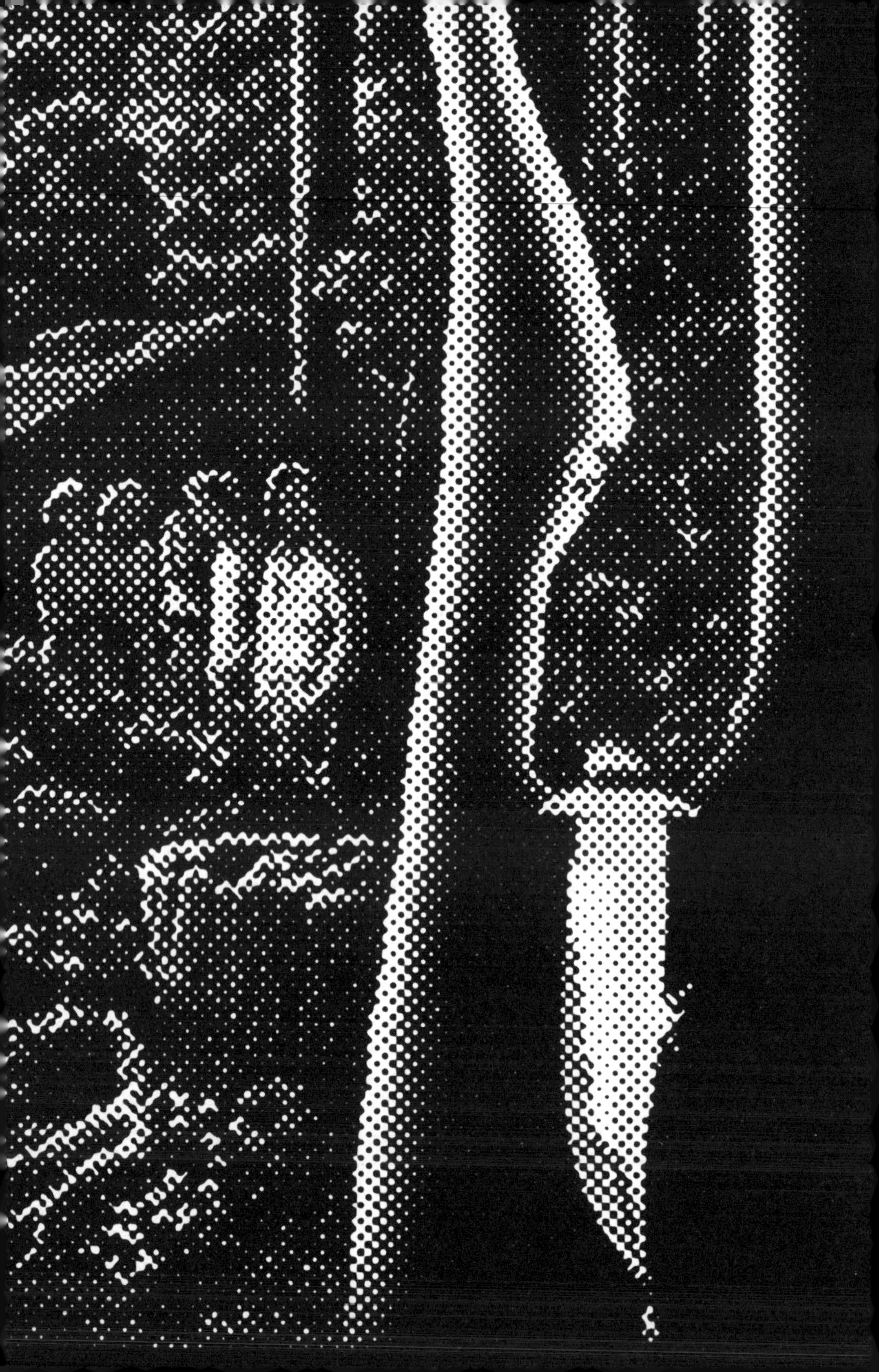

SÁBADO 14

O DIA SEGUINTE

"O período depois de *Sexta-Feira 13* foi uma época em que eu deveria ter sentado e me perguntado 'Certo, o que você realmente quer fazer agora?' Eu não estava preparado para o sucesso de *Sexta-Feira 13* e não tinha uma ideia clara do que queria fazer a seguir. Eu me encontrava com executivos de estúdios e eles me faziam a mesma pergunta – 'O que você quer fazer agora?' –, e eu realmente não tinha uma resposta. Acho que eu esperava que eles me oferecessem o próximo filme do Al Pacino ou do Robert DeNiro para dirigir." – ***Sean Cunningham***

Quanto mais conhecido *Sexta-Feira 13* se tornava, mais ele virava um saco de pancadas para a crítica e uma espécie de maldição para aqueles envolvidos na sua produção, especialmente os membros do elenco. Para Cunningham e Miner, a controvérsia e o desdém crítico que se acumulavam sobre *Sexta-Feira 13* eram balanceados pelo fato de ter faturado milhões, praticamente da noite para o dia.

Para o elenco e a equipe, que apenas ganharam seus modestos contracheques e não partilharam dos 10 milhões de dólares de rendimentos suplementares, a notoriedade e o sucesso em *Sexta-Feira 13* geraram muitas repercussões, pessoais e profissionais.

"Tenho certeza de que muita gente pensa que os atores no filme, eu e Adrienne King especialmente, ganham alguma renda residual com o filme, mas não é verdade", diz Betsy Palmer. "Eu recebo cerca de 15 dólares por ano."

DINHEIRO SANGRENTO

Sexta-Feira 13, durante o verão de 1980, foi um enorme alvo para os críticos de cinema e analistas culturais, que quase inteiramente o condenavam como sendo obsceno e pornográfico; ataques constantes que os adolescentes alegremente ignoraram. O mais influente adversário de *Sexta-Feira 13*, de longe, era o crítico de cinema do *Chicago Tribune* Gene Siskel. Em 1980, Siskel apresentava - junto com o crítico de cinema do *Chicago Sun-Times* Roger Ebert - o *Sneak Previews*, um programa televisivo semanal de crítica de cinema que era exibido em rede aberta. Foi nessa plataforma televisiva, especialmente, que Siskel - que descrevia Sean Cunningham como "uma das criaturas mais desprezíveis a infestar a indústria do cinema" - basicamente declarou guerra contra *Sexta-Feira 13*.

Elbert, falecido em 2013, e Siskel, que morreu 1999, dedicaram um programa inteiro a *Sexta-Feira 13*, no qual Siskel condenava o filme por sua violência sangrenta e criticava a Paramount Pictures por lançá-lo. Siskel foi tão longe que chegou a instigar uma campanha de cartas direcionadas a Charles Bludhorn (conhecido como Charles Bluhdorn), presidente do conglomerado Gulf + Western, que era dono da Paramount Pictures, assim como a Betsy Palmer.

Siskel também sugeriu que os espectadores que se sentissem enojados com *Sexta-Feira 13* deveriam escrever cartas de reprovação para Palmer, em atenção à sua cidade natal, que Siskel acreditava ser Connecticut. Embora morasse em Connecticut, Palmer na verdade havia nascido no leste de Chicago, Indiana. "Eu nunca recebi qualquer carta e só fui ouvir falar disso anos depois", diz Palmer. "Eu creio que ele deve ter dito às pessoas que escrevessem para Connecticut, mas minha cidade natal era na verdade Indiana. Eu achei aquilo tudo ridículo. Creio que não cheguei a ver uma carta sequer."

Tendo sobrevivido aos ataques contra *Aniversário Macabro*, Cunningham estava calejado contra as reações críticas que vieram com *Sexta-Feira 13*. Para Cunningham, o maior impacto que sentiu de *Sexta-Feira 13* foi o dinheiro que caiu no seu colo durante o verão de 1980, puro e simples.

Como havia sido negociado em seu contrato com a Paramount Pictures e a Warner Bros., Cunningham recebeu uma parte dos lucros e direitos autorais dos dois estúdios ao invés de ter de depender de Philip Scuderi e da Georgetown e suas práticas financeiras. Apenas no primeiro ano do lançamento de *Sexta-Feira 13*, Cunningham recebeu um total de 2 milhões de dólares.

Steve Miner também ficou milionário com *Sexta-Feira 13* e tanto ele quanto Cunningham, especialmente Cunningham, continuam a faturar ainda hoje. Enquanto isso, o escritor Victor Miller, que recebeu "dentro dos baixos cinco dígitos típicos da classe dos roteiristas", por seu trabalho no roteiro, não tinha um acordo de participação nos lucros de *Sexta-Feira 13*, e por isso não recebeu qualquer valor de direitos autorais pelo filme. Ele apenas tem direito aos pagamentos do Writers Guild of America (WGA), que se referem às inúmeras exibições de *Sexta-Feira 13* na televisão, além do enorme número de locações de vídeo que se acumularam durante os anos.

Embora isso tenha sido uma significativa fonte de renda para Miller pelos últimos trinta e poucos anos, certamente não chega aos pés dos milhões de dólares que ele poderia ter com toda razão esperado receber como um dos criadores de *Sexta-Feira 13*.

Em 1988, Miller entrou com um processo contra Cunningham, buscando um pagamento mais completo tanto de Cunningham quanto da Georgetown Productions, uma companhia que se dissolveu como entidade empresarial em 1982, mas permanece como uma entidade jurídica. Isso se torna evidente pelos vários processos que foram movidos contra a Georgetown nos anos após o lançamento de *Sexta-Feira 13*. O caso foi encerrado com um acordo, e Miller recebeu uma quantia não informada de dinheiro.

Os milhões de dólares que os sócios da Georgetown, Robert Barsamian, Stephen Minasian e Philip Scuderi, conseguiram com *Sexta-Feira 13* lhes deram a liberdade para financiar e produzir mais filmes. Isso inclui as sequências imediatas de *Sexta-Feira 13*, assim como uma variedade de outros filmes de diversos gêneros com os quais os sócios, juntos e separadamente, se envolveram durante os anos 1980. Após o encerramento da Georgetown em 1982, o mesmo ano em que Philip Scuderi, que tinha um problema cardíaco crônico, foi atingido por um ataque cardíaco, Stephen Minasian focou em uma parceria que havia estabelecido com maestro produtor de filmes de segunda categoria Dick Randall. Juntos eles produziram os filmes de terror *O Terror da Serra Elétrica* (*Pieces*, 1982), *Don't Open Till Christmas* (1984) e *Slaugther High* (1986), todos sob limitado lançamento cinematográfico, mas que tiveram um bom público seguidor durante os anos.

Scuderi, que morreu em 1995 aos 66 anos, dedicou a maior parte de suas energias, até a metade dos anos 1980, às sequências de *Sexta-Feira 13*. Scuderi também esteve envolvido com a produção do filme de *slasher* de 1981 *Olhos Assassinos* – uma produção da Georgetown na qual Tom Savini trabalhou – e no filme de 1983 *Off the Wall*, uma comédia sobre uma penitenciária que teve Ron Kurz como um dos roteiristas (Kurz também escreveu *Olhos Assassinos* com o pseudônimo de Mark Jackson).

Robert Barsamian, o sócio silencioso do trio de Boston, manteve um perfil discreto pelos anos 1980 com sua filha, Lisa Barsamian, assumindo o posto principal na produção da primeira das três sequências de *Sexta-Feira 13* e sendo uma produtora creditada em cada um dos filmes.

Para os sócios da Georgetown e os negócios de produção cinematográfica em si que eles tinham, o sucesso de *Sexta-Feira 13* criou vários tentáculos, muitos dos quais se moveram para longe da franquia de *Sexta-Feira 13*. Isso inclui um império imobiliário na Nova

Inglaterra, financiado com os lucros de *Sexta-Feira 13* e suas sequências, no qual todas as três famílias estavam - e continuam a estar - envolvidas, tanto juntas quanto separadamente, por toda esse território e além.

Ironicamente, foi o mesmo desenvolvimento imobiliário que levou à lenta e contínua extinção da rede de cinemas Esquire, agora apenas representada por uma porção de salas de exibição, sob o controle de Stephen Minasian que, no auge dos seus 80 anos, mantém apenas uma relação tangencial com a indústria de filme e cinema.

Com Philip Scuderi agora falecido, Robert Barsamian, o cunhado de Minasian que também está nos seus 80 anos, é o único outro membro vivo do trio da Georgetown. Hoje, Robert Barsamian, que sofre de diabetes, está aposentado na Flórida, onde os membros da família Scuderi também moram. Nos anos recentes, Lisa Barsamian disse a alguns amigos que a família tinha interesse em retornar à indústria cinematográfica.

Sean Cunningham em pessoa entrou com um processo contra a Georgetown - com quem ele manteve diversos negócios durante os anos 1980 e 1990, apesar do acordo de Cunningham com a Paramount e a Warner Bros. - diversos anos atrás buscando uma renda adicional relacionada ao acordo inicial de participação nos lucros. Esse caso também foi encerrado com um acordo.

Além de assegurar que sua casa em Westport (que estava avaliada em 12,6 milhões de dólares em 2011), que Cunningham tinha hipotecado uma segunda vez antes da filmagem de *Sexta-Feira 13*, estava a salvo de ser liquidada, ele estava espantado com sua recente fortuna no auge do sucesso de *Sexta-Feira 13* em 1980.

Após receber seu primeiro pagamento por *Sexta-Feira 13*, Cunningham imediatamente comprou uma Mercedes novinha em folha, na qual ele orgulhosamente saiu passeando por Westport. "Eu estava falando com Sean no telefone e ele me disse que tinha comprado uma Mercedes, e eu estava em choque porque sabia que Sean odiava Mercedes", relembra Virginia Field. "Eu disse 'Sean, você odeia Mercedes. Por que você comprou esse carro?' Sean disse 'Eu sei, mas senti que tinha de comprar uma Mercedes, algo bem caro, para fazer com que isso tudo se tornasse real'. Para Sean, a Mercedes representava que o dinheiro e o sucesso eram reais."

Após um longo exílio, ADRIENNE KING retornou à vida pública e faz parte de um circuito de convenção de autógrafos de celebridades (Imagem cedida por Phil Fasso/deathensemble.com)

Foto de 1980 de HARRY CROSBY em Nova York, no auge do lançamento de *Sexta-Feira 13* (Imagem cedida por Harry Crosby)

Após *Sexta-Feira 13*, HARRY CROSBY estrelou no filme para televisão *The Private History of a Campaign That Failed* (1981) (Imagem cedida por David Beury)

VOCÊS ESTÃO TODOS CONDENADOS

Para os membros do elenco de *Sexta-Feira 13*, a notoriedade do filme teve um impacto diferente em suas vidas e carreiras. A carreira de Kevin Bacon, que teve um modesto conjunto de trabalhos nas câmeras antes de *Sexta-Feira 13*, decolou com grande habilidade. Mas para o resto dos membros do elenco, a maioria dos quais, com exceção da experiente Betsy Palmer, nunca havia feito um filme antes de *Sexta-Feira 13*, o filme foi um abismo profissional.

"Filmes como *Sexta-Feira 13* são como um circo para atores", diz Sean Cunningham. "Os atores fazem um bom trabalho nesses filmes, mas você não os vê em mais nada por aí, porque a indústria olha para eles como se valessem um centavo cada dúzia. Sabe, se você está fazendo um teste para um papel de garota bonita em um filme, quem você vai querer: Cameron Diaz ou a garota que estava em *Sexta-Feira 13*? Você tem de ser muito forte para se destacar desse grupo. Ninguém quer vê-los de novo. Eles acham que tudo que você sabe fazer é terror. Veja os atores que estavam em *A Bruxa de Blair*. Eles tiveram atuações perfeitas, mas você não os vê mais por aí."

Alguns dos membros do elenco de *Sexta-Feira 13* foram levados a se sentir como se tivessem sido parte de algo desagradável e repugnante, quase próximo à pornografia. Esse preconceito não vinha apenas da indústria da televisão e do cinema, mas também de parentes e amigos. "Filmes como *Sexta-Feira 13* são bastante primitivos e ninguém na indústria os leva a sério, exceto em termos de quanto dinheiro irão fazer", diz Mark Nelson. "Minha mãe foi uma professora da primeira série e alguns anos depois que o filme foi lançado houve uma discussão na escola sobre filmes que deveriam ser proibidos. Alguém mencionou *Sexta-Feira 13*, e minha mãe queria se esconder embaixo da mesa."

"Quando o filme foi lançado pela primeira vez, a reação foi quase unânime de repugnância de todo mundo que eu conhecia, tanto dentro quanto fora do mercado", relembra Jeannine Taylor. "Minha família. Meus amigos. (Muitos apenas não falavam nada, tentando ser delicados, o que, de alguma forma, era pior). Meus agentes estava bem chateados devido ao clamor da sociedade aos escárnios dos críticos e preocupados com o impacto negativo na minha inexperiente carreira. Pelas ingenuidades puramente expressadas por ter esse tipo de – e nível de – exposição inicial, bem, eu não vou falar por eles, mas pareciam mortificados, o que eu tenho quase certeza de que realmente acontecia. O fato de ter sido um sucesso comercial não tinha qualquer consequência a eles, que estavam me monitorando ou representando. Eles estavam todos, em uma palavra, horrorizados."

Como estrela de *Sexta-Feira 13* e heroína do filme, Adrienne King sentiu o peso desse estereótipo e nunca escaparia das amarras de *Sexta-Feira 13*. Mas a pior parte para King foi o que aconteceu em sua vida pessoal logo após o lançamento de *Sexta-Feira 13*.

No verão de 1980, King se viu vítima de um maníaco que se apaixonou por ela após assistir *Sexta-Feira 13*. O sofrimento da perseguição se prolongou até 1981, período no qual King também estava tendo de lidar com os preconceitos da indústria por ela ter sido a estrela de *Sexta-Feira 13*. "Eu tinha alguém muito ruim que me perseguia e isso durou por mais de um ano", diz King. "Tive com certeza um momento horrível por causa do assédio, porque nos anos 1980 ninguém levava isso a sério. Tinha muita coisa perversa acontecendo comigo naquela época, e a polícia e o FBI me diziam que quando algo realmente acontecesse a mim... fisicamente... então eles poderiam fazer algo."

King, em uma tentativa de romper com os papéis de filmes de terror, passou parte do ano de 1980 estudando na Royal Academy of Dramatic Arts (RADA), em Londres, onde atuou em diversas produções shakespearianas, mais notoriamente em uma versão teatral de *Otelo*, na qual ela interpretava Desdêmona! Ao retornar a Nova York no outono de 1980, em antecipação à sua aparição em *Sexta-Feira 13 Parte 2*, King percebeu que o fantasma de *Sexta-Feira 13* simplesmente não a deixaria partir. "A única coisa que o filme fez pela minha carreira foi me estereotipar eternamente como uma atriz de filmes de terror", diz King. "Após *Sexta-Feira 13*, os únicos papéis que me foram oferecidos relacionavam-se a filmes de terror. Chegou a um momento tão ruim que eu tive de ir para a Inglaterra [RADA] para conseguir uma oferta fora do mundo do terror."

Outros membros do elenco sentiram que o impacto de *Sexta-Feira 13* em suas carreiras era insignificante. "Era, principalmente, um bom assunto para mencionar quando você ia encontrar com um diretor de elenco ou um produtor", diz Peter Brouwer. "Além disso, não teve qualquer efeito na minha vida. Antes de *Sexta-Feira 13*, eu era conhecido como um ator de novelas e fiz novelas após *Sexta-Feira 13*, e ninguém se importou com o fato de eu ter feito *Sexta-Feira 13*. Eu cheguei a conhecer Betsy Palmer diversos anos depois em uma festa e nós rimos sobre o sucesso do filme. Ela era encantadora. Difícil acreditar que pudesse ser tão demoníaca."

"Eu nunca tive qualquer problema com o fato de ter estado em *Sexta-Feira 13*, e nenhum parente ou amigo teve qualquer problema com isso", diz Harry Crosby. "Eu estava extasiado e surpreso que o filme tivesse sido um sucesso tão grande, mas isso não teve muito impacto na minha carreira de ator e não foi uma surpresa pra mim. Após *Sexta-Feira 13*, eu fui selecionado para uma peça na Broadway, mas o investimento foi cortado antes de começarmos a trabalhar nela. Então eu estrelei em um piloto para a CBS chamado *Pony Express*, que não foi selecionado, e então eu estava em um filme para a televisão chamado *The Private History of a Campaign That Failed*, dirigido por Peter Hunt, que fez o filme *1776*. Eu não creio que *Sexta-Feira 13* teve qualquer influência em nada disso, mas também não dói ter feito um filme tão popular, e estou feliz que tantas pessoas amaram o filme."

"Não teve tanto impacto assim na minha carreira", diz Robbi Morgan. "Não creio que tenha tido um impacto negativo. Eu simplesmente não creio que alguém fosse me selecionar ou não para um filme ou programa de televisão porque eu tinha estado em *Sexta-Feira 13*. Acho que existem dois tipos de filme. Existe o *Sexto Sentido* (*The Sixth Sense*, 1999), que é realmente profundo e psicológico, e aí existe o filme *Sexta-Feira 13*, que é apenas uma boa diversão. Seu único propósito é te assustar, e não há nada de errado com isso, então eu não me envergonho de maneira alguma de ter estado no filme. Quando estão passando o filme, eu deixo meus filhos assistirem, menos a parte em que a mamãe aparece. Eu acho que pode ser demais para eles, então eu não deixo que eles assistam a coisa toda."

Carta de 2007 escrita por BETSY PALMER para o Festival de Cinema de Blairstown, que realizou uma exibição de *Sexta-Feira 13* em 13 jul. 2007 (Imagem cedida por Robert Armin/robertarmin.com)

Friday the 13th —
2007
July

I write this with a humble heart and with much gratefulness to all of you who have embraced Mrs. Pamela Voorhees — mother of Jason — Jason who ended his life at the bottom of Crystal Lake near your fair Town of Blair's.

My first impression of this story hardly fulfilled the love and respect you who love this movie have brought into my life as an actress and as a woman who was given the gift of portraying this human being.

My deep love and appreciation to each of you.

Lovingly
Mommy Voorhees
Betsy Palmer

Betsy Palmer, que foi tão indecisa sobre fazer *Sexta-Feira 13* logo de início, ficou tão perplexa pelo sucesso inesperado de *Sexta-Feira 13* quanto tinha ficado por ter sido contratada para o filme. "Eu vi o filme uma vez e não vi nenhuma das sequências", diz Palmer. "Alguns anos depois, eu fiz uma peça na Filadélfia, e uma noite eu estava em uma mercearia e ouvi um 'ki-ki-ki, ma-ma-ma' atrás de mim e quando me viro vejo esse fã que aponta para mim e diz 'É a sra. Voorhees'. Eu estava fazendo uma participação especial em um episódio de *Murder, She Wrote* e uma das garotas, uma coadjuvante, veio até mim e me disse o quanto ela e seu marido tinham amado minha atuação em *Sexta-Feira 13*. Outra vez, um cara veio até minha casa em Sedona, Arizona, consertar o encanamento e ele ficou louco quando me viu, por causa de *Sexta-Feira 13*. Eu fui em uma convenção uma vez e havia um garoto que ficou bem nervoso. Eu olhei para ele e ele veio até mim para que eu assinasse algo e ele me perguntou sobre Jason, e eu disse 'Jason está morto. Eu não conheço Jason. Eu nunca vi nenhum dos outros filmes.' Eu me sinto realmente orgulhosa que os fãs ainda acham que o filme original é o melhor de todos."

A cristã convertida Laurie Bartram teve uma reação diferente a toda a controvérsia. Após as filmagens em Blairstown, Bartram, que tinha pensado em se tornar apresentadora de telejornal, retornou ao seu apartamento em Midtown, Nova York, e manteve contato com Harry Crosby por um período depois, assim como Cecelia e John Verardi, que moravam em Staten Island. Uma história hoje em dia bem conhecida é que o gato de Bartram morreu após comer algum veneno de rato na casa de Verardi, mas não houve ressentimentos a esse respeito ou sobre sua participação em *Sexta-Feira 13*.

"Laurie morava em Midtown e nós mantivemos contato após as filmagens, e Harry e Laurie jantaram em nossa casa em Staten Island após as filmagens", relembra Cecelia Verardi. "A mãe de Laurie também jantou conosco uma vez, e ela era uma mulher muito simpática. A mãe de Laurie trouxe um livro de receitas de New Orleans, ou de algum lugar do sul. Willie Adams também veio à nossa casa em Staten Island depois das filmagens e jantou com a gente. Nós nunca mais ouvimos falar ou soubemos de Willie depois daquilo."

No verão de 1980, Bartram estava em um processo de cortar os laços com a atuação e as amizades de sua vida em Nova York. Não foi fácil para ela. "Laurie era uma aspirante a apresentadora de telejornal, e creio que ela falou que seria uma jornalista na sua cidade natal", disse Cecelia Verardi. "Um dia, Laurie nos mandou um bilhete dizendo que ia embora 'realizar seus sonhos' e que manteria contato. Nós nunca mais tivemos notícias sobre ela. Harry também enviou um bilhete nos agradecendo pelos ótimos momentos que tivemos juntos e por nossa hospitalidade. Harry era simplesmente uma ótima pessoa."

Em 1981, Bartram se fixou em Lynchburg, Virginia, onde se matriculou na Liberty Baptist College (depois renomeada de Liberty University), uma faculdade cristã que tinha sido fundada pelo falecido reverendo Jerry Falwell. "Ela [Bartram] e eu fazíamos parte da mesma equipe de canto na Liberty University, uma equipe com ênfase em missões, chamada de Estágio de Treinamento para Estudantes Missionários em Evangelismo (Student Missionary Intern Training for Evangelism – SMITE)", relembra James Willis, amigo de Bartram quando os dois eram estudantes na Liberty no início dos anos 80. "Durante os anos de faculdade, nós viajávamos quase todo fim de semana, visitando igrejas no sul e no sudoeste. Ela era humilde. Todo mundo 'sabia' que Laurie tinha sido antes uma grande estrela e tinha deixado aquela vida para seguir sua fé, mas sua carreira prestigiosa de atriz não era algo do qual ela falava muito."

Em 1984, Bartram se casou com um colega estudante da Liberty, Gregory McCauley. Eles tiveram cinco filhos e todos tinham suas aulas em casa com Bartram até que ela – que ensinava dança em Lynchburg e trabalhou com *voiceover* em uma rádio local e em estações de televisão – morreu de câncer pancreático em 25 de maio de 2007, aos 49 anos. "Ela era uma pessoa esperta, inteligente, intelectual e divertida de se ter por perto", relembra Willis. "Ela 'tinha' de ter seu café. Ela chamava aquilo de 'grande olho', como em 'Eu tenho de ter meu grande olho de manhã, ou eu não funciono'. Ela não podia. Era completamente viciada em café quando a conheci. Eu viajei em um ano na faculdade na mesma equipe de canto que Laurie e para o Brasil no verão de 1982, onde viajamos pelo país cantando nossas músicas em português. Minha lembrança favorita é de quando ela sentou perto de mim no ônibus uma noite e eu estava tendo dificuldades com minha tarefa de casa de inglês e ela se ofereceu para me ajudar. Eu estava lendo o conto "Colinas Parecendo Elefantes Brancos" ("Hills Like White Elephants"), de Ernest Hemingway, e não entendia o que o diálogo queria dizer. Ela me ajudou a entender e foi o bastante. Essa foi a pessoa boa que conheci, e a pessoa de quem me lembro quando a sexta-feira 13 aparece no calendário."

Com a óbvia exceção de Kevin Bacon, os membros do elenco de *Sexta-Feira 13* acumularam uma lista bastante modesta de créditos no cinema e na televisão nos anos seguintes ao lançamento do filme. Alguns, como Adrienne King, caíram na maldição do estereótipo de *Sexta-Feira 13*, que também atingiu muitos dos membros do elenco das sequências do filme.

Mark Nelson ignorou *Sexta-Feira 13* por completo e desfrutou de uma carreira prolífica nos palcos, que foi balanceada com aparições esporádicas no cinema e na televisão. Outros desistiram por completo, em maioria por razões não relacionadas a *Sexta-Feira 13*, embora alguns dos membros do elenco do filme tenham suportado mais do que suas cotas normais de azar com o passar dos anos.

Após sua aparição em *Sexta-Feira 13*, Kevin Bacon atuou na novela diurna *The Guiding Light*. A participação de Bacon, filmada em Nova York, durou de 1980 a 1981. Foi nesse período que, sempre consciente sobre sua carreira, ele recusou uma oferta de fazer uma série para a televisão no estilo de *O Clube dos Cafajestes*, que seria filmada em Los Angeles, por querer estar perto da cena dos palcos de Nova York, onde sua carreira seria verdadeiramente lançada.

Após atuações com boa aceitação nas peças *Flux* e *Getting Out*, ambas com atuações de Bacon no Phoenix Theater em Nova York durante a temporada de teatro de 1981 a 1982, sua carreira deslanchou. *Sexta-Feira 13* mal era mencionado.

Bacon ganhou um prêmio Obie por sua atuação na peça *Forty Deuce*, depois da qual ele fez sua estreia na Broadway com a peça *Slab Boys*, junto com Val Kilmer e Sean Penn. Foi

Após o lançamento de *Sexta-Feira 13*, Tom Savini foi recrutado para providenciar os efeitos especiais do filme *CHAMAS DA MORTE* (*The Burning*, 1981), o primeiro – e precursor – das cópias de *Sexta-Feira 13* (Imagem cedida por Matt Hankinson)

durante esse período que a carreira cinematográfica de Bacon ganhou vida. Bacon foi selecionado, junto com Ellen Barkin e Mickey Rourke, na aclamada comédia dramática escrita e dirigida por Barry Levinson, *Quando os Jovens se Tornam Adultos* (*Diner*, 1982).

Depois, Bacon estrelou no filme dramático escrito por John Sayles, *Enormous Changes at the Last Minute* (1983), notável devido ao fato de Richard Feury, o fotógrafo de still de *Sexta-Feira 13* e assassino de Bacon fora das câmeras, ter trabalhado como assistente de direção no filme. "Kevin e eu trabalhamos em *Enormous Changes at the Last Minute* e nós dois rimos com o que tínhamos feito em *Sexta-Feira 13*", relembra Feury. "Eu disse a Kevin que era bom que ele fosse bonzinho comigo, porque eu tinha fotos nossas com minha mão sobre o seu rosto e enfiando uma flecha através do seu pescoço."

Footloose (1984) lançou Bacon ao estrelato no cinema para o grande público, um status que ele alcançou no final dos anos 1980, após uma série de fracassos comerciais. Nos anos 90, contudo, foi uma história diferente, expondo Bacon – começando com filmes como *Linha Mortal* (*Flatliners*, 1990) e *JFK* (1991) – como um ator que podia transitar de protagonista para ator de personagens interessantes.

Antes de *Sexta-Feira 13*, Peter Brouwer também havia sido um veterano no gênero de novelas diurnas. Ele retornou às novelas após *Sexta-Feira 13*, atuando em *As the World Turns*, emprego que durou de 1981 até 1982. Brouwer passou a maior parte do resto dos anos 1980 e os anos 1990 criando sua família com Cindy Veazey, enquanto também atuava em produções de teatro regionais, bem como um ávido criador de orquídeas.

Em 2009, Brouwer retornou à televisão diurna com aparições regulares nas novelas *All My Children* e *One Life to Live*. "Eu também trabalhei como leiloeiro", diz Brouwer. "É algo bem animado e no que me tornei muito bom. Mesmo que você precise organizar um leilão beneficente, eu posso fazer com que isso lhe dê dinheiro!"

Harry Crosby desistiu de sua busca justa por uma carreira no *show business* em 1984 – ano em que ele conseguiu um diploma de administração da Fordham University. Da metade dos anos 1980, Crosby vinha desfrutando de uma carreira de sucesso no mercado financeiro, tornando-se gerente em firmas como Credit Suisse First Boston e Merrill Lynch. "Eu não acho que recomendaria a alguém passar três anos na Inglaterra estudando música e teatro se essa pessoa quer uma carreira no mundo dos negócios, mas creio que o treinamento pelo qual passei me serviu bem", diz Crosby, que é casado com uma cientista e, ironicamente, costumava mencionar *Sexta-Feira 13* em seus discursos de recrutamento coorporativo. "Eu acho que atuar me ensinou a lidar com dificuldades e como achar soluções criativas para os problemas. Eu não me arrependo de forma alguma da minha carreira como ator. Foi uma grande aventura."

Adrienne King também entrou para o mundo conturbado da televisão diurna ao retornar para Nova York, voltando de Londres no outono de 1980, mas o que aconteceu com King fora das telas ofuscou todo o resto entre 1980 e 1981.

Após retornar a Nova York, King perdeu o controle, sofrendo diversos ataques de pânico como resultado direto do assédio perturbador pelo qual passou no auge do lançamento de *Sexta-Feira 13*. No outono de 1981, King casou-se com Robert Tuckman, um advogado de Nova York, e depois com Richard Hassanein, executivo na indústria dos serviços de pós-produção cinematográfica, com quem ainda é casada hoje em dia. Na metade dos anos 80, King se confortou com a vida pacífica e anônima que a indústria de pós-produção oferece.

No início dos anos 1990, King se reinventou como artista de *voiceover*, contribuindo com voz de background e looping em vários títulos, incluindo *Gilbert Grate: Aprendiz de Sonhador* (*What's Eating Gilbert Grate?*, 1993), *Jerry Maguire*, *Titanic* e muitos outros. Hoje, King vive em Oregon com seu marido, onde comanda uma vinícola amadora enquanto também é uma celebridade permanente no circuito de convenção de autógrafos de celebridades.

Após sua aparição em *Sexta-Feira 13*, Robbi Morgan atuou na produção da Broadway *Barnun*, que ficou em cartaz entre 1980 e 1982. Após diversas aparições momentâneas na televisão no início dos anos 1980, Morgan - que era acrobata, atriz, dançarina e cantora - colocou sua carreira performática em pausa para focar na vida de sua família quando casou com o ator e apresentador de programa de auditório Mark Walberg. "Eu cruzei com Betsy Palmer, que havia trabalhado com meu irmão em *Peter Pan*, muitas vezes durante os anos, entre suas peças e meus trabalhos, e ela é uma mulher maravilhosa", diz Morgan. "Difícil acreditar que ela poderia ter me matado. Estou casada e tenho dois filhos e não tenho atuado muito recentemente. A maioria das performances que fiz durante os últimos vinte anos tem sido como dançarina e cantora, atuando em shows de estilo *revue, vaudeville,* em que eu e outras atrizes dançamos, cantamos, tudo. Eu não me importaria em fazer outro filme de terror se o roteiro certo aparecesse."

Mark Nelson desfrutou de uma carreira aclamada e rica nos palcos desde que apareceu em *Sexta-Feira 13*. Mais recentemente, Nelson voltou às suas raízes como ator, dando aula dramática em sua antiga universidade, a Princeton University. "Eu vi *Sexta-Feira 13* como, simplesmente, duas semanas divertidas de trabalho que aconteceram mais de trinta anos atrás", diz Nelson. "Creio que os atores que atuam nesses filmes cometem o erro de tentar enxergar essa experiência como algo maior do que realmente é. A melhor parte de *Sexta-Feira 13*, para mim, foi o momento em que o filme foi lançado, que foi uma grande emoção. Além disso, acho que tudo na minha carreira, especialmente meu trabalho no teatro, aconteceu basicamente como deveria, tivesse eu participado de *Sexta-Feira 13* ou não."

Após o lançamento de *Sexta-Feira 13*, Betsy Palmer se uniu ao elenco da novela *As the World Turns*, na qual atuou em 1981 e 1982, na mesma época que Peter Brouwer esteve no show, embora nem Brouwer nem Palmer se lembram de terem trabalhado juntos por lá.

Palmer, que também apresentou diversos programas regionais de entrevistas e entretenimento durante o início dos anos 1980, passou o resto da década fazendo participações especiais na televisão, assim como continuou a trabalhar no teatro, sua verdadeira paixão. Embora *Sexta-Feira 13* não tenha rendido mais filmes à carreira de Palmer e seu mais notável papel em um filme após *Sexta-Feira 13* tenha sido uma participação especial em *Sexta-Feira 13 Parte 2*, o sucesso de *Sexta-Feira 13* reascendeu o perfil antes dormente de Palmer, que estava em decadência desde os anos 1960. "Não houve qualquer oferta de filmes após *Sexta-Feira 13*, mas eu acho que o sucesso de *Sexta-Feira 13* me permitiu fazer mais teatro, em termos de publicidade com o filme, o que é meu primeiro amor", diz Palmer, que também é permanente no circuito de convenção de autógrafos de celebridades junto com King, Ari Lehman e Jeannine Taylor. "Eu nunca gostei de fazer filmes mesmo. A melhor parte de *Sexta-Feira 13* para mim foi poder conhecer todos os fãs e ouvi-los me dizer o quanto amaram o filme e o quanto adoraram o meu personagem. Isso é muito lisonjeador."

Ninguém ganhou mais com *Sexta-Feira 13* do que o especialista em efeitos de maquiagem Tom Savini. Seu trabalho inovador com *Sexta-Feira 13*, combinado com seu triunfo anterior em *O Despertar dos Mortos*, marcou uma era, começando no início dos anos 1980, quando especialistas em maquiagem como Savini, Rick Baker e Rob Bottin eram vistos como quase estrelas do rock dentro dos circuitos cinematográficos. "Quando eu fui inicialmente contratado para fazer *Sexta-Feira 13*, era apenas um trabalho, mas fiquei muito orgulhoso do que produzi no filme", diz Savini. "*Sexta-Feira 13* foi uma daquelas experiências raras, raras inclusive para filmes independentes, em que todos os efeitos especiais que eu fiz foram incluídos na versão final do filme. Foi muito lisonjeador quando os fãs disseram que os efeitos eram a estrela do filme."

O status de celebridade de Savini ficou evidente após o lançamento de *Sexta-Feira 13*, quando ele foi recrutado pelo produtor de cinema Harvey Weinstein para comandar os serviços de efeitos especiais em um filme de terror de acampamento de verão. Intitulado de *Chamas da Morte*, era uma cópia descarada de *Sexta-Feira 13*, filmado no oeste de Nova York no verão de 1980.

Chamas da Morte marcou a primeira produção da até então iniciante logo da Miramax Films de Weinstein. *Chamas da Morte* teve um orçamento de produção de 1,5 milhão de dólares, cerca de três vezes mais do que *Sexta-Feira 13*. "Harvey Weinstein me ligou e disse que tinha amado os efeitos especiais em *Sexta-Feira 13* e queria que eu fizesse o mesmo", relembra Savini. "Eu me diverti bastante e tive muita liberdade criativa em *Chamas da Morte*, mas a melhor parte foi quando o filme foi lançado em 1981 e a empresa me enviou de avião através do país inteiro para fazer a divulgação do filme. Quando foi a última vez que você viu o cara da maquiagem fazendo a divulgação do filme?"

Savini efetivamente escolheu *Chamas da Morte* ao invés de *Sexta-Feira 13 Parte 2*. Sempre um homem de princípios criativos, Savini rejeitou *Sexta-Feira 13 Parte 2* porque não concordava com o conceito de Jason aparecendo na sequência. Esse traço de rebeldia seguiu Savini por toda a sua carreira e é umas das razões principais porque Savini nunca aceitou o – ou foi aceito pelo – grande mercado de Hollywood. "Eu rejeitei a sequência, porque eu não achava que havia sentido fazer um filme sobre o personagem de Jason que, afinal, estava morto", diz Savini. "Não fazia sentido para mim e me parecia algo totalmente sem sentido."

A ausência pós-*Sexta-Feira 13* de Jeannine Taylor em créditos no cinema e na televisão foi o resultado de circunstâncias e destino, principalmente na forma de uma doença debilitante que inviabilizou sua carreira como atriz e sua vida durante um período dos anos 1980.

Após seu trabalho em *Sexta-Feira 13*, Taylor mergulhou de volta à cena do teatro de Nova York, atuando em diversas produções de 1980 a 1982. Em 1982, Taylor, como Peter Brouwer e Betsy Palmer, teve um papel recorrente na novela diurna *As the World Turns*. Naquele mesmo ano, ela fez sua última aparição em filme com um papel em *The Royal Romance of Charles e Diana*, um filme semanal sobre a relação do príncipe Charles e da princesa Diana que foi ao ar pela CBS. "Eu fiz a 'vilã' no pequeno papel de um interesse amoroso mimado e vaidoso do príncipe Charles", relembra Taylor. "Ela termina com o príncipe, porque suas obrigações reais o impediam de dar a ela atenção suficiente. O que eu mais me recordo sobre a filmagem é estar no mesmo set que Ray Milland e Olivia de Havilland, o que foi uma grande emoção!"

Taylor descobriu que *Sexta-Feira 13* lançava uma sombra ainda maior do que ela poderia imaginar. "Meu desaparecimento do cinema e da TV ocorreu, creio, devido principalmente a um extremo escárnio dos críticos e do clamor do público contra *Sexta-Feira 13* na época do seu lançamento, em 1980, e por alguns anos imediatamente após", diz Taylor, que em 1983 foi a Los Angeles em busca de maiores oportunidades no cinema e na televisão. "Era claro que algo tinha de ser superado profissionalmente, e comecei a fazer isso ao continuar a trabalhar em peças teatrais e musicais, tendo sido (na maior parte do tempo!) bem criticada, então eu creio que teria superado esse revés com o tempo."

Durante sua jornada em Los Angeles, em 1983, Taylor foi selecionada em um piloto de uma série televisiva para a ABC que não deu certo quando o agente de Taylor exigiu dinheiro demais da produção. Taylor também descobriu que o fantasma de *Sexta-Feira 13* carregava na Costa Oeste muito do mesmo impacto poderoso que tinha em Nova York. "Uma agente, uma mulher com um desses escritórios individuais, me disse para retirar *Sexta-Feira 13* do meu portfólio e que não tinha como trabalhar comigo", relembra Taylor, sobre seu tempo em Los Angeles. "Após duas semanas, eu sabia que não poderia continuar em LA; eu estava muito só e me sentia como um peixe fora d'água. As palmeiras, o dirigir sem rumo (por alguma razão, toda vez que eu me perdia – uma ocorrência diária! – eu ia parar na La Brea Tar Pits – Rancho do Poço de Piche). Eu fui selecionada para um piloto de uma comédia da ABC. Gary Leaverton [empresário de Taylor em Nova York], que faleceu alguns anos atrás, exigiu 2 mil dólares a mais por semana do que eles estavam oferecendo e acabou me fazendo perder o emprego! – algo que ele era famoso por fazer –, e eles acabaram contratando outra atriz. Durante minha viagem a LA em 1983, eu também conheci o diretor de elenco de uma das três maiores redes e ele foi bem franco sobre o impacto que *Sexta-Feira 13* provocou na minha carreira. Ele me disse que eu precisava voltar a Nova York e 'conseguir dar um outro impulso à minha carreira'. Suas palavras exatas. Ele, na verdade, verbalizou o que eu já estava sentindo. Eu tinha algo para viver e precisava fazer isso em Nova York."

Em 1985, a carreira e a vida de Taylor viraram do avesso quando ela foi acometida com a doença de Graves, uma doença autoimune da tireoide que, embora raramente fosse fatal, tinha muitos efeitos colaterais perigosos. "Por um tempo, eu tive um batimento de 150, não podia dobrar meus punhos, joelhos ou tornozelos sem sentir uma dor excruciante, e meus olhos estavam tão inchados, quase pulando pra fora, que eu não conseguia fechá-los para dormir", relembra Taylor. "Eu usei óculos escuros dentro e fora de casa por diversos anos, porque simplesmente me sentia mais confortável daquele jeito. Não é comum haver uma cura rápida e fácil para a doença de Graves, e a recuperação pode levar diversos anos, como foi para mim. Durante o tratamento, os betabloqueadores que precisava tomar para diminuir o batimento do meu coração incharam o meu rosto (e todo o resto de mim), me deixando quase irreconhecível. Meu cabelo caiu, e por um ano meu rosto ficou coberto por espinhas horríveis. Foi um tempo difícil. Eu fiquei doente de 1985 até 1988. Enquanto isso, meu plano de saúde do SAG expirou, e eu precisava de um emprego com bons benefícios de saúde, então eu fui trabalhar na *Institutional Investor,* uma revista financeira em Nova York. No começo, me senti bem estranha em estar em um espaço corporativo, mas era uma ótima empresa e o salário e os benefícios eram, literalmente, uma salvação."

Em 1989, Taylor viajou para a Inglaterra e frequentou a RADA, seguindo os passos de Adrienne King. Mas, a essa altura, tinha colocado sua carreira em segundo plano, focando outros interesses. Em 1990, ela se casou com James McConnell, um empresário. Taylor voltou à faculdade no início dos anos 1990 para estudar História da Arte e eventualmente transitou em uma carreira como uma avaliadora de arte e antiguidades. "Tendo passado por uma grande doença, minhas prioridades mudaram, e um novo homem entrou em minha vida e senti que precisava de uma carreira mais 'familiar'", diz Taylor, que viveu e trabalhou na região da Nova Inglaterra. "Durante o início dos anos 1990, eu voltei à faculdade para estudar História da Arte, fiz estágio em um museu, trabalhei em uma casa de leilões e então me tornei uma avaliadora de arte e antiguidades."

Como Barry Abrams, VIRGINIA FIELD se mudou para Paris, França, onde atualmente ensina em uma faculdade de cinema (Imagem cedida por Tony Marshall)

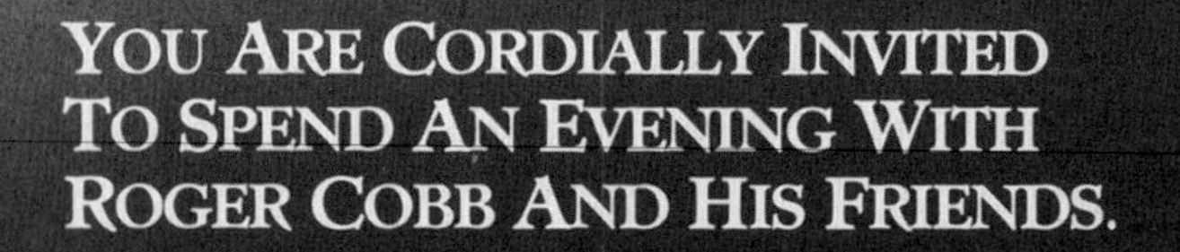

Sean Cunningham e Steve Miner se reuniram no filme *A CASA DO ESPANTO* (*House*), no qual Cunningham trabalhou como produtor e Miner como diretor. *A Casa do Espanto* teve moderado sucesso comercial (Imagem cedida por Matt Hankinson)

NINGUÉM ESTÁ VENDO

Independentemente de qualquer mau cheiro que *Sexta-Feira 13* tenha deixado na sociedade, o sucesso tornou Sean Cunningham um objeto de valor para Hollywood e sua percepção financeira. Foi o mesmo com o escritor Victor Miller. "O sucesso de *Sexta-Feira 13* transformou Sean e eu em pessoas valiosas por um breve período de tempo", diz Miller. "Por volta de junho de 1980, logo após o lançamento de *Sexta-Feira 13* ter acabado de acontecer, eu tive um encontro com o presidente da Columbia Pictures, Frank Price, e lhe dei um discurso de uma frase, para vender um projeto chamado *Asylum*, que ele comprou na hora. O filme nunca chegou a ser feito, mas eu fui muito bem pago. Olhando para trás, creio que ele compraria qualquer coisa que eu estivesse vendendo, por causa do sucesso de *Sexta-Feira 13*."

Em 1980, Cunningham assinou um contrato de produção com a Columbia Pictures, assim como um outro contrato, com a Filmways, uma empresa de produção de cinema e televisão que tinha recentemente incorporado a American International Pictures (AIP). A Filmways contratou Cunningham para dirigir e produzir um projeto de suspense chamado *Ridge Run*, uma história sobre quatro pessoas mentalmente perturbadas que sequestram um ônibus escolar. O projeto nunca chegou a ser concretizado.

Cunningham também passou o outono de 1980 em negociação com a Metro-Goldwyn-Mayer (MGM) – antes de a MGM se fundir com a United Artists e virar MGM/UA, no verão de 1981 – sobre um projeto de filme independente que ele queria fazer, chamado *Stomping Ground*. O projeto não foi a lugar algum. "Eu sempre imaginei que, quando eles o deixassem entrar no clube, eles te levariam no andar superior e abririam uma gaveta de arquivos onde mantinham esses ótimos roteiros que [Jane] Fonda e [Robert] Redford estavam loucos para fazer e diriam 'Aqui, escolha à vontade'", diz Cunningham. Não é assim mesmo. Você senta em uma mesa, eles olham pra você e dizem 'O que você quer fazer?'"

No outono de 1980, Cunningham assinou um acordo de produção com a MGM e finalmente pareceu ganhar força quando conheceu o produtor independente Sidney Beckerman, um aventureiro, diversificado produtor de cinema cuja lista de filmes anteriores inclui títulos ecléticos como *Last Summer (1969)*, *Marlowe* (1969), *Kelly's Heroes* (1970), *Portnoy's Complaint* (1972) e *Marathon Man* (1976).

Beckerman estava no controle de um projeto chamado *A Stranger is Watching*, baseado no romance best-seller de 1977 de Mary Higgins Clark. A história falava sobre uma jovem garota que é sequestrada e aterrorizada pelo mesmo psicopata que estupra e assassina sua mãe. Beckerman, que faleceu em 2008, estava à procura de um diretor para *A Stranger is Watching* desde 1978. "Ele [Beckerman] disse que achava que *A Stranger is Watching* seria perfeito para mim", disse Cunningham. "Eu li o roteiro e concordei."

Com seus elementos obscuros sobre crianças em perigo e estupro, *A Stranger is Watching* parecia bem compatível com as sensibilidades cinematográficas de Cunningham, mas todos os outros elementos de produção o colocaram bem fora de sua zona de conforto. *A Stranger is Watching* tinha um orçamento de 5 milhões de dólares, o que era modesto pelos padrões de Hollywood, mas incrivelmente dez vezes maior do que *Sexta-Feira 13*. "Era aritmética pura e simples", disse Beckerman na época. "Imaginei que se ele [Cunningham] podia fazer um filme de 500 mil dólares arrecadar 70 milhões de dólares, nós podíamos fazer um filme de 5 milhões de dólares e ter uma renda de 350 milhões de dólares."

Além do orçamento maior, *A Stranger is Watching* era também uma produção sindicalizada filmada em Nova York com um elenco "profissional", incluindo Kate Mulgrew, James Naughton e o famoso Rip Torn, que fez o vilão do filme. Essas eram águas nunca antes navegadas para Cunningham, que tinha se unido com os ex-funcionários de *Sexta-Feira 13* Barry Abrams, Virginia Field, Braden Lutz, Robert Topol e Victor Miller, o qual escreveu o roteiro junto com Earl Mac Rauch.

"Era como a noite e o dia ir de filmes como *Sexta-Feira 13* para *A Stranger is Watching* e *Spring Break* por causa dos sindicatos e do orçamento maior", relembra Field. "Um cara na equipe [referindo-se a *A Stranger is Watching*] reclamou sobre amianto em um dos meus sets, porque estava chateado por não estar recebendo hora extra. Isso era algo que nunca tinha acontecido. Nós filmamos na Grand Central Station e na prisão em Rikers' Island. Havia alguns nomes famosos, especialmente Rip Torn. Tudo era diferente."

"Nós fizemos *A Stranger is Watching* e era um filme maior em todos os sentidos", relembra Robert Topol. "Era mais sério. Havia uma equipe do sindicato, eletricistas profissionais, mais dinheiro, um grande elenco de atores, filmagens em Central Station. Foi uma experiência completamente diferente."

Filmado na primavera de 1981, *A Stranger is Watching* foi tardiamente lançado em janeiro de 1982 pela recém-formada MGM/UA. O filme foi recebido com total indiferença. Arrecadou insignificantes 2,5 milhões de dólares nas bilheterias norte-americanas e rapidamente desapareceu no limbo do mercado posterior da televisão a cabo. Nem mesmo os críticos de cinema, aqueles que atacaram *Sexta-Feira 13* tão ferozmente, conseguiam salivar qualquer veneno para cuspir no filme.

O fracasso de *A Stranger is Watching* foi uma rejeição dolorosa para Sean Cunningham e uma forte dose de realidade. O filme marcou o fim da relação com a MGM/UA e também o fim da relação com o diretor de fotografia Barry Abrams, que deixou a carreira cinematográfica. "*A Stranger is Watching* foi uma filmagem melancólica, triste, porque nós passamos a maior parte do tempo filmando em um metrô, o que não era divertido e nem fácil de iluminar", diz Abrams. "Naquele ponto, eu tinha um negócio lucrativo filmando comerciais de brinquedos em Nova York e tinha uma esposa e um filho pequeno, então decidi parar de fazer filmes. Me ofereceram *Sexta-Feira 13 Parte 2* e *Spring Break*, mas eu os recusei para fazer comerciais e passar mais tempo com minha família."

"Barry achou que isso [o sucesso de *Sexta-Feira 13*] podia ser sua passagem para o sucesso", relembra Max Kalmanowicz. "Barry deixou a indústria do cinema após trabalhar no filme do metrô, o que não tinha sido uma experiência feliz e não ia levar a nada. Ele entendeu que o trabalho no cinema não era uma fonte de renda confiável. *A Stranger is Watching* não foi a lugar algum e eu creio que isso fez Sean [Cunningham] entender que ele tinha de continuar com os filmes que o lançaram. Sean percebeu que ele estava preso fazendo outros filmes de *Sexta-Feira 13*, ou filmes naquele estilo, e Barry sentiu que não tinha futuro para ele em continuar fazendo esse tipo de filme. Barry entendeu que não havia como dançar naquele ritmo. Ele estava casado com Nikki [a esposa de Abrams, Nikki Abrams, que também trabalhou em *A Stranger is Watching*] e tinha um filho pequeno e precisava fazer comerciais de brinquedo para ter uma fonte de renda estável."

Abrams continuou a filmar comerciais, junto com Tad Page, até o final dos anos 1980. Naquele ponto, Abrams – também piloto e navegador talentoso – estava em processo de se mudar para as Ilhas Virgens Britânicas, onde ele e sua esposa eventualmente estabeleceram um negócio de frete aéreo de sucesso chamado Fly BVI (British Virgin Islands). Outro motivo para Abrams deixar o mundo do cinema – e uma das razões principais porque nem ele nem ninguém da sua equipe fizeram *Sexta-Feira 13 Parte 2* – teve a ver com os problemas do sindicato, que enfrentaram depois de filmar *Sexta-Feira 13*.

Abrams tinha se unido ao sindicato mais elitista, IATSE, antes de filmar *Sexta-Feira 13*, enquanto a maior parte da sua equipe pertencia ao sindicato mais ralé, NABET. A divisão causou um pouco de discórdia entre Abrams e sua fiel equipe de seguidores, embora isso tenha sido breve. "Quando *Sexta-Feira 13* fez tanto dinheiro, pensávamos que deveríamos assinar um contrato no sindicato para o segundo filme, mas Barry não poderia ter trabalhado nele se fosse assinado com a NABET", diz Robert Shulman. "Pensávamos que a *Parte 2* seria sindicalizada, e eles investiriam mais dinheiro, mas eles não foram com o sindicato. Eu acho que ele [Abrams] estava sendo ameaçado por uma multa de 5 mil dólares por trabalhar em um emprego não sindicalizado como [*Sexta-Feira 13*] era. Um operador de câmera diferente foi contratado [Peter Stein], que escolheu sua própria equipe. Então a separação foi devido a interesses diferentes. Barry foi trabalhar com uma equipe muito boa da IATSE em *A Stranger is Watching* e nós nos sentimos desprezados, porque ele parecia ter alcançado o sucesso sem a gente, mas o filme foi um grande fracasso e creio que Sean voltou a fazer o que ele faz de melhor."

Em 1994, Abrams – que ia e vinha das Ilhas Virgens Britânicas para Nova York para filmar comerciais *freelance* com Tad Page – se estabeleceu em seu negócio de fretes aéreos integralmente, junto com sua esposa. Em novembro de 1999, a vida de Abrams freou bruscamente quando sua amada esposa, Nikki Abrams, faleceu. "Tivemos um memorial para Nikki e todo mundo da equipe estava lá, porque a amávamos muito", relembra Tad Page. "Não me recordo de ter visto Sean por lá, mas praticamente todo mundo tinha ido."

Após a morte de sua esposa, Abrams se mudou para Paris, França, onde aprendeu a falar francês e passou a próxima – e final – fase de sua vida ensinando inglês como Segunda Língua (ISL) para executivos de empresas aéreas. Foi em Paris que Abrams, que paralelamente ensinava em uma faculdade de cinema em suas horas livres, reencontrou-se com Virginia Field, que também tinha se mudado para lá em 1990. Em agosto de 2009, Abrams, que vinha tendo problemas de saúde há muito tempo, morreu de leucemia aos 65 anos. Após sua morte, foram realizados memoriais para Abrams nas Ilhas Virgens Britânicas, em Nova York e em Paris, simultaneamente.

Depois de sua experiência em *A Stranger is Watching*, Sean Cunningham voltou correndo para o "feijão com arroz" de suas raízes no *exploitation*. Da mesma forma que tinha usado o sucesso de *Halloween* como uma deixa para *Sexta-Feira 13*, Cunningham mudou sua atenção para o gênero da comédia sexual adolescente, que era novidade (também conhecido como gênero *horny teenager*), um gênero carregado pelo gigante sucesso da comédia sexual *Porky's*, que tinha ultrapassado os 100 milhões de dólares nas bilheterias norte-americanas após seu lançamento em março de 1982.

Na primavera de 1982, Cunningham, junto com Virginia Field e Victor Miller, viajou para Fort Lauderdale, na Flórida, para estudar o comportamento dos estudantes universitários e seus rituais de cerveja, drogas e sexo que fazem parte da prática anual do *spring break*.

O resultado desse *brainstorming* foi *Spring Break*, uma comédia sexual para a qual Miller trabalhou em diversos rascunhos de roteiro antes de ser sumariamente demitido por Cunningham, que tinha assinado um acordo de produção com a Columbia Pictures. "Eu trabalhei no roteiro de *Spring Break*, mas Sean não gostou de como o meu roteiro estava indo e então me trocou por outro escritor", relembra Miller, que foi se juntar ao número enorme de ex-funcionários de *Sexta-Feira 13* a entrar no gênero das novelas diurnas, trabalhando como escritor em diversas delas entre 1982 e 2006. "Sean e eu não nos falamos desde então, o que é algo que me faz sentir muito mal, uma vez que fomos tão próximos por tantos anos, trabalhando na casa um do outro, compartilhando ideias."

Lançado em março de 1983, *Spring Break* teve um sucesso moderado de bilheteria, arrecadando 24 milhões de dólares nas bilheterias norte-americanas, o que rendeu ao filme a honra dúbia de ter sido o de melhor bilheteria da carreira de diretor de Sean Cunningham, além da franquia de *Sexta-Feira 13*.

O sucesso modesto de *Spring Break*, contudo, colocou Cunningham de volta às águas das quais ele tanto queria escapar. "*Spring Break* foi um dos filmes mais lucrativos da Columbia Pictures naquele período, mas me empurrou de volta ao gênero do *exploitation*", diz Cunningham. "Eu simplesmente não sabia como escapar de tudo aquilo, e uma vez que ninguém me oferecia qualquer projeto bom eu senti que a única coisa que poderia fazer era tentar voltar aos filmes que interessavam ao mercado."

Além da separação com Victor Miller, *Spring Break* também marcou o fim da relação profissional de Sean Cunningham com Virginia Field. Como já mencionado, Field se mudou para Paris, França, nos anos 1990, onde continuou a trabalhar como diretora de arte e designer de produção de filmes, enquanto também projetava casas. Hoje, Field ensina em uma faculdade de cinema em Paris. "Eu vim para Paris e fiz meu portfólio com *Sexta-Feira 13* nele, e algumas das pessoas do cinema daqui se sentiram ofendidas por verem um filme de terror em um portfólio", diz Field. "Eu vi o filme [*Sexta-Feira 13*] alguns anos atrás e me assustei bastante! Eu creio que é um filme de suspense bem eficiente. Um estudante meu, de cinema, está trabalhando em um projeto sobre Jason decidindo ir a um psiquiatra! Eu não ensino *Sexta-Feira 13* em minha sala de aula, porque o orçamento era muito baixo naquele filme e eu não posso mostrar aos meus estudantes como fazer algumas das cenas naquele filme, porque era muito barato."

Após *Spring Break*, a carreira de diretor de Sean Cunningham escorreu por entre as categorias de seu gênero cinematográfico. O filme seguinte de Cunningham foi *Juventude*

SPRING BREAK marcou o fim da relação profissional de Sean Cunningham com Virginia Field e Victor Miller (Imagem cedida por Matt Hankinson)

A NEW TICKET TO TERROR
FROM THE DIRECTOR OF "FRIDAY THE 13TH."

They are alone. On their own.
Without parents.
Without friends.
Trying to make it in a new town.
Facing a dangerous new enemy.
A gang that will stop at nothing
to add one new word to their lives.
Terror.
THE
NEW KIDS
They can't afford to lose.
COLUMBIA PICTURES Presents A SEAN S. CUNNINGHAM Film
"THE NEW KIDS" Starring SHANNON PRESBY LORI LOUGHLIN JAMES SPADER
JOHN PHILBIN EDDIE JONES ERIC STOLTZ TOM ATKINS LALO SCHIFRIN
BARBARA De FINA STEPHEN GYLLENHAAL STEPHEN GYLLENHAAL and BRIAN TAGGERT
SEAN S. CUNNINGHAM and ANDREW FOGELSON SEAN S. CUNNINGHAM
R

Perdida (The New Kids), um suspense adolescente que ele dirigiu e produziu para a Columbia Pictures. Lançado em 1985, o filme afundou sem deixar rastros. "Eu tenho de me desculpar por esse", diz Cunningham. "Eles [Columbia Pictures] me pediram para fazer *Juventude Perdida*. Eu não queria fazer. Eles me ofereceram muito dinheiro. Eu fui lá e fiz, mas odiei todo o processo."

Durante o tempo em que Cunningham estava ocupado com *A Stranger is Watching* e *Spring Break*, o pupilo de Cunningham, Steve Miner, estava ocupado dirigindo e produzindo *Sexta-Feira 13 Parte 2* e *Sexta-Feira 13 Parte 3* (também conhecido como *Sexta-Feira 13 Parte III 3-D)*, que foram lançados em 1981 e 1982, respectivamente.

Miner fez uma pausa do mundo do cinema de 1983 a 1984, em parte para pôr em prática projetos cinematográficos não relacionados a *Sexta-Feira 13* e em parte para se libertar do estigma desse filme.

Em 1985, Cunningham e Miner se juntaram para *A Casa do Espanto (House)*, uma comédia de terror com roteiro de Ethan Wiley, filme que Cunningham produziu e Miner dirigiu.

Unindo comédia e terror com destreza dentro do confinamento do gênero de filmes de casa mal-assombrada, a criação de *A Casa do Espanto* foi uma experiência genial para Cunningham e especialmente para Miner. O sucesso financeiro moderado do filme lançou a carreira de diretor de Miner, tanto no cinema quanto em séries de televisão, possibilitando a ele desfrutar de um considerável grau de sucesso até o início dos anos 2000.

Lançado em 1986, *A Casa do Espanto* faturou 20 milhões de dólares nas bilheterias norte-americanas, um desempenho sólido em relação ao seu orçamento de produção de 3 milhões de dólares. Além disso, o filme provou que enquanto Cunningham nunca iria escapar dos laços da filmografia de terror ele não precisava ficar preso aos cantos mais sórdidos do *exploitation* e do mercado do terror para sobreviver.

Após produzir *A Casa do Espanto II* (*House II: The Second Story*, 1987), uma sequência sombria, Cunningham voltou à cadeira de diretor com *Abismo do Terror* (*Deepstar Six*, 1989), uma introdução tardia às apostas já saturadas de filmes de monstros marinhos do final dos anos 1980. Fracasso de crítica e público, *Abismo do Terror* marcou o último longa-metragem de Cunningham em sua carreira de diretor.

A carreira de Sean Cunningham, antes e depois de *Sexta-Feira 13*, é uma alusão emblemática aos seus princípios declarados, pragmáticos e metódicos, com os quais ele entrou na indústria do cinema no final dos anos 1970. Enquanto a maioria dos cineastas mede seu sucesso definitivo pela aclamação dos críticos e longevidade dos seus filmes, Cunningham sempre mensurou o sucesso por princípios básicos como a habilidade de sustentar sua família, de se sustentar financeiramente, de se manter vivo.

Esses são os valores centrais com os quais Cunningham entrou no mundo do cinema e com os quais guiou a criação de *Sexta-Feira 13*, e essa forma cínica, lógica, trabalhadora de abordar as filmagens cinematográficas é como Cunningham afinal será lembrado como cineasta, para o bem ou para o mal.

A FRANQUIA

De todas as sequências de *Sexta-Feira 13*, a que tem mais conexão direta com o filme de 1980 é obviamente *Sexta-Feira 13 Parte 2*. Originalmente intitulada de *Jason*, a sequência focou o personagem de Jason, agora já crescido. Essa decisão criativa foi feita primeiramente por Philip Scuderi, que viu a evolução e crescente importância do personagem de Jason como sendo a chave para o sucesso contínuo da franquia de *Sexta-Feira 13*, seja o que a palavra "franquia" significasse lá em 1980.

Embora Barry Abrams e sua equipe técnica estivessem ausentes dessa sequência, Steve Miner se uniu a Richard Feury, Virginia Field, Martin Kitrosser, Denise Pinckley, Ropert Topol, Cecelia Verardi e outros membros da equipe de *Sexta-Feira 13*, com destaque para o diretor de fotografia Peter Stein, que tinha filmado a cena do hospital em *Sexta-Feira 13*.

A participação nos lucros de Sean Cunningham com relação a *Sexta-Feira 13* e suas sequências significava que ele seria pago independentemente do seu grau de envolvimento com os filmes. Cunningham não tinha interesse em dirigir a sequência, escolhendo focar o desenvolvimento dos seus projetos distantes de *Sexta-Feira 13* em sua busca por aceitação no grande mercado comercial. Mas ele esteve envolvido em muitos níveis, principalmente porque sua esposa, Susan, trabalhou como editora.

No verão de 1980, Cunningham brincou com a ideia de dirigir a sequência de *Sexta-Feira 13* em 3-D, mas imaginou que os custos seriam um obstáculo muito grande. Em suas discussões com Philip Scuderi a respeito da sequência, Cunningham expressou sua objeção - e seu desconforto - com a ideia de fazer de Jason o foco das sequências. Ele pensou que o conceito era ridículo, uma vez que Cunningham sempre imaginou Jason como sendo um pesadelo.

Cunningham também estava consciente do desejo de seu aprendiz Miner em dirigir seu próprio filme e ficou mais do que feliz em ser seu mentor - e cuidar do seu investimento - nesse processo. "Eu era apenas um mentor para Steve na sequência, e minha esposa foi a editora do filme", diz Cunningham. "Tentei apenas ser prestativo com Steve e lhe dar conselhos, embora não precisasse, porque claramente estava esperando há muito tempo para dirigir seu próprio filme e estava bem preparado para isso."

Cunningham chegou a visitar o local de filmagens em Connecticut quando elas começaram no outono de 1980. Os únicos membros do elenco que retornaram foram Adrienne King e Betsy Palmer, embora King fosse a única que realmente estava em Connecticut durante a filmagem. Isso aconteceu devido ao fato de que a produção - que era liderada pela filha de Robert Barsamian, Lisa Barsamian, e por Miner - se recusou a pagar pela viagem de Palmer.

Esse foi apenas um dos exemplos descarados da frugalidade que passou do primeiro filme para sua sequência, apesar do sucesso de *Sexta-Feira 13*. Antes do início da filmagem, Palmer gravou seu diálogo para Miner em Los Angeles, e um modelo de sua cabeça também já estava completo.

Adrienne King originalmente seria a estrela da sequência, mas disputas contratuais entre seu agente e os produtores resultaram na redução do seu papel. O papel de King na sequência ocupou meramente o prólogo do filme, no qual sua personagem, Alice, é morta por Jason com um furador de gelo na cabeça. A aparição de Palmer acontece no final do filme através da sequência de um sonho. O modelo que foi feito da cabeça de Palmer foi depois abandonado, após sua aparição no prólogo, e uma enfermeira chamada Connie Hogan, irmã da gerente do escritório de *Sexta-Feira 13*, Denise Pinckley, fez a cabeça de Pamela Voorhees no desfecho da sequência.

Lançado em 30 de abril de 1981, *Sexta-Feira 13 Parte 2* faturou 21,7 milhões de dólares nas bilheterias norte-americanas, cerca da metade de *Sexta-Feira 13*, mas ainda sim bastante lucrativo. Daí em diante, a franquia partiu da ambientação na Costa Leste - local que definiu tanto *Sexta-Feira 13* quanto o início das carreiras de Cunningham e Miner - para a Califórnia, começando com *Sexta-Feira 13 Parte 3*, filmado lá na primavera de 1982 sob a direção de Miner. Seguindo a avalanche de filmes em 3D durante o início dos anos 1980, o artifício gerou uma onda de entusiasmo por *Sexta-Feira 13 Parte 3*, o que o fez arrecadar robustos 36,6 milhões de dólares em agosto de 1982.

Sexta-Feira 13: O Capítulo Final (1984) e *Sexta-Feira 13 Parte 5: Um Novo Começo (1985)* também foram filmados na Califórnia - em 1983 e 1984, respectivamente -, e a declaração do título no quarto filme sobre o final da série fez de *O Capítulo Final* um sucesso, com um equivalente a 32,9 milhões de dólares de renda na bilheteria nacional no seu lançamento .

Obviamente, *O Capítulo Final* terminou sendo uma falsa promessa e isso ficou evidente com a reação adormecida que *Um Novo Começo* recebeu do mercado em março de 1985. Embora a renda da bilheteria nacional de *Um Novo Começo* em 21,9 milhões de dólares tenha provado que a franquia de *Sexta-Feira 13* ainda tinha força comercial e uma base leal de fãs, ela claramente representava o declínio devagar e certo da franquia em termos de popularidade comercial e interesse dos fãs.

Um Novo Começo também marcou o final do envolvimento pessoal de Stephen Minasian e Philip Scuderi com a franquia. Minasian e Scuderi tinham estado intimamente envolvidos com a direção criativa de *O Capítulo Final* e *Um Novo Começo,* desenvolvendo as histórias, escolhendo diretores, envolvendo-se em quase todas as conferências de produção diárias. Foi o fim de uma era rica e turbulenta.

Durante o início dos anos 1980, a série de filmes de *Sexta-Feira 13* reinou como a vanguarda no gênero dos filmes de terror, durando mais do que todas as imitações que inundaram o mercado, especialmente as incontáveis produções de filmes de terror independentes que apareceram, como *Chamas da Morte* (1981), *Acampamento Sinistro* (*Sleepaway Camp*, 1983) e *Girls Nite Out* (1984). Nenhuma dessas cópias de *Sexta-Feira 13*, a maioria financiada por empresários locais, fez qualquer barulho no mercado.

O cenário dos filmes de terror só iria mudar em novembro de 1984, com o lançamento silencioso do filme de terror *A Hora do Pesadelo* (*A Nightmare on Elm Street*), que havia sido escrito e dirigido por Wes Craven, colega e amigo pessoal de Sean Cunningham. Afastando-se da cartilha de Cunningham em *Sexta-Feira 13*, o filme de Craven transcendeu a abordagem sangue-e-tripas ao intercalar um elemento fantástico no já gasto gênero de filmes *slasher*, introduzindo o vilão sarcástico, Freddy Krueger, um rico contraste ao personagem taciturno escondido sob uma máscara de hóquei Jason Voorhees.

Filmado com um orçamento menor do que 2 milhões de dólares, *A Hora do Pesadelo* arrecadou 25 milhões de dólares durante seu lançamento cinematográfico e é creditado por transformar a sua empresa de produção, New Line Cinema, antes uma empresa de distribuição de filmes de mau gosto, em um grande e poderoso estúdio hollywoodiano. Sean Cunningham de fato ajudou Craven durante a produção de *A Hora do Pesadelo*, dirigindo cenas secundárias e dando a ele conselhos e suporte, da mesma forma que Craven havia feito com Cunningham em *Sexta-Feira 13* e nos seus filmes anteriores.

Na época que *Sexta-Feira 13 Parte 6: Jason Vive* chega aos cinemas, em agosto de 1986, a ligação de Boston com a série de *Sexta-Feira 13* tinha terminado, com a tarefa de produção sendo tomada por Frank Mancuso Jr., filho de Frank Mancuso Sênior. Nesse momento, a série de filmes de *A Hora do Pesadelo* – que então já tinha expandido e incluía *A Hora do Pesadelo 2: A Vingança de Freddy* – tinha claramente substituído a franquia de *Sexta-Feira 13* no topo da lista de filmes de terror.

A arrecadação de 19,4 milhões de dólares nas bilheterias nacionais de *Jason Vive*, embora ainda lucrativa, revelou sinais claros de esgotamento para a franquia de *Sexta-Feira 13*, assim como o fato de que a série tinha mudado completamente para longe da execução, da história, do estilo e do tom do filme de 1980.

Sexta-Feira 13 Parte 7: A Matança Continua, lançado em maio de 1988, tentou reviver a franquia ao introduzir uma heroína telecinética. Mas o desempenho dessa sequência na bilheteria – o filme arrecadou 19,2 milhões de dólares nas bilheterias nacionais – foi bom comparado ao de *Jason Vive*.

Foi durante esse período que a New Line Pictures e a Paramount Pictures se envolveram em discussões exploratórias a respeito da possibilidade de fazer um filme *Freddy Vs. Jason – ou Jason Vs. Freddy* –, e essas conversas iriam continuar por diversos anos, com questões de direitos autorais e territoriais sendo os maiores obstáculos a impedir o projeto de acontecer. Isso se tornou um ponto negociável, no final dos anos 1980, tanto para a franquia de *Sexta-Feira 13* quanto à de *A Hora do Pesadelo* quando ambas estavam ameaçadas de extinção.

Sexta-Feira 13 Parte 8: Jason Ataca Nova York, lançado em julho de 1989, foi o pior fracasso comercial na série de *Sexta-Feira 13*, até o momento, arrecadando decepcionantes 14,3 milhões de dólares nas bilheterias nacionais. Da mesma forma, *A Hora do Pesadelo 5: O Maior Horror de Freddy* arrecadou decepcionantes 22,1 milhões de dólares depois de ser lançado, em agosto de 1989, o que era um claro declínio em comparação ao sucesso de bilheterias de *A Hora do Pesadelo 4: O Mestre dos Sonhos*, que havia arrecadado 49,3 milhões de dólares nacionalmente após seu lançamento em agosto de 1988.

Em abril de 1990, a Paramount cancelou *Sexta-Feira 13: A Série*, feita para a TV, que havia sido sindicalizada desde 1987. Isso marcou o final da relação da Paramount com a franquia de *Sexta-Feira 13*.

Embora a Paramount tivesse os direitos exclusivos de distribuir qualquer sequência futura de *Sexta-Feira 13*, eles não estavam mais interessados. E Frank Mancuso Jr. – que comandou a série desde *Jason Vive* – também partia para outros projetos cinematográficos.

No outono de 1990, a franquia de *Sexta-Feira 13*, como um todo, estava dormente, terminada, morta. Foi nesse momento que Sean Cunningham voltou à ativa, motivado pelo forte desejo de produzir um filme de *Freddy Vs. Jason*, projeto no qual Cunningham enxergava grandes possibilidades comerciais. Em 1992, Cunningham falou com Philip Scuderi e seus sócios sobre obter os direitos de *Sexta-Feira 13* da Paramount e levar a franquia para o presidente da New Line Cinema, Robert Shaye, que compartilhava do pensamento de Cunningham sobre fazer *Freddy Vs. Jason*.

Com os direitos financeiros nominais, e ainda em controle da coleção de filmes *Sexta-Feira 13* que tinham lançado desde 1980, a Paramount Pictures concedeu a Cunningham o direito de levar a posse de *Sexta-Feira 13* para a New Line Cinema, que subsequentemente fez um novo acordo com ele e Scuderi pelos direitos de produção de qualquer novo filme de *Sexta-Feira 13*. Era esperado que essa nova sequência servisse como uma precursora, um aquecimento para o antecipado filme *Freddy Vs. Jason*.

Esta seria *Jason Vai para o Inferno: A Última Sexta-Feira*, feita com um orçamento de 3 milhões de dólares e lançada pela New Line Cinema em agosto de 1993 com críticas sombrias e uma bilheteria letárgica arrecadando 15,9 milhões de dólares nacionalmente. Pior, *A Última Sexta-Feira* falhou em sua missão de gerar murmúrio e agitação para um possível *Freddy Vs. Jason*. Após o lançamento de *Jason Vai para o Inferno*, a série de *Sexta-Feira 13* entraria em hibernação por quase uma década.

Cunningham passou muito dos anos 1990 tentando, sem sucesso, criar *Freddy Vs. Jason*, com o maior obstáculo sendo um conceito e uma história aceitáveis e que agradassem todas as partes envolvidas. Nesse sentido, Cunningham subestimou o quão preciosos eram o personagem de Freddy Krueger e a franquia de *A Hora do Pesadelo* para a New Line Cinema e especialmente para Shaye. Enquanto os filmes de *Sexta-Feira 13* tinham sido apenas uma fonte discricionária de renda para a Paramount Pictures, Freddy Krueger era como família para Robert Shaye e os outros executivos da New Line Cinema.

Em 2001, frustrado com a estagnação do progresso de *Freddy Vs. Jason*, Cunningham sentiu como se ele tivesse de fazer outro filme de *Sexta-Feira 13* para ao menos manter a franquia viva e relevante caso a New Line Cinema viesse a acordar para a possibilidade de fazer um *Freddy Vs. Jason*. "Eu senti apenas que tinha de fazer algo, manter a franquia aquecida enquanto *Freddy Vs. Jason* não decolava", diz Cunningham. "Havia passado um longo tempo desde *Jason Vai Para o Inferno*, e eu estava frustrado com a falta de progresso para *Freddy Vs. Jason* e sentia que tinha de fazer algo com a franquia ou ela iria simplesmente morrer."

VS.

O resultado foi um morno *Jason X*, lançado pela New Line Cinema em abril de 2002. O filme arrecadou 13,1 milhões de dólares em bilheterias domésticas. Orçado em 14 milhões de dólares e filmado em Toronto, Canadá, *Jason X* se passou no espaço, mostrando o quanto a série de *Sexta-Feira 13* estava distante da sua fonte original.

Embora *Jason X* nada tenha feito para reviver a franquia de *Sexta-Feira 13*, o filme conseguiu, de uma forma estranha, agilizar o desenvolvimento de *Freddy Vs. Jason*. Fez com que Cunningham e a New Line Cinema percebessem que se *Freddy Vs. Jason* iria acontecer, precisava acontecer logo, ou então nunca aconteceria.

Finalmente, no verão de 2002, Cunningham e os executivos da New Line Cinema tinham um roteiro para *Freddy Vs. Jason* – escrito por Damian Shannon e Mark Swift –, e todas as partes estavam satisfeitas, ou ao menos o bastante para seguir adiante com a produção.

Orçado em 25 milhões de dólares, sem incluir os milhões de dólares gastos no desenvolvimento ao longo dos anos, *Freddy Vs. Jason* começou a ser filmado em setembro de 2002 em Vancouver, British Columbia, sob a direção de Ronny Yu. Lançado em 2003, *Freddy Vs. Jason* arrecadou gordos 36,4 milhões de dólares em sua semana inicial de bilheteria, no caminho para impressionantes 82,6 milhões de dólares de arrecadação nas bilheterias domésticas como um todo.

NÃO CHAMEM DE REMAKE

Na primavera de 2008, a New Line Cinema e a Paramount Pictures uniram forças para produzir um tardio remake de *Sexta-Feira 13*. Eles se uniram a Cunningham, que estava operando fora de sua casa de produção, a Crystal Lake Entertainment.

Os sócios de produção de Cunningham no remake foram da Platinum Dunes, uma empresa de produção que realizou o remake, em 2003, do emblemático filme de terror de 1974 *O Massacre da Serra Elétrica*, cujo sucesso de bilheterias tinha sido quase idêntico ao de *Freddy Vs. Jason*. Tudo se encaixava bem, uma vez que o remake de *Sexta-Feira 13* terminaria sendo muito mais parecido com o modelo de *O Massacre da Serra Elétrica* – em execução, estilo, tom – do que com o seu precursor de 1980.

Intitulado *Sexta-Feira 13*, a produção de 19 milhões de dólares começou a ser filmada em abril de 2008 em Austin, Texas. Foi dirigido por Marcus Nispel, diretor do remake de *O Massacre da Serra Elétrica*. Damian Shannon e Mark Swift cuidaram da criação do roteiro, tendo trabalhado antes com Cunningham em *Freddy Vs. Jason*.

Empregando um crescido e musculoso Jason Voorhees com sua máscara de hóquei como vilão do filme, o remake condensa todos os eventos do filme de 1980 em uma sequência de prólogo, durante a qual o personagem de Pamela Voorhees (interpretada pela atriz Nana Visitor) faz uma breve aparição. O resto do "remake" usa vários pedaços e elementos das primeiras quatro sequências de *Sexta-Feira 13*.

Lançado em fevereiro de 2009, durante a semana do Dia do Presidente nos Estados Unidos, a versão de 2009 de *Sexta-Feira 13* arrecadou agressivos 43,5 milhões de dólares nas bilheterias norte-americanas em sua primeira semana de lançamento. Esse poderoso quadro de abertura de uma bilheteria, contudo, foi seguido por uma queda recorde de vendas, que resultou em uma virtual paralização.

O "remake" por fim terminaria com uma renda doméstica de 59,8 milhões de dólares. A forte semana de abertura e a queda íngreme logo a seguir são uma clara evidência de como a marca de *Sexta-Feira 13* permanece sendo um símbolo muito potente - embora dividido e polarizado - da cultura pop.

LEGADO

Em 1979, antes de esse nome se tornar uma marca conhecida, *Sexta-Feira 13* representava não uma franquia, mas uma ideia de um grupo marginal de elenco e equipe que se juntou em Blairstown, Nova Jersey, para fazer um filme de terror de baixo orçamento, que nenhum deles pensava que pudesse um dia gerar o nível de interesse do qual *Sexta-Feira 13* continua a desfrutar hoje.

Sucesso comercial muito grande para obter um status de culto, muito cru para ganhar aceitação do grande público, muito transparente para ser aceito pela intelectualidade do terror, *Sexta-Feira 13* sempre foi um marginal no mundo do cinema, desprezado por todos, exceto seus fãs. Nos mais de trinta anos desde seu lançamento, *Sexta-Feira 13* encontra-se hoje acima da crítica e da repugnância universal e se transformou em uma experiência comunitária, quase um culto para milhões de pessoas ao redor do mundo, um testamento ao poder visceral do filme e a sua duradoura relevância para a cultura pop.

Sexta-Feira 13 não morrerá.

Sexta-Feira 13 é uma realidade.

Eram tempos muito mais simples quando *Sexta-Feira 13* foi filmado em 1979. Havia um acampamento. Havia um grupo de monitores. Havia um lago. Havia um assassino. Havia um garoto chamado Jason. Havia um elenco e uma equipe que estavam apenas felizes por estarem vivos e fazendo um filme, qualquer filme. E ainda não havia máscaras de hóquei.

A 24 hour nightmare of terror.
RESTRICTED
UNDER 17 REQUIRES ACCOMPANYING

Foto de 1979 da aparência idílica do lago SAND POND (Imagem cedida por Tony Marshall)

Foto de ROY'S HALL (abaixo,) um cinema histórico de Blairstown que aparece no filme. O cinema foi construído em 1913 como uma sala de cinema mudo. O Roy's Hall foi palco de uma exibição de *Sexta-Feira 13* em 2007 (Imagem cedida por Robert Armin/robertarmin.com)

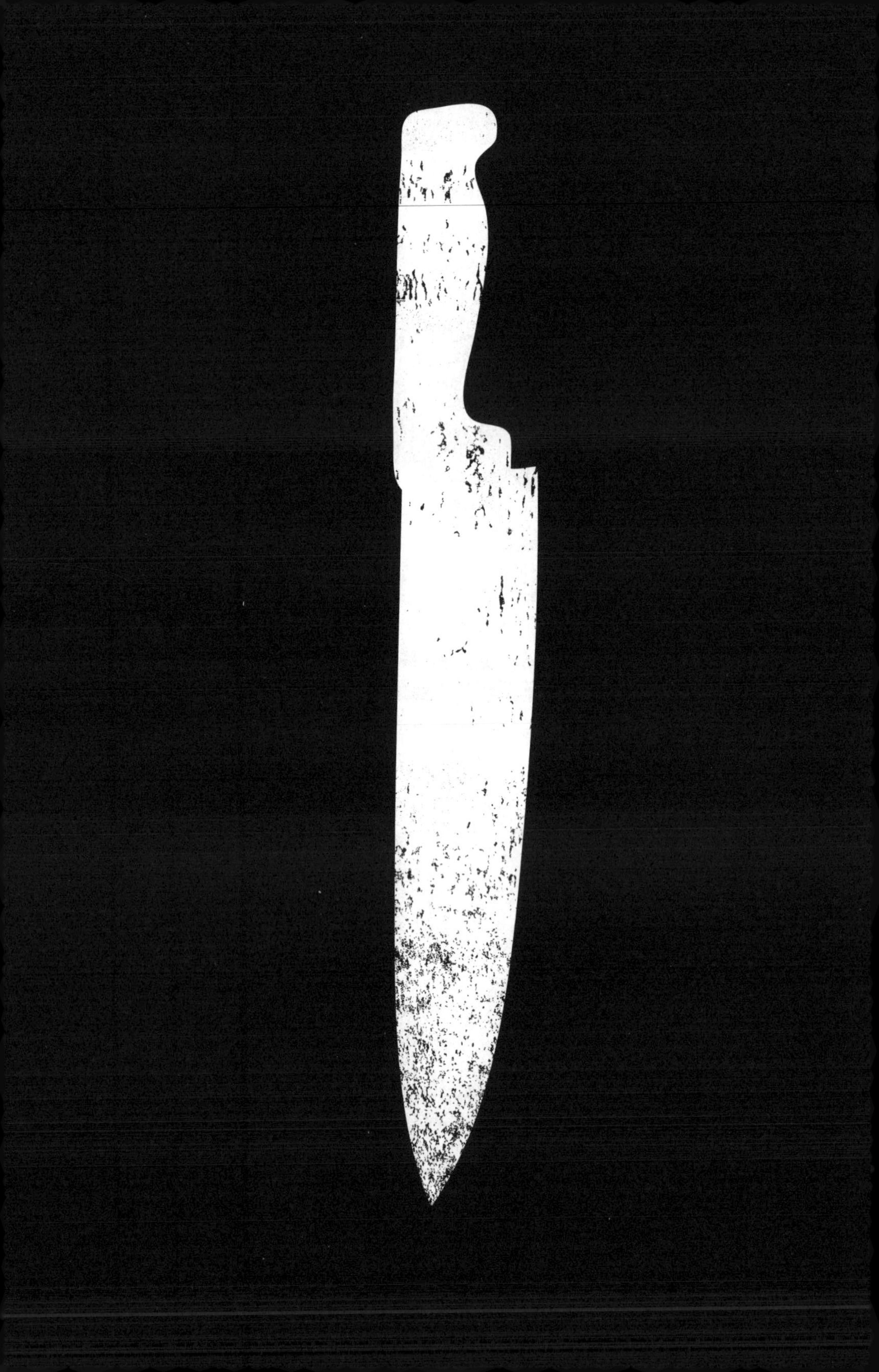

FILMOGRAFIAS SELECIONADAS

KEVIN BACON

Nascido em 8 de julho de 1958 em Filadélfia, Pensilvânia

A carreira de ator de Kevin Bacon começou em 1975, quando ele ganhou uma bolsa acadêmica para a *Pennsylvania Governor's School for the Arts* em *Bucknell University*, onde estudou teatro como parte do programa. Com 17 anos, Bacon saiu de casa e foi para Nova York buscar uma carreira nos palcos. "Eu queria a vida, cara, a coisa real", diz o ator. "A mensagem que tive foi que 'Arte é tudo. O mundo dos negócios era uma coisa do diabo. A expressão artística e a criatividade eram coisas de Deus.' Combine isso com um ego imenso e você vai ter um ator."

1978 *O Clube dos Cafajestes* (*National Lampoon's Animal House*) [Chip Diller]
1979 *Starting Over* [marido]
1979 *The Gift* [Teddy]
1979 *Search for Tomorrow* (novela diurna) (vários episódios) [Todd Adamson]
1980 *Procura-se um Herói* (*Hero At Large*) [adolescente]
1980 *Sexta-Feira 13* [Jack]
1980-1981 *The Guiding Light* (novela diurna) (Seis Episódios) [T.J. 'Tim' Werner]
1981 *O Doce Sabor de um Sorriso* (*Only When I Laugh*) [Don]
1982 *Quando os Jovens se Tornam Adultos* (*Diner*) [Timothy Fenwick, Jr.]
1982 *Forty Deuce* [Ricky]
1983 *Enormous Changes at the Last Minute* [Dennis]
1983 *The Demon Murder Case* (filme para a TV) [Kenny Miller]
1984 *Footloose – Ritmo Louco* [Ren]
1984 *Mister Roberts* (filme para a TV) [Ens. Frank Pulver]
1986 *Quicksilver – O Prazer de Ganhar* [Jack Casey]
1987 *Águas Perigosas* (*White Water Summer*) [Vic]
1987 *End of the Line* [Everett]
1987 *Antes Só do que Mal Acompanhado* (*Planes, Trains & Automobiles*) [piloto de táxi]
1988 *Ela Vai Ter um Bebê* (*She's Having a Baby*) [Jefferson 'Jake' Briggs]
1988 *Lemon Sky* (filme para a TV) [Alan]
1989 *Inocente ou Culpado* (*Criminal Law*) [Martin Thiel]
1989 *A Grande Comédia* (*The Big Picture*) [Nick Chapman]
1990 *O Ataque dos Vermes Malditos* (*Tremors*) [Valentine Mckee]
1990 *Linha Mortal* (*Flatliners*) [David]
1991 *Pyrates* [Ari]
1991 *Entre Amigos* (*Queens Logic*) [Dennis]
1991 *JFK – A Pergunta que não Quer Calar* [Willie O'Keefe]
1991 *A Little Vicious* (curta) [narrador]
1992 *Questão de Honra* (*A Few Good Men*) [Jack Ross]
1994 *Um Gigante de Talento* (*The Air up There*) [Jimmy Dolan]
1994 *O Rio Selvagem* (*The River Wild*) [Wade]
1994 *New York Skyride* (curta) [narrador]
1994 *Frasier* (série de TV) [Vic] – A voz de Bacon está presente no episódio intitulado *Adventures in Paradise: Part 2.*
1995 *Assassinato em Primeiro Grau* (*Murder in the First*) [Henri Young]

1995 *Apollo 13 - do Desastre ao Triunfo* [Jack Swigert]
1995 *Balto* (Voz) [Balto]
1996 *Sleepers - A Vingança Adormecida* [Sean Nokes]
1997 *Paixão de Ocasião* (*Picture Perfect*) [Sam Mayfair]
1997 *Destination Anywhere* [Mike]
1997 *No Embalo da América* (*Telling Lies in America*) [Billy Magic]
1998 *O Poder da Emoção* (*Digging to China*) [Ricky]
1998 *Garotas Selvagens* (*Wild Things*) [Sgt. Ray Duquette]
1999 *Ecos do Além* (*Stir of Echoes*) [Tom Witzky]
2000 *Meu Cachorro Skip* (*My Dog Skip*) [Jack Morris]
2000 *We Married Margo* [ele mesmo]
2000 *O Homem Sem Sombra* (*Hollow Man*) [Sebastian Caine]
2000 *God, The Devil And Bob* (*série de TV*) [ele mesmo] A voz de Bacon está presente no episódio intitulado *Bob Gets Involved.*
2002 *Will & Grace* (série de TV) [ele mesmo] Bacon atua como ele mesmo em dois episódios. O primeiro episódio, intitulado *Bacon and Eggs,* foi ao ar em 2002, e o segundo episódio, intitulado *The Finale,* foi ao ar em 2006.
2001 *Drogas da Sedução* (*Novocaine*) [Lance Phelps]
2002 *Encurralada* (*Trapped*) [Joe Hickey]
2003 *Sobre Meninos e Lobos* (*Mystic River*) [Sean Devine]
2003 *Em Carne Viva* (*In the Cut*) [John Graham]
2003 *Imagine New York* (curta) [ele mesmo]
2004 *O Lenhador* (*The Woodsman*) [Walter]
2004 *Cavedweller* [Randall Pritchard]
2004 *Natural Disasters: Forces of Nature* (curta) [narrador]
2005 *Loverboy* [Marty]
2005 *Um Salão do Barulho* (*Beauty Shop*) [Jorge]
2005 *Verdade Nua* (*Where the Truth Lies*) [Lanny Morris]
2007 *Sentença de Morte* (*Death Sentence*) [Nick Hume]
2007 *Rails & Ties* [Tom Stark]
2008 *Ligados pelo Crime* (*The Air I Breathe*) [Love]
2008 *Frost/Nixon* [Jack Brennan]
2008 *Saving Angelo* (curta) [Brent]
2009 *The Magic 7* [ele mesmo]
2009 *Tudo por Você* (*My One and Only*) [Dan]
2009 *O Retorno de um Herói* (*Taking Chance*) (minissérie de TV) [Lt. Col. Michael Strobl]
2010 *Bored to Death* (série de TV) [ele mesmo]
2011 *Olho por Olho* (*Elephant White*) [Jimmy the Brit]
2011 *Super* [Jock]
2011 *X-Men: Primeira Classe* [Sebastian Shaw]
2011 *Amor a Toda Prova* (*Crazy, Stupid, Love*) [David Lindhagen]
2013 *The Following* (série de TV) [Ryan Hardy]
2013 *R.I.P.D. - Agentes do Além* [Bobby Hayes]

LAURIE BARTRAM

Nascida em 16 de maio de 1958 em St. Louis, Missouri

Falecida em 25 de maio de 2007 em Lynchburg, Virginia

Antes do seu papel em *Sexta-Feira 13*, Laurie Bartram tinha, durante o tempo em que viveu em Nova York, estudado teatro com pessoas como Paul Gleason (do famoso *O Clube dos Cinco [The Breakfast Club])* e Gordon Hunt. Como uma dançarina treinada, Bartram tinha sido, antes do seu tempo vivido em Nova York, uma solista com o St. Louis Civic Ballet. Ela também atuou com o Los Angeles Ballet e o Dance Center em Londres, Inglaterra.

Bartram era membra da temporada de outono de 1976 do Musical Theater Workshop do Los Angeles Civic Light Opera, atuando uma ampla variedade de performances, e era também membra do St. Louis Municipal Opera, onde atuou em produções como *Take Me Along, Man of La Mancha, Bittersweet, Carousel, Camelot, Funny Girl, Girl Crazy, On the Town, Kiss Me, Kate, Showboat* e *Oliver!*

Como já mencionado anteriormente no livro, Bartram não deve ser confundida com outra atriz, chamada Laurie Brighton, cuja identidade foi erroneamente atribuída a Bartram por outras fontes da mídia. Além do seu papel em *Sexta-Feira 13*, acredita-se que Bartram tenha atuado em um filme não lançado chamado *Retrievers*, mas não há evidências de que esse projeto tenha existido. Bartram atuou em vários comerciais e filmes/shows industriais durante seu tempo em Nova York.

1978-1979 *Another World* (novela diurna) (vários episódios)[Karen Campbell]
1980 *Sexta-Feira 13* [Brenda]

HARRY CROSBY

Nascido em 8 de agosto de 1958 em Hollywood, Califórnia

Nascido como Harry Lillis Crosby III, Harry Crosby era o quinto filho do lendário ator e cantor Bing Crosby, que faleceu em 1977. A irmã de Crosby é a atriz Mary Crosby, mais conhecida pelo seu papel na série de televisão *Dallas* e principalmente na marcante história de *Who Shot J.R.?*, que gerou um recorde na audiência durante o seu final em novembro de 1980. Embora tenha sido sugerido, por algumas fontes, que o elenco e a equipe de *Sexta-Feira 13* estivessem cientes da atuação de Mary Crosby em *Dallas*, e mencionaram isso a Harry Crosby, o fato é que os episódios em *Dallas* com Mary Crosby não tinham ido até outubro de 1979, após as filmagens principais de *Sexta-Feira 13* terem sido terminadas.

Durante o considerável período em que Harry Crosby passou em Londres, Inglaterra, onde ele estudou na *London Academy of Music and Dramatic Arts* (LAMDA), Crosby interpretou diversos papeis em produções como *View From the Bridge, Wedding, Anniversary, Monologue, The Caretaker, Games After Liverpool, The Crucible, Cat Among the Pigeons, The Fool* e *The Absolute Monarch.* Da mesma forma, a mãe de Crosby, Kathryn Grant Crosby, é uma atriz realizada nos palcos, que atuou em diversos números de produções de teatro ao longo dos anos, tanto antes quanto depois do lançamento de *Sexta-Feira 13*. Na verdade, Kathryn Crosby esteve uma vez cotada para atuar em uma produção de teatro em Los Angeles de *Romantic Comedy*, junto com Ron Millkie, que também esteve em *Sexta-Feira 13*, mas o projeto não foi adiante.

Após seu trabalho em *Sexta-Feira 13*, Crosby retornou a Londres, para a LAMDA, onde ele e um grupo de amigos também da LAMDA fizeram um tour pelo Reino Unido e pela Europa, cumprindo um compromisso que Crosby havia feito antes do seu trabalho em *Sexta-Feira 13*.

1966-1968 *The Hollywood Palace* (série de TV) [ele mesmo] Crosby atua, como um cantor, em três episódios dessa série de televisão, que foi ao ar em 1966, 1967 e 1968.
1977 *Bing Crosby's Merrie Olde Christmas* (filme para a TV) [ele mesmo]
1977 *Bing Crosby and Fred Astaire: a Couple of Song and Dance Men* (documentário/especial para tv) [ele mesmo]
1980 *Sexta-Feira 13* [Bill]
1980 *Riding for the Pony Express* (filme para a TV) [Albic Foreman] - Esse filme para a tv, que foi ao ar pela CBS, serviu basicamente como um piloto para uma provável série de televisão, entitulada *The Pony Express*, Mas O Projeto não foi selecionado pela CBS.
1981 *The Private History of a Campaign that Failed* (filme para a TV) [Cpl. Ed Stevens]
1984 *Double Trouble* (série de TV) [Steven] - Crosby atuou em um episódio de 1984 chamado *Heartache*.

SEAN S. CUNNINGHAM

Nascido em 31 de Dezembro de 1941 em New York City, New York

1970 *Art of Marriage* (diretor/produtor)
1971 *Together* (diretor/coprodutor)
1972 *Aniversário Macabro* (*The Last House on the Left*) (produtor)
1973 *The Case of the Smiling Stiffs* (*Case of the Full Moon Murders, Sex on the Groove Tube, Silver Cock*) (codiretor/coprodutor)
1976 *The People who Own the Dark* (*AKA Ultimo Deseo, Planeta Ciego, Blind Planet*) (coprodutor)
1978 *Here Come the Tigers* (diretor/coprodutor)
1978 *Manny's Orphans* (*Kick!*) (diretor/coprodutor)
1980 *Sexta-Feira 13* (diretor/produtor)
1982 *A Stranger Is Watching* (diretor)
1983 *Spring Break* (diretor/produtor)
1984 *A Hora do Pesadelo* (diretor de segunda unidade não creditado)
1985 *The New Kids* (*Striking Back*) (diretor/produtor)
1986 *A Casa do Espanto* (*House*) (produtor)
1987 *A Casa do Espanto II* (*House II: the Second Story*) (produtor)
1989 *A Casa do Espanto III* (*House III: the Horror Show*) (produtor)
1989 *Abismo do Terror* (*Deepstar Six*) (diretor/produtor)
1991 *House IV: the Repossession* (produtor)
1993 *Namorado Gelado, Coração Quente!* (*My Boyfriend's Back*) (produtor)
1993 *Jason Vai para o Inferno - A Última Sexta-Feira* (*Jason Goes to Hell: the Final Friday*) (produtor)
2001 *XCU: Extreme Close-Up* (diretor/produtor)
2002 *Jason X* (produtor Executivo)
2002 *Ataque Alienígena* (*Terminal Invasion*) (diretor)
2003 *Freddy Vs. Jason* (produtor)
2006 *Armadilha do Terror* (*Trapped Ashes*) (antologia de filmes)

(diretor) – Cunningham dirigiu o segmento intitulado *Jibaku.*

2009 *Sexta-Feira 13* (produtor)
2009 *Aniversário Macabro* (*The Last House on the Left*) (produtor)

ADRIENNE KING

Nascida em 21 de julho de 1955 (muitas fontes listam 1960) em Long Island, Nova York

Após desaparecer por um longo tempo das telas nos anos 80, por razões óbvias, Adrienne King esculpiu uma nova carreira para si mesma nos anos 90 como uma dubladora de *voiceover* em vários filmes e projetos de televisão. Referência no circuito de convenção de autógrafos de celebridades, King voltou recentemente a atuar, aparecendo em diversos filmes independentes de micro-orçamento.

1965 *Hallmark Hall of Fame: Inherit the Wind* (filme para a TV) [Melinda]
1977 *Embalos de Sábado à Noite* (*Saturday Night Fever*) (não creditada) [dançarina]
1979 *Hair* (não creditada) [dançarina]
1980 *Sexta-Feira 13* [Alice]
1981 *Sexta-Feira 13 Parte 2* [Alice]
1993 *The Night We Never Met* (ADR grupo de looping)
1993 *O Homem Sem Face* (*The Man Without a Face*) (vozes em looping)
1993 *O Anjo Malvado* (*The Good Son*) (vozes em looping)
1993 *Gilbert Grape – Aprendiz de Sonhador* (*What's Eating Gilbert Grape?*) (vozes em grupo)
1993 *O Dossiê Pelicano* (*The Pelican Brief*) (vozes em looping)
1993 *Filadélfia* (*Philadelphia*) (vozes em looping)
1994 *Lobo* (*Wolf*) (vozes em looping)
1995 *Enquanto Você Dormia* (*While You Were Sleeping*) (voz ADR)
1996 *Jerry Maguire – A Grande Virada* (vozes em looping)
1997 *Titanic* (vozes em looping)
1997 *Um Ratinho Encrenquero* (*Mousehunt*) (vozes em looping)
2000 *Quase Famosos* (*Almost Famous*) (vozes em looping)

MARK NELSON

(Data e local de nascimento omitidos a pedidos)

Formado em 1977 pela *Princeton University*, em Teatro, Mark Nelson, nativo de Nova York, tem desfrutado de uma carreira satisfatória e notável no teatro, como ator, diretor e professor. Antes de sua atuação em *Sexta-Feira 13*, seu primeiro longa-metragem, a primeira participação de Nelson em um grande papel foi quando interpretou o noivo na produção da peça *The Dybbuk*, que foi apresentada no Joseph Papp's Public Theater em Nova York. Após se formar em Princeton em 1977, Nelson começou a estudar teatro com a famosa Uta Hagen. No início dos anos 80, antes do lançamento de *Sexta-Feira 13*, Nelson atuou em uma produção *off-Broadway* na peça *Green Fields*, que foi apresentada no Jewish Repertory Theatre.

Nos anos após o lançamento de *Sexta-Feira 13*, Nelson, que tinha trabalhado como um diretor convidado na famosa Juilliard School, atuou em várias produções da Broadway aclamadas, aparecendo em *The Invention of Love*, de Tom Stoppard, *After the Fall*, de Arthur Miller, e na peça *As Três Irmãs*, de Chekhov, assim como no elenco original de *A Few Good Men, Rumors, Biloxi Blues* e

Amadeus. Nelson recebeu um prêmio Obie por sua performance em *Picasso at the Lapin Agile*, de Steve Martin.

1980 *Sexta-Feira 13* [Ned]
1981 *Os Escolhidos* (*The Chosen*) [estudante em briga]
1985 *Remington Steele* (série de TV) (em episódio intitulado *Gourmet Steele*) [Lino]
1989 *Doce Inocência* (*Bloodhounds of Broadway*) [Sam the Skate]
1991 *Thirtysomething* (série de TV) (em episódio intitlulado *Melissa And Men*) [Leonard Katz]
1993 *The Seventh Coin* [bibliotecário]
1996 *O Clube das Desquitadas* (*The First Wives Club*) [Eric Loest]
1996-2010 *Law & Order* (série de TV) Nelson aparece em quatro episódios diferentes, em quatro diferentes papéis, que foram ao ar entre 1996 e 2010.
1997 *Liberty! The American Revolution* (minissérie de TV) [Loyalist]
1998 *Suddenly Susan* (série de TV) (em episódio intitulado *Not In This Life*) [Paul]
1998-2000 *Spin City* (série de TV) [terapeuta] - Nelson apareceu em quatro episódios, que foram ao ar entre 1998 e 2000.
1999 *Law & Order: Special Victims Unit* (série de TV) (em episódio intitulado *Payback*) [Robert Stevens]
1999 *Now and Again* (série de TV) (em episódio intitulado *A Girl's Life*)
2002 *Law & Order: Criminal Intent* (série de TV) (em episódio intitulado *Badge*) [Mancuso]
2002 *Ed* (série de TV) (em episódio intitulado *Neighbors*) [Sid Pennington]
2007 *The American Experience* (documentário/série de TV) [Nathaniel Pendleton]

BETSY PALMER

Nascida em 1º de novembro de 1926 em East Chicago, Indiana

Embora Betsy Palmer, que estudou Arte Dramática na *DePaul University* em Chicago, tenha feito incontáveis aparições no cinema e na televisão durante os anos 50, a maioria da sua carreira como atriz foi dedicada ao gênero de teatro sazonal de verão e inverno, o que ocupou a maior parte da carreira de Palmer nos últimos 50 anos.

A imagem de "senhorinha doce" de Palmer, tão visível ao elenco e à equipe de *Sexta-Feira 13*, era uma imagem que Palmer tinha cultivado durante seus muitos anos como uma personalidade de televisão popular durante os anos 50 e 60, milhas e milhas distante da persona psicótica de Pamela Voorhees. Palmer permaneceu ativa no teatro em anos recentes e também tem sido uma atriz permanente no circuito de convenção de autógrafos de celebridades.

De alguma forma enigmática, Palmer também passou muito de sua carreira e vida recente compartilhando memórias de muitas lendas do *showbusiness* com quem ela cruzou o caminho em sua longa carreira, a maioria dos quais - se não todos - viveram menos do que ela.

1951 *Miss Susan* (série de TV) (em episódio intitulado *Unknown*)
1953 *I'll Buy That* (série de TV) (em episódio intitulado *Assistant*)

1953 *danger* (série de TV) (em episódio intitulado *Death is My Neighbor*)

1953 *Campbell Playhouse* (série de TV) (em episódio intitulado *Too Little a Kiss*)

1953-1955 *Armstrong Circle Theatre* (série de TV) (dois episódios)

1953-1956 *The Philco Television Playhouse* (série de TV) (quatro episódios)

1953-1957 *Studio One* (série de TV) (sete episódios)

1954 *Inner Sanctum* (série de TV) (em episódio intitulado *Dark of the Night*) [Karen]

1954 *Lux Video Theatre* (série de TV) (em episódio intitulado *Captive City*)

1954 *The Web* (série de TV) (em episódio intitulado *The Bait*)

1954-1957 *Goodyear Television Playhouse* (série de TV) (Quatro Episódios)

1954-1960 *The United States Steel Hour* (série de TV) – Palmer aparece em nove episódios, entre 1954 e 1960, interpretando diversas personagens.

1955 *Death Tide* [Gloria]

1955 *Mister Roberts* [Lt. Ann Girard]

1955 *Appointment with Adventure* (série de TV) (em episódio intitulado *The Secret of Juan Valdez*)

1955 *Os Amores Secretos de Eva* (*Queen Bee*) [Carol Lee Phillips]

1955 *A Paixão de uma Vida* (*The Long Gray Line*) [Kitty Carter]

1956 *Front Row Center* (série de TV) (em episódio intitulado *Strange Suspicion*) [Emily]

1956-1957 *Kraft Television Theatre* (série de TV) (Três Episódios)

1956-1957 *Climax!* (série de TV) (Três Episódios)

1957 *The Alcoa Hour* (série de TV) (em episódio intitulado *Protégé*) [Ann Fenn]

1957 *O Homem dos Olhos Frios* (*The Tin Star*) [Nona Mayfield]

1958 *The True Story of Lynn Stuart* [Phyllis Carter]

1958 *Playhouse 90* (série de TV) (dois episódios)

1959 *The Ballad of Louie the Louse* (filme para a TV) [Tina Adams]

1959 *Rebeldia de um Bravo* (*The Last Angry Man*) [Anna Thrasher]

1959 *Sunday Showcase* (série de TV) (em episódio intitulado *The Practical Dreamer*)

1968 *Hallmark Hall of Fame* (série de TV) (em episódio intitulado *A Punt, a Pass and a Prayer*) [Nancy]

1972 *Love, American Style* (série de TV) (Segmento Intitulado *Love and the Ghost*) [Barbara Kreitman]

1980 *Sexta-Feira 13* [Pamela Voorhees]

1980-1981 *Number 96* (série de TV) [Maureen Galloway]

1981 *Sexta-Feira 13 Parte 2* [Pamela Voorhees]

1981 *Isabel's Choice* (filme para a TV) [Ellie Fineman]

1982 *The Love Boat* (série de TV) (em episódio intitulado *Isaac Gets Physical/She Brought Her Mother Along/Cold Feet*) [Millicent Holton]

1982 *As the World Turns* (novela diurna) [Suzanne Becker]

1982 *Maggie* (série de TV) (em episódio intitulado *Maggie The Poet*) [Virginia Sullivan]

1983 *T.J. Hooker* (série de TV) (em episódio intitulado *Vengeance Is Mine*) [Anne Armstrong]

1985-1989 *Assassinato por Escrito* (*Murder, She Wrote*) (série de TV)

Palmer aparece em dois episódios, interpretando duas personagens diferentes, que foram ao ar em 1985 e 1989, respectivamente.

1987 *Charles in Charge* (série de TV) (em episódio intitulado *The Egg and Us*) [Gloria]
1987 *Newhart* (em episódio intitulado *Me and My Gayle*) [Gayle]
1987-1988 *Out of this World* (série de TV) (dois episódios) [Donna's Mom]
1988 *A Deusa do Amor* (*Goddess of Love*) (filme para a TV) [Hera]
1988 *Windmills of the Gods* (filme para a TV) [Mrs. Hart Brisbane]
1989-1990 *Knots Landing* (série de TV) (diversos episódios) [Virginia Bullock]
1991 *Columbo* (série de TV) (em episódio intitulado *Death Hits the Jackpot*) [Martha Lamarr]
1992 *Deep Dish TV* (filme para a TV)
1992 *Still Not Quite Human* (filme para a TV) [Aunt Mildred]
1994 *Truque Mortal* (*Unveiled*) [Eva]
1998 *Just Shoot Me!* (série de TV) (em episódio intitulado *The Walk*) [Rhonda]
1999 *Fear 2 - Uma Noite de Halloween* (*The Fear: Resurrection*) [Grandmother]
2000 *Hang Time* (série de TV) (em episódio intitulado *A Night to Remember*) [Sweet Old Lady]
2001 *Freakylinks* (série de TV) (em episódio intitulado *Subject: Sunrise At Sunset Streams*) [Betty]
2005 *Penny Dreadful* (curta) [Trudie Tredwell]
2006 *Waltzing Anna* [Anna Rhoades]
2007 *Bell Witch: the Movie* [Bell Witch]

JEANNINE TAYLOR

Nascida em 2 de junho de 1954 em Hartford, Connecticut

Entre 1971 e 1976, Jeannine Taylor atuou em várias produções de teatro na área de New England, principalmente dentro e ao redor de New Hampshire. Em 1977, Taylor atuou como Harriet Shelley em uma produção fora da Broadway da peça *Shelley*. Após atuar em diversas outras peças durante o ano de 1978 no Golden Apple Theatre em Sarasota, Flórida, incluindo uma produção de *A Noviça Rebelde* na qual Taylor esteve junto da lenda Ann Blyth, ela seguiu para Nova York, onde, em 1979, atuou como Jenny em uma produção de *The Umbrellas of Cherbourg* que foi apresentada no Joseph Papp's Public Theater. 1979 foi um ano ocupado para Taylor, pois independentemente do seu trabalho em *Sexta-Feira 13* Taylor também viajou para Seattle, onde atuou em uma produção de *A History of the American Film*, e Toronto, Canadá, onde Taylor atuou em uma produção pré-Broadway de *Home Again, Home Again.*

Entre 1980 e 1982, durante e depois da época do lançamento de *Sexta-Feira 13*, Taylor permaneceu ocupada no teatro, aparecendo em diversas produções que eram realizadas por toda Nova York. Em 1984, antes de a sua carreira ser desgovernada por seu já mencionado surto de doença de Graves, Taylor - que também atuou em comerciais de televisão para Arby's, Burger King, Dr. Pepper, Ultra Ban II, junto com o trabalho de dublagem de voz e atuações em projetos de filmes industriais - atuou no Cincinnati Playhouse, no papel de Nina em uma produção de *The Seagull.* Em 2007, após um longo hiato, Taylor retornou aos palcos, atuando em uma produção Off-Off Broadway na peça *A Little Experimenting* e também no papel de Emily Dickinson em uma produção de *The Belle of Amherst* que foi encenada no William Esper Studio em Nova York.

1980 *Sexta-Feira 13* [Marcie]
1982 *As the World Turns* (novela diurna) (papel recorrente) [Maureen Durfee]
1982 *The Royal Romance of Charles and Diana* (filme para TV) [Samantha Edwards]

FILMES PRODUZIDOS POR BARSAMIAN/ MINASIAN/SCUDERI

Embora seus nomes não apareçam em *Sexta-Feira 13*, os três sócios por trás da Georgetown Productions - Robert Barsamian, Stephen (Steve) Minasian e Philip Scuderi - influenciaram claramente *Sexta-Feira 13*, tanto em termos de produção em si quanto em certos elementos criativos essenciais e que foram vitais ao sucesso do filme.

Embora o trio de Boston tenha se envolvido com a produção de diversos filmes antes de realizar *Sexta-Feira 13*, mais notoriamente com *Aniversário Macabro (The Last House on the Left)*, o sucesso do filme abriu todo um novo horizonte para o trio em termos de dar-lhes os recursos com os quais podiam tanto financiar quanto produzir mais filmes eles mesmos, dentro e fora do espectro de *Sexta-Feira 13*.

Enquanto Philip Scuderi, que foi sempre a força criativa entre os três sócios, gastou a maior parte de sua energia focando as sequências imediatas de *Sexta-Feira 13*, junto com Stephen Minasian nesse aspecto, o trio se moveu em várias outras direções no período entre o início e a metade dos anos 80. Isso foi especialmente verdade para Stephen Minasian, que, começando no início dos anos 80, no centro da dissolução formal tanto da Hallmark Releasing Corporation quanto da Georgetown Productions, formou uma parceria com o produtor Dick Randall para produzir uma série de filmes do gênero, que foram lançados pelos anos 80, sob a bandeira de produção da empresa Spetacular Trading Company (Spetacular Film Productions, Spetacular Trading International).

As seguintes filmografias contém uma lista de todos os filmes com os quais os sócios de Boston estavam envolvidos, tanto em conjunto quanto separadamente. Sem confundir com os inúmeros filmes que eles distribuíram e lançaram, sob a insígnia da Hallmark Releasing, pelos anos 70, a lista a seguir detalha apenas os projetos cinematográficos com os quais os sócios estavam diretamente envolvidos, juntos e separados, em termos de desenvolvimento, financiamento e produção.

No contexto da série de filmes de *Sexta-Feira 13*, a lista a seguir traz apenas as primeiras quatro sequências de *Sexta-Feira 13*, com as quais os sócios, principalmente Stephen Minasian e Philip Scuderi, estavam intimamente envolvidos, de um ponto de vista de produção. A produção de *Sexta-Feira 13 Parte 6: Jason Vive*, como mencionado antes nesse livro, marcou o fim do envolvimento criativo do trio de Boston com a série de filmes de *Sexta-Feira 13*, depois do qual os sócios de Boston foram relegados a ser apenas participantes financeiros na franquia.

A lista pretende mostrar como *Sexta-Feira 13*, apesar do seu sucesso comercial, tem raízes profundas com vários setores do universo dos filmes de terror e *exploitation* e como o sucesso de *Sexta-Feira 13* influenciou e lançou a produção de muitos outros filmes do gênero.

1971 *Together* - Embora a Hallmark Releasing tenha tomado conta de *Together*, após comprar os direitos de distribuição de Sean Cunningham, e Stephen Minasian tenha recebido os créditos de produção do filme (como Steve Minasian), não há evidências de que Minasian ou seus sócios estivessem envolvidos com qualquer filmagem ou conteúdo adicional ou cenas extras.

1972 *Aniversário Macabro* - (*The Last House on the Left*)

1973 *Explozia* (*The Poseidon Explosion*) - Stephen Minasian era o produtor executivo nesse filme de ação dramática que foi filmado na Romênia.

1974 *O Super Busto* (*Deadly Weapons*) - O trio de Boston produziu esse filme sob a insígnia da Hallmark. A história seguia uma mulher, chamada de Chesty Morgan, que possuia 185 cm de busto.

1978 *Here Come the Tigers* - Hallmark Releasing praticamente encerrou sua distribuição de filmes ao final de 1977 e tinha quase sido dissolvida. *Here Come the Tigers* marcou o único momento em que o nome de Philip Scuderi foi creditado a um filme, embora isso seja relacionado a Philip Scuderi Jr., o filho de Philip Scuderi, que esteve no elenco do filme como uma criança surda-muda.

1978 *Manny's Orphans* - Como já mencionado anteriormente, os investidores de Boston prestaram financiamento para *Manny's Orphans*, filme no qual Sean Cunningham também já havia investido seu próprio dinheiro, e Philip Scuderi e seus sócios monitoraram as filmagens, assim como tinham feito com *Here Come the Tigers*.

1979 *King Frat* - A cópia de *O Clube dos Cafajestes (Animal House)* foi financiada por Philip Scuderi e seus sócios e escrita por Ron Kurz sob o pseudônimo de Mark Jackson, embora Victor Miller se lembre de ter trabalhado em um antigo rascunho do roteiro.

1980 *Sexta-Feira 13* - Na realidade, Philip Scuderi foi um produtor não creditado em *Sexta-Feira 13*, enquanto seus sócios Robert Barsamian e Stephen Minasian foram, no máximo, produtores executivos não creditados.

1981 *Olhos Assassinos* (*Eyes of a Stranger*) - Esse filme *slasher*, que foi o primeiro longa-metragem da atriz Jennifer Jason Leigh, foi filmado em Miami, Flórida, e dirigido por Ken Wiederhorn, que tinha dirigido anteriormente *King Frat* para os sócios de Boston. O filme foi escrito por Ron Kurz sob o já gasto pseudônimo de Mark Jackson. Tom Savini também foi recrutado por Philip Scuderi para contribuir com os efeitos especiais do filme. "Eu recebi uma ligação dos produtores responsáveis por

Sexta-Feira 13", relembra Savini. "Um filme que estavam fazendo, chamado *Olhos Assassinos*, estava perto do final das filmagens em Miami. Não possuía assassinatos violentos naquela época, mas, após verem como *Sexta-Feira 13* estava dando certo, eles queriam me contratar para ir à Flórida e encaixar alguns assassinatos brutais no filme. Eu me senti como um assassino de novo. Abasteci meu carro, dirigi para algum lugar e matei algumas pessoas."

1982 *Bruce, King of Kung Fu* – Uma produção de Stephen Minasian-Dick Randall. Stephen Minasian não foi creditado.

1982 *Sexta-Feira 13 Parte 2* – Philip Scuderi e seus sócios tiverem com *Sexta-Feira 13 Parte 2* quase a mesma relação que tinham tido com *Sexta-Feira 13*, com as notáveis exceções de Steve Miner assumir, no lugar de Sean Cunningham, como diretor e produtor da sequência, enquanto Lisa Barsamian, a filha de Robert Barsamian, foi a produtora executiva no filme e uma presença contínua no set, monitorando o investimento de Boston mais ou menos da mesma forma que Alvin Geiler – um funcionário de longa data dos sócios de Boston, que foi um produtor executivo creditado em *Sexta-Feira 13* – tinha feito durante as filmagens de *Sexta-Feira 13* em Blairstown. *Sexta-Feira 13 Parte 2* teve o escritor Ron Kurz, o corroteirista não creditado de *Sexta-Feira 13*, como único roteirista dessa sequência. Frank Mancuso Jr., o filho de Frank Mancuso Sr, foi um coprodutor nessa sequência. "Nessa época, Phil [Philip Scuderi] tinha grandes ligações com Frank Mancuro Sr. na Paramount e tinha conseguido um grande acordo para a *Parte 2*, em que a Georgetown iria criar e a Paramount iria distribuir", relembra Kurz. "Com a Paramount no jogo, pensei 'Dane-se. Eu vou entrar nessa como um roteirista legítimo', e me confessei com o Writers Guild (Associação dos Escritores) sobre meu passado errôneo [se referindo aos seus roteiros anteriores por baixo da mesa para Philip Scuderi e a Georgetown]. Foi uma decisão inteligente porque eu ainda recebo retorno financeiro da *Parte 2*."

1982 *Sexta-Feira 13 Parte 3* (*Sexta-Feira 13 Parte 3 3-D*) – Essa foi a primeira das três sequências de *Sexta-Feira 13* a ser filmada na Califórnia. Ron Kurz foi originalmente procurado para fazer o roteiro do filme, mas deixou o projeto devido a conflitos de cronograma e foi trocado por Martin Kitrosser, o supervisor de roteiro – e fã de Mario Bava – de *Sexta-Feira 13*, que compartilhou os créditos nesse roteiro com sua esposa, Carol Watson. A produção, que foi realizada no rancho Veluzat e em seus arredores em Santa Clarita Valley, Califórnia, próximo a Los Angeles, foi supervisionada pela filha de Robert Barsamian, Lisa Barsamian. "Phil me ofereceu a *Parte 3*, mas eu estava trabalhando em um filme semanal da CBS e tive de recusar", relembra Kurz. "Eu creio que reescrevi mais um roteiro para ele, um ano depois, em um filme adolescente na estrada chamado *Off the Wall*."

1982 *Invaders of the Lost Gold* – Uma produção de Minasian-Randall. Stephen Minasian não foi creditado.

1982 *O Terror da Serra Elétrica* (*Pieces*) – Filmado na Espanha, esse filme *slasher* foi o mais conhecido, e de maior sucesso comercial, da colaboração Minasian-Randall.

1983 *Off the Wall* – Philip Scuderi teve um ataque cardíaco enquanto montava esse projeto cinematográfico, uma comédia de presídio, e o filme foi depois comandado por Frank Mancuso Jr., que tomou conta da maior parte das atividades de produção. Ron Kurz esteve nos créditos do filme, que estrelava Rossana Arquette e Paul Sorvino, como um corroteirista. "Nunca vi o filme", diz Kurz. "Phil teve um ataque cardíaco e entregou o projeto a Frank Mancuso Jr. lá da costa oeste. Ouvi dizer que foi uma grande bagunça. Tive de apelar para o Writers Guild para manter meu crédito enquanto as beldades de Hollywood tentavam me tirar do filme."

1983 *La Belva dalle Calda Pelle* (*Emanuelle, Queen of the Desert*) – Uma produção de Minasian-Randall. Stephen Minasian não foi creditado.

1983 *Los Nuevos Extraterrestres* (*Extraterrestrial Visitors*) – Filmado na Espanha, essa produção de Minasian-Randall foi uma cópia descarada do sucesso de 1982 *E.T. – O Extraterrestre.* Stephen Minasian não foi creditado.

1984 *Bruce the Super Hero* – Uma produção de Minasian-Randall. Stephen Minasian não foi creditado.

1984 *Don't Open Till Christmas* – Um filme *slasher* com temática de Natal produzido por Stephen Minasian e Dick Randall.

1984 *Sexta-Feira 13: o Capítulo Final* – Stephen Minasian e Philip Scuderi escolheram a dedo o diretor do *Capítulo Final,* Joseph Zito, e se envolveram em inúmeras conferências por telefone com Zito durante o cronograma de filmagens, enquanto a produção em si era supervisionada por Lisa Barsamian.

1984 *Almôndegas Parte II* (*Meatballs Part II – AKA Space Kid*) – Produzido por Lisa Barsamian, representando os sócios de Boston, *Almôndegas Parte II* foi originalmente chamado de *Space Kid* e tinha a intenção de ser uma sátira de *E.T. – O Extraterrestre,* sem qualquer relação com a comédia de acampamento de verão de sucesso *Almôndegas* que tinha sido distribuída pela Paramount Pictures em 1979 e que, na realidade, teve mais retorno financeiro nas bilheterias nacionais do que *Sexta-Feira 13.* Após adiquirir os direitos do título de *Almôndegas,* os produtores de *Space Kid* mudaram o nome do projeto para *Almôndegas Parte II* e o filmaram em Veluzat Ranch, na Califórnia, o mesmo local onde *Sexta-Feira 13 Parte 3* tinha sido filmado. Esse filme foi dirigido por Ken Wiederhorn, que tinha dirigido anteriormente *Olhos Assassinos* e *King Frat* e sido o roteirista junto com Martin Kitrosser.

1984 *The Making of a Horror Film* – Esse documentário promocional sobre o *making of* do filme *Don't Open Till Christmas* tinha a única aparição de Stephen Minasian nas telas, quando ele fala sobre o *making of* de *Don't Open Till Christmas.*

1985 *Sexta-Feira 13 Parte 5: Um Novo Começo* – Stephen Minasian e Philip Scuderi estavam envolvidos com cada elemento da produção de *Um Novo Começo*, começando com a escolha do cineasta Danny Steinmann para dirigir e escrever a sequência. De acordo com historiadores de cinema e com o especialista em *Aniversário Macabro* David A. Szulkin, Minasian e Scuderi fizeram infusões de vários elementos do filme de *splatter* de 1973 dirigido por S.F. Brownrigg *Don't Look in the Basement* (*The Forgotten*), que a Hallmark Releasing tinha distribuído em 1973. "O assassinato com o machado no começo é definitivamente emprestado da cena do começo de *Don't Look in the Basement* (o filme de S.F. Brownrigg)", diz Szulkin. "Na verdade, toda a ambientação de *Sexta-Feira 5* parece ser inspirada por *Don't Look in the Basement.* Gene Ross, o ator que usa o machado em *Don't Look in the Basement*, teve um pequeno papel em *Sexta-Feira 13: O Capítulo Final.*" Minasian e Scuderi também contrataram Steinmann para dirigir e escrever a sequência de *Aniversário Macabro* – o qual seria chamado de *Além do Aniversário Macabro* ou *Aniversário Macabro II* –, que deveria ter sido filmado em Wisconsin em abril de 1985 mas nunca foi realizado.

1985 *Space Warriors 2000* (filme para a TV) – Uma produção de Minasian-Randall.

1986 *Slaughter High* (*April Fool's Day*) – Filmado na Inglaterra, esse filme de *slasher* foi originalmente chamado de *April Fool's Day*, mas o título mudou para *Slaughter High* quando foi revelado que a Paramount Pictures tinha um projeto de filme de terror que também se chamava *April Fool's Day.* A Paramount acabou pagando Stephen Minasian e Dick Randall para mudar o título do projeto deles.

1989 *Don't Scream It's Only a Movie* (documentário) – Stephen Minasian e Dick Randall produziram esse documentário de compilações, que foi apresentado por Vincent Price com crônicas sobre a história dos filmes de terror, da era do cinema mudo aos filmes sanguinários dos anos 80.

1989 *The Urge to Kill* – Uma produção de Minasian-Randall. Stephen Minasian não foi creditado.

1990 *Living Doll* – Uma produção de Minasian-Randall. Stephen Minasian não foi creditado.

BIBLIOGRAFIA

LIVROS

Bouzereau, Laurent. *Ultraviolent Movies.* New York: Citadel Press, 1996.

Bracke, Peter M. *Crystal Lake Memories.* London: Titan Books, 2006.

Clover, Carol J. *Men, Women and Chainsaws: Gender in the Modern Horror Film.* Princeton, Nova Jersey: Princeton University, 1992.

Dika, Vera. *Games of Terror: Halloween, Friday the 13th, and the films of the Slasher Cycle.* Rutherford, Nova Jersey: Fairleigh Dickinson University, 1990.

Grove, David. *Jamie Lee Curtis: Scream Queen.* Albany: BearManor Media, 2010.

Grove, David. *Making Friday the 13th: The Legend of Camp Blood.* Godalming: FAB Press, 2005.

Hawke, Simon. *Friday the 13th.* New American Library, 1987.

Howarth, Troy. *The Haunted World of Mario Bava.* Godalming: FAB Press, 2002.

Lucas, Tim. *Mario Bava: All the Colors of the Dark.* Cincinnati: Video Watchdog, 2007.

McCarty, John. *The Official Splatter Movie Guide.* New York: St. Martin's, 1989.

Rebello, Stephen. *Alfred Hitchcock and the Making of Psycho.* New York: Dembner, 1990.

Rockoff, Adam. *Going to Pieces: The Rise and Fall of the Slasher Film, 1978-1986.* Jefferson: McFarland & Company, 2002.

Savini, Tom. *Grande Illusions.* Charlotte: Morris Costumes, 1994.

Skal, David. *The Monster Show: A Cultural History of Horror.* Penguin USA, 1994.

Szulkin, David A. *Wes Craven's Last House on the Left: The Making of a Cult Classic.* Godalming: FAB Press, 1997.

Thrower, Stephen. *Nightmare USA: The Untold Story of the Exploitation Independents.* Godalming: FAB Press, 2007.

Waller, Gregory A. *American Horrors: Essays on the Modern American Horror Films.* University of Illinois Press, 1988.

Wells, Paul. *The Horror Genre.* Wallflower Press, 2001.

REVISTAS E JORNAIS

Buckley, Tom. "A potboiler of gold at the end of his rainbow." *The New York Times*, January 23, 1981.

Chute, David. "Tom Savini: *Maniac* (special effects in horror films)." *Film Comment*, July-August 1981.

Gire, Dann and Paul Mandell. "*Friday the 13th*: Horror's First Franchise." *Cinefantastique*, November 1989.

Grove, David. "Crystal Lake Memories." *Fangoria*, May 2002.

Grove, David. "New Line wraps on *Freddy Vs. Jason*." *Rue Morgue*, January-February 2003.

Mandell, Paul. "Jason Lives! The Birth of a Slasher." *Cinefantastique*, November 1989.

Martin, Bob. "*Friday the 13th*: A Day for Terror." *Fangoria*, June 1980.

Martin, Bob. "Tom Savini: A Man of Many Parts." *Fangoria*, June 1980.

Miller, Victor. "*Friday the 13th* is Miller's first horror effort." *Anchorage Daily News*, June 24, 1980.

Rogal, James C. "Just Taking Off as An Actor, Bing Crosby's Son Harry Finds '*Friday the 13th*' a Bloody Good Omen." *People*, June 30, 1980.

Schreger, Charles. "Formula For Success." *Sarasota Herald-Tribune*, September 30, 1980.

Scott, Vernon. "Bing's boy, Harry, makes it on his own." *St. Petersburg Times*, April 16, 1980.

Shapiro, Marc. "The Six Faces of Jason – Part One." *Fangoria*, October 1987.

Shapiro, Marc. "The Women of Crystal Lake – Part One." *Fangoria*, June 1989.

Siskel, Gene. "Gross profits – looking at a man who distributes gore by the score." *Chicago Tribune*, April 17, 1977.

"Betsy Palmer's number comes up." *The Telegraph*, January 3, 1981.

Waddell, Calum Robert. "Crystal Lake Chronicles: An Interview With Director-Producer Sean S. Cunningham." *Shock Cinema*, Winter 2005.

DIVERSOS

Friday the 13th Pressbook (Paramount Pictures, 1980).

Here Come the Tigers Pressbook (American International Pictures, 1978).

A Stranger is Watching Pressbook (MGM/ United Artists (UA), 1982).

ON-LINE

Black Saint, The. "Interview: Adrienne King (*Friday the 13th*)." *www.horrornews.net*, October 26, 2010.

Caretaker, The. "Tom Savini interview." *www.HouseofHorrors.com*, July 1997.

"Where Are They Now? Ari Lehman." *www.fridaythe13thfilms.com*, February 4, 2004.

Gencarelli, Mike. "Interview with Ari Lehman." *www.mediamikes.com*, January 26, 2011.

Kat. "Ari Lehman." *www.camp-blood.net*, May 20, 2004.

Keehnen, Owen. "The First Jason Voorhees: Talking with Ari Lehman." *www.racksandrazors.com*.

King, Adrienne. "Bio/credits." *www.adrienneking.com*.

Kirst, Brian. "Adrienne King: *Walking the Distance* with the Original Final Girl." *www.horrorsociety.com*, September 23, 2008.

O, Jimmy. "Interview: Adrienne King." *www.joblo.com*, February 5, 2009.

Perry, Scott W. "Adrienne King." *www.slickdevilmoviehouse.com*.

FONTES

A grande maioria das citações neste livro foi tirada de entrevistas conduzidas pelo autor durante o período entre o ano 2000 e o presente. Essas entrevistas foram amplamente conduzidas pessoalmente, por e-mail, telefone, fax e algumas vezes por correspondência escrita à mão. Além disso, o autor respeitou os desejos dos entrevistados quando estes falaram em condição de anonimato ou na condição de que sua conversa não estavivesse sendo gravada.

As anotações de fontes a seguir identificam todas as citações no livro que foram tiradas de fontes secundárias, em especial livros, revistas e artigos de jornal, artigos online e fontes diversas, principalmente notas da imprensa.

CAPÍTULO 01 - UM DIA PERFEITO

Eu gosto de filmes: Gene Siskel, "Gross profits – looking at a man who distributes gore by the score," *Chicago Tribune*, 17 abr. 1977.

Em pensar: Dann Gire and Paul Mandell, "*Friday the 13th*: Horror's First Franchise," *Cinefantastique*, nov. 1989.

Tudo o que estava tentando fazer: Tom Buckley, "A potboiler of gold at the end of his rainbow," *The New York Times*, 23 jan. 1981.

Após produzir Aniversário Macabro: Paul Mandell, "Jason Lives! The Birth of a Slasher," *Cinefantastique*, nov. 1989.

Nós dificilmente parecíamos uma equipe de filmagem: David A. Szulkin, *Wes Craven's Last House on the Left: The Making of a Cult Classic.*

Preparar seu público psicologicamente: *Friday the 13th* Pressbook.

Se você examinar: Szulkin, *Wes Craven's Last House on the Left: The Making of a Cult Classic.*

A violência em Sexta-Feira 13: Szulkin, *Wes Craven's Last House on the Left: The Making of a Cult Classic.*

As *coisas assustadoras*: Mandell, "Jason Lives! The Birth of a Slasher."

CAPÍTULO 02 - DIRETO DE WESTPORT

Você não precisa passar por uma banca examinadora: Szulkin, *Wes Craven's Last House on the Left: The Making of a Cult Classic.*

Me tornei interessado pelo teatro: Szulkin, *Wes Craven's Last House on the Left: The Making of a Cult Classic.*

Eu fiz uma pós-graduação: Szulkin, *Wes Craven's Last House on the Left: The Making of a Cult Classic.*

Teatro é anacronismo: Szulkin, *Wes Craven's Last House on the Left: The Making of a Cult Classic.*

Naquela época: Peter M. Bracke, *Crystal Lake Memories.*

Eu estava navegando em águas completamente desconhecidas: Bracke, *Crystal Lake Memories.*

Nós estávamos tentando fazer qualquer coisa: Szulkin, *Wes Craven's Last House on the Left: The Making of a Cult Classic.*

tiros na *Broadway*: David A. Szulkin para DG.

Phil enxergou o mesmo que eu: Bracke, *Crystal Lake Memories.*

Há uma cena: Szulkin, *Wes Craven's Last House on the Left: The Making of a Cult Classic.*

Depois disso: Bracke, *Crystal Lake Memories.*

Foi quase instantâneo: Szulkin, *Wes Craven's Last House on the Left: The Making of a Cult Classic.*

Nós resistimos: Gire and Mandell, "*Friday the 13th*: "Horror's First Franchise."

Aniversário Macabro se tornou: Szulkin, *Wes Craven's Last House on the Left: The Making of a Cult Classic.*

Wes e eu: Bracke, *Crystal Lake Memories.*

Wes e eu fizemos: Szulkin, *Wes Craven's Last House on the Left: The Making of a Cult Classic.*

Não era um filme que: Calum Robert Waddell, "Crystal Lake Chronicles: An Interview With Director-Producer Sean S. Cunningham," *Shock Cinema*, Winter 2005.

Foi uma experiência bizarra: Szulkin, *Wes Craven's Last House on the Left: The Making of a Cult Classic.*

Na Espanha: Bracke, *Crystal Lake Memories.*

Quando voltei para casa: Bracke, *Crystal Lake Memories.*

Pensei que seria divertido: Waddell, "Crystal Lake Chronicles: An Interview With Director-Producer Sean S. Cunningham."

Minha conversa com os produtores: Waddell, "Crystal Lake Chronicles: An Interview With Director-Producer Sean S. Cunningham."

CAPÍTULO 03 - PLANEJANDO UMA LONGA NOITE

Estou sentado pensando: Adam Rockoff, *Going to Pieces: The Rise and Fall of the Slasher Film, 1978-1986.*

É preciso entender: Gire and Mandell, "*Friday the 13th*: Horror's First Franchise."

Eu era mais uma criança mal-intencionada: Laurent Bouzereau, *Ultraviolent Movies.*

Estava tentando conseguir patrocínio: Gire and Mandell, "*Friday the 13th*: Horror's First Franchise."

Eu tive uma ideia: Mandell, "Jason Lives! The Birth of a Slasher."

Eu rodei o anúncio no verão: Rockoff, *Going to Pieces: The Rise and Fall of the Slasher Film, 1978- 1986.*

Havia um filme: Bracke, *Crystal Lake Memories.*

Eles eram donos de salas de cinema: Mandell, "Jason Lives! The Birth of a Slasher."

Eu tinha me afastado: Bracke, *Crystal Lake Memories.*

Eles me retornaram: Bracke, *Crystal Lake Memories.*

Tentamos negociar: Bracke, *Crystal Lake Memories.*

Aquela foi uma noite bem complicada: Bracke, *Crystal Lake Memories.*

CAPÍTULO 04 - ACAMPAMENTO FELIZ

No verão: Adrienne King, "Bio/credits", adrienneking.com.

O que me agradou: Marc Shapiro, "The Women of Crystal Lake – Part One," *Fangoria*, June 1989.

Eles trouxeram todas as jovens atrizes de Nova York: Bracke, *Crystal Lake Memories.*

Originalmente: Shapiro, "The Women of Crystal Lake – Part One."

Ele achou que seria divertido: Bracke, *Crystal Lake Memories.*

CAPÍTULO 05 - BEM-VINDOS A BLAIRSTOWN

Eu estava procurando criar algo: Rockoff, *Going to Pieces: The Rise and Fall of the Slasher Film, 1978- 1986.*

Minha memória mais afetuosa: The Black Saint, "Interview: Adrienne King (*Friday the 13th*)", horrornews.net, 26 out. 2010.

Nós *estávamos filmando:* Rockoff, *Going to Pieces: The Rise and Fall of the Slasher Film, 1978-1986.*

Motel 96: Shapiro, "The Women of Crystal Lake – Part One."

Não tinha como: The Black Saint, "Interview: Adrienne King (*Friday the 13th*)."

CAPÍTULO 06 - PRIMEIRA SEMANA

Eu estava inteiramente ciente: Bracke, *Crystal Lake Memories.*

Eles construíram um pescoço e um peitoral falsos: Bracke, *Crystal Lake Memories.*

Eu estava extremamente nervosa: Bracke, *Crystal Lake Memories.*

Eu não quero parecer: Mandell, "Jason Lives! The Birth of a Slasher."

Eu tenho de dar: Mandell, "Jason Lives! The Birth of a Slasher."

CAPÍTULO 07 - SEGUNDA SEMANA

Quando meu agente me exortou: "Betsy Palmer's number comes up," *The Telegraph*, 3 jan. 1981.

Originalmente, nós tínhamos planejado: Bob Martin, "*Friday the 13th*: A Day for Terror," *Fangoria*, jun. 1980.

CAPÍTULO 08 - TERCEIRA SEMANA

Soa como uma reputação tão baixa: Bracke, *Crystal Lake Memories*.

Talentoso, obstinado, cativante: Scott W. Perry, "Adrienne King." slickdevilmoviehouse.com.

Eu pensei: Brian Kirst, "Adrienne King: *Walking the Distance* with the Original Final Girl", horrorsociety.com, 23 set. 2008.

Nós realmente fomos além: Shapiro, "The Women of Crystal Lake – Part One."

The strip Monopoly pages: Perry, "Adrienne King", slickdevilmoviehouse.com.

CAPÍTULO 09 - QUARTA SEMANA

Kevin Bacon e Harry Crosby: Kirst, "Adrienne King: *Walking the Distance* with the Original Final Girl."

Eu trabalhei com Tom Savini: Mike Gencarelli, "Interview with Ari Lehman", mediamikes. com, 26 jan. 2011.

Trabalhar com Tom Savini: Kat, "Ari Lehman", campblood.net, 20 maio 2004.

Nós trabalhamos por semanas: Owen Keehnen, "The First Jason Voorhees: Talking with Ari Lehman," racksandrazors.com.

O único momento inquietante: Bouzereau, *Ultraviolent Movies*.

O filme não tinha qualquer impacto emocional: Bouzereau, *Ultraviolent Movies*.

A primeira vez que tentamos: Perry, "Adrienne King".

Sean não tinha conseguido a tomada exata: Perry, "Adrienne King."

Demorou três meses: Shapiro, "The Women of Crystal Lake – Part One."

Sean Cunningham se desculpava bastante: Shapiro, "The Women of Crystal Lake – Part One."

CAPÍTULO 10 - ALÉM DE BLAIRSTOWN

Meus filhos ficaram orgulhosos: Victor Miller, "*Friday the 13th* is Miller's first horror effort," *Anchorage Daily News*, 24 jun. 1980.

Eu fiquei chocado: Mandell, "Jason Lives! The Birth of a Slasher."

Nós temos na MPAA: Gire and Mandell, "*Friday the 13th*: Horror's First Franchise."

Estou em choque: Mandell, "Jason Lives! The Birth of a Slasher."

Eu levei para a Warner Bros.: Buckley, "A potboiler of gold at the end of his rainbow."

CAPÍTULO 11 - SÁBADO 14

Eu tinha alguém muito ruim que me perseguia: The Black Saint, "Interview: Adrienne King (*Friday the 13th*)."

A única coisa que o filme fez: Shapiro, "The Women of Crystal Lake – Part One."

Ele disse que achava: Buckley, "A potboiler of gold at the end of his rainbow."

Era aritmética pura e simples: Buckley, "A potboiler of gold at the end of his rainbow."

Eu tenho de me desculpar: Gire and Mandell, "*Friday the 13th*: Horror's First Franchise."

They were warned... They are doomed...
And on Friday the 13th, nothing will save them.

FRIDAY THE 13TH

A 24 hour nightmare of terror.

PARAMOUNT PICTURES PRESENTS FRIDAY THE 13TH A SEAN S. CUNNINGHAM FILM STARRING BETSY PALMER ADRIENNE KING HARRY CROSBY LAURIE BARTRAM MARK NELSON JEANNINE TAYLOR ROBBI MORGAN KEVIN BACON DIRECTOR OF PHOTOGRAPHY BARRY ABRAMS MUSIC BY HARRY MANFREDINI ASSOCIATE PRODUCER STEPHEN MINER EXECUTIVE PRODUCER ALVIN GEILER WRITTEN BY VICTOR MILLER

PRODUCED AND DIRECTED BY SEAN S. CUNNINGHAM A GEORGETOWN PRODUCTIONS INC. PRODUCTION

A PARAMOUNT RELEASE

R RESTRICTED
UNDER 17 REQUIRES ACCOMPANYING PARENT OR ADULT GUARDIAN

800073

Friday the 13th

13日の金曜日

なぜ全米で失神者が続出したのか!?

若者たちにとって
楽しい夏休みキャンプのはずだった……

FRIDAY the 13th

ショーン・S・カニンガム作品／"13日の金曜日"
ベッツィ・パルマー／アドリエンヌ・キング
ハリー・クロスビー／ローリー・バートラム

脚本ビクター・ミラー
製作・監督ショーン・S・カニンガム
ジョージタウン・プロダクションINC. 提供
ワーナー・ブラザース映画配給／パナビジョン"

Distributed by Warner Bros.
A Warner Communications Company

The body count continues...

PARAMOUNT PICTURES PRESENTS STEVE MINER'S FRIDAY THE 13TH PART II ADRIENNE KING AMY STEEL
JOHN FUREY CO-PRODUCED BY DENNIS MURPHY WRITTEN BY RON KURZ
PRODUCED AND DIRECTED BY STEVE MINER A GEORGETOWN PRODUCTIONS, INC. PRESENTATION

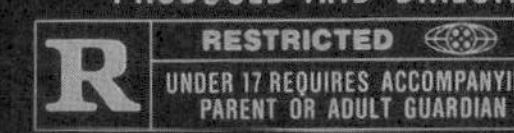

A PARAMOUNT PICTURE

13日の金曜日 PART2

〈カラー作品〉

あの事件から数年——

誰もが悪夢を忘れかけた時、人影のとだえた
キャンプ場に、再び若者たちが集まって来た…

第2の惨劇は、その夜から始まった！

FRIDAY THE 13TH PART 2

アドリエンヌ・キング　エイミー・スティール　ジョン・ヒューリー　ベッツィ・パルマー
製作・監督◆スティーブ・マイナー　脚本◆ロン・カーツ　キャラクター創作◆ビクター・ミラー／特殊メーキャップ◆カール・フラートン

パラマウント映画　CIC配給

The body count continues...
FRIDAY THE 13TH PART 2
PARAMOUNT PICTURES PRESENTS A STEVE MINER FILM FRIDAY THE 13TH PART 2 ADRIENNE KING AMY STEEL JOHN FUREY
CO-PRODUCED BY DENNIS MURPHY BASED ON CHARACTERS CREATED BY VICTOR MILLER WRITTEN BY RON KURZ
PRODUCED AND DIRECTED BY STEVE MINER A GEORGETOWN PRODUCTIONS, INC. PRESENTATION
Distributed by Cinema International Corporation
A PARAMOUNT PICTURE
R RESTRICTED
833373

13. GÜN

FRIDAY THE 13TH

İŞLETME:
ÖZENFILM

C.I.C.

ADRIENNE KING

AMY STEEL JOHN FURY

yönetmen : Steve MINER

RENKLİ·TÜRKÇE

PARAMOUNT PICTURES PRESENTS A JASON PRODUCTIONS, INC./FRANK MANCUSO, JR. PRODUCTION · A STEVE MINER FILM · FRIDAY THE 13TH PART 3 IN 3D · STARRING DANA KIMMELL · PAUL KRATKA AND RICHARD BROOKER AS JASON
CO-PRODUCER TONY BISHOP · DIRECTOR OF PHOTOGRAPHY GERALD FEIL · PRODUCED BY FRANK MANCUSO, JR. · DIRECTED BY STEVE MINER · READ THE LEISURE BOOK · FILMED UTILIZING THE MARKS 3-DEPIX™ CONVERTER

R RESTRICTED UNDER 17 REQUIRES ACCOMPANYING PARENT OR ADULT GUARDIAN

A PARAMOUNT PICTURE

820125

FRIDAY THE 13th PART 3

シリーズは★スーパー3D＝立体映画★
となってますますエスカレート!

惨殺の血しぶきが
客席に飛び散る!!

FRIDAY THE 13TH
PART 3
3D

〈カラー作品〉
13日の金曜日 PART 3

ダナ・キンメル／ポール・クラッカ／トレーシー・サベージ／ジェフリー・ロジャース／キャスリン・パークス／ラリー・ザーナー パラマウント映画

音楽ハリー・マンフレディーニ 3Dスーパーバイザー:マーティン・ジェイ・サドフ 製作総指揮ライザ・バーザミアン 製作フランク・マンキューソ・ジュニア 監督スティーブ・マイナー

CIC配給 映倫

JASON IS BACK.
AND THIS IS THE ONE
YOU'VE BEEN SCREAMING FOR.

FRIDAY THE 13TH

THE FINAL CHAPTER

PARAMOUNT PICTURES PRESENTS FRIDAY THE 13TH—THE FINAL CHAPTER
STARRING KIMBERLY BECK • PETER BARTON • CRISPIN GLOVER • MUSIC BY HARRY MANFREDINI
SCREENPLAY BY BARNEY COHEN • STORY BY BRUCE HIDEMI SAKOW • PRODUCED BY FRANK MANCUSO, JR.
DIRECTED BY JOSEPH ZITO • A PARAMOUNT PICTURE

VIERNES 13, PARTE V

Un nuevo comienzo

TREBOL

PARAMOUNT PICTURES PRESENTA FRIDAY THE 13 THE PART V A NEW BEGINNING
MUSICA DE HARRY MANFREDINI PRODUCTOR EJECUTIVO FRANK MANCUSO JR.
GUION DE MARTIN KITROSSER & DAVID COHEN Y DANNY STEINMANN
PRODUCIDA POR TIMOTHY SILVER DIRIGIDA POR DANNY STEINMANN UNA PELICULA PARAMOUNT

IF JASON

STILL HAUNTS YOU...

YOU'RE NOT ALONE

FRIDAY THE 13TH PART V

A new beginning

PARAMOUNT PICTURES PRESENTS FRIDAY THE 13TH PART V – A NEW BEGINNING
MUSIC BY HARRY MANFREDINI · EXECUTIVE PRODUCER FRANK MANCUSO, JR. · SCREENPLAY BY MARTIN KITROSSER & DAVID COHEN AND DANNY STEINMANN · PRODUCED BY TIMOTHY SILVER · DIRECTED BY DANNY STEINMANN

R RESTRICTED
UNDER 17 REQUIRES ACCOMPANYING PARENT OR ADULT GUARDIAN

A PARAMOUNT PICTURE

FRIDAY THE 13TH PART V - A NEW BEGINNING 850029

JASON LIVES
FRIDAY THE 13TH PART VI
KILL OR BE KILLED.
PARAMOUNT PICTURES PRESENTS A TERROR, INC. PRODUCTION FRIDAY THE 13TH PART VI: JASON LIVES
MUSIC BY HARRY MANFREDINI DIRECTOR OF PHOTOGRAPHY JON R. KRANHOUSE
WRITTEN BY TOM MCLOUGHLIN PRODUCED BY DON BEHRNS DIRECTED BY TOM MCLOUGHLIN
A PARAMOUNT PICTURE
86008
FRIDAY THE 13 TH PART

On Friday, the 13th, Jason is back.
But this time *someone's* waiting.

PARAMOUNT PICTURES PRESENTS A FRIDAY FOUR, INC. PRODUCTION · FRIDAY THE 13TH PART VII–THE NEW BLOOD · A JOHN CARL BUECHLER FILM · MUSIC BY HARRY MANFREDINI AND FRED MOLLIN
WRITTEN BY DARYL HANEY AND MANUEL FIDELLO · PRODUCED BY IAIN PATERSON · DIRECTED BY JOHN CARL BUECHLER · A PARAMOUNT PICTURE

NEW YORK HAS A NEW PROBLEM.

FRIDAY THE 13TH

PART VIII – JASON TAKES MANHATTAN

PARAMOUNT PICTURES PRESENTS A HORROR, INC. PRODUCTION • FRIDAY THE 13TH PART VIII – JASON TAKES MANHATTAN • MUSIC COMPOSED AND PERFORMED BY FRED MOLLIN
EDITED BY STEVEN J. MIRKOVICH • DIRECTOR OF PHOTOGRAPHY BRYAN ENGLAND • PRODUCED BY RANDOLPH CHEVELDAVE • WRITTEN AND DIRECTED BY ROB HEDDEN

R RESTRICTED UNDER 17 REQUIRES ACCOMPANYING PARENT OR ADULT GUARDIAN

RECORDED IN ULTRA-STEREO

OPENS JULY 28 EVERYWHERE.

A PARAMOUNT PICTURE

I
NY
FRIDAY THE 13TH PART VIII
JASON TAKES MANHATTAN
JULY 28TH AT THEATRES EVERYWHERE
PARAMOUNT PICTURES PRESENTS A HORROR, INC. PRODUCTION · FRIDAY THE 13TH PART VIII - JASON TAKES MANHATTAN MUSIC BY FRED MOLLIN · PRODUCED BY RANDOLPH CHEVELDAVE · WRITTEN AND DIRECTED BY ROB HEDDEN · A PARAMOUNT PICTURE
ULTRA-STEREO

EVIL HAS FINALLY FOUND A HOME
JASON GOES TO HELL
THE FINAL FRIDAY
A SEAN S. CUNNINGHAM PRODUCTION JASON GOES TO HELL–THE FINAL FRIDAY
STARRING JOHN D. LeMAY KARI KEEGAN ERIN GRAY ALLISON SMITH STEVEN CULP AND STEVEN WILLIAMS DIRECTOR OF PHOTOGRAPHY WILLIAM DILL PRODUCTION DESIGN W. BROOKE WHEELER

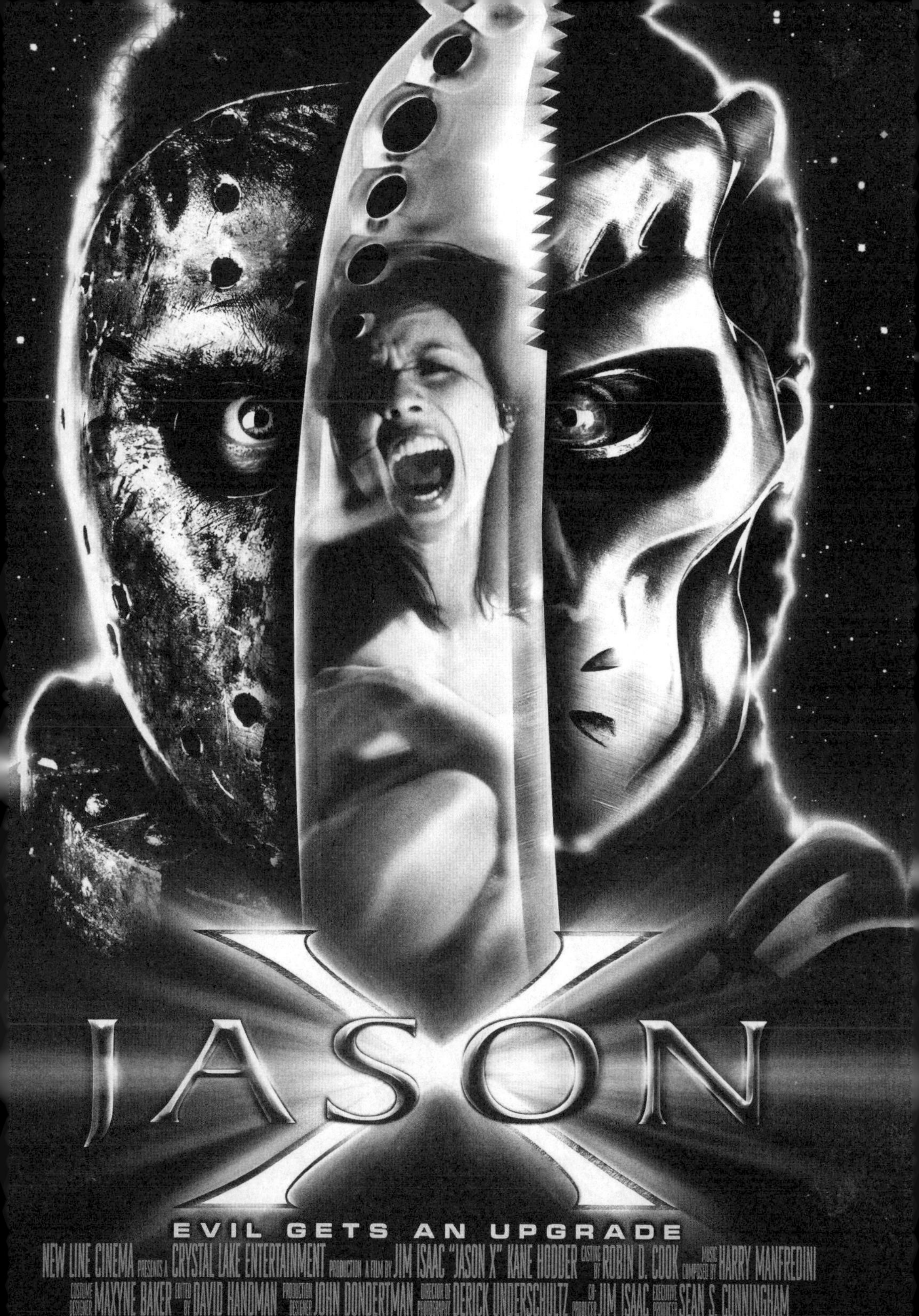
JASON X
EVIL GETS AN UPGRADE
NEW LINE CINEMA PRESENTS A CRYSTAL LAKE ENTERTAINMENT PRODUCTION A FILM BY JIM ISAAC "JASON X" KANE HODDER CASTING BY ROBIN D. COOK MUSIC COMPOSED BY HARRY MANFREDINI
COSTUME DESIGNER MAXYNE BAKER EDITED BY DAVID HANDMAN PRODUCTION DESIGNER JOHN DONDERTMAN DIRECTOR OF PHOTOGRAPHY DERICK UNDERSCHULTZ CO-PRODUCER JIM ISAAC EXECUTIVE PRODUCER SEAN S. CUNNINGHAM
R RESTRICTED
DOLBY DIGITAL
WRITTEN BY TODD FARMER PRODUCED BY NOEL J. CUNNINGHAM DIRECTED BY JIM ISAAC
AMERICA ONLINE KEYWORD: JASON X
NEW LINE CINEMA
www.jasonx.com
COMING SOON

VS.

AUGUST 2003

WWW.FREDDYVSJASON.COM

AMERICA ONLINE KEYWORD: FREDDY VS. JASON

NEW LINE CINEMA

FREDDY
VS. JASON

WELCOME TO CRYSTAL LAKE

FROM THE PRODUCERS OF THE TEXAS CHAINSAW MASSACRE

FRIDAY THE 13TH

NEW LINE CINEMA AND PARAMOUNT PICTURES PRESENT IN ASSOCIATION WITH MICHAEL BAY A PLATINUM DUNES PRODUCTION "FRIDAY THE 13TH" JARED PADALECKI
DANIELLE PANABAKER AARON YOO AMANDA RIGHETTI TRAVIS VAN WINKLE DEREK MEARS CO-PRODUCER ALMA KUTTRUFF MUSIC BY STEVE JABLONSKY
EDITOR KEN BLACKWELL DIRECTOR OF PHOTOGRAPHY DANIEL C. PEARL ASC PRODUCTION DESIGNER JEREMY CONWAY EXECUTIVE PRODUCERS BRIAN WITTEN WALTER HAMADA GUY STODEL
PRODUCED BY MICHAEL BAY ANDREW FORM BRAD FULLER AND SEAN CUNNINGHAM STORY BY DAMIAN SHANNON & MARK SWIFT AND MARK WHEATON
SCREENPLAY BY DAMIAN SHANNON & MARK SWIFT DIRECTED BY MARCUS NISPEL

R RESTRICTED

FEBRUARY 13

NEW LINE CINEMA

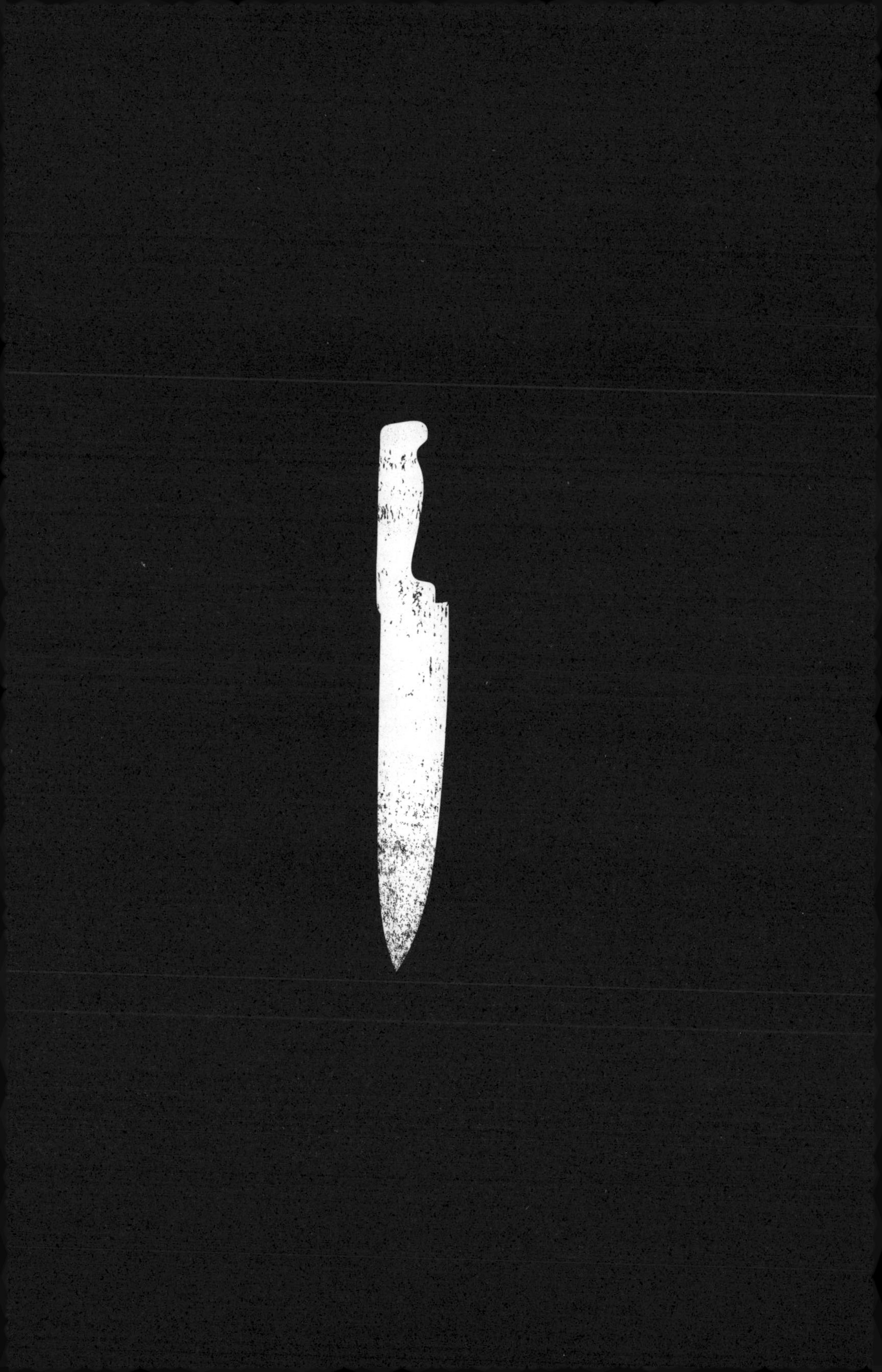

AGRADECIMENTOS - Há muitas pessoas que me ajudaram a trazer este livro à vida. Antes de tudo, eu quero agradecer a Barry Abrams (1944-2009), cuja amizade e auxílio me forneceram os momentos mais felizes nessa jornada, que agora já ultrapassa uma década.

Graças a Barry, eu fui capaz de entrevistar a maior parte da unidade técnica que o seguiu em *Sexta-Feira 13*, assim como muitas outras aventuras adjacentes e projetos. Agradecimentos especiais a Tad Page e Robert Shulman a esse respeito. Eu também quero agradecer a James Bekiaris, Richard Berger, Max Kalmanowicz, Richard Murphy e David Platt.

Devo um agradecimento especial a Virginia Field, que me apresentou a Barry Abrams lá em 2004. Também desejo agradecer a Daniel Mahon e Robert Topol por suas lembranças inestimáveis. Um agradecimento especial a Tony Marshall por compartilhar comigo suas fotografias pessoais desse tempo que passou em Blairstown durante as filmagens de *Sexta-Feira 13.*

Eu quero agradecer a Cecelia e John Verardi por sua ajuda especial e pelas maravilhosas histórias, que me enviaram a caminhos que de outra forma nunca teria descoberto.

Quero agradecer a Sean Cunningham, que entrevistei em 2001 e de novo em 2003. Obrigado também a Steve Miner.

Um agradecimento especial a Tom Savini por continuamente responder minhas várias perguntas e aturar minha grande chatice. Obrigado também a Taso Stavrakis.

Grato a Victor Miller por também aturar minhas chateações constantes e responder meu fluxo de perguntas. Um agradecimento especial a Ron Kurz por sua ajuda inestimável.

Grato a Barry Moss e Julie Hughes por compartilharem suas memórias de seleção de elenco comigo e também a Richard Illy, que foi bondoso o bastante para compartilhar suas fotografias de *Sexta-Feira 13* comigo, com a ajuda inestimável de Steve Minnick.

Um agradecimento especial a Harry Manfredini por me ajudar a entender sua contribuição musical com *Sexta-Feira 13.*

Dentre os membros do elenco, quero agradecer a Peter Brouwer, Ronn Carroll, Harry Crosby, Ari Lehman, Ron Millkie, Robbi Morgan, Mark Nelson, Betsy Palmer e Jeannine Taylor.

Grato a Leona Bartram por compartilhar comigo algumas de suas memórias sobre sua filha, a falecida Laurie Bartram (1958-2007).

Um agradecimento especial a Peter Nussbaum da Sure Copy em Burnaby, British Columbia, Canadá, sem o qual este livro nunca teria sido finalizado.

Grato a Michael Aloisi por publicar este livro. Grato a Loretta Kapinos por editar este livro.

Um agradecimento às seguintes pessoas, que ou responderam minhas perguntas, ou me ajudaram com informações, ou com a criação deste livro em muitas outras formas: Jesse (Jessie) Abrams, Carlton J. Albright, Glenn Allen, Robert Armin, John Ballard, David Beury, Martin Blythe, Jimmy Bradley, Lammert Brouwer, Alison Buehler, Nalani Clark, Caron Coplan, Alex Ebel, Phil Fasso, Harvey Fenton, Richard Feury, David Fuentes, Sondra Gilman, Celso Gonzalez-Falla, Kim Gottlieb-Walker, Henri Guibaud, Matt Hankinson, Jason Hawkins, Troy Howarth, Kat, Sean Kearnes, John Klyza, Abigail Lewis, Tim Lucas, George Mansour, Brett McBean, James McConnell, John Mikesch, Jane Minasian, Laurel Moore, Dean Orewiler, Jason Parker, Jason Pepin, Denise Pinckley, Carol Rosegg, Elisa Rothstein, Chris Stavrakis, Peter Stein, David A. Szulkin, Stephen Thrower, Christine Torres, Robert Tramontin, Reuben Trane, Tony Urban, James Willis e mamãe.

CAST

Mrs. Voorhees	BETSY PALMER
Alice	ADRIENNE KING
Bill	HARRY CROSBY
Brenda	LAURIE BARTRAM
Ned	MARK NELSON
Marcie	JEANNINE TAYLOR
Annie	ROBBI MORGAN
Jack	KEVIN BACON
Steve Christy	PETER BROUWER
The Truck Driver	REX EVERHART
Sgt. Tierney	RONN CARROLL
Officer Dorf	RON MILLKIE
Crazy Ralph	WALT GORNEY
Barry	WILLIE ADAMS
Claudette	DEBRA S. HAYES
Trudy	DOROTHY KOBS
Sandy	SALLY ANNE GOLDEN
Operator	MARY ROCCO
Doctor	KEN L. PARKER
Jason	ARI LEHMAN

CRÉDITOS DAS IMAGENS Agradecemos enormemente a todos pelo uso de suas imagens, usadas originalmente para propaganda, promoção e publicidade das obras cinematográficas que elas ilustram. Todos os direitos reservados.

Imagens de capa/ Caderno de imagens/ Posters © Album Art/Latinstock © Paramount Pictures

Todos os esforços foram envidados para localizar os detentores dos direitos autorais de tais imagens; todas as omissões serão corrigidas em futuras edições. As visões e opiniões expressas pelos entrevistados neste livro não são necessariamente as opiniões do autor ou do editor. O autor e o editor não aceitam a responsabilidade por erros ou omissões, e negam especificamente qualquer responsabilidade, perda ou risco, seja de maneira pessoal, financeira ou qualquer outra decorrida em consequência, direta ou indireta, do conteúdo deste livro.

BLAIRSTOWN THEATER FESTIVAL
PRESENTS
FRIDAY THE 13TH
FRIDAY, JULY 13, 2007 8:30 PM
BLAIRSTOWN THEATER FESTIVAL
30 MAIN STREET (908) 362-1399
NO REFUND · NO EXCHANGE · TREAT TICKET AS CASH · DO NOT EXPOSE TO HEAT
ADMIT ONE
8:30